VALENTINA Y
EL CUARTO OSCURO

novela VERGARA

VALENTINA Y EL CUARTO OSCURO

Evie Blake

Traducción de Marc Barrobés

VERGARA

Barcelona • Madrid • Bogotá • Buenos Aires • Caracas • México D.F. • Miami • Montevideo • Santiago de Chile

Título original: *Valentina and the Dark Room*
Traducción: Marc Barrobés
1.ª edición: marzo 2013

para el sello Vergara
Consell de Cent 425-427 - 08009 Barcelona (España)
www.edicionesb.com

Printed in Spain
ISBN: 978-84-15420-41-5
Depósito legal: B. 2.033-2013

Impreso por Bigsa
Av. Sant Julià 104-112
08400 - Granollers
Tel. 93 840 54 00

A Barry: lo eres todo para mí.
Y a la Valentina que todos llevamos dentro.

Desnuda, la llevaron hasta la orilla, donde la tumbaron sobre la arena todavía caliente, con los pies hacia el mar. Ella notaba las olas lamiéndole los tobillos, como si fuera otro amante que le cubría con gélidos besos los dedos de los pies.

Era una noche sin luna, aunque brillaban unas pocas estrellas, diminutos alfileres de esperanza, lágrimas dentro de su corazón. La oscuridad era tal que ni siquiera distinguía sus caras. Se sentía como si se alejara flotando del mundo real y entrara en otro universo. Un lugar habitado por sus fantasías. Sus compañeros se habían convertido en algo más que simples hombres: eran criaturas de sombra que latían de necesidad, de deseo. Aunque se encontraba al aire libre, junto al mar, bien podrían haber estado en una cueva oscura o una habitación sin luces. Estaba un poco asustada, aunque no tanto como para querer parar. Se estaba volviendo como ellos: su otro yo.

Valentina

Valentina se incorpora sobre los codos y mira fijamente a Theo. Hace seis meses que viven juntos. Se inclina hacia él y apoya el brazo con cuidado sobre la espalda de su amante. Le encanta hacerlo mientras está durmiendo, cuando no sabe hasta qué punto le gusta a ella imaginarse a los dos juntos. Y todo lo que imagina es posible. Tiernamente acaricia la espalda perfecta, permitiéndose expresar un excepcional momento de afecto. Es un gesto que siempre evita cuando Theo está despierto. Valentina examina su propia blancura de lino contra la piel cetrina de Theo Steen y considera el contraste perfecto que forman. Ella es pálida y de huesos finos, como su adorado icono de los años veinte, Louise Brooks. Él tiene la piel más oscura y es mucho más sensual que cualquier otro amante latino que haya tenido nunca, aunque sus ojos son azules, perturbadoramente claros. Sería mucho más lógico que fuera ella quien tuviese la piel oscura. A fin de cuentas es italiana, mientras que él procede de Nueva York, hijo de emigrantes holandeses. Valentina no sabe gran cosa de los orígenes de Theo, pero parecen muy distintos de los suyos. Theo se lleva bien con sus padres, con ambos, y en opinión de Valentina tuvo una infancia afortunada. Es un consumado violoncelista, jinete y esgrimista, además de hablar infinidad de idiomas. Podría haberse dedicado a cualquier profesión que le apeteciera. Es uno de esos hombres que ella había creído que la irritarían. Un triunfador privilegiado que no tiene que preocuparse por ganarse la vida y puede darse el gusto de dedicarse en exclusiva a su pasión: el estudio y análisis del arte moderno. Sin embargo, en vez de plantarlo a la primera ocasión, allí lo tiene, en su cama, perdido en la inocencia del sueño justo a su lado. Está viviendo con ella.

Valentina baja la mirada hacia su amante dormido. Theo está echado boca abajo, con la cabeza vuelta hacia el otro lado. Valentina se pregunta adónde lo llevan sus sueños. Se pregunta si despertará con el recuerdo de sus caricias en la piel. La noche anterior deseaba que él se corriera, y sin embargo, extrañamente, no sentía la necesidad de tener un orgasmo. Eso no es habitual en ella, no es muy de Valentina, piensa para sí. Ni siquiera ahora le apetece hacer el amor por la mañana. ¿Acaso llega un momento en que la pasión se acaba? Si quitase el deseo sexual en la relación entre ella y Theo, ¿quedaría algo? Desconocidos antes de su unión; desconocidos de nuevo después. ¿Ha llegado la hora de darlo por terminado? «No, todavía no», suplica una voz dentro de su cabeza, y trata de acallar la ansiedad. Se está dejando llevar por el pánico sin ninguna necesidad. Pero es que eso de la convivencia es algo tan nuevo para ella...

Valentina nunca ha compartido su apartamento con nadie desde que se marchó su madre. Todavía le sorprende lo fácilmente que encajó todo cuando Theo se fue a vivir con ella. Valentina sabe por qué se lo pidió. Fue una reacción visceral a la advertencia de su madre. ¿Theo la está utilizando? Instintivamente rechaza la idea. Él dudó mucho antes de aceptar su ofrecimiento. Le preguntó varias veces si estaba segura. Theo tiene algo diferente. Ya había visto su peor faceta, y aun así no se marchó.

Valentina se anuda el extremo de la sábana alrededor del dedo y tira fuerte. Un anillo de algodón blanco le pellizca la carne, haciendo que se muerda el labio. Es porque él no da nada por sentado, es eso, a pesar de su vida acomodada. Theo nunca deja de intentar complacerla.

Vuelve a acostarse y sonríe mirando al techo, examinando los centelleantes cristales de su lámpara de araña mientras rememora la noche anterior. Tentativamente se pasa la lengua por los labios. Todavía nota su gusto. Valentina saborea la salinidad de su amante mientras recuerda cómo lo acariciaba con la lengua. Lo llevó hasta el límite, sin pararse a pesar de sus súplicas para que le dejara estar en ella. Pero Valentina no lo permitió, quería que todo se centrase en él. De modo que siguió a lo suyo: lamiéndolo, provocándolo con los dientes, recorriendo todo su cuerpo con la lengua y apretando fuerte su rigidez de terciopelo entre los labios. La vulnerabilidad de él y el poder de ella. Lo había llevado más allá del límite. Y cuando Theo gritó su nombre, fue como si una bengala alcanzara su corazón, una bengala ardiente que le provocó una cálida sensación, llenándola de impresiones contradictorias de miedo y satisfacción. ¿Cómo era posible? Normalmente no le gusta que sus amantes hablen, y mucho menos que griten. Siempre insiste en hacer el amor en silencio. Detesta las falsas proclamaciones de amor pronunciadas en el ardor de la pasión. Sin embargo, Theo gritó su nombre, y en lo más profundo de su ser hubo un eco de respuesta, a pesar de su rechazo consciente. Ahora, el sabor salado de Theo todavía persiste en los labios de Valentina. No es de extrañar que haya soñado con el mar. Cierra los ojos y ahuyenta las imágenes no deseadas a la vez que su sonrisa desaparece de sus labios. Pero resurgen las sensaciones deshilvanadas de su sueño. Ella hundiéndose bajo el agua, incapaz de ascender nadando a la luz; oscuridad, ahogo.

—Eh, ¿te encuentras bien?

Valentina abre los ojos. Theo está echado de lado, con la cabeza apoyada en su mano, tranquilizándola con sus claros ojos azules.

—He tenido una pesadilla.

Theo la atrae hacia sí. Y Valentina deja que la rodee con sus brazos, cierra los ojos y nota que Theo apoya la barbilla en su cabeza.

—¿Quieres contármela? —pregunta él, con la voz amortiguada por sus cabellos.

Ella no responde, no inmediatamente, y él no insiste. Resulta tan agradable estar entre los brazos de su amante que Valentina no quiere regresar a sus pesadillas, arruinar con sus angustias el flamante día.

—No —responde.

—Como quieras, amor mío.

Theo la besa en la coronilla. Con qué facilidad le ha salido de los labios la expresión de cariño. ¿Lo ha dicho en serio? A Valentina le cuesta mucho más. Las fórmulas al uso, como «mi amor», «cariño» o «vida mía» se le atragantan. «Amor mío.» Las palabras le molestan tanto que de pronto se siente agarrotada entre sus brazos y desea separarse de él. Theo desenreda lentamente su cuerpo de ella, como si notase su necesidad de distancia.

—Prepararé un poco de té —dice Theo, levantándose de la cama, evitando el contacto visual.

Valentina lo observa en toda su gloriosa desnudez mientras él atraviesa la habitación a grandes zancadas. Aunque se ha puesto el camisón de seda de Valentina, eso no le resta ni un ápice de virilidad, subrayando los contornos masculinos de su cuerpo. Valentina nota un cosquilleo debajo del ombligo, cada vez más y más profundo, mientras lo mira saliendo por la puerta. ¿Por qué ha sentido aquel escalofrío entre sus brazos? Ahora le gustaría hacer el amor.

Echa un vistazo al reloj. Ya son más de las siete. Debería levantarse; la espera un día ajetreado, aunque todavía no logra incorporarse del santuario de su cama. Bosteza y se despereza, esperando a que regrese Theo con el té. Se alegra de no haber manchado la mañana con sus miedos narcisistas.

Valentina no está orgullosa del pasado. Nunca ha entendido la obsesión de sus contemporáneos por la transparencia en las relaciones. La necesidad de sacar a relucir toda tu historia personal y esperar que tu amante la comparta. Le desconcierta que tantas mujeres jóvenes traten de manipular a sus novios mediante la lástima. Lo último que quiere es ser una víctima. No, más vale no mirar atrás, mantener siempre un poco de misterio. En su opinión, es mejor guardarse los secretos para uno mismo. Ese ha sido siempre su lema. Sin embargo...

No consigue sacarse de la cabeza las palabras de Gina Faladi. Dichas con toda la inocencia, por supuesto. Gina es una mujer dulce, un poco demasiado sumisa en opinión de Valentina, quien ha visto cómo se deja mangonear por su novio Gregorio. A saber cómo será en la cama. Pese a todo, Gina es una de las mejores maquilladoras con las que haya trabajado jamás Valentina. La semana anterior viajaron juntas a Praga para una sesión fotográfica para *Marie Claire*. Fue en el viaje de regreso a casa, tras un par de copas de vino a bordo del avión, cuando Gina le planteó la pregunta que ahora le da vueltas en la cabeza como un gran gato negro.

—¿Y adónde va Theo?

Eso era lo que había dicho Gina. Valentina estaba a punto de responder que no tenía ni idea ni le importaba, que entre ella y Theo no existían los celos, pero cuando vio que Gina empezaba a arquear las cejas cambió de idea.

—A trabajar. —Valentina le dio un sorbo a su vino tinto—. Va a exposiciones. Conoce a artistas. Compra obras de arte.

Se extendió vagamente. Era una buena excusa y quién sabe si era cierta. Pero el hecho es que Valentina no tiene ni la más remota idea de adónde va su amante cuando desaparece una vez al mes varios días seguidos. Sí que ha visto varias reseñas suyas, y antes de que se conocieran había publicado dos libros, uno sobre el expresionismo alemán y el otro sobre el futurismo en la Italia de los años veinte, pero a duras penas era la cantidad de obras que una esperaría de un crítico de arte tan trotamundos. ¿Y qué estaba haciendo en Milán? Sus escasas clases en la universidad apenas le reportaban ingresos. Si regresara a Estados Unidos, sin duda podría encontrar un puesto mejor . Sin embargo, cuando le había preguntado a Theo por qué estaba en Italia, él había evitado responder y había agitado los brazos como un auténtico italiano, manifestando vagamente que estaba donde tenía que estar en ese momento. Valentina esperaba que en cualquier momento él le dijera que volvía a su país. Y no obstante seguía instalado en Milán casi un año después de haberse conocido.

Al principio, a Valentina no le importaba adónde iba Theo. En realidad, durante el primer par de meses de vivir juntos esperaba con anhelo sus breves desapariciones. Todavía dudaba sobre si no se habría precipitado en su ofrecimiento, y culpaba de tal precipitación a las palabras de su madre.

—No permitas que te posea, eso es lo que quieren todos. Y por el amor de Dios, no os pongáis a vivir juntos.

Como era habitual, su madre la había desanimado. De todos modos, ¿qué había llevado a Valentina a llamarla? Se encontraba en una especie de nube después de unas primeras semanas excitantes con Theo, y había sentido el estúpido deseo de compartirlo con su madre. Incluso se había quedado levantada hasta altas horas de la noche esperando a una buena hora para llamarla a Estados Unidos. Aunque, por supuesto, debería haber imaginado lo que pasaría. En vez de alegrarse por ella, su madre solo había visto los aspectos negativos.

—Valentina —la había advertido su madre—. Tú y yo no podemos entregarnos totalmente a un único hombre. Necesitamos espacio. Yo lo aprendí por las malas, cariño. No te precipites.

Su consejo enfureció a Valentina. Ella no era como su madre, una mujer vanidosa y egocéntrica que siempre buscaba la atención y era incapaz de compartir nada, ni siquiera con sus propios hijos. Tenía que demostrarle que estaba equivocada. Así que esa misma tarde, y para gran asombro de Theo, lo invitó a mudarse a su casa. ¿Por qué no? De todas formas, el propietario acababa de darle el preaviso y tenía que buscarse un lugar donde vivir. El apartamento de Valentina era enorme y no le costaba un céntimo, ya que pertenecía a su madre. Serían compañeros de piso, le dijo, con derecho a roce. La incongruencia de su proposición le había hecho reír, y le había dicho que estaba loca. Pero de todos modos había aceptado.

Aunque para ser sincera consigo misma, Valentina debe admitir que teme que su madre tuviera razón. Le resulta difícil acostumbrarse a transigir. Raramente discuten, y tienen gustos similares en música, comida y arte, y aun así hay pequeñas cosas que la enervan. A ella le gusta dormir con la puerta del dormitorio abierta y una luz en el pasillo, mientras que Theo prefiere la oscuridad total y la puerta cerrada. A ella le gusta el silencio mientras trabaja y él pone música. Normalmente es algo que les gusta a los dos, pero en ocasiones pone música de los ochenta que habría encantado a su madre —Joy Division, The Cure— a un volumen tan alto que Valentina la oye incluso cuando está en su estudio o en el cuarto oscuro revelando fotografías. Siempre le hace rechinar los dientes. Y a veces él charla demasiado. Ya procura no hablar sobre sí mismo ni importunarla con demasiadas preguntas sobre su madre (algo que todos sus demás amantes acababan haciendo, lo que los distanciaba de ella inmediatamente), pero es molestamente proclive a las discusiones. Por supuesto que pueden ser sobre arte, o sobre una película que acaban de ver, y eso está bien. Pero a Theo también le encanta enredarse en conversaciones sobre sucesos de actualidad, economía o historia. La interroga constantemente sobre política italiana. ¿Qué piensa ahora la gente de Mussolini? ¿Cómo había vivido su familia durante la Segunda Guerra Mundial? A Valentina no le interesa. Ya tuvo que tragar suficiente política cuando era niña. Las batallitas que le contaba su madre al acostarla sobre lo que le había ocurrido a su familia antifascista durante la guerra habían bastado para hacer que aburriera la política de por vida, así como oír a su madre discutir sobre las virtudes y defectos del comunismo con su hermano Mattia, las raras veces que se veían. En cierto modo consideraba que el choque ideológico entre sus padres era el motivo por el que su padre se había marchado hacía ya tantos años. A Valentina no le gustan los idealistas. Personas que desatienden a sus familias en pro del bien común. Theo parece más pragmático, ¿cómo puede no serlo con la educación que ha recibido? No obstante, cuando empieza a hablar sobre el mundo y las esperanzas de cambio, le pone los nervios de punta. ¿No se da cuenta de cómo tensa ella los labios en una línea no comunicativa, de cómo aprieta los dientes cuando él insiste en pedir su opinión? ¿No es una coincidencia que normalmente al día siguiente Theo le anuncie que se marcha en viaje de negocios, como si supiera que ella necesita estar sola? Desde niña, Valentina se ha acostumbrado a la soledad. Se crio como si fuera hija única, ya que Mattia tenía trece años y estudiaba lejos de casa cuando ella nació. No ha visto a su padre desde que tenía seis años, y tampoco Mattia sabe dónde está. Así que estaban solas ella y su madre, que le enseñó a ser autosuficiente desde muy temprana edad. Cuando era muy pequeña, su madre se la llevaba consigo en sus trabajos de fotógrafa, y Valentina aprendió a entretenerse sola durante las largas horas que pasaba esperando, de ahí que sea una ávida lectora.

Cuando Valentina cumplió los doce años su madre empezó a dejarla en casa en Milán con la excusa de que no quería que interrumpiera sus estudios, aunque Valentina sospechaba que en realidad era para que su hija adolescente no le cortase las alas. Todos los hombres amaban a Tina Rosselli. Era un icono en su mundo de *glamour* y estilo. Dicho sea en su honor, su madre jamás escondía su edad, pero que la acompañase una versión manifiestamente más joven de sí misma era mucho más de lo que podía soportar su vanidad. De modo que para cuando Valentina tenía trece años podía pasar toda una semana sola en el piso, con la única compañía de *Tash*, la enfurruñada gata de su madre. Recordaba haber invitado a Gaby a casa un viernes después de clase y el asombro absoluto de su amiga cuando supo que había pasado toda la semana sola. Era algo que se cuidaba mucho de no contar en el colegio.

—Pero, ¿quién te cuida? —le había preguntado Gaby, con los ojos como platos, sin poder disimular la lástima.

—No necesito a nadie que me cuide —había contestado Valentina altivamente.

—¿Te lo haces todo tú? —había preguntado Gaby—. ¿La ropa también?

Valentina no pudo evitar darse cuenta de que su amiga miraba las arrugas de su uniforme escolar. Las monjas siempre la estaban regañando por su atuendo desaliñado, crítica que ella nunca transmitía a su madre, que estaba enormemente orgullosa de su aspecto y del de su hija y que siempre dejaba instrucciones estrictas a Valentina para que fuera bien arreglada. Al parecer, eso era más importante que la comida.

—No me importa mi aspecto —dijo con toda tranquilidad—. Solo es el colegio.

Gaby colgó con cuidado la cartera escolar en el respaldo de una silla de la cocina. La mesa estaba sucia, con tazas sin lavar y un par de platos pegajosos.

—¿Así que cocinas tú misma? —le preguntó a Valentina.

—Más o menos —respondió ella mientras se dirigía pavoneándose a la nevera, sintiéndose muy adulta—. ¿Tienes hambre?

—¡Siempre! —Gaby le sonrió—. ¡Eh, podríamos comer todo lo que se supone que no tenemos que comer! Iré a la pastelería mientras tú cocinas.

Valentina abrió la puerta de la nevera y miró en su interior. Había un bote de pesto, un taco de queso parmesano y un envase de *rigatoni*. Y nada más. Gaby se unió a ella junto al frigorífico y rodeó la cintura de su amiga con el brazo al ver su irrisorio contenido.

—¿No hay nada más? —susurró horrorizada.

Valentina no pudo responder. Al contemplar el interior de su nevera con los ojos de su amiga se sintió tan avergonzada de su madre...

—Es que mamá no está mucho por la comida.

Gaby la estrechó por la cintura.

—Si quieres, te preparo un plato para chuparse los dedos. Mi madre me ha enseñado.

Valentina se mordió el labio. Quería mucho a su amiga Gaby, pero a veces no podía evitar sentirse un poco celosa. La madre de Gaby era una de esas matronas italianas tradicionales: regordeta, afectuosa, siempre dándote de comer. Por eso, se quejaba Gaby, ella tenía el doble de volumen que Valentina. Sin embargo, Valentina admiraba las incipientes curvas de Gaby, mientras que ella seguía siendo alta y delgada, sin ninguna forma. A Valentina su madre jamás le había enseñado a cocinar.

—Vale, iré a la pastelería a comprar unos pastelitos —se ofreció Valentina.

—¡Cómpralos variados, cuatro distintos! —le gritó Gaby a Valentina mientras salía por la puerta.

Gaby no se limitó a cocinar para ella, un suntuoso almuerzo de *rigatoni* al pesto, con una sabrosa salsa de tomate (¿de dónde sacó los ingredientes entre el caos de los armarios de la cocina?), sino que cuando Valentina regresó con los pasteles también había barrido el suelo, lavado los platos y limpiado la mesa de la cocina. Aquello dejó pasmada a Valentina. El deseo de su amiga de cuidarla, porque sabía que a ella ni se le ocurriría hacer lo mismo por Gaby.

—¿No te sientes sola? —le había preguntado Gaby mientras ella despachaba la salsa de tomate, lamiendo la cuchara con hambre.

—Nunca —había dicho Valentina, reclinándose atrás en la silla y disfrutando de la rara satisfacción de sentir la panza llena—. Me gusta estar sola. Aunque no me importaría tenerte a ti de cocinera.

Este gusto por la soledad nunca ha desaparecido. De modo que, hasta las palabras fatídicas de Gina, Valentina había esperado con ilusión las breves ausencias de Theo. Solo dos, como máximo tres días fuera. El tiempo suficiente para saborear la soledad y para echarlo de menos, pero no demasiado tiempo como para preocuparse por dónde estaba o qué estaría haciendo. El hecho de que él nunca le haya ofrecido ninguna explicación sobre adónde va demuestra que cree que están por encima de la actitud posesiva en la que se empantanan otras parejas. En realidad, ante todo son compañeros de piso, y en segunda instancia, amantes. Theo nunca le pregunta a qué dedica el tiempo mientras él está fuera.

Valentina se levanta de la cama, descorre las cortinas y abre ligeramente el ventanal. Nota el frescor de la brisa otoñal, y aunque se le pone la piel de gallina con el frío, le gusta permanecer desnuda. Cierra los ojos y siente el viento como una mano que la acaricia desde la frente, bajando por las mejillas y el cuello hasta la garganta y el pecho. Nota que se le endurecen los pezones a medida que baja la temperatura dentro de la habitación y el viento la roza entre las piernas. Oye el flujo constante del tráfico de Milán, los latidos de la ciudad, y sin embargo también capta la paz que hay. Imagina estampas aleatorias de tranquilidad: una paloma que echa a volar en los claustros de Sant'Ambrogio, una barca bajando por la corriente del canal de Naviglio, un columpio vacío que oscila con la brisa en Parco Sempione. Valentina capta el olor de las hojas muertas, las imagina cayendo en espiral desde las copas de los árboles de Via De Amicis. Le gusta esa época del año en Milán. La ciudad se ha refrescado finalmente tras la intensa humedad del verano. Agosto puede ser una pesadilla, cuarenta grados y sin embargo un cielo gris como el plomo. Todo el mundo hace lo posible por marcharse. Aquel año, Theo y ella se han escapado tres semanas a Cerdeña. El calor es el mismo, pero la brisa marina lo hace menos opresivo.

Valentina abre los ojos y siente nostalgia de aquellos días en la isla, en medio de la naturaleza, desnuda sobre la arena caliente, percibiendo el penetrante olor salobre del agua del mar que resbala por su cuerpo. Se imagina que vadea las aguas templadas mientras cruza el dormitorio, siente el peso de su desnudez y se ve fugazmente de espaldas al pasar junto al espejo. Los hombres siempre han admirado su trasero. Y tiene que admitir que está bastante orgullosa de él. Tras haber sido tan delgada de adolescente, se sintió complacida al ver que finalmente se desarrollaban sus curvas. Detesta a las mujeres que se avergüenzan de su propio cuerpo. Esforzándose por ponerse el bañador escondidas detrás de una toalla en la playa, acomplejadas y apartando la vista cuando se prueban ropa en las tiendas. ¿No se dan cuenta de lo hermosas que son, en toda su diversidad, dentro de sus contornos sinuosos, el terciopelo cremoso de su piel, sus pechos de todas formas y tamaños, y sus estómagos blandos, sus caderas anchas, sus muslos voluptuosos? Las únicas mujeres que conoce que son tan abiertas como ella respecto a su desnudez son las modelos a las que fotografía. Esas muchachas delgadas como palos tienen más que superado cualquier tipo de acomplejamiento. A veces, cuando ve a modelos evidentemente anoréxicas se pone tensa, casi enfadada. Valentina es, como te dirán todas sus amistades, una de las personas con menos prejuicios que puedas llegar a conocer. No obstante, la anorexia le recuerda fantasmas de su pasado. Imágenes de su madre que desearía olvidar.

Cuando vuelve Theo al dormitorio con una bandeja cargada con una tetera, tazas y platillos, Valentina está de nuevo en la cama, sentada y expectante, con una almohada detrás de la espalda para no clavarse el cabezal de hierro de la cama. Esta es una de las ventajas de vivir en pareja. Por el simple hecho de prepararle una tetera, Theo hace que se sienta querida. Su amante coloca cuidadosamente la bandeja en el centro de la cama y vuelve a meterse entre las sábanas junto a Valentina.

—¿Vas a ser madre? —le pregunta.

La frase la hace sonreír. Lo último que imaginaría de su madre es que se sirviera el té de una tetera como una duquesa.

—Por supuesto —le dice a Theo, con una mirada de complicidad—. Ya sabes que a veces me gusta estar al mando.

Theo le devuelve la sonrisa mientras ella coge la tetera y empieza a servirse. Mientras lo hace, Theo se inclina hacia delante y le cubre los pechos con las manos.

—No quiero que «mi» propiedad se salpique de té caliente —explica, guiñándole el ojo.

Valentina se las aparta de un manotazo, como si nada, aunque en parte le gusta. Se reclina hacia atrás sobre la almohada, sujetando la taza de té caliente entre las manos, y se pregunta si no serán la viva imagen de un viejo matrimonio, sentados los dos juntos en la cama, tomando té Earl Grey para desayunar. Bueno, al menos están desnudos, piensa como consuelo.

—¿Te encuentras mejor? —le pregunta Theo.

Valentina asiente con la cabeza mientras sorbe el té. El líquido caliente la reconforta, y sí, puede afirmar sinceramente que los miedos nocturnos están desterrados para lo que queda del día. Theo deja su taza de té en la mesilla de noche, se inclina adelante y le besa el cuello, justo debajo de la oreja. A Valentina le hace cosquillas, pero también le acelera un poco el corazón.

—Tengo que preguntarte una cosa —susurra Theo, levantando el pelo de Valentina con su aliento.

Ella se pone tensa, algo inquieta. No, ahora no, no quiere hablar de eso esta mañana.

—Tengo que levantarme. Quiero revelar unas fotos antes de ir a la sesión —dice, dejando la taza en la bandeja.

—Solo es una preguntita, Valentina, no te preocupes. —Ella lo mira y él le sonríe con aire de inocencia. ¿Se está burlando de ella?

—Bueno, pues adelante.

—Mis padres van a venir a Europa —dice Theo—. Primero irán a Ámsterdam a visitar a unos parientes, pero luego han pensado en venir a verme, a vernos, aquí en Milán.

—Les has hablado de mí.

—¡Pues claro que les he hablado de ti! —Theo se ríe—. Llevamos seis meses viviendo juntos, Valentina. Se mueren de ganas de conocerte.

Valentina mira a Theo horrorizada. Él está totalmente relajado, como si el hecho de que sus padres viajen a Milán y que él quiera que la conozcan fuera intrascendente. Valentina nota que se le seca la boca y, por unos instantes, es incapaz de hablar.

—No vendrán hasta finales de noviembre —prosigue él—. Sé que aún falta mucho, pero quería avisarte con tiempo —explica Theo algo dubitativo, pues empieza a apercibirse de la expresión de su cara—. Ya sé que no te entusiasman todos estos rollos familiares.

Valentina niega con la cabeza con vehemencia.

—No, lo siento. No puedo conocer a tus padres.

—¿Qué?

Theo parece atónito y se queda boquiabierto.

—Ya te lo había dicho. Yo soy así —dice ella fríamente, apartando las mantas. Se dispone a salir de la cama, pero Theo la agarra de un brazo, refrenándola.

—Valentina —dice dulcemente—. No tienes por qué preocuparte, de verdad. Son buena gente. Les he hablado mucho de ti. Solo quieren conocerte.

Valentina vuelve la cabeza bruscamente.

—¡Se lo has contado todo! —le espeta.

—Pues claro que sí. Eres mi novia. —Theo parece dolido.

—Primera noticia —replica ella con crueldad.

Theo frunce el ceño, perplejo.

—¿Pues qué eres, entonces, si no eres mi novia? Estamos viviendo juntos, Valentina. Ya hemos pasado por...

—No lo digas... Te dije que no volvieras a mencionarlo...

—Pero Valentina...

Ella levanta la mano y lo detiene antes de que empiece a hablar.

—Soy tu amante, Theo. Y es un papel muy diferente del de una novia. El término «novia» implica que tenemos algún tipo de relación estable, un posible futuro. «Amante» es un término más transitorio, es una condición temporal.

—¡Por Dios, Valentina! Eres una mujer exasperante.

—Supongo que lo recuerdas —dice ella con calma y con una agradable sensación de estar al mando—. Cuando te mudaste a este apartamento ya te dije que era por mutua conveniencia. A los dos nos iba bien. Pero también te dije que no sería para siempre, ¿verdad?

Valentina escucha su propia voz, pero le parece una voz ajena y le recuerda desagradablemente a su madre hablando. «No permitas que te posea.»

—Valentina, no te estoy pidiendo que te comprometas a nada serio conmigo. Solo son mis padres. Me gustaría que los conocieras, nada más.

—Lo siento, Theo —responde ella, levantándose de la cama

y mirándolo—. No quiero. Pueden quedarse aquí, pero yo me iré. Tendréis la casa para vosotros. Es mucho mejor así.

Theo la mira de arriba abajo, incrédulo. Su simple mirada basta para ponerle los pezones duros, y Valentina no puede dejar de fijarse en la reacción que provoca en él, a su vez, la visión de su cuerpo desnudo.

—No, ni mucho menos —dice Theo en voz baja, suplicándole con su intensa mirada azul.

Una parte de ella quiere ceder, volver a meterse en la cama, abandonarse entre sus brazos y acceder. Sin embargo se siente dominada por el terror. No soporta la idea de conocer a los padres de Theo, sería algo que la acercaría demasiado a él, le haría entrar demasiado en su mundo. Y si eso ocurre, ¿cómo encontrará la forma de volver a salir cuando la relación termine? Porque, sin duda, algún día se cansarán el uno del otro. Nada dura para siempre. Valentina suspira profundamente y se vuelve de espaldas a él, coge su camisón de donde él lo había dejado en el suelo y se lo pone, atándoselo bien ceñido a la cintura.

—Ahora no puedo hablar de eso, he de vestirme. Hoy tengo muchas cosas que hacer.

Valentina se dirige al tocador, coge el cepillo del pelo y se peina con desgana. Ve que Theo se levanta de la cama, con la derrota todavía evidente en su rostro, y se siente culpable. Toca cambiar de tema.

—¿Quieres ir a la inauguración de Antonella, esta noche? —pregunta, tratando de parecer más animada. Theo se detiene junto a la puerta del dormitorio, toalla en mano.

—Lo siento, no puedo. He de marcharme. Tengo otro trabajo.

—¿Otra vez?

Las palabras se le escapan de la boca. Ya no hay remedio. Valentina desearía podérselas tragar de nuevo. Se vuelve rápidamente de espaldas a él, pero aun así puede ver la cara de Theo en el espejo del tocador. Su expresión es ahora impasible.

—¿No quieres que me vaya? —le pregunta.

Valentina se retracta, enfurecida.

—No, por supuesto que no me importa. Solo que me ha sorprendido. No sabía que volvías a marcharte hoy... —Su voz se va apagando y de repente se siente tonta, desprotegida.

—¿Quieres que lo anule? —pregunta él, apoyándose en el marco de la puerta y mirándola con interés.

—No, claro que no —suelta ella, irritada—. Simplemente me preguntaba adónde ibas. Tampoco pasa nada.

Valentina procura fingir indiferencia y se concentra en arreglarse los cabellos.

—¿Seguro que no quieres que me quede? —pregunta Theo, y Valentina siente el calor de su mirada, aunque sigue evitando sus ojos.

—No, ya te he dicho que no me importa —dice bruscamente—. Solo siento curiosidad, eso es todo —añade, suavizando la voz.

Theo deja caer la toalla y avanza hasta quedar de pie detrás de Valentina. Se inclina hacia ella y le acaricia la mano. Ella nota su erección empujando la seda que cubre su trasero. Sabe que la está tentando para que se vuelva y lo toque. Pero se resiste.

—Siempre había pensado que no te interesaba demasiado adónde voy ni qué hago —pregunta él tranquilamente.

—Tienes razón. Realmente no sé por qué te lo he preguntado. Me gustan los misterios —explica, como sin darle importancia—. Son una ayuda para que las cosas no se vuelvan aburridas.

—Ya.

Theo le da la vuelta en el taburete y sonríe como si supiera algo que ella ignora.

—¿Qué pasa?

Con el dedo, Valentina le empuja el ombligo, que es tan firme que casi rebota. ¿Qué crítico de arte tiene semejante físico?

—Tengo un regalo para ti —le dice Theo—. Creo que evitará que te aburras mientras no estoy.

—¿De verdad? —pregunta ella con voz ronca, tendiendo la mano para tocarlo. Bien mirado, tal vez sí tiene tiempo para hacer el amor antes de irse a trabajar. Se muere por sentirlo dentro de ella. La conversación de la mañana la ha dejado desasosegada. Sabe que hacer el amor la calmará. Sin embargo, cuando está a punto de rozarlo, Theo retrocede y sacude la cabeza, mirándola provocativamente.

—Calma, calma, Valentina —dice cruzando la habitación hacia el armario—. Paciencia.

Theo abre el armario, coge un paquete grande del fondo y lo coloca en el tocador delante de ella.

—Pero, ¿por qué me haces un regalo? —pregunta Valentina, y sus ojos se encuentran en el espejo. Theo duda por un instante y sostiene una mirada que parece significar mucho. Palabras que ella no quiere admitir. Valentina aparta la vista.

—Porque creo que ha llegado el momento de que tengas esto —dice Theo.

O sea que no es algo que ella pueda querer, o que pueda gustarle, sino algo que debería tener. ¿Cómo puede ser tan obtuso? Valentina se acerca para desenvolverlo, pero Theo pone la mano sobre la de ella y le sujeta el puño. Valentina levanta la vista hacia el reflejo de Theo en el espejo. Esos ojos... Siente que el tiempo se ha detenido mientras mira fijamente los ojos azules glaciales de Theo, el único de sus rasgos que revela su procedencia, y por una vez siente curiosidad por sus secretos. Se ve a sí misma reflejada: diminuta y desnuda. Una pequeña mariposa de carne impresa en su iris.

—Ahora no —dice Theo, levantándola del taburete del tocador—. Ábrelo cuando ya me haya ido.

La besa y Valentina se abandona a su tacto. Theo deshace el nudo de su camisón y lo aparta de sus hombros para que caiga al suelo. Su pene erecto aprieta contra la pelvis de Valentina y ella lo ansía, se muere de ganas de sentir a Theo dentro de ella. Se levanta de puntillas y envuelve una pierna alrededor de la espalda de Theo, que casi sin aliento la levanta y empuja hasta penetrarla.

—Valentina —jadea—. Oh, mi Valentina...

—Chsss —dice ella, apoyándole el dedo índice sobre los labios para hacerlo callar.

Cuando él la lleva, Valentina, sin deshacer su abrazo, siente su verga cada vez más profunda dentro de ella. Caen juntos sobre las mantas, como un solo ser, y ella lo estrecha con fuerza, instándolo a moverse más deprisa y con más ímpetu. Él se alza encima de ella, cogiendo sus dos manos en una de las suyas y levantándolas por encima de su cabeza. Valentina se siente perdida en el poder de su pasión. Theo tira hacia atrás con una lentitud pasmosa y Valentina no puede evitar jadear ligeramente cuando de repente él vuelve a embestirla. Valentina se une al movimiento, impulsándose con todas sus fuerzas para convertirlos a ambos en un único ser palpitante. Valentina cierra los ojos, relajándose por fin. Eso es lo que necesita. Abandono total. Es todo sensación, su cuerpo la guía, el pensamiento no cuenta. Theo la toca en lo más profundo, como solo él puede hacerlo, y ella empieza a latir alrededor de su miembro viril. Le viene una imagen de ondas en el agua, que crecen sin parar, disminuyen sin parar alrededor del remolino que tiene en el mismo centro de su cuerpo. Llegan los dos juntos al clímax y Valentina se siente arrastrada hacia abajo, como si la cama fuera el fondo de un océano que la ahoga. El agua es negra.

Poco después, Theo la mece entre sus brazos. Valentina sabe que tiene que levantarse, llegará tarde al trabajo, y no obstante se siente paralizada, firmemente sujeta entre los brazos de su amante.

—¿Valentina? —susurra él a su oído.

—No digas nada —le ruega ella—. No estropees esta paz.

Pero él no le hace caso.

—Valentina, ¿quieres ser mi novia, por favor?

Ella no responde.

—Valentina, quiero que seamos algo más que amantes ocasionales. Algo más que compañeros de piso.

Ella se vuelve para mirarlo.

—No, Theo, no quiero.

—¿Estás segura?

Ella asiente con la cabeza y ve en su expresión tanta tristeza que casi accede a su petición. Pero, ¿qué sentido tendría? Ella no tiene madera de novia.

Valentina trata de consolarlo con su cuerpo. Le pone las manos en el pecho, ensortija su vello entre los dedos y tira de él, luego se lleva los dedos hacia los labios y, tras lamerlos, pellizca fuerte los pezones de Theo. Mientras, él no deja de mirarla fijamente, sin decir nada, pero su cuerpo no responde. Finalmente, Theo toma las manos de Valentina entre las suyas, las levanta y las aparta de su cuerpo.

—¿Por qué no? —le pregunta, abrasándola con sus ardientes ojos azules—. No quiero que cambies. Solo quiero poder decir que eres mi novia.

—Theo..., no puedo... Ya lo sabes..., ya te lo había dicho.

Mientras sus torpes palabras se tropiezan unas con otras, libera sus manos de las de su amante.

—¿Por qué no te das un poco de tiempo? Solo te pido que lo intentes, Valentina.

Ella desea gritarle que no servirá de nada. No puede permitirse enamorarse de él. Y, sin embargo, se encuentra prometiendo que lo pensará. Le deja marcharse esperanzado, y eso no es justo.

Ya es demasiado tarde. Theo se ha ido. ¿Adónde? No tiene ni idea, excepto que es un lugar donde hará frío, porque se ha llevado la chaqueta de plumón y las botas de nieve. Valentina se alegra de que no haya insistido más. «¿Quieres ser mi novia?» No, jamás. ¿Por qué no puede dejar que las cosas sigan como están? Ocasionales. Divertidas. Seductoras. Aunque el hecho de compartir piso tiene poco de ocasional, sospecha. ¿Ha hecho mal al permitir que un hombre se instale a vivir con ella?

¿Y por qué necesita Theo algún tipo de compromiso por su parte? Valentina no quiere que se marche..., pero tampoco puede darle lo que él desea. Tal vez su madre tenga razón a fin de cuentas, piensa con amargura. Tal vez ella y su madre son iguales. Mariposas inconstantes, revoloteando de un hombre al siguiente.

Valentina se sacude la idea de la cabeza y coge el paquete que Theo ha dejado en el tocador. Comprueba con sorpresa que pesa bastante y vuelve a dejarlo donde estaba. Es un paquete de papel marrón liso atado con un cordelito. No hay etiqueta. Ni tarjeta. Valentina siente una enorme expectación. ¿Qué puede ser? Espera que sea un espléndido detalle romántico. Ay, Dios, ¿y si resulta ser una propuesta de matrimonio? La idea la horroriza. No tiene la menor intención de casarse, jamás.

Valentina da un paso atrás y mira el paquete. No está segura de estar lista para afrontar lo que oculta aquel papel marrón. Tiene la sensación de que se trata de algo importante. Entra en el baño y abre la ducha a toda presión. Mientras el agua humeante cae en cascada sobre sus hombros, espalda, vientre y muslos, Valentina abre la boca y deja que se inunde de agua. Trata de librarse de la ansiedad, de olvidar la mirada que le ha dirigido Theo justo antes de marcharse. ¿Por qué será que todos sus amantes quieren enjaularla? Había albergado la esperanza de que Theo fuera diferente. Le ha dado mucho espacio, pero aun así él no se siente satisfecho. Sin embargo, lo que más molesta a Valentina es hasta qué punto empiezan a fastidiarla sus viajes. A veces se despierta a media noche cuando él no está y se pregunta si se encontrará bien. La asalta la tentación de mandarle un mensaje de texto, pero al final siempre logra reprimirse. Tienen por norma no ponerse en contacto cuando uno de los dos está fuera. Valentina detesta la fastidiosa naturaleza de los mensajes de texto. Lo último que quiere en el mundo es sentirse necesitada.

Valentina se está subiendo las medias cuando ya no puede soportarlo. Tiene que saberlo. Agarra el paquete sin llevar puesto nada más que el tanga, el sujetador y una media transparente. Lo aprieta y trata de sopesarlo en sus manos. Podría ser un cuadro o un libro. En cualquier caso, es demasiado grande para tratarse de un anillo, gracias a Dios. Desata el cordel, cosa que tarda siglos en hacer porque está muy bien apretado. Típico de Theo. A continuación desgarra lentamente el papel hasta que queda hecho pedazos a sus pies.

Valentina sostiene un libro negro. Lo examina y cae en la cuenta de que es un álbum, aunque antiguo, encuadernado en una especie de terciopelo negro tan desgastado que ya no es afelpado, sino una simple tela. Cuando abre el libro, de él emana un intenso aroma a rosas secas, dulces y marchitas. Valentina contempla el libro abierto y se sienta en la cama, sorprendida. Qué extraño. Su regalo es un acertijo. Pegado a la primera página del libro hay un negativo. Enseguida se da cuenta de que es antiguo porque es más grande que los negativos modernos. También tiene un matiz amarillento. Está pegado al grueso papel como de tarjeta con un trocito de cinta adhesiva, para que pueda retirarlo fácilmente. Lo saca y lo sostiene a contraluz, pero le resulta imposible distinguir la imagen. Vuelve la página y en la siguiente hay otro negativo. Vuelve la página siguiente y la siguiente. En todas hay negativos. Nada más. Sin palabras. Sin fotos. Sin explicaciones. Se siente inexplicablemente molesta y tira el libro detrás de ella sobre la cama. ¿Qué clase de regalo es ese?

«No es ningún regalo ordinario, eso es lo que es, Valentina.»

Le parece oír la voz de Theo dentro de su cabeza y no puede evitar sentirse tranquilizada. Coge el negativo que había arrancado del álbum. Esto es más que un regalo, piensa. Es un juego. Siente un estremecimiento de excitación en el estómago. Theo está jugando con ella. Le está dando pequeños fragmentos, pero ¿de qué? ¿De sí mismo, de ella, del misterio que los rodea? Es divertido, y evidentemente no se trata de ninguna propuesta de matrimonio ni de nada excesivamente romántico. Deja con cuidado el negativo en el escritorio de su dormitorio y se sube la otra media. Se muere de ganas de entrar en el cuarto oscuro para sacar una impresión y descubrir la primera pista de la adivinanza de su amante.

Belle

Vuelve al amanecer para entrar en su propia laguna profunda de sueños. Se echa boca arriba, con los brazos levantados y agarrándose al cabezal, los dedos de los pies estirados, las sábanas enroscadas alrededor de su cuerpo desnudo. A través de una rendija en las cortinas atisba el rubor rosado del día. Oye a un pájaro que la llama e imagina sus plumas lustrosas bajo el sol de la mañana, posado en su balcón y cantando con tanta libertad como la que siente ella en su espíritu. Cierra los ojos y recuerda las sensaciones de la noche, la piel de un desconocido contra su cuerpo y el olor almizclado del deseo compartido.

No se siente mala; tampoco se siente buena. Es indiferente a esas valoraciones. Escucha las campanas de las iglesias de Venecia, sincronizadas con los latidos de su corazón, y las olas acompasadas del canal bajo su ventana. Se lleva la mano a la frente, levantándose el flequillo, como si quisiera comprobar si tiene fiebre, aunque está recordando el calor de la mano de él en su frente, menos de dos horas antes.

Imaginadla ahora. Corre el año 1929. La señora Louise (Ludwika) Brzezinska y la joven Louise Brooks. Son espíritus gemelos, la actriz y ella. Mujeres que desean compartir su sexualidad, su erotismo y su afecto. A pesar de las posesiones de su marido, Louise no puede vivir solo con él. Se siente impulsada a correr riesgos porque necesita ser otra Louise. La Louise que interpreta el papel de Belle, protagonizando su propia película privada. Una vez encendida, su pasión por el sexo se niega a saciarse.

La primera vez ocurrió casi por casualidad. Iba de camino a una fiesta de disfraces. Su marido estaba en el extranjero y ella había decidido ser valiente y asistir sola. Esperaba aquella fiesta desde hacía mucho tiempo. Su vida se había vuelto tan aburrida... Todos los días ocupada llevando la casa y cuidando de su marido y de las necesidades de su familia. Las únicas veces que salían era para ir a misa. La fiesta le ofrecía una pequeña evasión, sobre todo porque era obligatorio ir disfrazado. A ella le gustaba disfrazarse. Le gustaba ser otra mujer.

Decidió ser atrevida (puesto que su marido no estaba en casa para reprochárselo) y copiar la imagen de una postal de una máquina recreativa de América que le había dado uno de los socios de su marido, en la que aparecía una joven vestida al estilo egipcio. Desde el descubrimiento de la tumba de Tutankamón pocos años antes, se había sentido fascinada por la imaginería egipcia. En la biblioteca de su marido había encontrado algunos libros sobre los antiguos dioses de Egipto: oscuros y amenazadores, medio hombres medio bestias. Se había pasado horas estudiando a Horus y Toth con sus cabezas de pájaro, y al más siniestro de todos, Anubis, medio hombre medio chacal, guardián de los muertos pero con una sexualidad poderosa. A veces, durante las noches de aquellos días solitarios dedicados casi en exclusiva a aquellos libros, soñaba con Anubis, su espléndida cara de perro gruñendo, lamiendo, mordiendo, mientras su mitad de hombre la penetraba, satisfaciéndola de un modo que su marido jamás podría.

Aquella noche, Louise quería ser egipcia precisamente porque el disfraz le producía esas mismas sensaciones, y también por lo que representaba Anubis: la fina línea que mediaba entre lo subyugante y lo macabro. Le pidió a su costurera que le confeccionara un conjunto resplandeciente: una túnica larga y transparente de gasa negra decorada con cuentas doradas que llevaba bajo una falda de seda color crema abierta en el centro. La falda quedaba sujeta a su cintura con una tira de damasco dorada que se curvaba detrás, realzando su silueta. La parte de arriba era de seda negra, sin mangas, y abierta a ambos lados hasta la cintura. Por encima llevaba una prenda bordada que era poco más que un sostén incrustado con gruesas cuentas doradas. Por todo tocado, una cinta también dorada sujetando su melena negra. El vestido era más que atrevido y a Louise le encantó.

Su intención inicial era ir en góndola por el canal hasta la fiesta, pero en el último minuto cambió de planes. Aunque era una noche calurosa, su criada Pina había insistido en que se pusiera un chal ligero sobre los hombros, al considerar que el atuendo de su señora era un poco demasiado atrevido. Le había suplicado que llevase una de sus pieles, pero Louise replicó que hacía demasiado calor.

Louise oía el sonido de sus tacones resonando en los adoquines de las calles de Venecia. Le encantaba pasear por la ciudad, perderse y desaparecer durante horas, pese a que ello irritaba a su marido. Aquella noche había elegido un camino todavía más largo hasta la fiesta porque no quería llegar demasiado pronto. Era un paseo tranquilo por calles desiertas y estaba segura de que su marido desaprobaría su imprudencia, pero había una parte de Louise que no podía evitar desobedecerlo. Le daba satisfacción, aunque eso él jamás lo sabría.

Acababa de pasar Campo San Polo cuando se detuvo en uno de los puentecitos. Apoyó las manos en la barandilla y miró hacia un rincón del Gran Canal. En Venecia las calles son como una red de ramas estrechas que se extienden sobre un gran cielo de agua. A veces Louise se sentía abandonada en esa ciudad, que tanto podía ser un refugio como una especie de jaula. Abrió el bolso, sacó la pitillera y la abrió. El paseo le había dado calor y esperó no tener las mejillas demasiado encendidas debido a la caminata. Se fumaría un cigarrillo antes de continuar, para recomponerse. Quería tener un aspecto sereno y distante cuando llegara, como el alma sombría de una antigua diosa egipcia. Se quitó el chal de los hombros y lo miró con disgusto. A Louise Brooks no la verían ni muerta con una prenda tan mediocre. En un momento de abandono la tiró al canal. Detestaba aquel chal. Sacudió la cabeza y se puso bien la cinta dorada.

—¿Quieres que lo recupere?

Ella se sobresaltó al ver a un hombre que de pronto había aparecido a su lado.

—No, gracias —respondió, volviéndose para mirarlo.

No era alto, aunque le pareció que tenía un rostro agraciado, con los ojos de color de miel oscura y un bigote rizado y suave. Parecía joven. Tal vez de su misma edad, o incluso un poco menos. Le dio una calada al cigarrillo y lo observó fijamente. Louise vio la sorpresa reflejada en la mirada del joven por su atrevimiento.

—¿Vas a una fiesta de disfraces? —preguntó el desconocido, señalando su atuendo.

—No, a veces me lo pongo porque me apetece —mintió, disfrutando de la insinuación de su respuesta. Ladeó la cabeza y le sonrió.

El joven le devolvió la sonrisa y Louise observó que tenía una pequeña mella en uno de sus incisivos. Espontáneamente una idea acudió a su mente. ¿Cómo reaccionaría él si ella le estimulara el pezón entre los dientes? ¿Y cómo se sentiría ella si el borde roto y afilado de su diente le pellizcara la piel? Lo miró a los ojos y advirtió que sus pupilas se habían dilatado tanto que eran casi negros. El joven avanzó un paso, tentativamente, pero ella no se movió.

—¿Estás trabajando? —le preguntó en voz tan baja que pareció como si el agua bajo el puente le hablara.

«¿Trabajando?»

¿A qué se refería?

El joven se acercó un poco más. Por el brillo de sus ojos y la mano que se había llevado al bolsillo de la camisa, contando algunos billetes que había empezado a extraer, Louise comprendió de qué estaba hablando.

Sintió el incontenible deseo de tocarlo. Notó su excitación debajo del pantalón mientras él se apretaba contra las finas capas de falda, que se abrieron fácilmente en cuanto él las apartó, dejando sus piernas desnudas a la vista. Con qué descaro se acercaba aquel joven a una mujer a la que había tomado por una prostituta. Seguro que tenía novia. Era guapo, de aspecto respetable, y sin embargo de él emanaba el hálito de una sexualidad incontenible, igual que le ocurría a ella.

—¿Cuánto? —susurró.

Louise tembló de miedo y excitación. Debería haberle propinado un bofetón y haberse largado en el acto, pero no lo hizo. Los labios se le secaron, pero trató de mantener una fachada de confianza. Dijo una cifra sin saber si era una tarifa habitual y apagó su cigarrillo en el pretil del puente. Se dio cuenta de que la mano le temblaba incontroladamente por la sorpresa de sus propias palabras. Se la sujetó con la otra mano, apaciguando su asombro de sí misma. ¿Qué estaba haciendo exactamente?

El joven sacó unos billetes de su bolsillo, mirando a su alrededor para asegurarse de que nadie estuviera mirando, y se los entregó. Ella ni siquiera los contó y, con las manos todavía temblorosas, los metió en el bolso.

—¿Dónde? —preguntó él apremiándola, cogiéndola de la cintura como si temiera que pudiera escaparse ahora que ya tenía el dinero.

«¿Dónde?»

No había pensado en eso. Difícilmente podía llevarse a aquel desconocido a su casa. Y aunque pudiera, sabía que si no seguía su instinto en aquel preciso instante, ya nunca sería capaz de hacerlo. Le devolvería su dinero. Todavía podía largarse.

Pero, al mismo tiempo que la duda, surgió otra emoción, una sensación de poder que no había experimentado desde que se casó. Louise volvía a estar al mando.

—Allí —dijo en voz baja y ronca, indicando un pequeño nicho al otro lado del puente, apenas visible desde la calle.

Él esperaba que ella tomara la iniciativa. Ahí estaba la emoción, después de diez años de convivencia con su marido, quien siempre decidía dónde tendrían relaciones sexuales y siempre imponía sus normas. (No se le permitía tocarle el pene, tenía que limitarse a tumbarse boca arriba y dejarle hacer la faena.) Sin embargo, ese joven quería que ella lo tocara. Alargó el brazo, con las manos temblorosas por la expectación, y lo notó distinto de lo que había esperado. Más suave y al mismo tiempo más duro. Después de apretarle el pene con fuerza y luego relajar la mano, le pareció que el miembro se acomodaba en su palma como si fuera un ser con vida propia. Ella había apoyado la espalda en la antigua pared veneciana cuando de pronto él le apartó la falda, tan sencillamente como si descorriera una cortina. La toqueteó durante unos breves momentos y la sensación fue deliciosa. Su marido jamás la había tocado allí. Louise se bajó las bragas de seda y abrió bien las piernas. Cogió el pene del joven entre sus manos y lo empujó dentro de ella.

Ahora estaba en el Antiguo Egipto, en un oscuro mausoleo de deseo. Era la esclava de amor de Anubis. El joven gruñó junto a su cuello y juntos se balancearon hacia atrás. Él le levantó una pierna y ella la pasó por detrás de su espalda, atrayéndolo hacia sí. «Vaya, este joven ya ha hecho esto antes», pensó. Se excitó al imaginar que él supondría que ella también era una experta, y que lo único que quería de ella era sexo. El chico le lamía el cuello ávidamente mientras la penetraba. Louise se abrió la blusa de seda, se bajó el sujetador de un tirón y, poniendo la mano en la nuca del joven, lo atrajo hacia sus senos. Sí, notó el contacto de sus labios y el roce de ese diente mellado en el pezón. El desconocido acometía cada vez más deprisa, y Louise se movía a su ritmo, en vez de yacer como una muerta como lo hacía con su marido. Estaba haciendo el amor con su Dios Chacal egipcio. Lo deseaba y, no obstante, lo temía. La estaba enterrando bajo capas de caricias. La tierra profunda de su vehemente deseo le llegaba a las entrañas y extraía su pasión. ¡Ah! Pensó que el sexo no era la muerte, como ocurría con su marido. No: era la vida en la muerte.

Y ahora Louise estaba tan profundamente dentro de su Dios Chacal que ya no era carne y sangre, ya no era una mujer, sino polvo de oro bailando en el aire nocturno, una diminuta partícula del Antiguo Egipto que había cobrado vida en Venecia. ¡Hacía tanto, tanto, tantísimo tiempo que no experimentaba esas sensaciones! El miembro de ese desconocido la colmaba. Notaba que sus estremecimientos lo excitaban y que aceleraba, mordiéndole el pezón al correrse y estrechándola contra sí para penetrarla más profundamente, mucho más de lo que había hecho jamás su marido.

Tras un breve jadeo el joven se separó de ella. Sonreía de delicia, pero Louise evitó sonreír a pesar de sentirse orgullosa del efecto que había tenido sobre él. Se sentía más feliz de lo que se había sentido en mucho tiempo.

—Buenas noches, señora —dijo él, llevándose la mano de Louise a los labios y besándola delicadamente como un auténtico galán antes de desaparecer cruzando el puente.

Louise se quedó temblando. Estaba conmocionada, pero no por lo que había hecho. No se sentía avergonzada ni disgustada consigo misma. Su conmoción era por el descubrimiento de quién era. Un recipiente de amor. Su alma lo sabía, como le ocurre a cualquiera que descubre su vocación. Jamás se había sentido tan viva, tan completa, tan eufórica. ¿Qué era el amor sin sexo? No podía ser auténtico amor. No obstante, lo que su marido calificaba de sexo para ella era simple procreación. El único motivo por el que la tocaba era porque quería un hijo. En cambio, lo que acababa de ocurrir era libertad sexual en toda su gloria. Aquel chico y ella compartiendo sus deseos en un sucio y oscuro rincón sobre las aguas muertas de Venecia. Aquella era su libertad.

Louise se arregló la ropa. Sacó otro cigarrillo y se lo fumó, mirando la luna reflejada en el canal. El chal rojo que había tirado flotaba sobre la superficie como una herida abierta dentro de su esfera plateada. Un presagio del dolor que le esperaba, temió, y aun así se preguntó si alguna vez volvería a tener valor suficiente para repetir lo que acababa de hacer. Tiró el cigarrillo a medio fumar al canal y se encaminó a la fiesta, que aunque aburrida, no evitó que aquella noche fuera la más extraordinaria en su vida hasta el momento.

Se preguntó si podría tener las dos cosas mientras andaba con brío a través de la noche veneciana, con la Danza Macabra de Saint-Saëns sonando dentro de su cabeza como si fuera el acompañamiento musical para su paseo nocturno para tentar a los fantasmas disolutos de Venecia a unirse a ella en una danza de libertad. Poder tener pasión y amor, ¿eso la complacería? ¿O más bien la destruiría? No estaba segura. Lo único que sabía era que, con su marido, eso jamás sería posible. Si quería tener alguna esperanza de encontrar aquel tipo de amor, tendría que convertirse en dos personas: Louise, la esposa de un respetable hombre de negocios polaco en Venecia, y Belle, su yo oculto, la puta. Louise se hizo una promesa mientras caminaba. Buscaría ese tipo de amor a pesar de las consecuencias. Si Anubis en persona se presentara para llevársela, lo seguiría alegremente. Porque, para Louise, la vida sin amor era la muerte.

Valentina

Cuando él vuelva, ¿cómo le dirá Valentina que lo que le está pidiendo no es posible? Porque «novia» es el primer paso para... ¿qué? ¿Amor? ¿Compromiso? ¿Matrimonio? Cuando se lo diga, las cosas se deteriorarán, por más que procure evitarlo. Qué lástima. En realidad ella no quiere que se marche. Es una suerte que esté unos días fuera. Le da la oportunidad de prolongar la ilusión de que todo va bien. ¿Y si le sigue el juego con el álbum de fotos y los negativos? ¿Será eso suficiente?

Valentina cierra los ojos e intenta reprimir los recuerdos que la asaltan. Aquellas pocas semanas antes de dejar marchar a un amante. Cómo una caricia que puede excitarla un día la deja indiferente a la mañana siguiente. ¿Qué le pasa? ¿Por qué en cuanto un hombre le dice que la ama ella se enfría? Muy fácil, lo único que ocurre es que soy como ellos, piensa enojada. Ellos revolotean de ruptura en ruptura constantemente, y nunca los llaman insensibles, crueles y superficiales. Y sin embargo, por debajo de la ira, Valentina siente surgir otra emoción. Es una sensación que no quiere admitir.

Valentina deja caer la ampliación en el baño de paro y espera. Mira su reloj y cuenta. Se halla en los confines carmesíes del cuarto oscuro de su apartamento. Siempre había sido el escondite de su madre, lejos de Mattia y de ella, y probablemente del padre de ambos. Ahora es el de Valentina. Aunque ella solo lo utiliza para trabajar; no le gustan los recuerdos que evoca este espacio.

Valentina utiliza a menudo película y disfruta revelando fotos a la manera antigua, aunque nunca ha sido demasiado aficionada al cuarto oscuro. Nunca le han gustado los espacios reducidos y sin luz. Chasquea los dedos. Faltan veinte segundos para poder fijarla y encender las luces.

Deja la copia en el fijador durante cinco minutos tratando de no echarle un vistazo. No quiere mirar la fotografía hasta que esté totalmente revelada. Empieza a reordenar la hilera de copias que cuelgan encima de ella. Las baja y las examina. Se pregunta si son lo bastante buenas como para exponerlas. En opinión de Theo, lo son, pero ella no está tan segura de eso.

Hasta donde alcanza su memoria, Valentina lleva toda la vida haciendo fotos. Cuando tenía ocho años su madre, que era fotógrafa de moda, como lo es ella ahora, le regaló la primera cámara: una Kodak Duaflex II de los años sesenta que utilizaba en su trabajo. Valentina la ha guardado durante todos estos años y todavía funciona. Y aunque creció en la era digital, su madre insistió en enseñarle a utilizar las cámaras de película y a revelar fotos. Básicamente es autodidacta (bien enseñada por su madre). A pesar de haber ido a la universidad para mejorar sus conocimientos, nunca ha sido de las que siguen a la multitud. Valentina experimenta constantemente. Theo dice que de ahí proviene su talento. Dispara desde el corazón al mismo tiempo que desde la cabeza. Cuando prepara una foto, incluso para las sesiones profesionales, es básicamente instintiva, pero al mismo tiempo meticulosamente organizada. Valentina siente pasión por los detalles. Observa pequeñas cosas que para la mayoría de la gente pasarían desapercibidas: la textura de un labio, un mechón de cabello suelto, el ángulo del arco de una ceja, la longitud de una pestaña, la redondez de manzana de una mejilla o la esbeltez de un tobillo. Estas pinceladas, convertidas en primeros planos, le resultan enormemente evocativas. A menudo crea un marco con los dedos y elige un punto del cuerpo de su amante, se acerca y, por ejemplo, examina la forma exacta de la barba incipiente en el mentón de Theo, antes de que él le aparte los dedos y se burle de su obsesión.

Valentina examina su trabajo más reciente. Después de haber dedicado varios años a fotografiar a mujeres para revistas de moda y a mirar sus cuerpos, a veces tan escasamente vestidos que prácticamente están desnudas, ha empezado a sentir el impulso de hacer estudios más creativos de cuerpos femeninos. Le encanta la belleza de sus formas, y aunque no es lesbiana, mirar a las mujeres le resulta erótico y estimulante y la lleva a tratar de crear imágenes sexuales.

De momento Valentina solo se ha hecho fotos a sí misma, empleando para ello película en blanco y negro. Evita intencionadamente a las modelos y, debido a la timidez, tampoco se lo ha pedido a otras conocidas. Hasta esta última tanda de fotografías, Valentina siempre se ha retratado vestida, ataviada con alguno de los viejos vestidos que su madre llevaba en los años sesenta. Sabe que es igualita a ella y las imágenes la ponen nerviosa. El objetivo de Valentina es crear otro mundo, hecho de imágenes de fantasía, en el que las mujeres se vuelvan irreales, yuxtaponiendo inocencia y lujuria, seduciendo al espectador de forma que por muy gazmoño que sea este no pueda negar la belleza del deseo.

La nueva serie de fotografías fueron tomadas en Venecia. Siempre la ha atraído esa ciudad; sus matices poéticos y sensuales la seducen. De hecho, siente que es su hogar, mucho más que su Milán natal. Tomó las fotografías a primera hora de la mañana. Descubrió la planta baja de un *palazzo* abandonado y empezó a sacar instantáneas de la luz de la mañana filtrándose a través de las grietas de los postigos de madera. Luego salió al exterior, colándose por una puerta estrecha que llevaba al canal. El día anterior había estado lloviendo y el nivel de los canales había subido. Valentina se agachó junto a la orilla y empezó a sacar fotografías del agua turbia. Pese a que el sol de la mañana iluminaba la superficie, la suciedad impedía ver el fondo. Está llena de secretos, pensó Valentina. Percibió el olor decadente de

Venecia, un efluvio salobre y putrefacto. Su rostro se reflejó en la espesa opacidad del agua y vio que tenía un aspecto muy serio. Cambió de posición y una minúscula parte de Venecia se desmoronó en el agua, salpicando la superficie. Descubrió el reflejo de sus piernas entre las ondas que se formaron y decidió hacer unas fotos. Empezó a distinguir otras partes de su cuerpo. Se quitó la chaqueta y sacó una instantánea de uno de sus brazos desnudos. Parecía como si ya no le perteneciera, una línea ondeante, delgada y pálida que le hacía señas. La chica que había en el agua verde ya no era Valentina, sino otra, una muchacha idéntica a ella pero que, a diferencia de Valentina, quería que la vieran. Mírame. Llamaba la atención. Su cara pálida y sus ojos oscuros le suplicaban. Valentina tomó otra foto, y otra más. Se acercó y su yo acuoso se desnudó para ella. Había una foto de la parte interior de una rodilla doblada, y la parte superior del muslo, provocativamente cortada. Otra de su vientre, con un pliegue debido al hecho de estar agachada, el ombligo como una semilla negra flotando sobre la superficie del agua. Hizo un zoom sobre un pecho, que navegaba como una flor blanca. ¿Cuánto tiempo estuvo Valentina sacando fotos de la chica desnuda en el agua? No lo sabía. Estaba totalmente concentrada en su trabajo. Se sentía excitada, sin aliento. Nunca había experimentado algo así mientras realizaba una sesión fotográfica de moda.

Gradualmente, los sonidos del día a su alrededor empezaron a resurgir. Un *vaporetto* pasó cerca por su minúsculo estuario formando olas en el agua y haciendo pedazos sus imágenes. La erótica chica desapareció y de repente volvió a verse a sí misma, agachada junto al canal, desconcertada y desnuda. Apresuradamente dejó la cámara y recuperó la ropa que tenía esparcida a su alrededor.

Valentina ojea las copias. A la luz roja del cuarto oscuro se ven incluso más eróticas. No recuerda haberse quitado la ropa aquella mañana, y sin embargo es evidente que lo hizo. ¿Cómo, si no, habría podido crear aquellas imágenes acuosas de su mujer de fantasía en Venecia? Coge la última imagen que tomó aquella mañana. Es un primer plano de su culo medio agachado, desde la cintura hasta las rodillas. En la barriga tiene ondas de los reflejos de luz y oscuridad en el agua, y más abajo, entre las piernas, hay una sombra oscura, oscura de insinuación. El espectador tiene la sensación de que está desnuda, pero no puede ver claramente sus partes más íntimas. El agua las mantiene ocultas. Valentina no puede evitar excitarse cuando contempla esa imagen. Ojalá estuviera Theo allí con ella para poder hacer el amor.

Deja las fotos a un lado y empieza a frotarse suavemente, acariciándose los pezones, pero se detiene de repente. El negativo. La curiosidad que le inspira el regalo de Theo le impide continuar. Saca la copia de la última bandeja de agua y la seca con una toalla, llevándosela del cuarto oscuro hacia el baño. Enchufa el secador de pelo, lo pone al mínimo y acaba de secar la copia. Gradualmente emerge una imagen. Es decepcionantemente borrosa y de entrada parece que no sea nada en absoluto, únicamente sombras y luz. Apaga el secador y vuelve a su dormitorio. Sigue vistiendo únicamente el camisón encima de las medias. Coloca la foto en su escritorio y la observa mientras se quita el camisón y se pone el sujetador, levantando y acomodando sus pechos dentro del sostén de encaje.

«Bueno, ¿qué es esto de Theo?»

No hay manera de saberlo. ¿Es algún tipo de paisaje? Valentina distingue un contorno, como si fuera la curva de un valle entre dos montañas, pero es lo único que acierta a reconocer en esa vaga imagen. Aunque algo en la textura del paisaje, a pesar de la antigüedad de la fotografía, le sugiere que en realidad no es lo que parece. No puede soportarlo. Tiene que saberlo.

Coge el teléfono y considera la posibilidad de llamar a Theo, pero en el último momento piensa que si lo hace quebrantará su norma, y, además, apenas hace unas pocas horas que se ha marchado. Por otra parte, a Valentina no le gustan las conversaciones telefónicas. Para ella, el teléfono es algo meramente funcional, para el trabajo y para organizarse el horario. Se queda mirando la pantalla del móvil durante un minuto, pensando. Apoya la fotografía contra la lámpara del escritorio y da un paso atrás. Entonces cae en la cuenta. Es algo en la curva de aquel paisaje. Por supuesto, no es una foto de lejos, sino un primer plano. Debería haberlo sabido, con la de horas que se ha pasado mirando cuerpos de mujeres. Es el perfil de una espalda desnuda. Pero ¿de quién?

Se siente llena de curiosidad. De hecho, está tan intrigada que hace algo que nunca ha hecho desde el día que Theo se mudó a vivir con ella, a pesar de todas sus misteriosas desapariciones. Decide echar un vistazo al escritorio de su amante, por si acaso hay algún tipo de papel que explique dónde consiguió ese álbum, o quién es la modelo. Él no tiene por qué saberlo jamás. El regalo ha de tener algún sentido, y Valentina no soporta la idea de esperar a que Theo vuelva para descubrirlo. No es algo que él piense que simplemente le va a gustar. ¿Cómo lo había expresado?

«Creo que ha llegado el momento de que tengas esto.»

Aunque se supone que el estudio es una habitación compartida, y a fin de cuentas el apartamento es de Valentina, en la práctica se ha convertido en el dominio de Theo, como el cuarto oscuro lo es de ella. El estudio, en la parte posterior del apartamento, da a un pequeño jardín comunitario que pertenece a todo el edificio y que ofrece una vista fragmentaria de la torre roja de la antigua basílica de Sant'Ambrogio, cuyos claustros son uno de los refugios favoritos de Valentina cuando quiere disfrutar de una hora para pensar en soledad.

Abre la puerta y enciende la luz. Le sorprende ver que Theo tiene algunas obras de arte nuevas en las paredes. Cuadros que no le ha enseñado. La última vez que estuvo en el estudio, Theo solo tenía un par de lienzos. Ahora hay unos cinco cuadros colgados aquí y allá, como si los hubiera colocado sin pensar. Sabiendo de su pasado como comisario de arte, Valentina está perpleja. Observa las obras y se siente todavía más confusa. Conoce los gustos de Theo. Moderno, o expresionismo alemán, o abstracto minimalista; sin embargo, dos de los cuadros son todo lo contrario, y además son reproducciones. Hay por ejemplo una copia de una pintura de Watteau, y Valentina sabe a ciencia cierta que Theo detesta el rococó. Bueno, en cualquier caso eso no es asunto suyo. En realidad no le interesan tanto los gustos artísticos de Theo. Avanza hacia el escritorio, que en contraposición con lo caótico de las paredes está muy ordenado. La lámpara de mesa no tiene bombilla y la luz del techo es inadecuada, de modo que Valentina tira del cordel junto a la ventana para abrir la persiana y ver mejor. Cuando la luz del día inunda la habitación, Valentina observa una pequeña caja de herramientas bajo el escritorio. La abre, no ve nada que la ayude en su investigación sobre las fotografías, simplemente unos alicates, alambre, un cortavidrios y un martillo pequeño para colgar cuadros.

Mientras está en pie con la espalda apoyada en la ventana, inclinada sobre el escritorio, Valentina siente una comezón en la nuca. Se vuelve y ve a un hombre en el jardín comunitario. ¿Será un nuevo vecino? Algo le dice que no. La contempla abiertamente, sin el menor disimulo. Valentina baja la persiana rápidamente, consciente de que está casi desnuda, y luego espía al hombre por entre las tablillas. Se da cuenta de que lleva una cámara en la mano y que no se ha movido. Es alto, con una abundante mata de pelo rubio, e instintivamente sabe que no es italiano. ¿Por qué lleva una cámara? Hace un día gris y lluvioso, muy poco adecuado para tomar fotos. Le da la impresión que espera que ella salga a buscarlo. ¿La estaba fotografiando a ella?

Para su sorpresa, Valentina no está enfadada. De hecho se siente un poco excitada por la idea de que un hombre la mirara mientras ella iba por su apartamento medio desnuda. Sin querer, vuelve a desear que Theo esté con ella. ¿Qué le ha hecho su amante? La ha convertido en una adicta al sexo. La idea le parece divertida. En realidad, tampoco le hace falta que la animen.

Se sienta a la mesa del escritorio de Theo, tamborilea con los dedos y se queda mirando el revoltijo de cuadros en la pared.

Cuánto desearía tener allí a su amante, para poder volver a hacer el amor sobre el escritorio, como el día que él se instaló en el piso. Ella le ofreció que utilizara el estudio, ya que tenía trabajo pendiente, y lo llevó allí para mostrarle de nuevo el espacio. Llevaban varias semanas sin separarse ni un momento, pero el día en que Theo se trasladó oficialmente al piso, Valentina se sentía tímida y nerviosa. Su mente racional estaba aterrada.

«Le has pedido a un hombre que viva contigo. ¡Valentina, estás abandonando toda tu intimidad!»

Aun así, no pudo evitar hacerlo. La atracción que sentían el uno por el otro era tan intensa que literalmente parecía que saltaran chispas en aquel estudio polvoriento y oscuro. Recuerda que llevaba puesto uno de los modelos de su madre, preparada para una fiesta a la que les habían invitado. Era un minúsculo vestido azul marino de los años sesenta, con una cremallera que se abrochaba desde el cuello hasta la parte baja de la espalda. Estaban de pie los dos juntos mientras ella le enseñaba las estanterías repletas de libros de arte que había dejado su padre. Valentina sentía tal expectación que una comezón se extendió por toda su piel. Theo deslizó una mano dentro de la espalda del vestido y se inclinó para besarla en los labios. Nunca olvidará la sensación de la mano de su amante sobre su piel aquel día, algo se accionó dentro de ella como si todo su cuerpo se abriera como una ofrenda.

Valentina suspira y cierra los ojos recordando la escena de pasión con Theo en el estudio. ¡Fue tan espontánea y tentadora la forma en que la levantó y la sentó sobre ese mismo escritorio! Con el mismo esmero continuó besándola al tiempo que iba apartando todos los objetos de encima del escritorio. La empujó suavemente para echarla de espaldas sobre la mesa forrada de cuero y la devoró hasta que ella cantó por dentro de éxtasis y deseo. ¿Cuánto tiempo tendrá que esperar hasta que vuelva? E incluso entonces, ¿querrá tocarla cuando haya escuchado la respuesta a su petición?

Valentina desliza sus dedos por debajo del tanga. Se imagina a Theo y piensa que es su dedo el que la toca. A medida que se excita más y más, imagina que el hombre rubio del jardín es en realidad Theo, que ha regresado y la observa en secreto. La ama tanto que necesita sacarle fotos. Valentina oye que la llama, su voz en armonía con todos los cantos de pájaros que llegan desde el jardín. Se ve a sí misma abriendo la persiana y la ventana. Se imagina que Theo entra trepando, que deja la cámara sobre el escritorio antes de arrodillarse delante de ella. Le abre bien las piernas y se sumerge entre sus muslos, y ella tira de sus cabellos negros, jadeando con desenfreno. Permite que Theo le haga algo que nunca le ha dejado hacer. Se está abriendo a él, confiando en él. En ese momento Valentina se corre y su amante imaginario la levanta y la penetra. Están encima del escritorio, como ya estuvieron aquella vez, reviviendo su antigua pasión, haciendo el amor desenfrenadamente.

Después, Valentina se sienta en la habitación en penumbra, abrazándose las rodillas y girando una y otra vez en la silla del escritorio de Theo. Los cuadros de las paredes se convierten en un carrusel de color y energía. Piensa en el desconocido del jardín y se pregunta por qué se habrá imaginado que era Theo, que de nuevo ha vuelto, que en realidad no ha llegado a marcharse.

Valentina se agarra al borde del escritorio, deja de dar vueltas y posa la mirada en una de las pinturas recientemente adquiridas por Theo, una reproducción de un maestro holandés. Otra extraña elección por su parte. Es una pintura de una mujer en el interior de una casa, en la que destaca el suelo de baldosas blancas y negras y las paredes adornadas con paneles. La mujer está de pie junto a una ventana abierta, sosteniendo una carta hacia la luz, apartando la cara de la vista del espectador, como si fuera consciente de su mirada indiscreta. Es como yo, admite Valentina para sí misma, trata de esconder sus sentimientos. Ningún otro amante ha tenido jamás tanto efecto sobre ella como Theo. De ser capaz de hacerla llegar al orgasmo solo con pensar en sus caricias.

¿Podía hacerlo? ¿Podía recibir a los padres de Theo en su apartamento y presentarse como la novia de su hijo? Solo de pensarlo, siente el corazón en un puño. Se levanta bruscamente y aparta la silla del escritorio, lo cual produce un desagradable chirrido sobre el suelo de madera. Es patética. Lo único que quiere Theo es poder decir que es su novia. Tampoco le está pidiendo que se case con él. Es una petición bastante normal, después de vivir con alguien durante seis meses. Sin ir más lejos, Antonella se presenta como la novia de alguien distinto cada par de semanas. Como le dijo Theo, no es nada del otro mundo. Y sin embargo, para Valentina sí que lo es. Si es la novia de Theo, eso significa que de alguna forma le pertenece. Y eso no puede permitirlo, nunca jamás, porque ella no pertenece a nadie.

Belle

Se ha reclinado sobre la cama como la modelo de un artista. Está desnuda, excepto por las medias negras y las ligas de encaje. Apoya la mano en la curva de su cintura, recorre con el dedo el montículo de las nalgas y luego sube la pendiente por el torso, hasta el pecho. Está de perfil, como el paisaje de un valle. Sabe que él está detrás, quitándose la ropa. Mirándole el culo. No tiene que volver la cabeza para saber que está doblando pulcramente cada prenda, una por una, antes de dejarlas sobre la butaca. El doctor es metódico en todos los sentidos, particularmente en lo referido a los encuentros amorosos. Cierra los ojos e imagina que está en una película. No hace falta hablar. Todo lo que tiene que decir está en su cuerpo.

Cuando nota el cálido contacto de una mano en el hombro sabe que el doctor está listo. Se vuelve y lo ve frente a ella, glorioso en su desnudez. El mero hecho de mirarlo le causa placer. Su marido nunca le ha permitido que lo mire desnudo; y desde que se ha convertido en Belle, ella ya no querría. De hecho, está convencida de que a estas alturas ya conoce el cuerpo del doctor mejor que el de su propio marido.

—¿Estás enferma, Belle? —le pregunta él.

Ella asiente con la cabeza.

—¿Quieres que te haga sentir mejor?

Asiente de nuevo.

El doctor sonríe y abre su maletín negro. Belle se humedece los labios resecos. ¿Qué va a sacar? Está un poco asustada, aunque en el fondo sabe que el doctor jamás le haría daño. Pese a que nunca lo mencionan, Belle y el doctor llevan años moviéndose en los mismos círculos sociales. Él la llama Belle, no Louise, y jamás insinúa que conoce su auténtica identidad. Pero ¿qué otra mujer en Venecia luce un peinado a lo *garçon* tan elegante como la señora Louise Brzezinska?

El doctor empieza a sacar instrumentos de su maletín. Todos brillan con un resplandor duro, frío, metálico.

—¿Quieres que te haga sentir mejor, Belle? —le pregunta.

Ella asiente con la cabeza y el doctor le sonríe con aire benevolente. Coge una especie de fórceps de aspecto amenazador y los examina antes de volver a dejarlos en el maletín.

—A ver, ahora sé buena chica, date la vuelta y veré qué puedo hacer por ti.

Mientras ella obedece, las imágenes del reluciente instrumental médico permanecen en su retina. Sabe que él nunca la ha tocado con uno de esos aparatos, pero tal vez esta vez lo haga. La idea la asusta y la excita al mismo tiempo.

Nota una cinta de seda sobre los párpados y que se la ata en la nuca, suavemente y con respeto. Trata de mirar a través de la tela negra, pero no ve nada. Se le acelera la respiración. A estas alturas ya sabe exactamente qué quiere hacer el doctor, sin embargo, cada vez que acude a visitarla, no puede evitar aquella expectación que la abruma en cuanto le coloca la venda sobre los ojos. Es un hombre muy considerado. Permite que Belle entre en sus fantasías mientras él hace realidad las suyas propias.

El doctor la ayuda amablemente a echarse en la cama. Le levanta el tobillo derecho y tira de su pierna hacia un lado de la cama. Le quita la liga y lentamente le baja la media. Belle nota que se la anuda alrededor del tobillo y la ata al armazón de la cama. No tan fuerte para dejar marca pero sí lo suficiente para que sienta la tensión. Luego tira de su otra pierna, le quita la media y le ata el pie del mismo modo al otro lado de la cama. Belle está echada boca arriba con las piernas muy abiertas en una V provocativa. El doctor le deja los brazos libres. Le gusta que ella le clave las uñas en la espalda. Se pregunta cómo explicará aquellas marcas a su esposa, aunque tal vez el motivo por el que está aquí ahora mismo con ella es porque su esposa ya nunca ve su cuerpo desnudo.

Oye que el doctor se mueve por la habitación. Sabe que la está mirando, expuesta y abierta para él, y eligiendo uno a uno sus instrumentos, pensándolo bien. Debería estar asustada, pero no es así. Tiene las manos libres y puede desatarse fácilmente en cuanto quiera. Sin embargo no siente ningún deseo de quitarse la venda ni de aflojar los nudos de las medias que le sujetan los tobillos.

Siente el peso del doctor sobre la cama cuando este se inclina sobre ella.

—Creo que tengo justo lo necesario para que te sientas mejor —susurra.

—Por favor, doctor —dice ella.

—¿Dónde te duele? —le pregunta.

Ella levanta el brazo y se lleva la mano a la barriga.

—Aquí, doctor.

Él se toma su tiempo y Belle siente una tensión de expectación en esa misma zona. ¿La tocará con uno de sus fríos instrumentos? Finalmente nota sus labios cálidos en el vientre y la tensión por lo que podría haberla tocado queda sustituida por alivio. El doctor le hace un masaje con ambas manos.

—¿Dónde más te duele, Belle?

Ella se lleva la mano a un pecho y se toca el pezón.

—Aquí, doctor.

Él le aparta la mano y empieza a besarle el pezón delicadamente. Le acaricia el otro pecho y Belle empieza a sentir que se derrite bajo las manos sanadoras de su doctor. La venda le impide verlo, cosa que hace que la experiencia resulte aún más erótica. Imagina que otro hombre le está haciendo aquello, no solo porque la desea, sino porque la ama y quiere darle placer. Sabe que el doctor no la ama, pero eso ahora no importa. Se ha convertido en el hombre soñado, el amante perfecto que Belle espera encontrar algún día.

—¿Dónde más te duele, Belle? —le pregunta la amable voz del doctor.

Ella baja la mano entre sus piernas abiertas.

—Aquí, doctor, justo aquí me duele mucho.

—Haré que te sientas mejor enseguida, Belle.

El doctor la besa lentamente desde la punta de sus pezones, bajando por el centro de su pecho y su barriga. Le besa la pelvis hasta llegar al punto que ella ha indicado. Le toma la mano, la besa con ternura y la aparta. Ahora le está besando la entrepierna. Y en efecto, eso hace que se sienta mejor, como él ha dicho. Es muy buen amante. A Belle le dan ganas de felicitar a su esposa cada vez que la ve. El doctor la besa más y más profundamente, utilizando suavemente los dedos para ayudarse a ir más allá. Aunque tiene los ojos vendados, Belle los cierra de todos modos. Está atada a la cama y aun así se siente libre como un pájaro. El canto del ave resuena en su mente, y trina de placer mientras el doctor la acaricia con la lengua.

En este momento de éxtasis, soy toda espíritu, piensa Belle.

Siente ese espíritu, esa energía de ser quien es, como fuego en su sangre. Un fuego que la estimula mientras el doctor la lleva cada vez más cerca del límite. Imagina que es otro hombre el que está allí con ella, haciéndole el amor. Todavía no lo conoce. Es una proyección, pero siente que ya no puede tardar. Un hombre capaz de hacer cualquier cosa por ella.

El doctor se aparta de ella.

—¿Ya te encuentras mejor, Belle? —le pregunta.

—Un poco mejor, doctor, pero todavía tengo miedo de recaer. ¿Puede asegurarse de que no volveré a encontrarme mal?

—Por supuesto, querida —dice el doctor educadamente. Un segundo después siente que la penetra, cosa que la hace suspirar de placer.

—¿Así está mejor?

—Sí —jadea ella.

—Buena chica —dice, y empieza a acelerar el ritmo.

Belle sabe que el doctor está entrando en su propio mundo de fantasías. También ella se ha ido lejos, muy lejos de aquella habitación en Venecia. Está en su lugar especial, en algún lugar más allá de las dimensiones del mundo real, en los cielos y en el fondo del mar. Al mismo tiempo está en una pequeña habitación, una minúscula alacena oscura de deseo. Cierra la puerta con llave, dejando sus pensamientos fuera para que sus sensaciones físicas la lleven más allá de su cuerpo, pero solo hasta el punto en que está en el límite mismo, justo en la fina línea que separa la calma de la tempestad. Aguanta cuanto puede, pero solo es cuestión de segundos hasta que sucumba al ritmo implacable del doctor y alcance el clímax. Él no se detiene ni por un segundo mientras ella se desborda a su alrededor, sigue empujando dentro de ella, cada vez más profundamente. Belle sabe que está perdido en el final de su propio juego privado, y lo siente cada vez más apremiante, con movimientos cálidos y rápidos. A pesar de tener las piernas extendidas, con los pies atados a la cama, Belle alza el pecho hacia él y le clava las uñas en la espalda. Él gime de placer y ella aprieta los dedos en la carne de su espalda mientras él se corre con un fuerte grito.

Belle está en pie junto a la cristalera abierta, con las cortinas ondeando y envolviendo su cuerpo desnudo. Observa a su amante, que se marcha remando a toda prisa, con el maletín de médico junto a él en la barca. De nuevo totalmente metido en su papel. ¿Quién sospecharía cómo le gusta pasar el tiempo al buen doctor cuando no está salvando vidas? Belle considera que tal vez ella también sea una especie de doctora. Ayuda a todos sus clientes a encontrar una liberación y la satisfacción que parecen no hallar en sus matrimonios o relaciones con otras mujeres. Se compara a sí misma con una de las cortesanas más famosas de Venecia, Veronica Franco, que fue una *cortigiana onesta*, una prostituta intelectual, admirada por los hombres no solo por sus habilidades eróticas, sino también por su inteligencia. Veronica Franco equiparaba la virtud con la integridad intelectual. A Belle también le gustaría escribir poesía. Trata de componer algo mentalmente. Instintivamente las palabras son polacas, no italianas, y la vista del estrecho canal frente a ella se ve sustituida por una imagen fugaz de los bosques de su patria natal. Árboles altos de hoja perenne, que se elevan y se elevan, balanceándose bajo una brisa suave, susurrándole..., recreando las nuevas sensaciones que experimenta su cuerpo.

«Me estoy moviendo. Las ramas, las hojas que dan sombra a mi corazón empiezan a agitarse.»

En la época de Veronica Franco, en el siglo XVI, ser prostituta no comportaba ninguna vergüenza. Por tanto no está haciendo nada inmoral, razona Belle. Solo estimula la imaginación de sus clientes y, en cierta medida, contribuye a que los hombres traten mejor a sus esposas. ¿No es preferible que acudan a ella, participante voluntaria en el acto del sexo, a que fuercen a esposas y novias poco dispuestas? Este es su talento oculto. De modo que, ¿por qué no habría de compartirlo, si así lo elige? Desearía que hubiera algún hombre en alguna parte que pudiera entenderlo. Para amar a Belle tienes que dejarla libre.

Se vuelve para mirar la cama, con las sábanas todavía arrugadas después de su juego amoroso. El doctor ha dejado un generoso montón de billetes sobre la almohada. Es más que suficiente para cubrir el alquiler de su apartamento del mes siguiente. Le cuesta creer que apenas hace un año desde aquel primer encuentro sorprendente como Belle la noche de la fiesta de disfraces. Durante las pocas semanas posteriores trató de olvidarlo. Pero fue en vano: aquellas sensaciones permanecían con ella en todo momento. Dedos imaginarios que la acariciaban, la impresión de tenerlo al alcance de la mano, enervándola como una constante comezón imposible de aliviar. Al no poder quitarse de la cabeza la imagen del encuentro con aquel joven, trató de revivirla y de hacerla realidad en su dormitorio conyugal. Fue un desastre. Al verla con el disfraz de egipcia, el señor Brzezinski le dijo que parecía una furcia, y después de despojarla de sus galas y de que ella se secara las lágrimas de decepción, a las que su marido hizo caso omiso, ella se sintió vacía de ningún tipo de deseo. Por supuesto, era lo que él llamaba su apatía lo que parecía dar placer a su marido cruel, que entonces había tenido sexo con ella. La pasividad de ella parecía excitarlo, de modo que estaba claro que no le importaba en absoluto si ella disfrutaba o no. Volvieron a asaltarla las emociones de siempre. Su humillación y su impotencia, sofocando aquella parte de ella que había desenterrado la noche en que fue una egipcia. Y así fue como, fruto de una especie de desesperación, inició tentativamente su carrera de prostituta. En cuanto su marido volvió a marcharse por negocios, Belle se disfrazó y salió a explorar. Al principio encontró clientes por los alrededores del Ponte di Rialto, pero en cuanto el tiempo se hizo más frío enseguida se dio cuenta de que estaría más cómoda, y sería más respetada, si alquilaba un apartamento en algún lugar de la ciudad, lejos de su domicilio. Con cuánta rapidez cambiaron las cosas desde aquel momento. Ahora estaba viviendo realmente una doble vida: a ratos era la recatada esposa polaca del señor Brzezinski, pero en otros momentos se convertía en la exótica cortesana Belle, con su séquito de clientes especiales. Sabía que aquella no era la vida ideal, y sin embargo era lo que necesitaba en ese momento. No hacía daño a nadie, ¿no? Ni siquiera al señor Brzezinski si lo descubría, ya que él no podía amarla. Por tanto, ¿qué tenía de malo ser Belle?

Como es prostituta por voluntad propia, y no por necesidad, Belle nunca se acuesta con quien no le apetece. Tiene una regla de oro acerca de los Camisas Negras y se niega a mantener relaciones sexuales con ellos. No soporta a los fascistas de Mussolini, aunque su marido admira abiertamente al dictador. Hay también otros monstruos que merodean por las calles de Venecia, y siempre procura evitar el peligro. Ha oído hablar de bestias enfermas que obtienen placer maltratando a las prostitutas y no quiere arriesgarse a ello.

Cruza su apartamento y va a la habitación de delante, mira por la ventana y vuelve la vista hacia la laguna. Hay una neblina sobre el agua verdosa y, tras el tenue velo, el resplandor de la aureola del sol que trata de atravesarla. El efecto general es etéreo y de ensueño. Siente que está viviendo en una ciudad mística, un lugar de sueños y fantasías. ¿Podría llevar esa vida en cualquier otro lugar que no fuera Venecia? Le parece que no. Aquella ciudad, fundada por Venus surgida del mar, se presta a la intriga sexual. Forma parte de su historia.

Inspecciona los barcos cercanos, observa a los marineros y estibadores ocupados descargando sus exóticas mercancías. Piensa en todas las tierras lejanas donde han estado esos barcos. Cuántas mujeres como ella, pero que viven en otras ciudades y puertos, los habrán mirado, y deseando estar también a bordo. Se fija en un barco en concreto, una elegante goleta blanca, y la silueta de un hombre que baja por la pasarela. No distingue su rostro, pero incluso desde la distancia admira su cuerpo. Es alto y camina con una elegante languidez en la que reconoce un aplomo sexual. Se pregunta si habrá oído hablar de ella y de pronto se descubre deseando que sea un marinero que ha llegado buscando a Belle.

Valentina

Valentina vuelve a llegar tarde. Camina tan rápido como se lo permiten los tacones y el vestido, uno de los de su madre. Es un modelo de Bridget Riley, muy corto y a rayas negras y blancas, lo que la hace sentirse llamativa, no tímida como de costumbre. Es una sensación que le gusta.

Sale al tráfico de la hora punta de la tarde de Milán, confiando en que los coches se detendrán ante ella ahora que lleva el vestido de su madre. ¿Tal vez debería parar un taxi? Aunque la galería no está lejos, justo al salir de Corso Magenta. Es culpa de Theo que llegue tarde, piensa groseramente. Si no le hubiera regalado el libro negro esa mañana, ella no habría perdido el tiempo entre su regreso de la sesión fotográfica de aquel día y el momento de cambiarse para la inauguración, intentando revelar frenéticamente tantos negativos antiguos como fuera posible. Está decepcionada. Todo son primeros planos de distintas partes del cuerpo desnudo de una mujer. Algún tipo de fotografía erótica de los años veinte del siglo pasado, aunque en realidad no muestran nada, como si fueran una minúscula parte de una imagen mayor. ¿Qué significan? ¿Por qué le ha regalado Theo un montón de negativos antiguos? ¿Es solo porque ella es una fotógrafa interesada en el erotismo y dio con ellos en alguno de sus viajes? A esa hipótesis le falta algo. Valentina espera más de él. Y a juzgar por su comportamiento esa misma mañana tiene la impresión de que el regalo es algún tipo de mensaje. Al fin y al cabo, le ha dicho que «había de tener» este regalo.

Bueno, piensa Valentina enfadada, o bien la ha sobrestimado o bien la ha subestimado.

Trata de olvidarse de Theo y de los negativos por el momento. Theo es un problema del que tendrá que ocuparse cuando vuelva, y para eso aún faltan un par de días. Esa noche tiene un propósito en mente. En una carpeta grande y negra lleva una presentación de las fotografías eróticas que hizo en Venecia. Finalmente ha reunido el valor necesario para abordar al propietario de la galería, Stephano Linardi, esa noche. Quiere presentar una exposición en Milán. Por un segundo vuelve a pensar en Theo, en su fe en su talento, y una parte de ella desea que esté con ella. Detesta ir sola a ese tipo de eventos. A Valentina no le gustan las charlas intrascendentes ni las relaciones sociales encaminadas a establecer contactos de conveniencia. Sin embargo Theo se encuentra a sus anchas en aquel ambiente, seduciendo a todo el mundo con su dulce acento americano y sus divertidas anécdotas sobre artistas estrella y exposiciones vanguardistas. Valentina se ha acostumbrado a su compañía, aunque siempre se cuida mucho de demostrarlo en público. Entre bastidores está bien. Pasión desenfrenada en un ascensor, o en el baño de señoras, pero nada de cogerse de la mano delante de amigos o colegas; eso es sobrepasar sus límites.

La Galería Linardi está llena a rebosar. Valentina se alegra por Antonella, espera que lo venda todo. Coge una copa de *prosecco* de uno de los camareros y se abre camino entre la gente, que en su mayoría la saluda al pasar. Ella mueve la cabeza en señal de reconocimiento pero evita la conversación.

—¡*Ciao*, Valentina!

Queda envuelta en un gran abrazo y luego se tambalea atrás sobre sus tacones cuando Antonella la suelta.

—¿Y bien? —le pregunta a su amiga, yendo directamente al grano.

—¡Diez! ¡Ya he vendido diez cuadros!

—¡Bravo! ¡Fantástico! —exclama Valentina, dándole un

apretón en el brazo. Ella no es tan proclive al contacto físico como Antonella.

—Sí —replica Antonella con entusiasmo—. Y ya le he hablado de ti a Stephano. ¿Has traído fotos?

Valentina señala su carpeta, con la boca repentinamente seca por un nerviosismo inoportuno.

—Excelente. Vamos a buscarlo.

Antonella pasa el brazo por debajo del codo de Valentina y la conduce por entre la multitud.

—¡Stephano, Stephano! —grita Antonella para hacerse oír entre el bullicio.

Valentina esboza una mueca de contrariedad. Su amiga es demasiado descarada para su gusto, aunque al mismo tiempo parece evidente que funciona, visto que Antonella es la única artista que conoce que ha logrado exponer tan pronto en esa galería.

Al oír su nombre, un hombre alto y delgado con el cabello rubio rizado y unas gafas de Armani se vuelve y las mira. Antonella se abre paso a empujones entre el gentío hasta que llegan donde está. Deja a Valentina delante de él, la presenta rápidamente y vuelve a desaparecer para circular. ¿Por qué? ¿Por qué Antonella siempre le hace lo mismo? A veces su amiga la exaspera, parece creer que todo el mundo será tan directo como ella.

—¿Así que usted es Valentina Rosselli, fotógrafa de moda? —le pregunta Stephano, mirándola con curiosidad a través de las gafas.

A Valentina siempre le han parecido atractivas las gafas en un hombre, aunque en realidad no sabe por qué. Le encanta cuando Theo se las pone para leer. La excita sobremanera, y habitualmente le quita el libro de las manos y se sale con la suya.

—Sí —responde Valentina con la cara agarrotada de impasibilidad, cosa que siempre le pasa cuando se siente cohibida.

—Y, por supuesto, debe de ser la hija de Tina Rosselli. ¿Sigue sus pasos?

Valentina se pone aún más tensa. Solo le faltaba tener que hablar de su madre y de su obra fotográfica.

—Sí, pero soy artista por derecho propio —dice lacónicamente—. He traído mi carpeta para enseñársela.

—Bueno, aquí hay un poco de ruido —responde él, mirándola con curiosidad—. Vamos a hablar a mi despacho.

El galerista la hace subir por una escalinata espiral y luego la conduce por un pasillo de ladrillos rojos, extrañamente desnudo para tratarse de una galería de arte. Entran en su despacho. Es un cuadrado blanco con un enorme y vívido grabado de Vignelli en la pared de detrás del escritorio.

—Debo decir —comenta Stephano mientras se sienta en su escritorio— que es usted el vivo retrato de su madre.

Valentina asiente en silencio, aunque se siente irritada. ¿Cuándo olvidarán los milaneses a su madre? Es evidente que ella hace tiempo que los ha olvidado a ellos. Hace más de siete años que no pone los pies en Milán.

—Tome. —Valentina le entrega bruscamente la carpeta para que se calle.

Él la abre y la estudia detenidamente, sin decir nada durante unos minutos. Se queda un buen rato mirando la última fotografía, la del reflejo de sus partes íntimas en el canal veneciano. Valentina sabe que en realidad no se ve nada impúdico, pero aun así se siente ligeramente incómoda al pensar que la está examinando totalmente expuesta.

Stephano cierra la carpeta de golpe.

—Son buenas —dice guiñándole el ojo detrás de las gafas—. Pero me temo que no resultan apropiadas para la Galería Linardi.

—¿Qué quiere decir? —Valentina se da cuenta de que está sorprendida. Muy en el fondo también sabía que eran buenas.

—Esto es una galería de bellas artes, principalmente pintura, y un poco de fotografía, pero lo que exponemos en este campo no es pornográfico.

—Esto no es porno —replica Valentina gélidamente.

Stephano Linardi se acobarda ante su mirada y abre de golpe nuevamente la carpeta por la última imagen.

—¿Y cómo describiría usted por ejemplo esta fotografía, señorita Rosselli? —pregunta mirándola por encima de las gafas.

—Es erótica. Es arte.

Stephano resopla, cerrando la carpeta.

—Respeto su opinión. Y son bonitas, no me malinterprete, la técnica es interesante, pero tenemos aquí en Milán una clientela muy concreta. No estoy seguro de que este sea el lugar adecuado para su obra. Lo lamento.

Valentina le arranca la carpeta de las manos. Ese hombre es un esnob del arte, e instantáneamente le inspira antipatía.

—No pasa nada. Ya encontraré otro lugar.

No intentará persuadirlo. Jamás en su vida ha suplicado por nada y le parece claro que él no cambiará de idea.

—Pero mire —dice el galerista juntando las manos y entrelazando los dedos—. ¿Por qué no me deja el lápiz de memoria con las imágenes? Creo que tiene mucho talento y preguntaré por ahí si hay alguna galería interesada en una obra más vanguardista. ¿Qué le parece? Lo siento mucho. Esto es Milán. Tal vez si tratara de presentarlas en Nueva York o en Londres le resultaría más fácil.

Valentina se olvida de Stephano Linardi y su galería. No quiere estar enfadada y decide que, de hecho, aquella galería es demasiado conservadora para su sensibilidad liberada. Considera la opción de volver a casa, pero no le apetece nada estar sola. De modo que ronda por la galería, esperando a que Antonella y un grupo de sus amigos decidan continuar la noche saliendo a bailar.

Valentina y Antonella son amigas desde la facultad de Bellas Artes. Ambas gravitaron la una hacia la otra de un modo natural por su poca predisposición a seguir a la multitud. Ambas son centradas, apasionadas y ambiciosas. Antonella se ha especializado en pintura, mientras que, por supuesto, Valentina se ha dedicado a la fotografía. Antonella era diferente cuando iban a la facultad. Más tranquila, sin duda, y más seria. Ya entonces era evidente que era muy ambiciosa, pero sobre el último año salió del cascarón. Era una mujer bajita, pero con una sonrisa radiante, ojos castaños brillantes y unos pechos desproporcionadamente grandes para un cuerpo tan pequeño. Los hombres se acercaban a ella naturalmente, de modo que siempre iba con algún ligue colgado del brazo. No obstante, a pesar de sus muchas aventuras, Antonella afirmaba que buscaba el auténtico amor. Que esperaba que llegara a su vida un Don Perfecto. Una figura mítica sobre la cual Valentina y Gaby se divertían fastidiándola. De todos modos, Antonella siempre conseguía que Valentina se sintiera más ligera, como si existiera la esperanza de un final a lo Hollywood.

Esta noche Antonella está eufórica por el éxito de su exposición y es una compañía casi insoportable. Aun así Valentina la sigue, sin saber si le ha presentado a ninguna de las otras personas que la acompañan. Van a una noche promocional en un nuevo club. El local, repleto de gente joven y guapa, está saturado de humo de tabaco a pesar de la prohibición. A los diez minutos, Antonella empieza a ligarse a un musculoso español y poco después desaparece con su trofeo, tirándole a Valentina un beso de borrachina mientras sale por la puerta. Ahora que su amiga se ha ido, Valentina debería retirarse a casa. Apenas conoce a la demás gente del club, pero cada vez que piensa en marcharse recuerda que Theo no está esperándola en el piso. Esa noche no quiere acostarse sola en su cama vacía.

Debería encontrar a alguien en el club y llevárselo a casa. A pesar de que la relación con Theo no es oficial, como ella insiste en repetirle, Valentina ha descubierto que no ha tenido la tentación de acostarse con nadie más desde que lo conoció. (Ella no está tan segura sobre él. Es decir, ¿adónde va?) O sea, ¿qué le ha pasado? Antes de conocer a Theo era una persona muy diferente. Un espíritu libre. Eso es lo que le decía él. A Theo le encantaban sus contradicciones. Decía que en la superficie era la viva imagen del recato, pero tras esa fachada había otra Valentina, abierta, desenfrenada. No creía que fuera una puta por acostarse con él la primera vez que se conocieron. La llamaba diosa. Sin embargo, ahora parece que quiera que cambie. «Novia.»

Ya está decidido. Esa noche elegirá a algún tipo y se lo llevará a casa. Tiene donde elegir. La mesa en la que está sentada en compañía de los amigos de Antonella que aún no se han marchado está rodeada de jóvenes. Pide otra copa de vino tinto y alza la mirada en busca de su objetivo. Le gusta el aspecto de un tipo en concreto. Parece un poco mayor que el resto, tiene el cabello rubio y lacio y los ojos azules como el mar. Le dirige una media sonrisa y lanza el señuelo antes de apartar la mirada para dar un sorbo a su copa. A los pocos segundos ya lo ve de pie a su lado. La música se adueña del cuerpo de Valentina, acelerándole el corazón mientras lo mira a los ojos con un mensaje claro.

—Hola —grita él mirando hacia abajo—. Me encanta tu peinado.

Valentina se agita la parte posterior de la melena con la mano.

—Gracias. Siempre lo he llevado así.

—¿En serio?

—Sí, desde que era pequeña —contesta abriendo mucho los ojos, dirigiéndole una mirada infantil a la que responde él con una sonrisa.

Una hora más tarde, Valentina y Alexandro, el rubio de cabello lacio, salen dando tumbos del club a la noche de otoño. Valentina para un taxi y ambos entran con dificultad. En cuanto arranca el vehículo, se lanzan el uno en brazos del otro.

Alexandro está encima de ella en un rincón del taxi, metiéndole la lengua en la boca, y de repente no resulta tan agradable como ella había imaginado, así que lo aparta.

—¿Qué pasa? —pregunta él, apartándose el flequillo lacio de la cara con la mano sudada. Valentina observa algunas espinillas en su frente. ¿Tan joven es el tipo?

—Necesito un poco de aire —dice Valentina bajando la ventanilla de su lado del taxi.

Alexandro lo intenta de nuevo y ella trata de corresponderle. De verdad que lo intenta. Sin embargo no puede quitarse a Theo de la cabeza, y el tipo huele mal. Sabe mal. Valentina sale como puede de debajo de él y pasa al otro lado del taxi.

—Lo siento mucho, Alexandro, no puedo.

El pobre chaval parece hecho polvo.

—¿Por qué? ¿Qué pasa?

—Nada. Es que estoy mareada. Lo siento.

Pasan el resto del trayecto en un silencio hostil. En cuanto el taxi se detiene delante de su bloque de pisos, Valentina sale del coche tan rápidamente como puede. Tira veinte euros en la puerta abierta y él acepta el dinero sin mirarla siquiera. ¿En qué diablos estaba pensando Valentina? Debe de ser un estudiante. Probablemente diez años más joven que ella. Sube a toda prisa las escaleras hasta la puerta de entrada del edifico, súbitamente sobria a pesar de todo lo que ha bebido. Se siente estúpida y al mismo tiempo la abruma una especie de añoranza. Desearía que Theo estuviera allí para poderse reír de lo tonta que ha sido.

Justo está abriendo con llave la puerta de su piso cuando empieza a sonar su móvil. ¿Quién diablos la llamará a las cuatro de la madrugada? ¿Theo? Hurga en su bolso y saca el teléfono, pero cuando mira la pantalla ve un número que no reconoce. No le ha dado su número a Alexandro, de eso está segura. Piensa brevemente en el desconocido del jardín. ¿Habrá conseguido su número de algún modo?

—¿Sí?

—¿La señorita Rosselli?

—Sí, ¿quién es?

—Perdone que la llame a una hora tan intempestiva...

—¿Con quién hablo?

La curiosidad supera su instinto de cortar la llamada.

—Me llamo Leonardo Sorrentino. Le llamo con la esperanza de que pueda estar interesada en realizar un trabajo de fotografía para mí.

—Tendrá que dirigirse a mi agencia —responde ella abruptamente.

—No, no me refiero a fotografía de moda. Me refiero a su otro trabajo.

Valentina se queda sin habla. Muy poca gente sabe de sus

fotografías eróticas. Ni siquiera las ha colgado en su página web. ¿De dónde ha sacado su número ese hombre?

—¿Quién le ha hablado de mis otros trabajos?

—Me temo que no puedo decírselo, ya que la parte en cuestión desea permanecer en el anonimato. Pero están patrocinando un proyecto visual que he iniciado. Y parece que piensan que usted sería la persona ideal para documentarlo, especialmente porque es una mujer.

—No soy fotógrafa de estilo documentalista —señala Valentina.

—Ya lo sé. —Leonardo hace una pausa—. Por eso nos interesa usted. Nos gustaría enfocar el proyecto desde un ángulo artístico. Queremos que muestre otro punto de vista, que rompa estereotipos...

—La verdad es que no sé de qué me está hablando.

—Perdone, permítame que me explique, señorita Rosselli. Dirijo un club. Es un lugar especial para aquellos que deseamos una manera particular de expresar nuestra sexualidad.

—¿Qué manera es esa? —pregunta Valentina con la cabeza llena de visiones tenebrosas y terribles.

—Supongo que usted lo conocería por el nombre de sadomasoquismo, pero me parece que es un término bastante desafortunado para referirse a nuestras actividades. Se trata más bien de juegos sexuales..., o sexo con historias, tal como lo llamo yo.

Sadomasoquismo. A Valentina le pica la curiosidad. Siempre la ha fascinado, aunque nunca se lo ha permitido y nunca ha pensado que pudiera quererlo. ¿No es denigrante para una mujer que la aten y la sometan? Sin embargo tiene que confesar que, a veces, cuando Theo y ella hacen el amor, siente el impulso de pedirle que la ate. No sabe por qué. ¿Demuestra eso que una parte de ella es débil y sumisa?

—¿Qué? —continúa Leonardo—. ¿No siente curiosidad? Podría pasarse mañana por la tarde y discutirlo conmigo.

—De acuerdo —responde lentamente, insegura de qué va a pensar por la mañana. A fin de cuentas, siempre puede anularlo—. ¿Puedo preguntarle por qué me ha llamado a estas horas?

—La he visto antes, esta misma noche, en la exposición, pero no he tenido ocasión de hablar con usted antes de que se marchara. Y luego tenía que trabajar..., y no he terminado hasta ahora. He dado por hecho que seguiría despierta, Stephano me ha dicho que había salido con sus amigos.

O sea que ha sido Stephano Linardi quien la ha recomendado a ese hombre. Seguramente le habrá mostrado las imágenes de su lápiz de memoria. La cosa ha ido rápida. Tendría que sentirse agradecida con el galerista, pero no puede evitar seguir sintiéndose ofendida por el desprecio que ha hecho de su trabajo.

Ahora no puede dormir. Enciende el iMac y se conecta a Internet. Escribe «sadomasoquismo». Inmediatamente aparecen varias imágenes perturbadoras. Una mujer atada con una cuerda gruesa por las muñecas y los tobillos. Otra imagen de una chica colgada de una especie de hamaca hecha de cuerdas que se enrollan alrededor de su cuerpo de forma que sus pechos sobresalen y sus genitales quedan expuestos y vulnerables. ¿Realmente disfrutan con eso? Apaga el ordenador portátil y cierra la tapa de golpe. Ojalá tuviera a alguien con quien hablar. Pero no hay nadie tan cercano como Theo y ahora no puede llamarlo, por supuesto. ¿Qué pensaría Theo de ese «proyecto»? En cierto modo sabe que le encantaría. A menudo la llama Valentina *la Intrépida*. Le gusta su espíritu aventurero. ¿Se ha vuelto aburrida últimamente? ¿Por eso se marcha con tanta frecuencia? Valentina vuelve a pensar en Alexandro, el estudiante lleno de granos, y esboza una mueca de desagrado. ¿En qué diablos estaría pensando?

Entra en su dormitorio, se baja la cremallera del vestido y deja que se deslice sobre su cuerpo fatigado. Se desabrocha las medias, que resbalan por sus piernas. Está tan cansada que las deja tiradas en el suelo del dormitorio. Se echa en la cama en sujetador y tanga y coge la última copia que reveló de la mesilla de noche. La mira fijamente durante mucho rato, hasta que los ojos se le empiezan a cerrar. La foto es un primer plano de un tobillo. Un tobillo fino con algo atado a su alrededor, ¿una de las medias, tal vez? Siente un escalofrío al pensar qué le podrían estar haciendo a la propietaria de aquel tobillo. Atada e indefensa. Pero además del miedo, la asalta una inesperada excitación. Se pregunta si el desconocido del jardín sigue ahí fuera observando su apartamento. ¿Querrá forzar la entrada y atarla? ¿Someterla a actos indecibles? Es una idea desagradable y sucia, aunque también íntima. Valentina cierra los ojos y pasa los dedos por debajo de la goma de sus braguitas. Se imagina sus tobillos atados a los extremos de la cama, y también sus brazos. Las manos que la tocan no son las suyas propias, sino las de otra persona. Y ahora tiene los ojos vendados y está a oscuras. Todo su terror y su deseo se mezclan en una sola cosa. ¿Qué pasará a continuación? Las imágenes eróticas que le ha regalado Theo la empujan hacia el borde de un abismo. Y no está segura de si él quiere que salte o no. ¿Theo desea que tenga una doble vida?

Belle

El doctor vuelve a visitarla. Belle se encuentra arrodillada sobre la cama, mirando a la ventana, mientras él permanece de pie detrás de ella. Le ata la venda alrededor de la cabeza y da comienzo la familiar aceleración de su corazón. ¿Qué le hará hoy? Se lame los labios con expectación. Disfruta mucho de sus sesiones con el doctor.

Él la tiende sobre la cama y le ata los tobillos como en anteriores ocasiones.

—Creo que hoy te encuentras muy mal, Belle —le dice.

—Sí, doctor. Por favor, ¿tiene usted algún remedio?

—Veremos qué puedo hacer hoy por ti.

Belle oye que abre la cremallera del maletín y capta un tintineo metálico mientras el doctor hurga en su interior. Ya vuelve a jugar con sus instrumentos. Atormentándola. En su cabeza, Belle ve imágenes de todos los objetos que le enseñó la última vez. ¿Tal vez hoy utilizará alguno con ella? Su respiración se agita.

—Ahora no te asustes, Belle —dice el doctor como si le leyera el pensamiento—. Aquí tengo algo que proporcionará un gran alivio.

Para su sorpresa, la primera sensación sobre su piel no es la de sus labios suaves, sino algo líquido. El doctor está dejando un hilillo de algún tipo de aceite en el centro de su vientre. Lo frota sobre su ombligo, amasando su piel con aceite en lentos círculos rítmicos. Belle capta su fresco y dulce aroma a hierbas mientras se filtra en su piel. El doctor le vierte un poco más de aceite, sobre los senos, otra vez sobre la barriga y por los muslos. Sus manos fuertes y amables la masajean intensamente, sus dedos le presionan la piel y Belle se pierde en la divina sensación del aroma de los aceites, un perfume ligeramente especiado que ahora se manifiesta y se mezcla con el tacto lento y experto del doctor.

Él se toma su tiempo, masajeando todo su cuerpo, desde la punta del mentón hacia los brazos, las manos y los dedos; hacia los pechos y el vientre; hacia los muslos, las pantorrillas, los pies y los dedos de los pies. Le desata los tobillos y le pide que se dé la vuelta. Le vierte aceite en la espalda y la masajea, avanzando gradualmente desde la nuca por la columna vertebral, cada vez más abajo, hasta la parte superior de las nalgas.

—¿Te encuentras mejor, Belle?

Ella gime en la almohada, incapaz de hablar. Se siente tan líquida como el aceite especiado que penetra en su piel; es como la seda, y desea envolverse alrededor de aquel hombre y recibirlo. Siente que el doctor se coloca sobre ella y que presiona su cuerpo desnudo sobre su piel aceitosa. Es una sensación maravillosa sentirse tan unida a otra persona. Es como si el aceite los pegara; su aroma teje un hechizo que transporta a Belle a la Venecia de mucho tiempo atrás, una ciudad de moros de piel oscura y cristianos místicos.

El doctor la penetra y se mecen juntos, suavemente. Giran en su desenfreno sensual y para Belle es como si estuvieran creando algo hermoso para que todo el mundo lo vea. Una pintura muy detallada; un grabado de su pasión.

—Cariño —dice él con dulzura.

Acometiendo con más fuerza, pasa los brazos por debajo de su torso para poder agarrarle los senos. Su pene palpita dentro de Belle, que cabalga con él sobre un semental árabe a través de las dunas del Sahara. Ella baila para su amante bajo el cielo nocturno del desierto, las estrellas fugaces reflejan la euforia que recorre su cuerpo, diminutas campanillas que resplandecen alrededor de su vientre. Se están besando, sus bocas llenas de miel, ofreciéndose mutuamente dulcísimos dátiles y yaciendo sobre cojines en su tienda, que se hincha con el viento cálido. Y ella se pierde en la tormenta de arena de su abandono sexual, alcanzando el orgasmo, mientras el doctor, su príncipe árabe, se une a ella en una última acometida.

Ese día el doctor no se levanta inmediatamente. Belle nota que el aceite aromático y su semilla se derraman por sus muslos, e instintivamente alarga la mano hacia abajo y lo toca. Belle desearía poder llevarse a casa, a su matrimonio, la sensación de libertad que siente aquí, en su apartamento. Ha intentado excitar a su marido, pero todo ha sido en vano. No lo hace por buscar el placer, sino la paz. Si consiguiera satisfacerlo, ¿no se mostraría él menos desagradable?

Al principio, siendo una recién casada, Belle creía que el hecho de darle placer en la cama formaba parte de sus deberes como esposa, ya que si no hubiera sido por el señor Brzezinski, ella y su madre sin duda se habrían quedado en la indigencia. Atrapadas en una Varsovia destruida por la guerra, con su padre moribundo y nadie que las protegiera, la joven había prometido a su padre en su lecho de muerte que aceptaría la proposición de matrimonio del señor Brzezinski para que ella y su madre pudieran estar a salvo. Él había sido su medio para escapar, y Belle nunca había dejado de sentirse como si le perteneciera.

En realidad nunca ha amado a su marido, y parece claro que él tampoco la quiere. Nunca ha entendido por qué decidió casarse con ella. Ella, por su parte, no tuvo elección. Y no obstante hubo un tiempo en que el señor Brzezinski se mostraba galante. Belle recordaba su amabilidad con ella y con su madre en los primeros años de matrimonio, cuando hacía poco que vivían en Venecia. Pero cuando la madre de Belle cayó enferma, la actitud de su marido hacia ella cambió. Y en cuanto su madre ya no estuvo con ellos, el señor Brzezinski se volvió un hombre diferente, como si durante todo ese tiempo un alma oscura hubiera permanecido escondida bajo su exterior educado. Se volvió brusco en el dormitorio. La había violado diversas veces mientras ella dormía. Durante el día la reprendía constantemente. Nada de lo que ella hacía era lo bastante bueno. Su matrimonio se había convertido en una pesadilla. A su marido le molestaba incluso oírla respirar.

El doctor se marcha tan discretamente como ha llegado. Belle se quita la venda de los ojos y se levanta de la cama embadurnada de aceite. Las sábanas están hechas un asco, pero no le importa. Camina hacia su espejo de cuerpo entero y se examina fríamente. Le gusta lo que ve. Una mujer en la flor de la vida, aún con el rubor del placer en las mejillas y los ojos oscuros por su aventura árabe con el doctor. Se alisa la melena morena, algunos mechones de pelo sueltos la importunan. Esa noche sus cabellos parecen todavía más brillantes, como si hubiera estrellas del desierto escondidas bajo el negro lustroso, como si le saliera un resplandor de dentro. Qué diferente se siente aquí de la mujer que es en casa del señor Brzezinski.

Llena la bañera y se limpia con cuidado todo el aceite, de modo que acaba dándose un baño de vapor especiado. Luego se viste a toda prisa; sabe que su marido llega esa tarde a casa y la esperará para cenar. Tiene que llegar antes que él para desprenderse de su máscara de Belle y volver a ser Louise.

Corre a casa, cruza el Ponte di Rialto, deja atrás el mercado y cruza Campo Rialto Novo. Su taconeo resuena sobre los adoquines y una paloma emprende el vuelo. Ella levanta la vista y en ese momento exacto sus ojos se cruzan con los de un hombre que pasa. En vez de apartar la mirada, se la sostiene. Le parece reconocer algo en él. Tiene una cara lobuna con los ojos del color de las almendras tostadas y un anillo dorado en la oreja. Parece un pirata, un aventurero del pasado. El hombre le sonríe y Belle sabe que podría tenerlo si quisiera. Pero va de camino a casa y no tiene tiempo. Sigue adelante, tratando de ignorar los latidos que le martillean el pecho. Nota sus ojos clavados en la espalda. Sabe que la está mirando, pero no se vuelve. A fin de cuentas, no es más que otro marinero.

Valentina

Valentina todavía se asombra al pensar en cómo se conocieron ella y Theo. Jamás ha creído en el amor a primera vista. Por supuesto que no. Entonces, ¿fue deseo a primera vista? Aún no acierta a explicarse su comportamiento de esa noche. No estaba borracha, y aunque sabe que en ocasiones puede ser espontánea, le cuesta comprender cómo pudo llevarse a casa a un completo desconocido. Aunque en realidad Theo nunca ha sido un desconocido. Enigmático, un misterio, sí, pero ella siempre ha sentido como si lo conociera, desde el momento mismo en que sus miradas se cruzaron en el metro.

Eran sobre las diez de una noche de la primavera anterior y ella volvía a casa tras haber visto la película *Medianoche en París* con Gaby. Se habían despedido a la salida del cine, ya que su amiga tenía una cita con un nuevo amante poco más tarde. Un hecho sobre el que Valentina prefirió no hacer ningún comentario, a pesar de la insistencia de su amiga para que le diera su opinión. ¿Qué podía decir? El nuevo hombre de Gaby estaba casado. En el fondo le preocupaba su amiga, pero se negaba a decirle cómo debía actuar. No tenía ningún derecho a juzgarla.

Así que Valentina había desterrado sus cábalas sobre el riesgo que corrían los sentimientos de Gaby y había echado a andar calle abajo para coger el metro hacia casa. El vagón estaba medio lleno y Valentina iba a la suya, mirando los anuncios del otro lado del tren, aunque sin fijarse demasiado. Iba pensando en la película y en las posibilidades de desplazarse en el tiempo, como el personaje interpretado por Owen Wilson. ¿Qué momento sería una edad de oro para ella? Si pudiera viajar al pasado, ¿adónde y cuándo iría? Lo supo al momento, por supuesto. Sería a los años veinte de Hollywood, a la época del cine mudo. ¡El jazz, las *flappers*, el hedonismo! Sonrió al pensarlo. Incluso podría llegar a conocer a Louise Brooks. Si tuviera oportunidad de charlar un rato con ella, ¿qué le preguntaría?

«¿Crees en el amor, Louise? ¿Se puede ser un espíritu libre y ser amada por ello?»

Pensando en las respuestas de su ídolo, Valentina se sintió triste. Louise Brooks había pagado caro el hecho de ser una joven adelantada a su época. Hollywood le había dado la espalda y no había reconocido su talento. Valentina creía que si Louise Brooks hubiese sido una actriz joven del presente, sin duda habría interpretado al personaje de Marion Cotillard en la película de Woody Allen. Valentina echó un vistazo al vagón y se imaginó en una película, viajando fuera del presente y hacia el pasado. Todos los demás pasajeros se convirtieron en sombras borrosas, simples extras, mientras ella se alisaba la falda de tubo, cruzaba las piernas enfundadas en medias, y juntaba las manos enguantadas sobre el regazo. Era la señorita Valentina Rosselli, aclamada estrella del cine mudo, de camino a un día de rodaje. No estaba en el metro de Milán, sino en Los Ángeles, en un tranvía, en 1926. Y mientras vivía esa deliciosa fantasía se encontró mirando a los ojos llenos de curiosidad de Theo Steen. En la neblina de su ensoñación, se situó delante de ella, más real que cualquier otro hombre al que le hubiera puesto jamás la vista encima. No pudo evitar admirarlo. Elegantemente vestido con un traje de raya diplomática y corbata, con sus cabellos oscuros bien cepillados, parecía recién salido de una película de época. Tenía los rasgos de un astro de la pantalla. Y la estaba observando directamente. Descaradamente.

Era imposible apartar la mirada. Sus ojos, de un azul tan oscuro, tenían el magnetismo de los de un mago. Le pasó por la cabeza que la estaba hechizando, porque sintió que se le abrían los ojos, que sus pestañas se agitaban involuntariamente, que sus pupilas se dilataban y sus iris se oscurecían. El metro paró en Duomo y un grupo de adolescentes se interpusieron entre ella y el desconocido de ojos azules. Pese a ello, sus miradas supieron encontrarse. En realidad, aquellos cuerpos que se balanceaban entre ambos añadían erotismo al contacto visual. Él solo podía alcanzarla con la mirada. Valentina trató de apartarse de aquellos hipnóticos ojos azules, pero lo único que logró fue fijarse en su cara. Cabellos oscuros, de un negro azabache como los suyos, la piel bronceada y una mandíbula cuadrada con barba de pocos días. Casi sin querer se encontró imaginando la sensación de aquella barba incipiente sobre su piel desnuda y se estremeció. Él la observaba fijamente, ávidamente, y Valentina se preguntó por un momento si sería peligroso. Trató de mirar a otro lado, abajo, a cualquier sitio excepto a él. Consideró la posibilidad de bajar en Cordusio y hacer andando el resto del camino hasta su casa. Pero justo en el momento que se disponía a levantarse, él le sonrió y aquello lo cambió todo. Aunque Valentina raramente sonríe, se siente atraída por quienes sí lo hacen. La expresión de Theo era encantadora, abierta, coqueta. Definitivamente, ese hombre no representaba ningún peligro para ella. Con su sonrisa, Theo la atrapó. Valentina ladeó la cabeza y le correspondió con un breve mohín a lo Louise Brooks, arqueando una ceja en un ademán inquisitivo. Fue lo máximo que pudo lograr, pero bastó. El grupo de chavales se bajó en Cairoli y entonces ya se quedaron solos, mientras crecía un fuego entre ellos en el vagón vacío del metro. Pero ninguno de los dos habló. Como si las palabras pudieran romper el hechizo erótico que los subyugaba.

Ambos se levantaron exactamente al mismo tiempo para bajar. ¿Cómo sabía él que aquella era su parada? Valentina se acercó a las puertas, notando su presencia justo detrás de ella. Un momento antes de que el tren entrara lentamente en Cadorna, Theo tomó la mano enguantada de Valentina en la suya y con un leve gesto hizo que se diera la vuelta. Sus labios se encontraron en un beso perfecto de película. El metro se detuvo en la estación y con el frenazo ella cayó sobre su pecho. Olía a perfume Bvlgari, fuerte, auténtico y apetecible. Las puertas se abrieron y ambos bajaron al andén cogidos de la mano. No cruzaron ni una palabra. No era necesario, porque sus ojos ya habían llegado a un acuerdo en ese hechicero viaje en metro. Cruzaron el andén aún con las manos entrelazadas, subieron por las escaleras mecánicas, cruzaron las barreras y salieron a una noche de tormenta de marzo. Llovía torrencialmente, pero eso añadía erotismo al momento. Theo le puso el brazo sobre los hombros en un intento de protegerla de la lluvia y corrió junto a Valentina calle abajo, dejando que ella lo llevara adonde quisiera.

Una vez dentro del apartamento volvieron a besarse. Esta vez más profundamente. Se aferraron el uno al otro, notando la forma de sus cuerpos a través de la ropa empapada. Él tomó aire y dio un paso atrás mientras ella se desprendía de los guantes mojados y dejaba caer su abrigo al suelo antes de empezar a desabrocharse uno a uno los botones de la blusa. Valentina esperó a que él hablara, pero era como si él ya supiera lo que ella quería. Sin palabras. Nada falso, solo la verdad ciega del deseo. Theo arqueó una ceja y ese gesto bastó para comunicar lo que sentía. Se quitó la chaqueta. Ella observó que, a pesar del ardor del momento, la colgaba cuidadosamente en el respaldo de una silla antes de empezar a desabotonarse la camisa. Oh, pensó Valentina complacida, este hombre tiene mucha clase. Una excitación enorme se alzó entre ellos como una neblina veraniega mientras ambos de desnudaban, mirándose pero sin tocarse, tentándose mutuamente con la promesa de sus cuerpos.

Se tomaron su tiempo, una atrevida y lánguida danza preliminar. Theo se sacó de un tirón la camisa de la pretina del pantalón y se la quitó. Ella dejó deslizar su blusa como respuesta. Lentamente se desabrochó el sujetador y lo dejó caer de sus senos. Vio cómo se tensaba el pecho de Theo, oyó su respiración superficial mientras la miraba. Notó su erección dentro del pantalón, lo que tuvo como respuesta una sensación de deseo bajo su pelvis. No tendría que estar haciendo eso. Desnudándose para un desconocido en su apartamento, prometiéndole sexo. Ni siquiera se habían presentado. Y sin embargo, el desenfreno mismo de la situación la excitaba. Aquella noche podía abandonarse a ese hombre. Se llevó las manos a la espalda y se bajó la cremallera de la falda, se contoneó para deshacerse de ella y se quedó de pie ante él, voluptuosa, vestida únicamente con tanga, medias y sujetador. Los labios de Theo dibujaron una sonrisa, sus ojos resplandecieron de satisfacción mientras asimilaba lo que veía. Se desabrochó el pantalón y lo dejó caer desde la cintura. Valentina observó la presión contra la tela suave del calzoncillo y anheló tocar aquel bulto. Olerlo. Sentirlo dentro de ella. Un hombre de ensueño de los años veinte, en carne y hueso, en su propia película muda de la vida real. Vio la humedad de la lluvia resplandeciendo sobre su pecho y avanzó un paso con atrevimiento, inclinándose para lamer las gotas de lluvia de su piel. Él la asió por un hombro y la acercó hacia sí, para que pudiera sentir su erección frotándose contra su vientre. Era mucho más alto que ella, y su altura la hizo sentirse todavía más excitada. Quería aferrarse a él, de modo que él pudiera dejarla en el suelo e inmovilizarla con sus fuertes y musculosas piernas.

Se frotaron el uno contra el otro, calentando su piel húmeda y fría. El silencio de Theo era embriagador, como si supiera que cualquier palabra destruiría la pasión que palpitaba entre ellos. Valentina se sentía una mujer diferente, abandonada toda normalidad, exacerbada por la pura delicia y el deseo. ¿Qué la impulsaba a comportarse de aquella manera? ¿Era la idea romántica de todo aquello, como si realmente estuviera viviendo una escena de una película, o más bien la necesidad carnal que latía en su cuerpo, lo impropio de su comportamiento? Ni lo sabía ni le importaba.

Lo cogió de la mano y lo llevó hacia el dormitorio, caminando de espaldas por entre prendas de ropa diseminadas en el suelo. Él la siguió y una vez dentro de la habitación la cogió en brazos y la llevó a la cama. El romanticismo de la escena la dejó sin aliento. Ningún hombre la había llevado jamás de aquella manera.

Theo la dejó cuidadosamente en el lecho y se arrodilló a su lado, inclinándose sobre ella. Acarició su cuerpo con las yemas de los dedos y Valentina se encontró exhalando profunda y guturalmente, lo que la hizo sentir como si nunca antes hubiera exhalado adecuadamente. Él le desabrochó las medias del liguero y se las bajó, enrollándolas en sus piernas. Valentina tuvo claro que él disfrutaba con aquel extraño ritual. Ya no había muchas chicas que llevaran medias. Theo enganchó el tanga de Valentina con el dedo índice y tiró de él bruscamente con fuerza, de modo que rompió la prenda. La energía corrió entre ellos cuando él la cogió en brazos y empezaron a besarse nuevamente. A Valentina se le aceleró el corazón cuando sus cuerpos ya calientes se fusionaron. Bajo su apariencia civilizada, aquel hombre era una pantera. La piel de Valentina cantaba de gozo solo de tocarlo, como si estuvieran predestinados a conocerse, como si hubiera alguna otra fuerza en juego aquella noche que los había llevado a ambos a estar en el metro de Milán exactamente a la misma hora. Una idea ridícula y, sin embargo, una fantasía maravillosa.

La boca de él destilaba un sabor dulcísimo. Valentina bajó las manos y tiró de sus calzoncillos, meciendo su pene en una de sus manos. Lo quería sin más dilación, antes de que desapareciese la magia que se había instalado entre los dos. Sin dejar de besarlo, alargó la otra mano hacia la mesilla de noche, abrió el cajón y sacó un paquete de condones. Se apartó ligeramente de él, buscó su mano y le dio el paquete. Quería asegurarse de que también era lo que él quería. Theo sonrió agradecido. Un caballero, por supuesto, ni se planteaba no utilizar condón. Theo se puso el preservativo mientras ella lo admiraba, derritiéndose por dentro de la expectación. Luego la levantó y rodaron, de modo que ahora estaba ella encima. Ella tomó el miembro en sus manos y, apoyándose en él, lo empujó dentro de ella.

Hacía un par de meses desde la última vez que había tenido relaciones sexuales y sin embargo ya sabía que aquello no iba a ser sexo como el que hubiera tenido antes. ¿Se debía al anonimato que todo fuera tan increíblemente íntimo? Cuánto confiaba en ella aquel ser humano. Cuánto confiaba ella en él. Era embriagador. Valentina levantó el cuerpo y se balanceó sobre él antes de volver a empujar hacia abajo. Theo levantó los brazos y le acarició los senos, con la boca un poco abierta y la lengua sacudiéndose entre sus dientes.

Al principio Valentina había pensado que él se correría dentro de ella, y que resultaría agradable para ella aunque no llegaría al orgasmo. Nunca había podido tener un orgasmo si su pareja llevaba puesto un condón, y mucho menos si era la primera vez que se acostaba con alguien. Y sin embargo, con aquel desconocido le estaba sucediendo algo nuevo. Él no sucumbió a su propio placer primero; en vez de eso la sostuvo en sus brazos y la movió arriba y abajo, empujando con sus caderas hacia las de ella y haciéndola montar cada vez más deprisa. Cada vez más profundamente, sin pausas. Valentina nunca había hecho el amor durante tanto rato. Volvieron a rodar y él se puso encima de ella, sin dejar de penetrarla. Valentina empezó a sentir un estremecimiento. ¿Sería posible? Estaba jadeando, balanceándose al borde del abandono, volcándose, tan a punto, tan a punto. Theo inclinó la cabeza y le mordió un pezón, volvió a empujar dentro de ella y, para su asombro, Valentina empezó a correrse, vibrando alrededor de su miembro erecto. Lo miró a los ojos, ahora casi negros, que la miraban fijamente, puros como el ónice y perdidos en sus propias sensaciones. Theo jadeó mientras se unía a Valentina en el orgasmo, dejándose caer sobre ella de modo que se hundieron el uno en el otro.

Los pocos ligues de una sola noche que había tenido Valentina hasta ese momento de su vida habían resultado decepcionantes. Embarazosos, casi, cuando una vez acabado el acto ella trataba de quitarse de encima al tipo sin parecer demasiado fría. Sin embargo, esa vez fue distinto. ¿Qué clase de magia era aquella? Parecía que él la encontraba tan irresistible como ella a él, ya que después de la primera vez no se durmieron ni se pusieron a charlar, sino que empezaron de nuevo. ¿Cómo era capaz de hacerlo?, se preguntó. ¿Era una especie de superhombre? Aquella primera noche hicieron el amor tantísimas veces... Fue como si explorasen cada centímetro de sus cuerpos en el espacio de ocho horas. Debajo de él y encima. De pie. Sentada de espaldas a él, y él inclinado sobre ella para poder agarrarle las tetas desde atrás. Arrodillada delante de él mientras la penetraba desde detrás. Sentada encima de él en una silla de la cocina cuando ella fue a por un vaso de agua y él la siguió. Encima de él en el suelo del pasillo en el camino de vuelta. Acurrucados juntos en la ducha a la mañana siguiente. Tanta pasión casi parecía una especie de regreso feliz al hogar, y sin embargo ni siquiera sabían cómo se llamaban.

Valentina rocía aire seco con un espray sobre el viejo negativo y lo repasa suavemente con un cepillo de pelo de marta. Lo coloca con cuidado entre dos láminas de plástico transparente y lo deja sobre el tocador. Recuerda aquellos primeros momentos cuando se despertó a la mañana siguiente, esperando que con la fría luz del día se sentiría incómoda con aquel desconocido que tenía en la cama, al menos lo bastante como para querer que se marchase. Sin embargo, no fue así. Se despertó con sus besos, y volvieron a hacer el amor una vez más, tan tiernamente como si fueran amantes que llevaran años juntos.

Aquella noche fue la más erótica de su vida y, sin embargo, en ningún momento había esperado nada de ella. Ni siquiera cuando finalmente se presentaron: Theo Steen, estadounidense, historiador del arte, de paso en Milán para trabajar en su tesis posdoctoral, soltero; Valentina Rosselli, fotógrafa profesional, nativa de Milán y también soltera. De hecho, a la mañana siguiente, cuando Theo comentó mientras desayunaban un café y un bollo que aquella sería una buena historia para contarles a sus hijos, Valentina pensó que solo trataba de ser gracioso. ¿Cómo podían dos personas que se habían conocido en tales circunstancias mantener ningún tipo de relación? Sin embargo, al final resultó que se convirtieron en amantes. Valentina se quedó muy sorprendida cuando él la llamó la noche siguiente y le preguntó si le apetecía salir a tomar algo. Estaba convencida de que nunca volvería a saber de él, y tuvo sus dudas sobre si aceptar la invitación. Y ahora sus vidas están entrelazadas, por más que ella trate de mantener las distancias. ¿Van de eso, los negativos? ¿Es la forma que tiene Theo de comunicarse con ella?

Valentina coge las ampliaciones que ha hecho hasta el momento y las dispone en hilera sobre la cama. Además de la espalda «de paisaje» y del tobillo atado, hay cuatro imágenes más. Una es claramente un lóbulo con un pendiente en forma de anillo dorado. Instintivamente a Valentina le parece que aquella oreja pertenece a un hombre y no a una mujer. El anillo dorado es demasiado sencillo y pequeño para tratarse de una joya femenina.

Hay una foto de un brazo y una mano enguantados, sujetando una larga sarta de perlas. A Valentina le gusta particularmente esa imagen, el contraste del guante negro con las cuentas blancas. También hay unos labios, oscuros y sin sonrisa; Valentina imagina que si la imagen fuera en color, aparecerían pintados con carmín. Finalmente, la más provocativa: un ojo. Solo uno. En tan primer plano que Valentina tardó un rato en darse cuenta de lo que era. El ojo está mirando hacia abajo, de modo que en realidad lo único que se ve es un párpado irisado, enmarcado entre una ceja recta y perfilada y unas pestañas largas y negras que rozan el borde de la mejilla de la modelo.

¿Quién es esa mujer? Valentina se consume de curiosidad. La única persona que podría darle alguna pista está probablemente a muchos kilómetros de Milán. ¿Qué pretende Theo? ¿Volverla loca de frustración? Él sabe que este misterio la obsesionará, y no obstante Valentina tiene que admitirlo, también sabe que le encantará. Pero ¿cómo puede descubrir la identidad de aquella mujer de primeros planos... y ahora también de un hombre? No tiene absolutamente ninguna información acerca de ellos. En el escritorio de Theo no había nada. Valentina se muerde el labio, coge la imagen del tobillo atado y vuelve a examinarla fijamente. Esas imágenes ya han empezado a convertirse en parte de sus sueños. Anoche soñó que tenía los tobillos atados a los extremos de la cama, como en la foto que estaba mirando antes de quedarse dormida. Tuvo un sueño de lo más erótico en el que Theo la acariciaba por todas partes. Se despertó anhelando a su amante y decepcionada al descubrir que no estaba allí. Tal vez sus sueños se debieron a la llamada telefónica de Leonardo Sorrentino. Sea lo que sea, ahora no tiene tiempo para analizar la psicología de su sueño. Tiene una reunión para conocer al tal Leonardo, propietario de un club de sexo sadomasoquista.

¿Qué se pondrá? Es primera hora de la noche, pero no quiere ir demasiado elegante y atraer una atención que no desea en ese club. Por otra parte, tampoco desea destacar por ir demasiado informal o recatada. Al final decide vestirse de negro: pantalones, camiseta y una chaqueta de piel, una opción que nunca falla y que además siempre se complementa bien con su melena corta negra. Se pone un pintalabios oscuro, color burdeos, y coge la bolsa de la cámara de camino hacia la puerta. No está segura de si va a necesitarla, pero imagina que es preferible ir preparada.

Justo cuando ya está parando un taxi, ve una silueta que baja de la parte posterior de un coche al otro lado de la calle. Un hombre que lleva las manos en los bolsillos y la está mirando. Valentina echa un vistazo a sus espaldas mientras se acerca al taxi. Sí, sin duda la está mirando a ella. Instintivamente sabe que no es el hombre del jardín. Es mayor, más bajo y corpulento, con el pelo canoso. Parece que esté a punto de decir algo, pero Valentina no le da la oportunidad y monta en el vehículo. Cuando el coche arranca, se vuelve para mirar por la ventanilla de atrás. El tipo sigue de pie en medio de la calzada, con las manos en los bolsillos y el ceño fruncido.

En las últimas veinticuatro horas ha detectado a dos hombres desconocidos que la miraban. Valentina no puede evitar sentirse un poco inquieta y deseando la compañía de Theo. Saca el teléfono móvil del bolso y empieza a juguetear con él. Tal vez debería llamarlo. Preguntarle cuándo volverá. ¿Qué diría él si le contara lo de los tipos que la miraban? ¿Lo achacaría todo a un comportamiento paranoico? Desde luego, el hombre del jardín podría ser un producto de su imaginación. Pero el hombre que acababa de ver sí que era real, y sin duda daba la impresión de que deseaba hablar con ella. Se reprende a sí misma; no, seguro que es un cretino con ganas de ligar. Eso es lo que le diría Theo. «Valentina, no te das cuenta del impacto que causas en los hombres.» Ella se rio cuando se lo dijo y replicó que estaba siendo ridículo, que ella no era Marilyn Monroe.

«Eso ya lo sé, cariño. Pero no todos los hombres quieren a una rubia pechugona, ¿sabes?»

Vuelve a guardar el móvil en el bolso y se quita de la cabeza los pensamientos sobre hombres desconocidos. Tiene una noche interesante por delante. Está nerviosa. ¿Qué le enseñará esa noche Leonardo Sorrentino? Tiene que calmarse y no preocuparse de nada más.

El club de sadomasoquismo está en una zona de Milán que Valentina no conoce demasiado, cerca de Via Garligliano, en el barrio de Isola. La parte de Milán que había sido como Venecia hasta que Mussolini decidió cegar todos los canales. Había sido una zona muy sórdida y cutre, pero recientemente se ha puesto de moda. Como el sadomasoquismo, supone Valentina, que gradualmente también se está empezando a considerar algo más aceptable.

No solo está nerviosa, también un poco excitada. El corazón le late deprisa y siente el aguijonazo de la expectación en el estómago. Después de lo que vio en Internet la pasada noche, ha decidido no buscar más imágenes de sadomasoquismo. Prefiere conocer la cuestión sin prejuicios. Ella no es quién para juzgar lo que hacen otros, pero lo cierto es que no acierta a explicarse la atracción del dolor en lo que se refiere al sexo. Y, sin embargo, se siente intrigada. Quiere comprender ese aspecto oscuro de la sexualidad humana. ¿Es perverso querer hacer ese tipo de cosas? ¿O es algo liberador, incluso una manifestación de instintos naturales?

Leonardo Sorrentino es todo lo contrario de lo que esperaba Valentina. Para empezar, es joven. Ella se hizo una imagen de un hombre de edad avanzada, gordo, calvo y un poco obsceno. Un estereotipo, por supuesto. Leonardo probablemente solo es un par de años mayor que ella. Tiene la piel oscura, como Theo. Incluso le recuerda un poco a su amante, con su sonrisa fácil, aunque Leonardo no es tan alto como Theo, y sus ojos son castaños en vez de azules. Lleva un traje azul marino impecable y con pinta de ser caro, y una camisa del color de las violetas, que a pesar del tono no tiene nada de femenino. En cuanto entra por la puerta inocua del club privado, Valentina huele a perfume Armani.

—*Signorina* Rosselli, gracias por venir —la saluda.

—Llámame Valentina —dice ella, incómoda ante tanta formalidad.

—Leonardo —dice, devolviéndole la sonrisa y estrechándole la mano.

Caminan por un largo pasillo con el pavimento de mármol negro brillante y una iluminación tenue en las paredes. Valentina espera que la conduzca a un cuartucho lleno de instrumentos de tortura, pero cuando finalmente la hace pasar a una sala al fondo del pasillo, no puede evitar sentirse un poco decepcionada por su sencillez. Una iluminación suave, un gran sofá de color crema y una alfombra del mismo tono. Ni un látigo ni una cadena a la vista.

Leonardo la invita a sentarse, se quita la chaqueta y la cuelga en el respaldo de su silla. La camisa violeta es de algodón sedoso suave y cae sobre su pecho bien definido. Solo lleva dos botones desabrochados, ni demasiado ni demasiado poco. Leonardo saca una botella de vino blanco de una nevera que tiene en un rincón de la estancia.

—Antes que nada quería decirte que me han gustado muchísimo los autorretratos eróticos que te hiciste en el canal en Venecia —dice mientras sirve el vino.

Valentina se pone tensa de la sorpresa. El *signor* Sorrentino no se anda por las ramas. Se lo imagina contemplando las imágenes de su cuerpo desnudo. Tiene la sensación de que lo vio «todo» de ella, aunque solo fuera en su imaginación.

—¿Dónde las ha visto? —le pregunta—. No se han publicado ni expuesto en ninguna parte. Ni siquiera en Internet.

—Lo siento, pero prometí no decírtelo, Valentina.

—¿Fue Stephano Linardi? ¿Te dio una copia de mi lápiz de memoria? —le pregunta. Sabe que está siendo demasiado directa, posiblemente brusca. Siempre ha tenido dificultades con los modales. Leonardo arquea una ceja como respuesta.

—Me dijo que eran pornografía, no arte —añade ella.

—Bueno, pues en mi opinión no son ni lo uno ni lo otro —dice Leonardo—. Yo las llamaría narrativa erótica. Con esas imágenes estás contando una historia erótica.

Leonardo hace una pausa para tomar un trago de vino.

—También he visto en tus fotografías de moda cómo coreografías las escenas. Por eso me gustaría que te ocuparas de este proyecto nuestro. Es muy importante conseguir el tono adecuado.

—Pero, para empezar, ¿para qué quieres las fotografías?

—En realidad no fue idea mía —admite Leonardo—. Me lo planteó una tercera persona que insiste en permanecer en el anonimato. Quiere publicar un libro de fotografías eróticas y de buen gusto con temática sadomasoquista. También existe la posibilidad de exponer la obra.

«¿Cómo puede ser de buen gusto el sadomasoquismo?» La idea pasa fugazmente por la mente de Valentina.

—Te puedo asegurar —dice Leonardo, interpretando correctamente su silencio— que el sadomasoquismo a veces puede ser bastante hermoso y elegante, Valentina.

—Pero yo no tengo experiencia en el tema —admite Valentina, intentando disimular su desconcierto.

—Precisamente por eso me interesa que lo hagas tú. Eres una observadora imparcial. Bueno, espero que imparcial. Si crees que el sadomasoquismo es, digamos, una perversión enfermiza, sugiero que no continuemos con el proyecto. Por tu propio bien.

Valentina considera el asunto. Toma un sorbo de vino mientras observa a Leonardo con los ojos entornados. Parece la viva imagen de una persona sana. Valentina no puede evitar preguntarse si será dominador o sumiso. Cuesta imaginarlo haciendo nada demasiado brutal. Igual que le ocurre con el misterio del libro de negativos antiguos de Theo, se deja llevar por la curiosidad más que por cualquier otra cosa. Sabe que no huirá de esa oportunidad.

—No, por supuesto que no creo que sea enfermizo. En realidad me fascina —confiesa.

Leonardo vuelve a sonreírle. Tiene una sonrisa amplia, casi deslumbrante. Ella no acierta a devolvérsela y eso la hace sentir todavía más hosca de lo habitual. Leonardo ladea la cabeza, asombrado por su expresión agria, y su sonrisa se desvanece lentamente.

—Bueno, mira —dice, levantándose y hablando de nuevo más formalmente—. Para empezar permíteme que te muestre el local y así podrás ir formándote una idea. En realidad, depende totalmente de ti lo que quieras hacer. La mayoría de nuestros clientes han aceptado ser fotografiados, así que puedes elegir pasar desapercibida como una mosca en la pared y limitarte a documentar lo que ocurre, o si lo prefieres puedes construir tus propias escenas. —Leonardo hace una pausa y de nuevo sonríe, esta vez más solapadamente—. Podría resultarte divertido.

Valentina sigue sin devolverle la sonrisa a Leonardo.

—Tal vez —dice fríamente, aunque nota que su cuerpo empieza a calentarse bajo la chaqueta de cuero. «¿Construir sus propias escenas?» La idea le resulta tentadoramente erótica. Puede aplicar toda su pasión por los detalles y teatralidad en aquel entorno sensual. Las posibilidades casi la marean de excitación.

—Recuerda, Valentina —continúa Leonardo—, que no quiero pornografía. Eso cualquiera podría hacerlo. Lo que estoy buscando es algo artístico. Por eso te he elegido a ti. Queremos erotismo.

—Comprendo —dice Valentina mientras sigue a Leonardo fuera de la habitación y luego por el pasillo de mármol negro.

Llegan a la parte superior de una escalinata, del mismo material, y Leonardo se vuelve hacia ella.

—En estos momentos no hay nadie en el club —le dice—. Todavía es un poco demasiado pronto, pero te enseñaré una de las habitaciones que pueden utilizar nuestros clientes. Si te parece bien, claro.

Valentina asiente en silencio y baja las escaleras detrás de él. La luz se va volviendo cada vez más tenue y Valentina siente un cosquilleo de miedo que le baja por la espalda. Detesta los lugares oscuros y cerrados. Al pie de la escalinata hay un pequeño vestíbulo oval con tres puertas. Una luz proyecta un resplandor turbio en la sala.

—Pues bueno, Valentina. —Leonardo señala las puertas una tras otra—. Detrás de cada una de estas puertas hay distintos niveles de experiencia, por así decirlo. La de madera conduce a la sala que yo llamaría «más placer que dolor». La de cuero es más dolor que placer.

Valentina traga saliva. ¿Cuál es la diferencia? ¿Cuánto dolor sigue permitiendo todavía algo de placer?

—Y esta sala —dice caminando hacia una puerta de acero, pulida y reluciente en el vestíbulo poco iluminado— es el Cuarto Oscuro.

Leonardo empuja la puerta con la mano, se vuelve y la observa fijamente con una expresión de triunfo. En ese momento Valentina lo descubre: es un dominador, sin duda.

La joven aparta la mirada de Leonardo y se fija en la puerta metálica.

—¿Qué pasa en el Cuarto Oscuro? —pregunta casi en un susurro.

Leonardo avanza hacia ella. Está tan cerca que el olor de su loción Armani resulta casi apabullante.

—En el Cuarto Oscuro pasas miedo, Valentina, porque como el nombre indica, no hay luz. No se ve nada, ni siquiera ves tu mano si te la pones delante de la cara.

—¿Cómo puede querer alguien entrar ahí? —pregunta en voz baja. Leonardo le lanza una mirada insinuante.

—Precisamente porque el miedo intensifica la experiencia sexual hasta un grado que jamás lograrías en ningún otro lugar.

Valentina no se mueve. Sabe que aquel hombre quiere que reaccione. Que se ría, tal vez. O proteste. Incluso que salga corriendo escaleras arriba. No hará nada de eso.

—Ya —dice con calma—. Pero supongo que no me servirá de nada si todo es oscuro, porque no podré sacar ninguna fotografía ahí dentro.

Leonardo asiente con la cabeza, con una sonrisa indolente en su rostro.

—Tienes razón. No hay ninguna necesidad de que entres en el Cuarto Oscuro... A no ser, por supuesto, que quieras...

Valentina lo interrumpe.

—¿Puedes enseñarme las demás habitaciones, por favor? Tendrás que disculparme, pero no dispongo de mucho tiempo.

La sonrisa de Leonardo se ensancha. Sabe que está mintiendo. Ya lo ha entendido: Valentina tiene miedo del Cuarto Oscuro.

—Muy bien —dice cruzando el vestíbulo para abrir la puerta de madera—. Esto es lo que llamamos la Sala Atlántida. Tú misma comprenderás por qué, espero, cuando la experimentes.

Valentina se detiene en el umbral. Mira la mano de Leonardo, sus cuidadas uñas, mientras gira el pomo. Se le acelera el corazón. Tiene la impresión de que en cuanto entre en la Sala Atlántida, su vida ya nunca volverá a ser como antes. Es una elección que toma por voluntad propia, sin el consentimiento de su amante, y sin embargo mientras avanza oye el dulce acento americano de Theo en su cabeza: «Esa es mi chica, Valentina *la Intrépida.*»

Belle

Alguien llama a su puerta. Belle se mira en el espejo y se alisa el vestido deslizando las manos por la ropa negra ceñida. Es uno de los uniformes de criada que se ha arreglado ella misma. Fue algo con lo que disfrutó, sentada en su pequeño balcón bajo el sol de Venecia, cosiendo y escuchando a su vecino tocando Bach con el clavicémbalo. En casa no se le permite ocuparse de ese tipo de tareas, pero a ella le encantan y le ha dado una gran satisfacción poder adaptar el uniforme de Pina para las necesidades de su cliente. El vestidito negro ahora cuelga justo por debajo de su trasero y por encima de la línea de las medias negras, que por supuesto están adornadas con una liga blanca de encaje. Sobre el vestido lleva un delantal blanco, limpio y almidonado, y una pequeña cofia blanca de sirvienta corona su melena negra. El ruso vuelve a llamar a la puerta. Vaya, sí que está impaciente hoy, piensa Belle, cogiendo el plumero antes de abrir la puerta.

—Buenos días, señor —dice inclinando la cabeza respetuosamente mientras el ruso entra con aire resuelto en la habitación.

—Buenas tardes, Katya —dice, con aire severo—. ¿Se puede saber por qué has tardado tanto en abrir?

—Lo siento, señor, he acudido tan deprisa como he podido.

—Pues no ha sido lo suficiente deprisa, Katya —replica él, inmovilizándola con una mirada dura, cosa que hace que a Belle se le acelere un poco el corazón—. Tendré que darte un escarmiento.

—Sí, señor.

—¿Y sabes por qué?

—Porque no he hecho lo que usted me dijo.

—Exacto, Katya. La última vez ya te advertí que debías abrir la puerta en cuanto llamara. Hoy he tenido que hacerlo dos veces.

El ruso extiende los brazos para que ella le quite el abrigo. Huele a tabaco y a sándalo, una mezcla mareante. Le da el sombrero y los guantes y ella los deja cuidadosamente en el aparador. El ruso lleva una pequeña fusta en la mano derecha, con la que se golpea suavemente la palma de la mano izquierda. Al verlo, Belle siente que se le contrae el estómago.

Se dirige a su dormitorio y el ruso camina detrás de ella, utilizando la fusta para levantarle el dobladillo del vestido y poder verle el culo.

—Me complace ver que has seguido mis indicaciones y has prescindido de la ropa interior.

Su formalidad, piensa Belle, va acorde con su condición de burócrata. Siente cómo recorre su trasero con la punta de la fusta y le propina un golpecito en las piernas que la hace chillar del susto y de la excitación.

—Contente, Katya, por favor. Debes someterte al castigo con humildad.

—Sí, señor —responde ella, bajando la mirada recatadamente.

El ruso se sienta en la cama y deja la fusta a su lado. Luego dobla el dedo y la invita a acercarse a él.

Belle está ahora en pie delante de él y siente que sus pezones presionan con anhelo la barata seda artificial de su uniforme de criada. La voz del ruso cae una octava.

—Veamos, Katya, dime lo que eres.

—Soy una insubordinada, señor. No he obedecido sus órdenes.

—¿Y qué quieres que te haga?

—Quiero que me de unos azotes, señor, por favor.

El ruso la agarra de la mano con energía y la obliga a tenderse sobre sus rodillas. La respiración de Belle se vuelve rápida y superficial. Ya han hecho eso otras veces, y sin embargo cada vez siente un estremecimiento. No sabe por qué. No le gusta nada que su marido le pegue. Se siente rebajada y enfadada. Sin embargo, cuando el ruso la azota, Belle tiene que confesar que lo encuentra extrañamente erótico. Debe de ser porque en ese momento ella tiene libre albedrío. Sabe que basta que le diga al ruso que pare y él parará. Puede romper el hechizo de su inocente farsa en cualquier momento, pero no quiere hacerlo. La expectación le produce un cosquilleo en la piel. Nota la erección del ruso contra su pecho. Él le levanta el uniforme de criada para que su trasero quede al desnudo. Se lo masajea con las manos. Ella se pregunta si utilizará la fusta. La tiene justo al lado, sobre la cama. Todos sus sentidos se han agudizado, y cuando le golpea el culo con la palma de la mano desnuda siente que le vibra todo el cuerpo. Duele un poco, pero no demasiado. Sabe que aquello estimula al ruso y que lo que vendrá después del castigo será muy dulce. El ruso la azota una y otra vez, hasta que Belle siente que se le enrojece la piel de las nalgas. Cinco, seis azotes y se detiene. Belle oye cómo resopla de deseo mientras se levanta.

—Buena chica —dice apretando las manos entre sus piernas y tocándola—. ¿Qué quieres que haga ahora, Katya? —le pregunta, rozando su barbilla con los pelos de su barba corta y con una expresión benigna, ahora que ya la ha azotado. Belle mueve la mano hacia abajo y toca su pene duro, apretado contra los pantalones de franela.

—Quiero que me enseñe quién es el amo —le responde con su sonrisa más dulce y abriendo los ojos con ademán inocente.

Belle está a cuatro patas, mirando el dibujo de su alfombra persa. El vestido y el delantal están tirados a su lado, pero todavía lleva las medias y la cofia de criada. El ruso la penetra con un gemido grave y la agarra por los pechos. Inmediatamente empieza a penetrarla con tal fuerza que Belle casi se cae sobre la alfombra. Le encanta el sexo primitivo que practica con el ruso, el contraste entre su frío porte aristocrático y la pasión salvaje una vez que está dentro de ella. La sujeta por la cintura con ambas manos y redobla los embates, cada vez más a fondo. Belle cierra los ojos y se une a él en su desenfreno salvaje. Es Katya, su criadita rusa, su esclava sexual que hará todo lo que él le pida, porque él cuida de ella y siempre lo hará. Es una fantasía que le gusta, a pesar de que, en su otra vida, detesta sentirse atada a su marido. No sabe explicarse esa contradicción.

—¡Katya, *milaya moya*! —grita el ruso cuando finalmente alcanza el clímax, y sus vibraciones hacen que Belle entre en una vorágine que finalmente la lleva también al orgasmo. Caen sobre la alfombra persa, brillando ambos de sudor, y el ruso la echa de espaldas para tumbarse a su lado.

Belle se vuelve hacia él. Ahora es un hombre diferente. Llora a lágrima viva y su expresión es de una desolación profunda.

—Oh, querido Ígor —dice Belle, tomándolo en brazos.

Él aprieta su mejilla empapada contra los pechos desnudos de Belle, que le acaricia los cabellos y deja que llore. Se fija en su cuerpo lleno de cicatrices, su espalda repleta de verdugones rojos, las marcas de su estancia en prisión en Siberia. A pesar de su porte aristocrático, Ígor era en realidad un revolucionario, un camarada de Lenin. Habría sido divertido considerar cómo a aquel comunista acérrimo le gustaba jugar a ser el amo y señor de no ser un personaje tan trágico. Fue obligado a huir de Rusia cuando murió Lenin y Stalin lo sustituyó. Ígor había tratado de impedir el ascenso de Stalin al poder y se le perseguía por ello. Belle se ha propuesto sentir lástima por él, sin preguntarle jamás por antes de la Revolución, por si fue uno de aquellos soldados rusos que arrasaron su país el año en que se casó. Ya hacía mucho tiempo de aquello.

Belle abraza a Ígor hasta que el hombre deja de llorar, ambos desnudos. Se siente purificada por sus lágrimas de emoción.

—¿Quién es Katya? —le pregunta con cierta vacilación.

Ígor suspira y se vuelve para mirarla con ojos melancólicos.

—A pesar de mis antecedentes revolucionarios, Belle, debo confesarte que no soy de clase obrera. Me crie en una adinerada familia burguesa. Teníamos una criada. Se llamaba Katya.

Ígor suspira de nuevo, como si la carga de todos los infortunios del mundo pesara sobre sus hombros, luego se aparta de ella y se levanta. Belle se sienta en la alfombra y observa su espalda pálida, delgada pero fuerte. Le recuerda a una garza, una silueta solitaria y distante que observa cómo los asuntos de la vida pasan nadando por delante de ella.

—Yo estaba enamorado de Katya —dice él, mirando al suelo y entrelazando los dedos.

—¿Qué pasó, Ígor? —A pesar de su evidente aflicción, Belle tiene la sensación de que necesita contárselo.

Él se vuelve para mirarla. Sus ojos siguen húmedos por las lágrimas, pero al mismo tiempo encendidos por la pasión como las llamas azules del centro de un fuego.

—Murió. Fue por mi culpa. Se suponía que debía cuidar de ella. Era tan fiel..., tan inocente..., tan dulce...

Belle se incorpora, se acerca a Ígor y lo abraza. Ahora que ya se ha apagado el fuego de la pasión, su desnudez parece pura y digna de confianza. Igor agacha la cabeza y habla sobre el hombro de Belle.

—La dejé atrás creyendo que estaría más segura, pero me equivoqué... Mi familia logró escapar, pero no así Katya. Yo le había ordenado que se marchara con ellos si llegaba el momento de huir, pero por lo visto se negó. Se quedó esperándome hasta que ya todos los demás se hubieron ido, y los Blancos entraron en el pueblo buscándome a mí. Le hicieron pagar mi ausencia a Katya.

—Oh, Ígor. —Belle lo abraza con fuerza. Él levanta la cabeza y la mira a los ojos. Belle ve la angustia en sus aguas azules.

—Gracias por tu comprensión, querida Belle.

Ella le estrecha la mano.

—Volverás a encontrar el amor, Ígor.

—¿Tú crees, Belle? —le pregunta en tono desesperanzado.

Belle mira en el interior de su corazón. Hay una parte perversa de ella que casi envidia a Ígor. Al menos ha conocido lo que es estar enamorado. Belle reza en silencio.

—Sí, creo que en esta vida todos y cada uno de nosotros experimentamos el auténtico amor. Si lo perdemos pero tenemos el corazón lo bastante abierto a pesar de la pérdida, podemos volver a encontrarlo.

—¡Todos! —Ígor sonríe con pesar—. ¿Incluso Stalin? ¿O Mussolini?

—Sí, incluso ellos. —Belle le devuelve la sonrisa, secando dulcemente su rostro con su cofia de criada—. Es la condición humana.

Valentina

Cuando Valentina traspone la puerta de lo que Leonardo denomina la Sala Atlántida, todo parece sereno, para nada el cubil de iniquidad que había imaginado. Las paredes están pintadas de azul de Prusia y el suelo es de mármol blanco. Hay un escritorio negro macizo en el centro de la habitación, con una enorme alfombra azul marino de pelo largo que ocupa casi todo el espacio del suelo. No hay ventanas en la sala, solo un gran tragaluz que deja pasar un resplandor dorado como si fuera mediodía, aunque Valentina sabe que fuera ya es oscuro. Hay un sofá cama de hierro forjado y unas vigas robustas de madera blanca sostienen el techo. En conjunto es luminoso y minimalista, como una habitación de muestra de Ikea.

—Bueno, Valentina —dice Leonardo—, permíteme que te cuente todo lo que hay en la Sala Atlántida.

Leonardo se dirige al escritorio y se sienta encima mirando hacia ella, con las piernas separadas en una postura un tanto provocativa. Valentina hace todo lo posible por no mirarlo y levanta la vista hacia el tragaluz.

—Creía que aquí dentro estaría más oscuro —comenta.

—A algunos de nuestros clientes no les gusta la oscuridad —dice Leonardo—. Prefieren representar sus escenas en algún lugar que podría casi pertenecer a su vida cotidiana. De modo que esta sala es lo que llamamos una sala diurna, o una sala de esclavitud ligera.

Leonardo abre diversos cajones del escritorio negro y le indica que se acerque a echar un vistazo.

—Aquí, por ejemplo, tenemos una serie de objetos que el dominador o dominatriz puede utilizar con su sumiso o sumisa.

En el primer cajón que mira Valentina ve un montón de juguetes sexuales eléctricos, en su mayoría vibradores, pero en una impresionante variedad de tipos: pequeños de color rosa para masaje clitoridiano, medianos y elegantes con curvas en distintos lugares para proporcionar estimulaciones diversas, y vibradores completos de acción dual. Uno de ellos es tan inmenso que da miedo; ¿qué sensación dará tener eso metido dentro? Valentina se estremece de pensarlo. La mayoría de los productos los reconoce como parte de la gama de la marca sueca LELO, diseños elegantes y con estilo que apelan a su sensibilidad artística. Parecen más obras de arte que objetos de pasión. Se imagina los chillidos de placer si Antonella estuviera allí. Seguro que su amiga exploraría sin pensárselo dos veces el contenido de aquel cajón. Ella coge un objeto, intrigada por su diseño: un receptáculo oval negro que forma un anillo en la punta. Leonardo se acerca al cajón junto a ella, rozando con la mano su brazo desnudo, cosa que le corta la respiración muy a su pesar.

—Funciona con esto —explica, sacando un objeto redondo dorado—. Es un mando a distancia.

Leonardo aprieta un botón y el juguete que tiene Valentina en la mano comienza a vibrar, cosa que la hace sonrojarse sin querer.

—Tiene diversas velocidades —añade, tan tranquilamente como si le estuviera enseñando a cambiar el canal de un televisor.

—Gracias —dice Valentina, notando la vibración del artilugio en su mano.

—¿Sabes qué es? —pregunta Leonardo, con los labios curvados en una sonrisa traviesa.

—Pues... ¿un tipo de vibrador?

—Sí —asiente con la cabeza, tratando de no reírse—. Pero un vibrador para mujer y para hombre —añade quitándoselo de la mano y colocándose el extremo anillado alrededor de dos de sus dedos—. Es un anillo que se pone alrededor del pene. Estimula al hombre y le ayuda a hacerlo más grande.

—Vale —dice Valentina, tratando de mantenerse digna, como si aquella fuera una conversación normal con un tipo al que acaba de conocer.

—Y esta parte, la vaina, se puede utilizar para estimular el clítoris de la mujer o, si lo giras al revés, las pelotas del hombre.

Valentina no puede evitarlo. Se imagina a sí misma y a Theo entreteniéndose con aquel juguete. La idea hace que el rubor se le extienda hacia el pecho y por todos los nervios de su cuerpo, cosa que le acelera el corazón. Un impulso primitivo la empuja a tocar a Leonardo. Es absurdo. Se aleja un paso de él y se apresura a volver a dejar el juguetito sexual en el cajón.

Leonardo, aparentemente sin darse cuenta de la reacción física de Valentina hacia él, abre otro cajón.

—Aquí tenemos juguetes que una dominatriz puede utilizar para dar placer a su sumiso..., si el sumiso es un hombre.

Valentina mira en el interior del cajón. Reconoce una serie de artilugios para caballero y de masaje del punto G, uno de los cuales parece incómodamente grande. También hay una colección de anillos para hombre, algunos de ellos bastante elegantes: de ónice negro, bruñidos en dorado, salpicados de plata con minúsculos diamantes. Se pregunta si a Theo le gustaría probar uno de aquellos adminículos.

Finalmente, Leonardo abre el último cajón.

—Aquí tenemos diversos objetos que se utilizan en escenarios de dominación ligera —dice, mirándola con curiosidad.

Valentina supone que la observa para ver su reacción y decide poner cara de póquer. Se siente tonta por su ignorancia respecto al vibrador. No quiere volver a ponerse en evidencia. Sin embargo, no hay sorpresas cuando mira dentro. El material de dominación habitual: varios juegos de cadenas de plata, con grosores de eslabón variables, ataduras de seda, una cuerda, vendas para los ojos de distintos materiales, esposas y una mordaza de bola para la boca.

—Así, por ejemplo —Leonardo coge una cadena y la sostiene en la punta de los dedos, se acerca a una de las vigas, hace pasar uno de los extremos por encima y junta ambas puntas—, se puede encadenar a alguien así. —Leonardo hace una lazada alrededor de una columna y se queda en pie apoyando la espalda en ella—. O te pueden atar con las cadenas así.

Leonardo la mira a los ojos y Valentina no puede evitar imaginarse encadenada a una de esas columnas. Se produce una pausa tensa hasta que él deja caer la cadena al suelo y coge las esposas, las hace girar entre sus manos y se las lanza a ella, que se ve obligada a cogerlas.

—Se puede esposar al cliente al armazón del sofá cama..., o al escritorio... Existen todo tipo de variantes.

Leonardo camina hacia el otro lado del escritorio negro y lo acaricia con la mano al pasar. Valentina no puede evitar observar lo largos y delgados que son sus dedos y se descubre preguntándose qué será capaz de hacer con ellos.

—Esta sala puede convertirse en una oficina de fantasía. O también —prosigue, abriendo una serie de puertas detrás de él que muestran un espacio de almacén— un consultorio médico, o una clínica dental.

Leonardo saca una silla de reconocimiento médico con ruedas para que la vea. Ella lo mira incrédula y él le sonríe.

—Siéntate, por favor —le ordena.

Valentina duda, apretando con fuerza las esposas entre sus manos.

—No temas, no te haré nada.

Valentina se encoge de hombros, avergonzada de su timidez, se acerca a la silla y toma asiento.

—Ponte cómoda —dice Leonardo—. Relájate. —Y Valentina capta el tono ligeramente burlón de su voz mientras aprieta un botón en un lado de la silla para que se recline como si estuviera en el dentista.

—Como ves, podrían atarte a esta silla y hacerte todo tipo de cosas para darte placer. —Leonardo hace una pausa—. Y dolor.

Leonardo le sonríe burlonamente. Valentina se da cuenta de que se está divirtiendo enseñándole todas esas cosas y siente el impulso irresistible de reírse a carcajadas, cosa que nunca hace. Sin embargo, logra mantener la sangre fría. Ver todos aquellos instrumentos y artilugios en una habitación tan iluminada hace que parezcan tontos. Solo son juguetes, en realidad, piensa Valentina. Lo único que hace esa gente es jugar. Todo ello bastante inofensivo, ¿no?

Sin embargo, cuando levanta la mirada hacia Leonardo, que se ha inclinado hacia ella, su aroma empieza a impregnarla y siente un temblor en las profundidades de su pelvis, una sensación a medio camino entre el miedo y la excitación. Echa de menos a Theo. Es a Theo a quien desea. Entonces, ¿por qué ejerce Leonardo ese efecto sobre ella?

—¿Alguna idea, Valentina?

Ella se endereza en la silla, ignorando su mirada fija, y columpia las piernas.

—Lo pensaré.

Leonardo le toma la mano y la ayuda a levantarse. Su piel es cálida y suave, pero no demasiado caliente.

—Bueno, entonces hablemos de los protagonistas de mañana —comienza.

—Ah. —Valentina le suelta la mano y hurga en su bolso, buscando una libreta.

—He pensado que deberíamos empezar con algo suave. Por si no te va. Mira, lo que queremos es que reflejes nuestra mentalidad —dice ya sin rastro alguno de malicia.

—Comprendo —asiente Valentina, devolviéndole las esposas. Sus dedos vuelven a rozarse y el contraste de su piel cálida después del frío metal hace que se estremezca un poco.

—Muy bien, pues —dice, dejando nuevamente las esposas y las cadenas en el cajón—. Tengo a dos chicas que vendrán mañana por la noche. Rosa y Celia. Ambas son bailarinas, y se turnan para ver quién domina y quién es la sumisa. Las dos son muy sensuales.

Valentina anota en su libreta: «Rosa. Celia. Bailarinas. Sensuales.»

Leonardo le abre la puerta.

—¿Y ya está? ¿Solo las dos mujeres? —le pregunta.

—Sí, creo que será suficiente, para empezar. Tienen unos cuerpos muy hermosos —le susurra al oído cuando pasa a su lado—. Estoy seguro de que podrás crear algo extremadamente erótico y visualmente agradable con esas dos chicas.

Valentina siente una oleada de alivio. Cuerpos desnudos de mujeres. Es algo a lo que está acostumbrada. Así podrá avanzar gradualmente hasta su primera fotografía de desnudo integral masculino, especialmente en un escenario de dominación.

Salen de nuevo al pasillo de luz tenue y Valentina echa un vistazo a la puerta de acero del Cuarto Oscuro. Su presencia la atormenta.

—Ninguna de esas chicas está interesada en el Cuarto Oscuro, Valentina —dice Leonardo, advirtiendo que ella mira en esa dirección—. Aunque a veces sienten la tentación de entrar en esta otra estancia —dice dando unos golpecitos en la puerta de cuero verde—. Nuestro auténtico Infierno de Terciopelo. Espero que utilices también este espacio para algunas de tus fotografías. ¿Te gustaría verlo?

—Por supuesto —dice Valentina procurando mostrarse impasible, aunque en realidad arde en deseos de ver qué se esconde detrás de la puerta de cuero.

El Infierno de Terciopelo es todo lo que esperaba Valentina de un antro de dominación. Es lo contrario de la Sala Atlántida, decorado como un burdel del siglo XIX con papel pintado con relieve y sofás de terciopelo. En el centro de la habitación hay una enorme cama con dosel envuelta en cortinajes lilas. Las paredes están cubiertas con espejos de marco dorado, igual que el techo. Al entrar en la estancia, Valentina ve una docena de reflejos de sí misma, austera y reprobadora con su sombrío atuendo, en contraposición con ese fondo de color y opulencia.

—Tengo que admitir que esta es la más popular de nuestras tres salas —dice Leonardo, sentándose en la cama y ahuecando una de las almohadas—. A los sadomasoquistas de Milán todavía nos gusta un poco de lujo —bromea, abriendo las piernas como había hecho en la Sala Atlántida y recostándose sobre la almohada. ¿Está tratando deliberadamente de excitarla?—. También hay un montón de juguetes e instrumentos en esta sala —prosigue—. ¿Te gustaría explorarlos por ti misma?

—De acuerdo.

Valentina se vuelve de espaldas a Leonardo y su entrepierna provocativa y da una vuelta por la sala. Lo primero que nota es una cruz grande de madera colgada en la pared opuesta, con correas de cuero para los brazos y las piernas. Hay una especie de arnés suspendido del techo, y una hamaca similar a la que ha visto en Internet. En la esquina de la habitación destaca una selección de látigos colgados en la pared. Se acerca a ellos y acaricia con la yema de los dedos la correa de cuero del más grande, apretando la punta dura entre sus dedos.

«¡*Mio Dio*, esto tiene que doler!»

No concibe la idea de ser azotada con un látigo. ¿Por qué podría querer una mujer que la azoten? No obstante, se obliga a sí misma a no dar nada por sentado. Tiene que comprender por qué. Por eso está allí, ¿no?

—Me temo que se nos está echando el tiempo encima —dice Leonardo mirando su reloj de pulsera—. Tengo esta sala reservada para dentro de diez minutos y tengo que hacer algunos preparativos.

Valentina se vuelve hacia él a tiempo de ver que se reclina en la cama y no puede evitar preguntarse si será una de las personas que utilizarán la sala esa noche. Siente que se le han secado los labios y trata de humedecérselos disimuladamente con la lengua.

—Puedes echarle otro vistazo mañana o en algún otro momento, ¿vale? —dice Leonardo levantándose de la cama.

De todos modos, Valentina ya ha visto suficiente por esa noche. Su cabeza está llena de imágenes de la Sala Atlántida y del Infierno de Terciopelo. Entre tanto asombro y curiosidad, también se siente estimulada, y sí, ya se ha hecho alguna idea para la sesión fotográfica del día siguiente. Azul. Bailarinas. Belleza desnuda. Todos aquellos bonitos vibradores. Puede trabajar con eso. Sus fotos serán explícitas, por supuesto, pero serán mujeres, cosa que confiere seguridad.

Leonardo la acompaña escaleras arriba en dirección al vestíbulo principal.

—¿Qué? ¿Volverás mañana por la noche? —le pregunta, mirándola largamente.

—Por supuesto —responde ella, pestañeando bajo la luz más brillante de la zona de recepción.

—¿No te he asustado? —pregunta Leonardo, que ahora sonríe casi con timidez.

—No, en absoluto —responde Valentina, besándolo levemente en ambas mejillas antes de marcharse.

El aroma de su perfume se adueña nuevamente de ella y cuando se aparta de él observa un último detalle. Para su sorpresa, Leonardo lleva un pequeño pendiente de oro. La imagen, que no encaja con su aspecto formal y elegante, resulta tan incongruente como lo sería un tatuaje de un corazón en su brazo.

—Bueno, gracias, Valentina —dice mientras ella sale por la puerta.

—¿Por qué? Eres tú quien me ha contratado...

—Sí, pero no tenías por qué aceptar —replica él sonriente mientras cierra la puerta, y Valentina se queda a oscuras en el umbral, con la imagen de los encantadores ojos de color avellana de Leonardo todavía grabada en la retina.

Valentina se dirige hacia el metro, reviviendo el encuentro con Leonardo y sus impresiones de las dos salas de dominación que le ha enseñado en el club. En cierto modo no han respondido a sus expectativas y la han confundido. Por algún motivo, encuentra que la Sala Atlántida es el más erótico de los dos espacios. Y luego está el Cuarto Oscuro. ¿Alguna vez tendrá valor suficiente para entrar en él?

Intenta concentrarse en el trabajo que tiene por delante, una labor ingente y excitante. Su primera exploración auténtica del mundo de la fotografía erótica. Qué curioso que justamente el día antes Theo le hubiera regalado aquel libro con negativos pornográficos antiguos. Parece como si fuera algún tipo de señal que confirmara que la tarea que acaba de aceptar —crear un libro de fotografía sadomasoquista, nada menos— será un avance positivo para su carrera. Valentina acelera el paso pensando en Theo y su regalo. Es posible que Theo vuelva a casa esa misma noche. A veces se marcha solo por un día. Se descubre deseando que en efecto haya regresado. Así podrá explicarle de qué va su regalo, y luego... Bueno, su visita al club de Leonardo le ha dado un montón de ideas sobre lo que Theo y ella podrían hacer en su propio dormitorio. Lo último que tiene en la cabeza es la pregunta con la que la dejó el día antes por la mañana. De algún modo, su encuentro con Leonardo la ha animado. Esa noche, decidir si quiere ser la novia de Theo no es tan importante como ser su amante.

Belle

Belle quiere oscuridad, así que esa noche vuelve al Ponte di Rialto, donde se inició como prostituta. No soporta estar a plena luz, porque sus clientes verían las marcas en su cuerpo. Esa mañana, el señor Brzezinski no la ha golpeado con los puños, como suele hacer, sino que ha decidido utilizar el dorso del cepillo para el pelo de su esposa para azotarla en el trasero. En el mismo lugar que la había azotado su ruso, y sin embargo esta vez no ha sido divertido. Le ha pegado una y otra vez, implacablemente, hasta que ella se ha visto obligada a suplicarle que parara. ¿Y cuál ha sido su ofensa? Se ha reído de él. Y ha hablado en polaco. El *signor* Brzezinski estaba en pie en el centro del dormitorio, con la mano en la cadera, declarando qué gran líder era Mussolini, que finalmente estaba devolviendo a Italia su antigua gloria imperial. A Louise se le ha ocurrido que su marido se parecía al propio dictador italiano: bajo, calvo, con la cabeza grande y los labios gruesos, grandilocuente. Demasiado italiano para ser realmente italiano. Estaba ridículo: un polaco fornido con una bata de seda roja que le iba demasiado larga y se arrastraba sobre la alfombra, perorando en su tosco italiano como si tuviera la boca llena de guijarros.

Louise se ha reído e incluso le ha hablado en polaco, olvidando por un instante que con él siempre debe andarse con cuidado.

—¡Pero si somos polacos! ¿Qué te importan a ti Mussolini y los italianos?

El señor Brzezinski ha cruzado a toda prisa el dormitorio y le ha propinado un bofetón en la cara.

—Nunca más vuelvas a hablarme en polaco.

Ella ha seguido desafiándolo. ¿Qué tenía que perder? Enseguida ha visto cómo entrecerraba los ojos y ha comprendido qué vendría a continuación.

—Pero si es de donde venimos. No puedes borrar lo que eres.

Su marido la ha cogido de la mano y la ha levantado de un tirón de la cama. Ella ha reprimido un grito. Sabe que gritar solo sirve para empeorar las cosas.

—Pertenezco a esta ciudad —le ha espetado en la cara—. Y tú me perteneces desde el día en que tu padre te entregó a mí.

Luego ha cogido el cepillo del pelo del tocador de su esposa. Ella ha visto el dorso plateado brillando a la luz de la mañana y se ha quedado sin aliento. Tan duro, frío y doloroso, ha pensado. El señor Brzezinski la ha empujado al suelo, de modo que la boca se le ha llenado del fieltro de la alfombra, y se ha sentado a horcajadas sobre ella, inmovilizándola totalmente. La primera vez la ha golpeado en los muslos. Louise ha apretado los dientes. No pensaba suplicarle.

—Jamás vuelvas a hablar polaco en esta casa —ha repetido, al tiempo que le levantaba el camisón de seda y la azotaba con fuerza en las nalgas.

Louise ha cerrado los ojos bien apretados, intentando evadirse de las brutales e hirientes cachetadas del cepillo contra su piel desnuda.

¿Qué le ha pasado a su marido? No siempre ha sido así. Mientras Belle recorre la ciudad oscura y silenciosa, con el canal chapaleando discretamente a su lado, le vienen a la memoria los tiempos en que se mudaron a la casa de Venecia, hace ya catorce años. En esa época la madre de Louise estaba con ellos y el señor Brzezinski siempre se mostraba amable. Recuerda que un día estaban las dos sentadas en el balcón, maravillándose con los tonos verdosos del canal, y por primera vez desde que habían enterrado a su padre, su madre esbozó una sonrisa lánguida. El señor Brzezinski se unió a ellas, con una botella de champán en una mano y tres copas largas en la otra. Se sentó entre las dos y propuso un brindis.

—Por nuestra nueva vida en Venecia —dijo en polaco, volviéndose hacia la madre de Louise—. Que siempre pueda cuidar de mis dos damiselas tal como habría deseado hacerlo su querido esposo.

Louise recuerda que su madre palideció al oír nombrar a su difunto marido, pero sin embargo no lloró, sino que sostuvo la mirada de su yerno con ojos derrotados.

¿Qué le ha pasado a ese hombre? Mientras su suegra vivió con ellos, jamás le exigió nada a Louise. Ella se casó muy joven, tanto que su marido le dijo que esperaría hasta que estuviera preparada. Sin embargo, bajo aquella máscara de cortesía se escondía un demonio. A veces, por la noche, Louise oía sus gritos fuera de su dormitorio, seguidos por el estrépito de los muebles. En esas ocasiones ella se incorporaba en la cama, temerosa de entrar, preguntándose si su madre también lo oía. La joven atribuía el mal carácter de su marido a lo que había soportado antes de abandonar Polonia. Por supuesto, cosas como aquellas podían destrozar a un hombre..., ser testigo del asesinato de toda su familia... Y sin embargo, de puertas afuera, aquello parecía hacer al señor Brzezinski más fuerte, más triunfador y decidido. Louise ignoraba cómo había conseguido su fortuna o cómo logró sacarlas a su madre y a ella de Varsovia después de la muerte de su padre, justo delante de las narices de los invasores alemanes. Como bien se ocupaba su madre de recordarle una y otra vez, le debían la vida.

La madre de Louise parecía evitar al señor Brzezinski durante las horas del día. Nunca acabó de recuperarse totalmente de la muerte de su amado esposo. Jamás se sintió cómoda en Venecia ni llegó a entender el italiano. Con el paso de los años, se desvaneció en una neblina de confusión. Todavía era una mujer bastante joven, y la belleza de sus rasgos eslavos era como un imán para los hombres. Podría haberse casado de nuevo, y sin embargo permaneció junto a Louise y el señor Brzezinski hasta aquel día terrible de hacía ya once años. Para entonces se encontraba totalmente desorientada. Su mente la engañaba diciéndole que se encontraba ya en Italia, ya en Polonia, y veía a su difunto esposo en su casa. A menudo Louise la encontraba de pie totalmente inmóvil, como un fantasma, hablando sola, repitiendo una y otra vez: «No estuvo bien, Aleksy. No estuvo bien. Mira lo que le hemos hecho.»

Si trataba de preguntarle a su madre a qué se refería, la mujer la miraba de arriba abajo y le preguntaba quién era.

«¿Dónde está Ludwika? —decía—. ¿Qué le ha pasado a mi pequeña?»

El señor Brzezinski insistió en que su madre ingresara en el nuevo hospital en la isla de Poveglia por su propio bien, donde había un médico nuevo que realizaba progresos increíbles en casos de trastorno mental. Si alguien podía devolverle a su madre, sin duda era él. Sin embargo, cada vez que Louise la visitaba —algo que hacía cada vez con menos frecuencia, ya que la experiencia en la isla le resultaba perturbadora— le parecía todavía más desorientada. Ya no le hablaba, y caminaba por la orilla del mar de la miserable isla conversando íntimamente con espíritus invisibles en vez de reconocer a su propia hija.

La noche después de que su madre se marchara el señor Brzezinski cambió. Louise estaba afectada, llorando en su almohada, ya que desde la partida de su madre la atormentaba el remordimiento. ¿Qué pensaría de ella su padre por abandonar a su madre en un lugar tan espeluznante? El señor Brzezinski entró en su dormitorio, y al principio Louise pensó que había acudido para consolarla. Se sentó en la cama, a su lado, pero en vez de abrazarla como ella esperaba, le apartó las manos de la cara.

—Basta de lágrimas —le ordenó en italiano. Ella se quedó tan sorprendida que paró de llorar casi al momento y se quedó mirando la cara de su marido en la penumbra del dormitorio—. Ahora que tu madre ya no está, Louise, ha llegado la hora de que crezcas.

El señor Brzezinski tiró de los tirantes de su camisón de modo que cayó hasta su cintura y empezó a manosearle bruscamente los pechos.

—No, esta noche no —le dijo ella en polaco—. Estoy demasiado alterada.

Para su más absoluta conmoción, su marido le propinó un bofetón. Louise jadeó horrorizada, llevándose una mano a la mejilla dolorida mientras las lágrimas volvían a inundar sus ojos.

—Jamás te resistas a mí. Eres mi esposa y ya va siendo hora de que cumplas con tu deber. Quiero un hijo, Louise.

Hasta ese momento, Louise había logrado mantener su virginidad, pero aquella noche el señor Brzezinski se la arrebató.

Luego estuvo más amable, incluso la abrazó mientras ella lloraba por la impresión y el miedo. Louise recuerda sus palabras y todavía la confunden.

—Ahora te toca a ti, Louise —susurró—. Haz que te quiera. —Sonaba casi desesperado al decirlo, con un temblor en la voz, como un hombre que realmente tuviera corazón. Algo que, a estas alturas, Louise considera imposible.

Oh, qué daño le ha hecho esa misma mañana. Cada día que pasa es peor que el anterior. Y sin embargo no puede dejarlo. Se lo prometió a su padre en su lecho de muerte: que se casaría con el señor Brzezinski y protegería a su madre. No puede romper su juramento. Es sagrado. Su madre tal vez solo sea ya una interna en Poveglia, pero tal vez algún día recuperará la razón y volverá a casa con ella. Louise tiene que permanecer en Venecia, al menos hasta el día que muera su madre. Si puede escapar a su otra vida, tal vez eso le baste para sobrevivir a su matrimonio.

A medida que Belle camina erguida por las callejuelas de Venecia, la pesadilla de su hogar va desvaneciéndose gradualmente. Su marido ha salido con algunos de sus socios comerciales, pero volverá más tarde, borracho y más asqueroso aún que por la mañana. Belle necesita purgarse de su olor y de su tacto de la única manera que sabe hacerlo.

Un poco más abajo del puente no tarda demasiado en recoger a un marinero anónimo. Es alto y negro como la noche, con un olor especiado tan intenso que le hace olvidar inmediatamente el tufo de su marido. Se lo lleva a una hornacina, a poca distancia del puente, pero él niega con la cabeza.

—¿Quieres venir a mi barco? —le pregunta con voz grave y melódica.

En otras circunstancias Belle jamás aceptaría algo así, pero esa noche quiere arriesgarse. Asiente en silencio y el marinero se le acerca, le pasa el brazo alrededor de la cintura y casi la levanta del suelo, de tan alto como es.

La lleva hacia el puerto, donde todos los barcos se mecen juntos, con las jarcias chirriando y gimiendo sobre la tranquilidad de la laguna. Le ofrece la mano para ayudarla a cruzar la pasarela y llegan a cubierta.

—¿El barco es tuyo? —pregunta Belle, pensando si será alguna especie de pirata exótico de las Antillas.

—No, no —dice él—. Soy primer oficial. Pero ¿te gustaría conocer a mi capitán?

El marinero sonríe burlón y sus dientes se le antojan tan grandes y blancos en medio de su cara oscura que Belle se sobresalta. Así que ese es su juego, piensa. ¿Ella es un regalo para el capitán? ¿O le han ordenado que la adquiriera? El marinero negro la lleva bajo la cubierta. El olor a hombre es intenso. Sudor, fuerza y sexo. Para una mujer más sensible un aroma abrumador, probablemente desagradable, sin embargo Belle se siente excitada. Está en una guarida de hombres. Aquello enerva todos sus sentidos, la hace sentir todavía más disipada.

El primer oficial la acompaña a la cabina del capitán y cierra la puerta detrás de sí. Para sorpresa de Belle, no hay nadie en esa estancia. Se vuelve hacia su acompañante y lo interroga con la mirada.

—Ah, ahora viene —dice el negro, acercando su mano a la

cara de Belle y acariciándola suavemente con un dedo—. Pero antes tengo orden... de prepararte.

Belle respira hondo y siente el corazón en un puño. ¿Qué le hará aquel hombre tan apuesto? La recorre un escalofrío de expectación y de repente su cuerpo ya no siente el dolor. El hiriente recuerdo del cepillo ha desaparecido totalmente y su cuerpo se suaviza, se abre.

—Bueno —dice con coquetería—, pero ¿serás tan amable de apagar antes las velas?

El capitán, tan pálido como negro es su primer oficial, se planta detrás de ella. Le aparta el flequillo con la mano derecha y con la izquierda le sujeta la barbilla. Belle siente su aliento en la nuca y nota su cuerpo desnudo apretado contra el de ella, su pene erecto contra su espalda. Se muere de ganas de sentir su virilidad, pero él se contiene, observando a su primer oficial mientras este se arrodilla delante de ella. A la luz vacilante de una única vela, le desata lentamente las botas y le desabrocha con cuidado las medias, dejándolas una a una sobre la silla del capitán: las dos últimas prendas de ropa que quedaban sobre su cuerpo en ese momento. El primer oficial le toma una pierna después de la otra, las acaricia en toda su longitud y le besa los dedos de los pies. Al mismo tiempo, el capitán ha movido la mano derecha y ahora le acaricia el pecho. Mientras el pezón se le endurece entre los ásperos dedos del capitán, Belle se imagina a sí misma suave y dulce como un jarabe.

Es la primera vez que lo hace. Compartir su cuerpo con dos hombres a la vez.

Belle capta el olor de la sal de los siete mares en la madera chirriante de la cabina del capitán, oye el susurro persuasivo de la laguna que acaricia la quilla mientras el primer oficial empieza a lamerla a ella con delicadeza. Belle no puede reprimir un jadeo cuando él empuja la punta de la lengua dentro de ella. Oh, ¿dónde habrá aprendido semejante truco ese hombre tan guapo y exótico? Eso es mucho mejor que el amor en pareja. Belle percibe la competencia entre el capitán y el primer oficial. ¿Quién será el mejor amante? ¿Quién la hará llegar antes al orgasmo?

El primer oficial se aparta y, obedeciendo las órdenes de su capitán, la levantan entre ambos y la llevan al otro extremo de la cabina, donde hay más oscuridad todavía. Belle observa que han extendido algunos cojines sobre el suelo. Por supuesto, lo tenían ya todo preparado de antemano. La tumban sobre los almohadones y se colocan uno a cada lado de ella. El primer oficial, que está a su derecha, empieza a lamerla nuevamente mientras el capitán la penetra con el dedo, explora su calidez húmeda, saca el dedo y lo saborea en su boca. Ella se tumba hacia la derecha, sabiendo instintivamente cuáles son sus deseos. Esa es su principal habilidad. Eso es lo que buscan en ella. Todos los hombres de Venecia quieren conocerla, todos los marineros, soldados, aventureros y oportunistas. Todos quieren tenerla. Es uno de los tesoros de la ciudad.

Belle levanta las manos como en una oración y acaricia el pene del primer oficial antes de llevárselo a la boca y oír su gruñido de satisfacción mientras mueve la lengua rápidamente alrededor del glande. Al mismo tiempo el capitán empuja con fuerza dentro de ella y Belle aprieta las piernas a su alrededor, empujando para estrechar el contacto. «Qué bien», oye que dice. Y algo más. Tal vez el nombre de otra mujer, aunque, ¿a ella qué más le da? Lo único que desea es anular el dolor y el odio de aquella mañana con todo aquel amor. La poderosa verga del capitán entra y sale de ella, mientras una mano le sujeta la cabeza hacia atrás y la otra la aprieta fuerte por la cintura, y la sensación primitiva de todo ello junto a la delicadeza de los besos del primer oficial resulta sublime. Se halla justo al límite, y quiere que sea perfecto. Acelera la succión del miembro que tiene en la boca, nota su sabor y sabe que está a punto. Ahora el capitán arremete con más urgencia y ella acompasa sus movimientos, cada vez más rápido, cada vez más profundo.

El barco se mece suavemente mientras ellos yacen entrelazados. El roce con el terciopelo de los cojines les calienta la piel y los une a los tres, desconocidos aunque en conexión divina, cuando llegan al orgasmo al mismo tiempo. Belle abre la boca y empuja con la lengua el pene hacia su mano, llevando al límite al primer oficial, mientras el capitán descarga dentro de ella. Ella se estremece una y otra vez a su alrededor como respuesta, tan entera y sin embargo tan fracturada en un segundo.

Ahora reposan los tres juntos, ya apaciguados los latidos del corazón, su necesidad saciada. Belle oye a los dos hombres jadeando, derrumbándose. Siente como si se hundiera a través de los cojines y el suelo de madera de la cabina en las aguas profundas de la laguna, sintiéndose por fin en armonía con todo lo que la rodea. Vuelve a sentirse completa, no rota.

Belle contempla la laguna y el muelle mientras deja atrás los barcos. Todos están a oscuras, como si las tripulaciones al completo estuvieran rondando por Venecia, de juerga y bebiendo. Ha dejado atrás al capitán escocés y su primer oficial jamaicano, en su barco, bebiendo ron. Le han dado una generosa suma de dinero y se han despedido de ella respetuosamente. Belle no siente ningún deseo de volver a verlos jamás, a ninguno de los dos: esa noche han servido a un propósito y ahora tiene que volver a casa, muy probablemente para ser violada por su marido, pero al menos le quedará el consuelo de saber que antes ya ha tenido su ración de placer.

Mientras se aleja del puerto, ve el barco blanco que estuvo mirando el día que la visitó el doctor en su apartamento y recuerda al marinero con el que se cruzó hace poco cuando volvía a casa a toda prisa. Por supuesto, era el mismo que había visto en el barco. La misma persona. Se pregunta ociosamente quién será. Había algo diferente en él.

Belle siente un escalofrío, aunque no hace frío ni mucho menos. Es como si la asaltara una premonición. Vuelve a mirar hacia el barco blanco. Suena la campana de una iglesia como un aviso en la negra noche. Belle piensa cuánto se parece a un buque fantasma, como si hubiera emergido de entre las brumas de otra dimensión. Piensa en la isla embrujada de Poveglia, en ese lugar perdido en medio de aquella laguna negra, en su madre y las demás almas perdidas, vivas y muertas, que habitan aquel lugar espantoso. Trata de reprimir el recuerdo de la última vez que puso los pies en la tierra maldita de Poveglia, que en realidad no es tierra de verdad, sino los huesos quemados de las víctimas convertidos en cenizas. Instintivamente se lleva las manos a los oídos para no tener que soportar los desvaríos de su madre mientras se alejaba. «¿Quién eres? ¿Dónde está Ludwika? ¿Qué le has hecho?» Era como si supiera que Louise se estaba convirtiendo en Belle, en una prostituta, en la vergüenza suprema para sus padres.

Belle observa un destello de luz. Alguien a bordo del buque fantasma ha encendido una lámpara. Por un instante vislumbra una cara, indistinguible, con una aureola dorada a su alrededor, como una visión del futuro, un círculo de esperanza. Se pregunta si será su marinero misterioso. La aureola dorada se encoge en un punto de luz dentro de la lámpara y deja de distinguir a su portador. Belle sacude la cabeza como si quisiera despertar de un sueño profundo y se dispone a alejarse. Sin embargo, la imagen de la luz, la cara y el buque fantasma permanecen grabados en su memoria. Siente que la lámpara se ha encendido para ella, como si él estuviera escudriñando la oscuridad para encontrarla.

Valentina

Valentina lee el correo electrónico con incredulidad.

«Estaré fuera hasta la próxima semana. Diviértete. Un beso, Theo X.»

Nunca antes había pasado tanto tiempo fuera de casa. ¿Acaso ya no quiere estar con ella? A Valentina no le importa si está viendo a otra mujer. No es esa la cuestión. Lo que le duele es que la evite. Él sabe cuánto detesta dormir sola. Es su punto débil.

La criaron para ser independiente y emocionalmente autosuficiente. Su madre, en su papel de profesional y madre soltera, no necesitaba a ningún hombre que la cuidara, y esa misma ética fue la que inculcó a Valentina. Aunque el apartamento de Milán era su hogar, su madre se aseguró de que Valentina pudiera ver tanto mundo como fuera posible antes de llegar a adulta. Quería que su hija fuera más inteligente de lo que correspondería a su edad, y sobre todo que desarrollara su habilidad en el arte de manipular a los hombres. Sin embargo, al crecer, Valentina se reveló como una persona tímida y retraída, más necesitada del afecto de su madre que de su aprobación. Tal vez su dificultad con los hombres se deba al hecho de que su padre se marchara siendo ella tan joven. Y, por lo visto, ahora su amante también ha desaparecido. ¿Es ella tan poco cariñosa como su madre? ¿Ha ahuyentado a Theo? Él le pidió que fuera su novia, en otras palabras, que tuviera una relación estable con él, y ella le respondió que se lo pensaría. ¿Le está dando un poco más de tiempo para que se decida? No obstante, Valentina no necesita más tiempo. No puede ser su novia y punto.

Solo ha estado enamorada una vez en la vida, pero la relación fue tan desastrosa que tras ese primer intento se juró que nunca más volvería a bajar la guardia. Su madre la advirtió, pero Valentina ignoró su consejo. A sus diecinueve años, era capaz de todo para demostrar que no era como su madre, y por tanto se enamoró locamente de su tutor de fotografía en la facultad, Francesco Merico. No le importó que fuera diez años mayor que ella ni que estuviera casado. Cuando se encontraba con Francesco, se sentía el centro de todas sus atenciones, algo que le ocurría por primera vez en la vida. Francesco le escribía poesías, le hacía un sinfín de fotografías y, por supuesto, la inició en los placeres del amor. Valentina se lo dio todo: sus pensamientos, su creatividad, su virginidad y su corazón. Ahora se avergüenza al recordar lo ingenua que fue. Realmente creyó que él también estaba enamorado de ella. Le creía cuando le decía que dejaría a su esposa. Vivió en aquel espejismo de felicidad durante siete meses. Para ella, sus citas secretas eran románticas y emocionantes, sus relaciones sexuales prohibidas, eróticas, y se sentía sofisticada cuando estaba con Francesco. Por fin era una mujer.

Solo hizo falta un momento para que su fantasía se fuera a pique. Por encargo de su madre había ido a la tienda de Prada, en la Galleria, para recoger un vestido que le habían arreglado, cuando vio a Francesco un poco más adelante, con su mujer. Inmediatamente se echó atrás y se escondió entre la multitud. Observó que su amante pasaba el brazo alrededor de los hombros de su esposa, protegiéndola del ajetreo de los compradores. No parecían una pareja al borde de la ruptura. Pero había algo peor. Cuando Francesco y su esposa se detuvieron para mirar un escaparate de Gucci, se volvieron ligeramente hacia ella y Valentina pudo ver a la *signora* Merico más claramente. Era muy guapa, rubia y con una cara angelical, y lucía un embarazo bastante evidente. Valentina levantó la mirada hacia el altísimo techo de hierro y cristal de la arcada de la Galleria. No, no podía ser verdad. Volvió a bajar la vista y miró de nuevo a los Merico. La *signora* Merico estaba señalando algo en el escaparate y apoyaba la otra mano sobre su barriga en un gesto protector. Su estado era innegable. Valentina echó un vistazo a Francesco y no pudo soportarlo. Hablaba con su esposa animadamente, totalmente ajeno a la proximidad de Valentina, que distinguió en su rostro la expresión de amor que había creído que le pertenecía.

Se quedó conmocionada, jadeando e imaginándose que se estrellaba de cabeza contra el antiguo mosaico del suelo. Una anciana que pasaba le preguntó si se encontraba bien. «Sí, sí, *grazie.*» Finalmente logró recomponerse. Lo último que quería era que Francesco contemplara su dolor y su humillación al desnudo. Dio media vuelta y huyó por entre el gentío que llenaba la Galleria. Las avenidas del centro comercial parecían no tener fin, como si su cuerpo se moviera a cámara lenta y arrastrara su desengaño amoroso como unas cadenas atadas a sus pies. Finalmente llegó a la calle, delante del edificio de La Scala.

Valentina jamás olvidará el dolor de aquel desengaño amoroso. Fue como si estuviera enferma físicamente. Cuando por fin llegó a casa, se sentía mareada, ahogada por la emoción y casi incapaz de respirar. Fue un alivio para ella que su madre no estuviera allí para decirle «ya te lo advertí». Ni siquiera fue capaz de llegar a su dormitorio. Se acurrucó en el suelo del vestíbulo en posición fetal, sin lágrimas, pero llorando por dentro. Pero la historia no terminó allí.

Valentina todavía se avergüenza cuando recuerda lo mal que se comportó. El amor la convirtió en un monstruo. Incluso después de haber visto la realidad de la situación con sus propios ojos, no soportaba la idea de dejar escapar a Francesco. Una parte de ella quería hacerle pagar por todo su dolor. Mientras su mujer estaba fuera de la ciudad, insistió en ir al apartamento de Francesco y hacer el amor con él con todo su corazón, para así poder arrancarle el suyo. Quería que pensara en ella cada vez que estuviera en la cama con su esposa. Lo asedió a preguntas: ¿La amaba de verdad? ¿Cuándo iba a dejar a su mujer? Le aseguró que no podía vivir sin él. Lo acosó y lo acosó sin tregua. No le importaban ni su esposa ni el niño que aún no había nacido. Mató el deseo de Francesco hacia ella con su necesidad, aunque él jamás intentó romper aquella relación extramatrimonial, sino que constantemente le declaraba su amor por ella de forma tan convincente y emotiva que a veces Valentina casi se lo creía: qué difícil era dejar a su esposa ahora que estaba embarazada; había sido un error; no quería tener hijos. Pero Valentina sabía que lo único que oía eran mentiras, y lo único que veía era la imagen de la *signora* Merico, tan dulce y cautivadora con su embarazo. Ningún hombre habría podido dejarla tirada.

La cosa terminó fatal. Valentina enloqueció de amor por Francesco y estaba a punto de enfrentarse a su esposa cuando intervino su madre, quien la obligó a irse con ella de vacaciones a Grecia durante tres semanas. Se la llevó de excursión por áridas y escarpadas montañas y la animó a imbuirse de la historia de lugares y ruinas antiguos. Valentina se sentía medio muerta, pero aun así seguía adelante, como el cabritillo sediento que sigue a mamá cabra para saciar su sed. Su madre la llevó a bucear en la perfección cerúlea del Mediterráneo y, poco a poco, toda la belleza salvaje de Grecia contribuyó a que Valentina encontrara un pequeño rayo de fe en la vida. Gradualmente logró salir del abismo. La oscura fosa de su pérdida se volvió cada vez más y más pequeña, y lentamente pudo apartarse de ella y distanciarse de su dolor. Cuando volvió a Milán, estaba decidida. No permitiría que aquello le volviera a suceder. No obstante, quería ver a Francesco por última vez y tener la satisfacción de decirle que lo suyo se había acabado definitivamente. Quería manifestarle el desprecio que le inspiraba.

Jamás tuvo la oportunidad. La noche que regresaron a Milán, su madre le advirtió que no se molestara en buscar a Francesco, que tenía amigos en las altas esferas y se había ocupado de que nunca volviera a trabajar en Milán. Se había visto obligado a abandonar Italia con su esposa para instalarse en Inglaterra, donde había encontrado empleo como profesor en un puesto de menos prestigio pero, al fin y al cabo, apropiado.

—Pobre idiota —dijo su madre mientras se servía una copa de vino tinto y se dejaba caer en el sofá de la sala de estar.

—¿Francesco? —preguntó Valentina en un susurro, todavía asombrada por la drástica acción de su madre.

—No, la tonta de su mujercita —había respondido con maldad—. Estoy segura de que Francesco ya lo ha hecho otras veces, eso de acostarse con una alumna, y no me cabe la menor duda de que volverá a hacerlo. Qué vida tan triste le espera a esa infeliz.

Valentina permaneció en un silencio estupefacto durante un momento, tratando de asimilar las duras palabras de su madre.

—Tal vez deberías habérselo dicho y le habrías hecho un favor —añadió. Luego tomó un sorbo de vino y levantó la mirada hacia su hija pestañeando.

Le parece divertido, pensó Valentina. ¿Cómo puede ser tan cruel mi propia madre?

—¡Él me quería! —gritó de repente.

La mujer arqueó las cejas y sus ojos brillaron por encima del borde de la copa.

—Valentina —dijo en voz baja—, ¿no has aprendido nada de mí?

«¡Demasiado», estuvo a punto de gritar. Demasiado acerca de lo que su madre llamaba la ilusión del amor. Que la mejor manera de ir por la vida era entregar el cuerpo, pero jamás el corazón.

—Te aseguro que no te quería. No quiere a nadie, ni a ti, ni a su esposa, ni siquiera a sí mismo.

—¡Basta! —gritó Valentina—. No te metas en mi vida. No me digas qué he de hacer...

Por una vez, su madre pareció sorprendida.

—Solo quería ayudarte, Valentina —dijo con calma.

—Pues no lo has hecho. Me has convertido en un bicho raro..., como tú. Ahuyentaste a papá, has ahuyentado a todos los hombres que te han amado, incluso ahuyentaste a tu propio hijo. Nadie puede soportarte demasiado tiempo...

Su voz se fue apagando. Estaba tan enfurecida que era incapaz de expresarse. Lo único que sabía era que no estaba bien que su madre hubiera intervenido y hubiera obligado a Francesco a hacer las maletas. Ella quería verlo una última vez para decirle que lo suyo se había acabado. ¿O era más bien para darle una última oportunidad?

Su madre no respondió a su arrebato. Se quedó mirando fijamente a su hija y, por primera vez y muy fugazmente, a Valentina le pareció ver sus ojos humedecidos. ¿Iba a llorar su madre? Jamás la había visto llorar antes. La idea le pareció terrorífica.

—¡Me largo! —exclamó en un arranque, y salió hecha una furia de la sala en dirección al pasillo. Cerró bruscamente la puerta de su dormitorio y echó el pestillo, aunque no había ninguna necesidad, ya que su madre no la seguía. Valentina se apoyó en la puerta, con la ira corriendo todavía por sus venas. Y no obstante se encontraba mejor. Ya no se sentía enferma de amor. Era como si se hubiera abierto una ventana en su vida y de nuevo pudiera respirar el aire fresco.

A la mañana siguiente, Valentina durmió hasta tarde. Cuando se levantó, no había ni rastro de su madre. Encontró una breve nota que le había dejado en la mesa de la cocina.

«Veo que ya eres una mujer. Y, como yo, necesitas tu espacio. Tengo que ir a América por trabajo. No estoy segura de cuándo volveré, pero ya te llamaré. Disfruta del piso. Es tuyo. Tina.»

Muy típico de su madre, segar la hierba bajo sus pies. Valentina estaba preparada para hablar largo y tendido esa mañana. Tal vez incluso esperaba algún tipo de disculpa de su madre por haber interferido en su vida amorosa. Sin embargo lo único que tenía era aquella nota, firmada por «Tina». Ni siquiera «mamá». Ni siquiera un beso. Valentina se dio cuenta de que había hecho enfadar a su madre. Bueno, pues ella también seguía furiosa. Que se marchara enfurruñada a América en una de sus lujosas sesiones fotográficas. Le traía sin cuidado. Ya no necesitaba a su madre para nada. A fin de cuentas, ya tenía casi veinte años.

¿Cómo iba a saber Valentina que en realidad su madre había decidido no volver nunca más a Milán? Tina Rosselli ya había tenido más que suficiente de su ciudad natal, donde no podía ir a ninguna parte sin llamar la atención. ¿Es que nunca iba a olvidarse de su fama? Se había enamorado de un país donde tenía la oportunidad de reinventarse a sí misma. A las pocas semanas escribió a Valentina pidiéndole que se fuera a vivir con ella a Estados Unidos, pero su hija se negó en redondo. Tina volvió a intentarlo un par de veces más, pero Valentina estaba firmemente decidida a quedarse en Milán. Y así fue pasando el tiempo, y la verdad es que madre e hija no se han visto desde hace más de siete años.

Valentina todavía culpa a su madre por la pérdida de Francesco. Es ilógico y lo sabe, pero siente que la decisión de Tina la privó de cerrar el asunto. Ella necesitaba saber si Francesco la amaba realmente, o si solo había sido una distracción de su matrimonio. Necesitaba que él le contestara la pregunta, cara a cara.

Los años no le han hecho olvidar la impotencia que le causaba su amor por Francesco. No quiere volver a sentirse así nunca más, y por eso ha procurado mantener a raya a todos los hombres que ha conocido. Excepto a Theo. No puede negarlo; desde que se mudó a vivir con ella, la dinámica de su relación ha cambiado.

Valentina lee el correo electrónico una vez más.

«Diviértete.»

¿Qué demonios significa eso? Recuerda las primeras semanas de su relación. Lo emocionante que era todo, lo diferente, lo «divertido» que era.

La segunda vez que se vieron la cita comenzó con bastante normalidad. Él la había telefoneado y la había invitado a tomar algo en el Principe di Savoia de Milán. A Valentina se le antojó un lugar bastante solemne, pero supuso que tomarían algún apetitoso aperitivo allí y luego irían a algún lugar menos lujoso. Sin embargo, cuando llegó al bar del hotel a la hora convenida, no había ni rastro de Theo. Se abrió paso entre las butacas y las mesitas, ligeramente amilanada por el lujo de aquel lugar, aunque encantada de su opulencia. Era la quintaesencia de Milán, como ella. Se dejó caer en una de las grandes butacas de orejas y pidió un mojito. Para su sorpresa, cuando la camarera le sirvió su copa, además de una selección de aceitunas y otras delicias, le entregó también un sobre bastante voluminoso. En la parte de delante, con una elaborada caligrafía, estaba escrito su nombre: «*Signorina* Valentina Rosselli.»

Al instante supo que era de Theo. La elegante caligrafía casaba con su personalidad. Valentina desgarró el sobre para abrirlo y una tarjeta llave le cayó en el regazo, junto con un rollo de cinta de seda negra y una tarjetita blanca, en la que estaba escrito a máquina con letra del tipo Courier: «Habitación 342. Ponte esto antes de abrir la puerta.» Supuso que se refería a la cinta de seda, que desenrolló cuidadosamente. Al hacerlo descubrió que en realidad se trataba de una venda para los ojos y enseguida volvió a doblarla rápidamente, por si alguien estaba mirando, pero el salón se encontraba prácticamente vacío y la camarera había desaparecido. Valentina dio un sorbo a su mojito. Una parte de ella estaba increíblemente molesta. Qué presuntuoso por su parte. Solo era la segunda vez que se veían. En realidad, estrictamente hablando, se trataba de su primera cita. Por lo visto, el cortejo no era lo suyo. Claro, ¿qué otra cosa podía esperar después de su primer encuentro? Debería acabarse el aperitivo, marcharse enseguida de allí y dejarlo plantado en la habitación 342. Sin embargo, una parte de ella se sentía excitada por aquel jueguecito. Qué atrevimiento. ¿Acaso no sabía ya ella que la noche acabaría así? ¿Por qué, si no, se había puesto el vestidito negro de seda con una cremallera que bajaba por toda la espalda? ¿Y únicamente un diminuto tanga negro de encaje y medias? A fin de cuentas, ¿qué más daba si la noche empezaba tal como ella pensaba que iba a acabar? Valentina era una joven liberada y podía hacer exactamente lo que se le antojara.

De modo que se encontró subiendo en el ascensor hasta la tercera planta del lujoso hotel Principe di Savoia. Siempre había querido hospedarse allí, pero nunca imaginó que sería así. ¿Cómo podía pagarlo?, pensó mientras salía al corredor, con las palmas de las manos sudorosas mientras cogía la llave electrónica de la habitación y notaba el pulso acelerado. ¿Y si Theo cambiaba de idea cuando volviera a verla? ¿Y si la magia que se estableció entre ellos solo tenía efecto para aquella única noche? Bueno, ahora ya estaba allí. No podía volverse atrás. Desde el exterior de la puerta inspeccionó el corredor a izquierda y derecha. Ni un alma a la vista. Se puso la venda en los ojos e introdujo la tarjeta llave en la ranura. Cuando oyó el *clic*, empujó la puerta para abrirla.

Fue una noche increíble. Al final resultó que Theo sí la agasajó con comida y bebida, pero en silencio, sin hablar, mientras ella llevaba aún la venda en los ojos. Todavía recuerda el primer burbujeo delicioso del champán fresco en su boca. Le dio de comer, y lo que más sorprendió a Valentina fue que ella se lo permitió. Jamás olvidará esa cena. Theo empezó con los *antipasti*. Diminutas exquisiteces de tomates secos, berenjena a la parrilla y pimientos asados, suculentos con aceite de oliva virgen y condimentados con ajo. A continuación vinieron los espaguetis, aderezados con una cremosa salsa de pesto y parmesano.

—Chupa —la instó mientras le acercaba el tenedor a la boca.

Valentina se lo imaginó mirando sus labios mientras ella chupaba los hilos de pasta y se preguntó si él estaría tan excitado como ella.

—Ahora, Valentina, tengo un poco de carne para ti —le dijo. Ella notó el tono burlón de su voz y se encontró a punto de soltar una risita tonta, una sensación inusual para ella—. Levántate, por favor —ordenó Theo. Se situó detrás de ella y Valentina notó sus dedos en la cremallera del vestido—. Vaya, qué modelito tan ingenioso —subrayó mientras le desabrochaba la cremallera hasta abajo, justo en el dobladillo, de modo que la prenda cayó deslizándose por sus brazos y su torso.

Theo la cogió de las manos y la guio de nuevo hacia la silla. Valentina se sobresaltó un poco cuando le puso una bandeja en el regazo. La base todavía estaba caliente, aunque la sensación no era molesta. De hecho empezó a expandir más calor, que se ensortijaba en su entrepierna y hacía que sintiera que se derretía.

—Abre la boca, por favor. —Theo le metió un trozo diminuto de un filete raro en la lengua.

Valentina empezó a masticar. El bocado era tan tierno que prácticamente se deshacía en su boca. Nunca le había parecido tan sabrosa la carne como en ese momento.

—Quiero verte —dijo de repente. El juego ya había durado demasiado. La había alimentado hasta el límite de su deseo, y ahora quería verlo.

—Cuando tú quieras —respondió él amablemente.

Valentina se quitó la venda de los ojos y pestañeó a la luz tenue de la habitación. Theo estaba allí, delante de ella. Y sí, era el mismo que el día anterior. Oscuro y felino, absolutamente irresistible. Theo la inmovilizó con la mirada y ella tardó un par de segundos en darse cuenta de que él también iba desnudo.

—Quiero más —dijo ella, sin dejar de mirarlo a los ojos.

—Hay mucho más filete.

Valentina bajó la mano y la puso en su pene duro.

—No me refería a eso —replicó.

—¿Y qué me dices del postre? —le preguntó él desapasionadamente—. Es *mousse* de chocolate.

Valentina arqueó una ceja esbozando una maliciosa sonrisa.

—Pues ya sé qué vamos a hacer. Tú serás mi postre.

Aquella noche estuvo llena de sensaciones para Valentina. Los gustos, las texturas y olores de la comida mezclándose con el aroma, el tacto y el sabor de Theo. Era como si Theo pudiera desplegar capa tras capa de la pasión que yacía dentro de ella. Justo cuando creía que había llegado a la cima, la llevaba aún más alto.

Establecieron la pauta para su aventura. Se encontrarían una vez, posiblemente dos veces a la semana, en un hotel, y se mimarían toda la noche. A veces jugaban, como la vez en el Savoia, y a veces era sexo puro y duro. Al principio se encontraban en hoteles de Milán, pero tras un par de semanas empezaron a citarse en distintas ciudades del norte de Italia: Verona, Bolonia, Turín y, por supuesto, Venecia. Siempre viajaban por separado y se encontraban en el lugar señalado para la cita. En cierto modo aquello lo hacía más emocionante, casi ilícito, aunque ninguno de ellos estaba casado ni mantenía otra relación. Después de un mes, aproximadamente, Valentina empezó a tomar la iniciativa. Jamás olvidará la vez que le envió un mensaje a Theo para encontrarse en un hotel de Bolonia. Lo esperó en el bar, sin quitarse la gabardina. Fuera llovía a cántaros. Theo llegó corriendo al bar, con los cabellos chorreando, las mejillas empapadas y un entusiasmo contagioso. A Valentina le subió la moral solo de verlo. Él se sentó a su lado y sonrió arteramente.

—¿Puedo invitarte a una copa? —le preguntó formalmente.

Así era como solían empezar, como si volvieran a ser desconocidos. Encontrándose anónimamente. Eligiéndose el uno al otro.

Dos copas de *prosecco* más tarde, Theo le preguntó si se quería quitar la gabardina. Sin duda tenía que estar acalorándose. Valentina había estado esperando aquel momento. Giró en su taburete y le lanzó una mirada seria mientras se desabrochaba el cinturón y empezaba a desabrocharse la prenda.

—¿Seguro que quieres que me la quite aquí? —le preguntó.

Theo la miró desconcertado. Ella entreabrió la boca, recorriendo con la lengua su labio inferior al tiempo que cruzaba las piernas, haciendo subir la gabardina por sus muslos para que él viera lo que llevaba debajo... o más bien lo que no llevaba. Sorprendido, Theo abrió los ojos, que enseguida se oscurecieron de deseo.

—Caramba, *signorina* Rosselli —susurró con la voz una octava más baja—. Es usted una joven sorprendente.

Valentina se levantó de su asiento y salió contoneándose del bar, con la gabardina medio desabrochada, lo que hizo que se girasen varias cabezas a su paso. Theo la siguió hacia el vestíbulo y entraron juntos en el ascensor.

—¿Qué planta? —preguntó, poniendo su mano sobre la de ella mientras pulsaba el botón y llevándosela a los labios.

—La cuarta.

Theo le quitó la gabardina en el ascensor, encantado por su audacia, besándola con fuerza en la boca antes de volver a cubrirla con la prenda y arrastrarla literalmente hasta la habitación. Allí hicieron el amor embriagadoramente en el punto mismo donde cayeron al suelo en cuanto cruzaron la puerta.

Y así continuaron durante dos meses. El día que él se trasladó al apartamento de Valentina todo comenzó bien, con el encuentro sobre el escritorio del despacho, pero poco a poco la espontaneidad fue desvaneciéndose. Y curiosamente fue Valentina, y no Theo, la primera en tocar con los pies en el suelo. Sabía que era por culpa de aquella conversación telefónica con su madre, cuando Tina había afirmado que ninguna de ellas podría relacionarse jamás apropiadamente con un hombre. Aquello había irritado a Valentina hasta tal punto que ahora trataba de demostrar con todas sus fuerzas que su madre estaba equivocada. De modo que cuando Theo dejó uno de sus sobres para ella después de marcharse, Valentina no lo abrió con entusiasmo como había hecho hasta entonces, sino que leyó lo que decía con calma, rasgó la tarjeta y las instrucciones y le telefoneó para decirle que ahora que vivían juntos ya no tenían sentido sus citas secretas. En verano podrían irse de vacaciones como cualquier pareja con el dinero que ahorrarían. Recuerda la frustración en la voz de Theo.

—¿Seguro que eso es lo que quieres? —le preguntó.

—Sí —replicó ella enfáticamente—. Ha sido divertido, pero ahora que estamos viviendo juntos ya no es apropiado.

—No lo entiendo. ¿Ahora ya solo somos compañeros de piso? ¿Ya no quieres que tengamos relaciones sexuales? —dijo con voz grave y angustiada.

—No. Por supuesto que quiero acostarme contigo. Pero..., bueno... Estamos viviendo juntos y tenemos que dejar las cosas claras. —Valentina hizo una pausa y Theo no respondió, por lo que ella continuó en el tono más suave que pudo—. Es que considero importante que no piense que me perteneces... Quiero decir que eres libre de acostarte con cualquier otra mujer si quieres...

Escuchándose a sí misma, Valentina tenía la impresión de que era su madre la que hablaba. Estaba segura de haber oído a Tina utilizar ese mismo argumento con sus muchos amantes.

Theo se quedó en silencio por un instante.

—Valentina, ya hablaremos de esto cuando vuelva a casa. —Su voz sonaba tensa, posiblemente enojada.

Valentina salió aquella noche con Antonella y Gaby, y cuando volvió a casa él ya estaba en la cama, todavía despierto y esperándola. Ella no le dejó hablar, y le puso la mano sobre los labios mientras se amaban. Ninguno de los dos volvió a mencionar el tema, y ya no hubo más sobres sorpresa. No obstante, cuando Valentina piensa en aquella noche, tiene el vago recuerdo de que tal vez, solo tal vez, Theo sí que le dijo algo después de haber hecho el amor. Ella se estaba dejando vencer por el sueño, acurrucada entre sus brazos, inhalando su aroma, cuando le pareció oír que le susurraba:

—Yo quiero lo que tú quieras, Valentina.

¿Lo había soñado? Es lo más probable, porque él es casi tan caprichoso como ella: ¿no desaparece en misteriosos viajes de trabajo?, ¿no coquetea con otras mujeres cuando salen juntos? Y tampoco parece que le importen las atenciones que le prestan a ella.

«Diviértete.»

Tal vez debería haber seguido jugando a esos juegos con él. Pero en las últimas semanas y a pesar de todos sus esfuerzos no ha tenido muchas ganas de diversión. De hecho, leer esa única palabra, pese a lo inocua que es, la hace sentir incómoda. Esa noche le toca ocuparse de la primera sesión fotográfica en el club de Leonardo. Desearía comentar sus ideas para la sesión con Theo, y en cambio él ni siquiera sabe que va a pasar la noche en compañía de sadomasoquistas.

Lo que le ha dado la idea para el escenario de aquella noche ha sido uno de los negativos del libro negro de Theo. Ese mismo día ha ampliado una imagen: unos pechos desnudos con una bufanda transparente de encaje atada a su alrededor, casi aplanándolos, aunque se distingue el relieve de los pezones presionando contra la tela. Entonces ha recordado un baúl con ropa vieja que su madre dejó en el desván. Perteneció a la bisabuela de Valentina, y está segura de haber visto entre todas las prendas una bufanda de encaje muy parecida.

Después de pasarse varias horas buscando la llave del baúl en su escritorio, se sorprende al descubrir que en realidad no la necesitaba para abrirlo. Valentina levanta la tapa y se agacha, maravillada. ¿Cómo puede haber olvidado semejante tesoro oculto de ropa? Del baúl emerge un intenso olor que reconoce, aunque no acierta a identificar. Es un aroma penetrante, como de rosas en flor. Debía de ser el perfume que utilizaba su bisabuela. Va extrayendo las prendas, delicadas y exquisitas, una tras otra: blusas de seda, camisones de raso, chaquetas y faldas de terciopelo, y un sombrero de campana de fieltro. Hay incluso ropa interior, una camisola de raso y medias de seda negra, junto con unas ligas blancas de volantes. Y también una bufanda. Es perfecta. Parece un calco de la de la fotografía.

Valentina se viste menos severamente esa noche. Está nerviosa, eso es innegable. Ojalá tuviera a alguien que la acompañase. Aunque, por otra parte, es evidente que no puede contarle a nadie lo que está haciendo. No está segura de cómo reaccionarían algunos de sus colegas del mundo de la moda, aunque sospecha que a la mayoría les parecería fantástico. Sin embargo, prefiere mantener su obra creativa en privado. Se pone un vestido de los sesenta que había pertenecido a su madre. La falda es muy corta, aunque por supuesto las modelos estarán desnudas, de manera que Valentina no tiene por qué sentirse violenta. Mientras baja en el ascensor de su bloque de apartamentos se pregunta si volverá a ver al mismo hombre de ayer, pero cuando sale por la puerta todo está tranquilo en Via de Amicis.

Esta noche el club tiene un aire distinto. Ya no está vacío. Ahora hay gente en las habitaciones, llevando a la realidad sus fantasías. En esta ocasión no es Leonardo quien la recibe, sino una mujer rubia pechugona ataviada con un corsé y un liguero.

—Ah, tú debes de ser Valentina —le dice cordialmente—. Yo soy Raquel. Sé muy bienvenida. —Tiene una sonrisa dulce, casi infantil, que no encaja en absoluto con su atuendo—. Las chicas te están esperando. Parecen muy emocionadas.

A Valentina se le corta la respiración, trata de calmar los latidos de su corazón y sigue a Raquel escaleras abajo. Es su última oportunidad de echarse atrás. En cuanto entre en la Sala Atlántida esa noche, ya no habrá forma de volver a ver las cosas como las ha visto siempre. Pero no tiene la menor intención de marcharse a casa. Ya está allí y ella nunca ha sido de las que se echan atrás.

Raquel está en pie junto a la puerta de madera, aguardándola.

—¿Estás lista?

Valentina asiente en silencio y entra en la Atlántida.

Sentadas en el sofá cama hay dos mujeres jóvenes de más o menos su misma edad. Leonardo tenía razón: las dos son guapísimas. Una tiene el cabello rojizo, largo y rizado; la otra, corto y teñido de rubio. Ambas están todavía vestidas. La pelirroja lleva un vestido rojo con que realza el tono de sus cabellos, medias y zapatos de tacón alto. La rubia viste más informalmente con un vestido corto azul de manga japonesa. Sus piernas están desnudas y no lleva zapatos. Ambas tienen los labios húmedos y brillantes y la piel cubierta de rocío bajo la luz de sol falso que entra por el tragaluz. Probablemente son modelos, piensa Valentina, aunque no reconoce a ninguna de ellas.

Raquel le presenta a las chicas antes de marcharse, dejándola sola con sus modelos. A lo largo de su carrera ha preparado infinidad de sesiones fotográficas, pero en esta ocasión por un instante se le queda la mente en blanco. Finalmente Rosa, la pelirroja, habla.

—¿Qué quieres que hagamos? —pregunta sonriendo a Valentina con timidez.

—Bueno, soy un poco nueva en todo esto —explica ella, sin mirarla a los ojos.

—¿En la fotografía? —pregunta Celia, la rubia.

—No, no, soy fotógrafa profesional. —Valentina deja la bolsa sobre el gran escritorio negro, la abre y saca la cámara, todavía incapaz de mirar a ninguna de las dos chicas a la cara—. Lo que quiero decir es que no sé realmente qué hacéis... Nunca me he dedicado al sadomasoquismo... —Valentina considera mejor ser sincera con las chicas para que no se hagan suposiciones.

—¿En serio? —dice Rosa, y Valentina se da cuenta de que la chica cruza una mirada con Celia—. Entonces, ¿por qué estás aquí?

Valentina juguetea con el fotómetro. Se siente cohibida y un poco estúpida.

—Me interesa lo que hacéis... Quiero entenderlo.

—Pues la única manera de entenderlo es experimentarlo —replica Celia con una mirada penetrante, como si pudiera verla desnuda debajo de la ropa.

Valentina no le hace caso y se vuelve hacia Rosa. Tiene que mantenerse formal, de lo contrario va a quedar como una tonta.

—Tal vez podríais empezar con lo que tuvierais pensado hacer. Yo tengo algunas ideas con algo de atrezo que he traído conmigo y que tal vez podríamos introducir en algún momento. Posiblemente os pida que mantengáis alguna pose, ¿os parece bien?

—Claro, ningún problema. ¿Empezamos? —pregunta Rosa. Celia sigue mirando fijamente a Valentina, lo que la hace sentir incómoda.

—Sí..., adelante... —dice Valentina, manejando torpemente la cámara, con el corazón en un puño.

Protegida por la cámara, de entrada Valentina mantiene la distancia. Las dos mujeres parecen realizar una especie de ritual de apareamiento, asumiendo distintos papeles. Sorprendentemente, Rosa parece más dominadora, mientras que Celia hace cosas para complacerla. Rosa se sienta sobre el escritorio, con las piernas abiertas, y Celia se desliza debajo de su vestido, de modo que debe de estar besándola, aunque Valentina no puede ver sus labios. A continuación Celia se desnuda para Rosa mientras la pelirroja se reclina sobre el sofá cama, mirándola. Se quita el vestido y se sostiene de puntillas para Rosa, con los brazos levantados por encima de la cabeza.

Celia se ha quitado el vestido con tanta naturalidad, sin ningún tipo de artificio, que Valentina descubre que no se siente en absoluto avergonzada. En realidad, está disfrutando de la experiencia. Las mujeres están concentradas en darse placer mutuamente. Valentina no ve lugar para el dolor en aquel escenario.

Al cabo de un momento, sin embargo, Rosa se acerca al escritorio a grandes zancadas, abre el cajón inferior y coge una cadena con la que ata las manos de Celia a una viga que tiene encima de la cabeza. ¿Qué pasará ahora? Rosa se coloca de pie detrás de su amiga y empieza a acariciarla entre las piernas. Valentina observa la expresión del rostro de Celia en respuesta al contacto de Rosa. Resulta difícil no sentirse excitada mientras observa la escena. No puede evitar preguntarse qué sensación le producirían los labios y la lengua de otra mujer en el cuerpo. Celia se pone de puntillas y levanta la pierna izquierda como una bailarina haciendo un arabesco, pero hacia el lado, y más alto que noventa grados. Rosa se pone en cuclillas, enrosca sus brazos alrededor del muslo derecho de Celia y la lame entre las piernas. Valentina observa atentamente la expresión facial de Celia. En un momento es una bailarina impasible; luego, la sensación de los labios de Rosa atraviesa todo su cuerpo, de modo que Valentina ve la tensión de su pierna levantada, los dedos de los pies en punta, y comprende que titubea al límite. Rosa sabe con exactitud hasta dónde puede estimularla antes de echarse atrás y que Celia caiga sobre las plantas de sus pies, sin aliento y arrasada de deseo. Valentina toma un primer plano de su cara, sus ojos azules eléctricos, su expresión abierta, el anhelo que le inspira Rosa, su ama.

Rosa libera a Celia de la viga y la lleva al sofá cama. Celia se echa con las piernas muy abiertas y deja que Rosa le encadene las muñecas al armazón. Rosa se quita el vestido rojo y las bragas, aunque se deja las medias puestas, igual que habría hecho Valentina. Vuelve a acercarse al escritorio, lanza una mirada provocativa a la cámara, abre el cajón superior y saca un juguete grande que parece ser algún tipo de vibrador. Valentina no recuerda haberlo visto cuando estuvo allí con Leonardo el día anterior.

Rosa se sienta en el sofá cama junto a Celia. Se besan y Rosa empieza a acariciar de nuevo a su amiga. Valentina observa sus dedos delicados, las pequeñas medias lunas de sus pálidas uñas, mientras masajea suavemente la piel de Celia. Lentamente, muy lentamente, Rosa dibuja círculos con los pulgares presionando cada vez más la piel de Celia, que se entrega totalmente como respuesta a su ama. Valentina se acerca cada vez más a las dos mujeres, segura de que están tan perdidas en su éxtasis que incluso se han olvidado de su presencia. Ya está a pocos centímetros de ellas, y desde detrás de Rosa saca una foto de Celia, que ha cerrado los ojos, sumida en el placer.

A continuación, Rosa se echa en el diván, de forma que las dos mujeres tienen las piernas abiertas y sus pies se tocan. Rosa pone en marcha el juguete sexual y Valentina observa que tiene dos cabezales redondos de masaje. Es una especie de estimulador clitoridiano doble. Rosa encaja perfectamente los extremos en Celia y en ella misma, y Valentina observa que Celia se agita de placer. Los sonidos se entrelazan alrededor de Valentina, el ruido del vibrador mezclado con los agudos jadeos de Celia y los gemidos graves de Rosa. Valentina se pregunta cuál de las dos chicas se correrá antes, o si llegarán juntas al orgasmo. ¿Puede fotografiar eso, o sería una intromisión excesiva?

Para sorpresa de Valentina, Rosa abre los ojos y la mira. Sus pupilas están tan dilatadas que son pozos de deseo negro. Apaga el juguete y Celia también abre los ojos, como si despertara de un sueño profundo. Mira a Valentina con la misma expresión expectante que su ama. Valentina tiene la sensación de que quieren que haga algo con ellas. Se saca la bufanda de encaje del bolsillo y se acerca a las dos mujeres. Agarra las manos calientes de Rosa y las acerca a Celia. Luego libera las manos de esta y, sin decir nada, empieza a envolver la bufanda alrededor de sus torsos de forma que las dos chicas quedan juntas, con los pechos tocándose. Rosa vuelve a levantar la mirada hacia ella, con expresión interrogativa, y Valentina nota que Celia roza la parte posterior de su pierna desnuda con la mano. Da un paso atrás, un poco desconcertada, y empieza a tomar fotos, pero la bufanda se ha movido y tiene que volver a atarla. Vuelve a acercarse a las dos jóvenes y se inclina sobre ellas con la intención de sujetar la bufanda de encaje. Parecen gemelas de pasión. Dos mujeres jóvenes y modernas atadas con encaje de época. Quedará muy bien en blanco y negro, piensa Valentina, evitando la mirada suplicante de Rosa.

—Eres tan bonita, Valentina... —suspira esta—, con esa cara de pilluela...

Valentina la mira y de pronto nota que las manos de Celia suben por sus muslos. Se queda paralizada, incapaz de apartarse porque la sensación de las caricias empieza a afectarla. Celia avanza con los dedos hasta el final de las piernas de Valentina y los desliza por debajo de sus bragas. Valentina se siente atrapada, incapaz de hacer nada, paralizada de expectación. ¿Por qué no aparta la mano de Celia?

—Creo que quiere unirse a nosotras, Rosa. Lo noto.

Las dos chicas se deshacen de la bufanda de encaje de Valentina y le dejan espacio entre ellas.

—Vamos —implora Rosa con zalamería—. ¿Por qué no? —pregunta cogiendo una venda para los ojos de debajo de uno de los cojines del sofá cama—. Si lo prefieres, puedes ponerte esto y nosotras convertiremos tus sueños en realidad.

—No —dice Valentina, y sin embargo sigue sin moverse. La mano de Celia la masajea dulcemente y Valentina empieza a sentir una vibración interior, a pesar de que hasta ahora jamás ha deseado hacer el amor con una mujer.

Mira a las dos chicas y todo parece suavemente velado, como en uno de sus sueños. Ve tres espíritus de sensualidad entretejiéndose como un éter divino. Y da un paso adelante. No puede evitarlo.

Belle

El *signor* R. envuelve la bufanda de encaje de Belle alrededor de su torso, apretándola cada vez más fuerte hasta que sus pechos quedan casi aplanados. La bufanda le produce una leve comezón en los pezones y Belle desearía haberle sugerido que la atara con alguna otra cosa, pero ahora ya es demasiado tarde. El *signor* R. se ha vuelto de espaldas a ella y ha cogido la botella de aceite del tocador. Belle alcanza los pantalones del *signor* R., que ha dejado en el respaldo de la silla, y se los pone. La primera vez que jugó con él a este juego se sorprendió al descubrir lo mucho que le gustaba. Por una vez era ella la que llevaba los pantalones. Se quedó maravillada del cambio que podía suponer una prenda de ropa. Ciertamente, su cliente cambiaba completamente una vez que se ponía el traje. El *signor* R. es un joven banquero adinerado y bien situado de Venecia. Siempre es de los que llama la atención en las reuniones sociales, por su voz atronadora y sus modales bastante ordinarios. Aun así, no es un hombre desagradable. Belle sabe que ha creado una organización filantrópica para ayudar a la gente desfavorecida de Venecia. Tiene buen corazón, de eso no hay duda. Es evidente que está rendidamente enamorado de su esposa, una mujer tan tímida y poquita cosa que solo hace falta que alguien le dirija la palabra para que se ruborice. De modo que para Belle está bastante claro que en su casa el *signor* R. lleva los pantalones, igual que su propio marido. Sin embargo, al contrario que el *signor* Brzezinski, su amigo banquero tiene la necesidad de cambiar los papeles de vez en cuando. Algo que jamás podría pedirle a su frágil mujercita.

El *signor* R. da media vuelta para mostrar su transformación. Belle tiene que confesar que parece su esclavo sexual de la cabeza a los pies. Se ha untado el pecho, desprovisto de vello y muy musculoso, con uno de los aceites aromáticos que Belle compró a los comerciantes abisinios del Ponte di Rialto. El *signor* R. tiene un físico impresionante, y cuando se pone en pie delante de ella, Belle contempla el triángulo simétrico de su pecho desnudo, siguiendo los contornos de su cuerpo por su firme abdomen y hasta las caderas. Lleva puesto parte de su vestido de egipcia, la sobrefalda de seda, ceñida de forma que Belle pueda ver sus huesos pélvicos provocativamente expuestos. La falda de seda se pega a sus piernas firmes y fuertes. La elegante prenda no logra ocultar en absoluto lo que hay debajo, y la visión de su pene erecto apretando contra su atuendo femenino no hace más que enfatizar su masculinidad.

Está bastante claro lo que pretende el *signor* R. No desea parecer ni ser una mujer. Simplemente quiere un respiro de su papel de macho alfa. Quiere ser el esclavo de Belle, desnudo y vulnerable con su falda más delicada. Eso le da placer, y por qué no, piensa Belle mientras se sujeta los gemelos en la camisa almidonada del *signor* R. que acaba de ponerse. Se mira en el espejo y queda maravillada con su reflejo. Con la melena recogida atrás, parece bastante andrógina. Es una sensación deliciosa.

Camina hacia el *signor* R., sintiéndose poderosa y dominando la situación. Alarga la mano y masajea su pecho aceitoso, observando cómo se tensan sus músculos en respuesta a su contacto. Ve su erección sobresaliendo bajo la falda de seda y se la frota con la otra mano, lo que provoca que el *signor* R. gruña suavemente antes de hablar.

—¿Qué te gustaría que hiciera hoy, Belle? —Su voz es inusualmente baja y ronca de deseo.

—Quiero que te sientes aquí —responde ella cogiendo una

silla y colocándola en el centro de la habitación—. Y que te subas la falda para que pueda sentarme encima de ti.

—¿Puedo quitarte los pantalones, por favor? ¿Me dejarás?

Belle arquea una ceja y lo mira de arriba abajo antes de asentir severamente con la cabeza.

El *signor* R. se inclina adelante ansiosamente y desabrocha los botones de los pantalones de Belle, que se le deslizan por las piernas y caen alrededor de sus tobillos. Belle levanta los pies para acabar de quitárselos. No lleva ropa interior. El *signor* R. la admira, ensortijando los dedos en el vello púbico de Belle.

—Tócame —le ordena ella mientras se desabrocha la camisa. Se imagina diciéndole eso a su marido y la idea misma le da ganas de soltar una carcajada, lo que sería un desastre. Sabe lo ofendido que se sentiría el *signor* R. si se riera de él.

El *signor* R. alarga los dedos y empieza a acariciarla. Belle se siente traviesa y atrevida. Es maravilloso ser por una vez quien da las órdenes. Está de pie delante de él, que acerca la cara a los muslos de ella y empieza a lamer. Belle saca los pezones por los agujeros de su atadura de encaje, se lame los dedos y se toca, suspirando de placer. Luego levanta la cabeza de su amante y la aparta de ella.

—Basta —le ordena—. Ahora me sentaré encima de ti y no pararás hasta que me corra. ¿Entendido?

—Sí, Belle —responde él servilmente.

Belle le coge el pene con ambas manos, se inclina sobre el *signor* R. y se sienta en su regazo, haciendo que la penetre profundamente.

«Oh, qué placer.»

Belle siente el miembro del *signor* R. tan profundamente dentro de sí que se estremece. Se pone de puntillas y se levanta para volver a dejarse caer. El *signor* R. gruñe y cierra los ojos.

—Vamos, más fuerte —dice ella con voz súbitamente áspera, y piensa que si tuviera una fusta de montar como su ruso, tal vez la utilizaría.

Él se eleva y ambos acompasan sus movimientos, más y más deprisa, hasta que ella alcanza un orgasmo glorioso sin preocuparse por si él está experimentando el mismo placer. Al *signor* R. no le importa. Algunos días alcanza el clímax y otros no. Para él, aquellas visitas no tienen que ver con la gratificación sexual; son más bien una escapada. Ese día, sin embargo, llega con ella hasta el final. Cuando Belle se deja caer sobre él entre una cascada de placer, lo oye gritar y dar un último empujón dentro de ella.

Después de que el *signor* R. se haya marchado, Belle sigue sintiéndose bastante masculina. Seguro que más tarde recibirá un par de bofetones por contestar mal a su marido. Pero de momento tiene aún mucho tiempo para explorar esa sensación. Y le apetece salir a la calle.

Abre rápidamente el armario y echa un vistazo a sus vestidos, todas las fantasías de sus clientes. Vestidos largos y elegantes, junto con el uniforme de criada, el camisón virginal, una serie de corsés de distintos colores y texturas, bolsos y medias, botas, boas y plumas. Por fin encuentra lo que anda buscando. Lo saca del armario y lo deja sobre la cama. Es un traje de marinero sencillo: unos pantalones blancos acampanados, una camiseta a rayas azules y blancas, un pañuelo rojo para el cuello, una chaqueta larga azul marino y, para completar el atuendo, un gorro de marinero. Una vez vestida, se mira en el espejo con satisfacción. Con los pechos todavía envueltos y el dobladillo de la chaqueta cubriendo sus formas femeninas, y con sus piernas largas y su tipo esbelto, podría pasar por un joven marinero. Lo único que tiene que hacer es esconder su melena negra dentro de la gorra y quitarse el carmín de los labios.

Nunca ha llegado a salir de su apartamento así vestida, aunque siempre ha tenido la fantasía de hacerlo. Hoy se siente valiente. Con toda la gente nueva que llega a Venecia, la ciudad es un hervidero de caras exóticas y extrañas. Sin duda pasará desapercibida.

Belle camina a grandes zancadas por Fondamenta Nuove, junto a la laguna, silbando. Es maravilloso. Por una vez en la vida tiene la libertad de andar por la calle sin que los hombres la miren, la evalúen. En cuanto llega a los barcos atracados que ve desde su apartamento decide entrar en una de las tabernas del lugar. Quiere tomarse una copa entre sus compañeros marineros. Dentro de la taberna abarrotada reconoce un par de caras, aunque por supuesto no tienen ni idea de que se están codeando con Belle, la famosa cortesana veneciana. Cosa que la divierte a más no poder.

El dueño se acerca en cuanto se sienta a una mesita en un rincón.

—Pareces un poco joven para tomar licor fuerte, hijo —le dice.

—No se meta donde no le llaman —replica Belle tan bruscamente como puede. Deja algunas monedas sobre la mesa, intentando disimular sus manos bien cuidadas en el proceso—. Ron, por favor. El mejor que tenga.

Belle sabe que si fuera un auténtico marinero vaciaría el vaso de ron de un solo trago, pero el licor es demasiado fuerte y no quiere hacer una escena tosiendo y resoplando, de modo que lo deja reposando delante de ella muchísimo rato y va tomando sorbos furtivamente cuando le parece que nadie la mira. Dios santo, qué bien sienta. Al principio nota que le quema los labios, pero cuando baja por la garganta es una sensación maravillosa que la calienta por dentro. Esto de ser un hombre es una maravilla, piensa, poder disfrutar de placeres tan simples como decidir qué quieres tomar y cuándo.

En el extremo opuesto de la taberna se ha reunido un nutrido grupo. Belle se esfuerza por averiguar qué ocurre, pero resulta imposible ver a través de la multitud. Vacía el vaso y, tras recuperarse de su potente efecto, se levanta y cruza el establecimiento, abriéndose paso entre el alboroto de marineros. Nadie se fija en ella. Es tan bajita y ágil que la toman por un jovencito y la dejan pasar. Aun así, no alcanza a ver qué está pasando. Lo único que oye es una voz. Habla en perfecto italiano, aunque con acento extranjero.

—Parecía una situación desesperada, amigos míos —oye que dice la voz—. Raoul y yo estábamos seguros de que era nuestro final. Sin embargo, la suerte estaba de nuestra parte. Mientras nos conducían a una muerte segura, unos bandidos sanguinarios bajaron por la ladera y atacaron a los guardias. En el caos resultante, Raoul y yo pudimos escapar. Con las manos todavía atadas a la espalda, corrimos por el desfiladero rocoso hacia el agua. Ay, no podíamos ver el mar, aunque lo oíamos, nuestro querido salvador que chocaba contra las escarpadas rocas. Os aseguro que no era tarea fácil no caerse en aquel peligroso desfiladero, con las manos atadas y debajo de nuestros pies descalzos escorpiones y serpientes siseando e intentando picarnos.

»La cuestión es que logramos llegar a la costa y pudimos desatarnos el uno al otro, bastante trabajosamente, lo que en cierto modo retrasó nuestra huida. Buscando por los alrededores descubrimos un pequeño bote, diminuto como un cubo de agua oxidado, en realidad, aunque os aseguro que no le hicimos ascos... —En ese momento todo el mundo en la taberna ríe—. Saltamos al bote y nos alejamos remando a toda prisa, y justo a tiempo, porque no estábamos lejos de la costa cuando aparecieron en la playa algunos de los bandidos, mostrándonos las cabezas decapitadas de nuestros captores. —Aquí se producen un par de gritos ahogados entre los marineros más jóvenes del público—. El mensaje estaba muy claro. Si los guardias no hubieran sido tan brutos, habría sentido lástima por ellos. Tal como había ido la cosa, recé una oración por ellos, por si podía hacerles algún bien a sus almas perdidas.

»Raoul y yo navegamos por los interminables mares de China. Uf, fueron días de sufrimiento, amigos míos, y a veces la sed nos torturaba hasta tal punto que incluso llegábamos a preguntarnos si no habría sido mejor dejar que nos cortaran la cabeza. Fuimos de acá para allá a la deriva, ya casi sin esperanzas, hasta que un día divisamos otra barca, y después otra, y otra más. Habíamos llegado a Hong Kong. Salimos al bullicioso puerto como dos recién nacidos, pidiendo comida a gritos sin voz, ya que teníamos la garganta tan seca que no podíamos hablar. Una anciana nos remojó el gaznate reseco sirviéndonos con un cucharón el agua no demasiado potable, me temo, de un cubo que tenía. En toda mi vida había probado nada tan delicioso como aquella agua.

La multitud vitorea y felicita al propietario de la voz por su buena suerte. Belle estira el cuello para verlo, pero hay demasiada gente. Se abre paso a empellones hasta que finalmente un estibador alto y fornido la deja pasar. Sentado a una mesa justo delante de ella, con una jarra de cerveza espumosa, está la criatura más diabólica que haya visto jamás. Instintivamente sabe que es el mismo marinero larguirucho en el que se había fijado aquel día mientras volvía a casa. ¿Es la manera que tiene de reclinarse en el banco, la amplitud de sus hombros o la curva de su mentón? Tiene el pelo tan oscuro que hace que el de Belle parezca marrón sucio, y en sus ojos se reflejan todos los tonos del azul, el color de todos los océanos que ha explorado.

—¡Cuéntanos otra aventura, Santos! —grita alguien.

—Ya no tengo más historias que contar... Esta es mi andanza más reciente. Aunque, amigos míos, ahora estoy en Venecia, ciudad de misterio y de magia. Alguna correría habrá, eso seguro.

Y mientras pronuncia esas palabras, su mirada se posa en la de Belle. La observa directamente a los ojos y una sonrisa maliciosa se extiende en su rostro. Lo sabe, piensa Belle, presa del pánico. Se ha dado cuenta de que soy una mujer.

—Pues sí —prosigue Santos—. Hay muchos secretos en Venecia que me gustaría desvelar.

Su mirada es tan penetrante que a ella se le acelera el corazón y se siente más asustada que en toda su vida. Da media vuelta y huye de la taberna, y no deja de correr hasta que llega a la puerta de su apartamento, donde se detiene un segundo, apoyando la cabeza en la madera fría, para recuperar el aliento. Trata de calmarse, reprendiéndose a sí misma por ser tan tonta, aunque sabe que lo que acaba de ocurrir no es un hecho trivial. Porque Belle acaba de tener una visión de su destino.

Valentina

Valentina está a oscuras. No ve nada. La venda de los ojos está hecha de un terciopelo negro denso y no deja penetrar ni el más mínimo rayo de luz. Está asustada y al mismo tiempo se está perdiendo en las deliciosas sensaciones que asaltan su cuerpo. Una de las chicas le da placer con la lengua, mientras la otra le acaricia delicadamente los pechos. Nota que un dedo perfila suavemente el monte de Venus y luego se adentra en su vello. Gime, abandonando su reserva habitual. Rosa y Celia siguen jugando con ella. Parecen maestras del arte de llevarla casi al límite y luego dar marcha atrás, de modo que cada vez siente más ansia de liberarse. Se imagina la imagen de las tres juntas, una imagen que jamás podrá fotografiar. Ella con los ojos vendados y desnuda, con los brazos y las piernas atados a la cama con lazos de seda. Las dos jóvenes enroscadas a ella como ninfas griegas. Valentina está completamente abierta a ellas y encuentra tentador ese riesgo, ese salto a lo desconocido.

Todo se derrite a su alrededor y tiene la sensación de que la cama se mece, como si fuera una barca. Valentina empieza a perderse en la fantasía. Ahora entiende a qué obedece que esa sala se llame Atlántida, porque se siente sumergida en un lugar perdido en lo más profundo de su ser. Se imagina que una de las chicas la desata de la cama y que la otra le quita la venda de los ojos. Siente latir todo su cuerpo, que arde por llegar al clímax, pero las chicas están recostadas, sonriéndole, con los pechos respingones y expectantes, las piernas cruzadas en la postura del loto. La melena roja de Rosa ondea con la brisa mientras la cama/barca se balancea en el mar picado. Valentina mira a su alrededor asombrada. Las paredes pintadas de azul de la sala han desaparecido y ellas se encuentran en medio del océano. Se ve tierra a lo lejos, pero muy, muy lejos.

—¿Dónde estoy? —pregunta.

—Estás en tu fantasía, Valentina —responde Celia, guiñándole un ojo.

—Vamos a nadar —dice Rosa, levantándose a pesar del balanceo de la barca y saltando ágilmente por la borda. Celia le ofrece la mano a Valentina.

—Ven —la invita.

Valentina deja que la levante y las dos chicas desnudas se zambullen en las aguas. Bucean largo rato, siguiendo el rastro de los cabellos rojos de Rosa. La sensación del agua fría del mar en su piel, ahora tan sensible, la hace sentir ingrávida, como si se dejara llevar por el océano, en vez de ser ella quien decidiera su destino. La inmersión las lleva cada vez a mayor profundidad, tanto que Valentina se maravilla de poder seguir respirando, algo que hace sin ningún esfuerzo, como si también ella fuera una criatura marina. Dejan atrás bancos de peces dorados que se agitan entre sus piernas y unas frondas altísimas de algas se yerguen hacia ella, la envuelven y la arrastran hacia el fondo. Un diminuto caballito de mar cabalga delante de las tres jóvenes hasta que desaparece en la noche del oscuro océano. Finalmente Rosa se detiene junto a un montículo de rocas en el fondo del mar. Valentina ve una abertura oscura. Rosa les hace señas para que entren en la cueva, pero Valentina no quiere entrar. Flota inmóvil en el agua, dudando. Rosa nada hasta ella y le coge la otra mano.

«No tengas miedo. No te soltaremos.»

Valentina oye la voz en su cabeza. No muy convencida, se deja persuadir por las chicas, que la conducen de la mano hacia la oscuridad, de modo que siente que todo está caliente y vibra a su alrededor. ¿Qué hay en la cueva con ellas? ¿Les hará daño? Siente un torrente de agua delante de ella, como el chorro de una fuente subterránea. Nota que unos labios se pegan a los suyos y una ola de alivio recorre todo su cuerpo. Reconoce el beso. Es Theo. Está allí con ella.

Valentina flota como una estrella de mar, con las dos chicas sosteniendo sus brazos a los lados, y los pies hacia abajo mientras Theo la besa. Él le rodea la cintura con los brazos y la acerca hacia sí hasta que sus pechos se tocan. Con la facilidad de un amante experto se desliza dentro de ella mientras Valentina levanta las piernas y las enrosca a su alrededor. Están haciendo el amor mientras las corrientes marinas los arrastran a su antojo. Nota que Rosa y Celia le sueltan las manos y desaparecen en la oscuridad. Valentina desea tener a Theo dentro de ella por toda la eternidad. No quiere que esa sensación termine, nunca.

Valentina se levanta, con el corazón desbocado. Abre los ojos. Está en casa, en su cama revuelta. Sola. Sin embargo las emociones han sido tantas que su cuerpo sigue vibrando. Las caricias de Celia y Rosa no abandonan su piel. Se lleva la mano a la boca, asombrada consigo misma. Lo había hecho. Ayer noche dejó que aquellas dos mujeres le hicieran el amor. Inmediatamente se pregunta qué pensaría Theo de aquello. Vuelve a recordar su sueño. ¿Le estaba diciendo su subconsciente que no habría ningún problema? ¿O se estaba haciendo ilusiones?

La evocación de Rosa y Celia llevándola hacia la cueva submarina, y el recuerdo del tacto de Theo, que parecía tan real, empiezan a excitarla. Valentina se pone la mano entre las piernas y se frota suavemente. Cierra los ojos e imagina que está de nuevo en la cueva submarina. Theo la besa. Theo se funde con ella. Su imaginación comienza a retroceder en el tiempo. Suben juntos a la barca y navegan de vuelta a la Sala Atlántida. Valentina deja que Theo la ate a la cama y le vende los ojos. Ella lo desea. Quiere demostrarle que confía en él. Y luego se imagina a Theo follándosela, apasionadamente, y ella está llegando al clímax, jadeando y sin aliento, abierta en la cama.

Una hora después, Valentina está sentada con recato a la mesa de su comedor, con una taza de té en la mano. Todavía se está recuperando de su apasionada aventura de la noche anterior. La mano le tiembla mientras se lleva la taza a los labios y sorbe el líquido caliente. Hizo el amor no con una, sino con dos mujeres. ¿Significa eso que es homosexual? Sabe instintivamente que no, pero lo que más la perturba es la intensidad de sus emociones en el sueño, cuando estaba con Theo. La intensidad con que lo necesita. Intenta distraerse. Todavía no ha resuelto el misterio de los negativos. El álbum negro está delante de ella y Valentina comienza a pegar las fotos, una en cada página. Una espalda desnuda; un tobillo atado; una mano y un brazo enguantados con las perlas; un par de labios; un ojo mirando al suelo; un lóbulo con un pendiente en forma de anillo. Tiene que descubrir qué trata de decirle Theo. ¿Pretende torturarla con aquellas imágenes eróticas y su ausencia? ¿Quiere acaso que le sea infiel? Le extrañaría mucho, después de haberle dado a entender que quería un mayor nivel de compromiso en su relación. ¿No se refería a eso cuando le pidió que fuera su novia? Valentina se siente desconcertada.

Valentina no ha terminado de ampliar todos los negativos del libro, y ahora tiene que revelar la película de la noche anterior. Siente una tensión de expectación en el pecho al pensar en las fotografías. ¿Serán tan sensuales y de buen gusto como ella espera, o resultarán vulgares?

Espera que ejerzan un efecto similar en el espectador que el que tienen aquellas fotos antiguas sobre ella. Cada una es un primer plano erótico del cuerpo de una mujer, a excepción de la fotografía del lóbulo y del pendiente. Valentina observa atentamente esa foto durante un buen rato. No solo se ve la oreja y el pendiente, sino también parte de una mejilla, y la punta de una patilla oscura. Piensa de inmediato en Leonardo y su pendiente de oro, que le confiere el aspecto de un pirata del pasado. Siempre ha sentido una atracción especial por los piratas.

Deja la foto y mira los negativos restantes. Al principio estaba impaciente por ampliarlos todos y descubrir qué eran, pero ahora prefiere ir demorando el proceso. Es como si las imágenes estuvieran entrando en el mundo de sus sueños y contándole una historia, aunque aún no sabe si es sobre ella misma o sobre la misteriosa mujer que aparece en las instantáneas. Pese a ello presiente que todo ello tiene algún sentido, algo relacionado con Theo y con ella.

Valentina se levanta de la mesa y camina hasta la ventana para mirar a la calle. Busca una silueta entre la lluvia, preguntándose quién sería el hombre de la otra noche. Pero la calle está desierta excepto por los coches ocasionales que pasan salpicando. Valentina no recuerda un otoño tan lluvioso y gris en toda su vida. Si hiciera sol no se sentiría tan deprimida. Se tumbaría en un parque bajo un árbol a leer un libro y comerse una manzana. Observaría a sus conciudadanos milaneses, elegantes, taciturnos, ambiciosos, que van pasando a toda prisa. Considera que los forasteros, especialmente los demás italianos, son un poco injustos con Milán. La ven austera, seria e insensible, pero por debajo de eso hay otra ciudad de magia y fantasía. Como los edificios racionalistas de los años cuarenta, que ocultan jardines encantados del siglo XVI o pequeños claustros medievales. Es una defensora de su ciudad porque sabe lo que se siente al ser juzgada injustamente. Alguna vez ha oído que otros la describían como una mujer antipática o estirada. Sabe que es porque nunca sonríe. Y también sabe que algunos la envidian. Creen que al ser la hija de una mujer genial, un icono célebre de los sesenta, lo ha tenido todo hecho. ¡Si supieran lo que significó realmente para ella!

A veces Valentina no es consciente de hasta qué punto ahuyenta a la gente la expresión de su rostro. Puede que esté sonriendo por dentro, pero son pocos los que saben descubrirlo. A menudo le dicen que se anime cuando de hecho está de un humor excelente. Y eso le causa sorpresa, cómo puede provocar una reacción hostil de alguien, normalmente una chica, por alguna ofensa que ella ignora haber cometido. Claro que en realidad a Valentina no le importa lo que piensen de ella. Tiene a Theo y a sus amigos íntimos, Antonella, Gaby y Marco. Y a esas dos chicas, Rosa y Celia. Les gustó, ¿no?

Suena el teléfono y mira a la pantalla brevemente antes de contestar. Es Mattia. Siente un estremecimiento de preocupación; su hermano raramente la llama.

—Hola, Mattia, ¿va todo bien?

—Sí, Valentina —responde él—. Solo quería ponerte al día sobre mamá.

—Ah, vaya —dice Valentina, tratando de aparentar indiferencia. Observa a un gorrión que se refugia en el alféizar de la ventana de su apartamento mientras fuera arrecia la lluvia—. Dime, ¿cómo está?

—Solo quería que supieras que se ha vuelto a mudar.

—Vale —dice Valentina. Es muy amable por parte de su hermano hacérselo saber, pero si su madre no se molesta en decirle dónde está viviendo ahora, ¿a ella qué le importa?

—Sigue en Estados Unidos.

—Ninguna sorpresa, entonces. ¿La vas viendo?

El gorrioncito se rinde y se marcha volando, zarandeado por el desapacible viento y la lluvia.

—No, está muy lejos de Nueva York. —Mattia hace una pausa—. Además, ya sabes lo que piensa de Debbie.

—Ah, claro.

Valentina lo había olvidado. La gran trifulca en la boda de su hermano hacía ya tanto tiempo. Por aquel entonces ella no tenía más de doce o trece años, de modo que no acabó de entender cuál era el problema. A su madre le desagradaba profundamente la prometida de Mattia. Las cosas nunca han vuelto a ser lo mismo entre madre e hijo desde aquel día. Él ha tratado de arreglar las cosas, pero ninguna de las dos mujeres estaba dispuesta a ceder.

Al contrario que Valentina, Mattia no se parece a su madre. Le gusta tener una vida agradable, segura y cómoda con su mujer y dos hijos en Nueva York. Valentina siempre se hace el propósito de visitarlo, aunque en cierto modo le da un poco de apuro. En realidad no conoce en absoluto a su hermano. ¿Y si luego resulta que se detestan? Él es trece años mayor que ella y se marchó a América cuando Valentina tenía cinco. Vergonzosamente, su única emoción infantil relacionada con su hermano eran los celos. No podía evitar tenerle envidia cuando veía todas las fotografías de su madre, su padre y Mattia juntos. Recuerda particularmente una serie de fotos de cuando fueron de vacaciones a la antigua Yugoslavia. Había muchísimas fotografías de Mattia a los seis años, sonriendo junto al mar, desnudo con su pequeña red de pescar y cogido de la mano de su madre, que llevaba un biquini diminuto. También había fotos de su padre, tumbado en la playa, leyendo, con la pipa siempre en la boca. Ella no tenía recuerdos familiares felices como aquellos.

—¿Y tú cómo estás? —le pregunta su hermano.

—Pues bien, ocupada con el trabajo.

—Me alegro, ¿y cómo te va con Theo?

¿Cómo lo hace? ¿Se acuerda del nombre de Theo? Lleva más de catorce años casado con Debbie y a Valentina aún se le escapa a veces Libby.

—Bien.

—Parece buen tipo —dice Mattia—. A ver si será el elegido.

Valentina no responde, algo molesta. ¿Cómo puede hacer comentarios sobre su novio si todavía no lo conoce?

—Oye, perdona, no puedo estar mucho rato al teléfono, solo quería decirte que mamá está viviendo en Santa Fe, en Nuevo México. Te puedo mandar la dirección, si la quieres.

—No, gracias.

—Ah, bueno... Pues si la necesitas, la tengo.

—Gracias.

—También me mandó por correo unas fotos antiguas de la familia. La mayoría de sus padres y de ella cuando era pequeña. ¿Quieres alguna? Me ha parecido que podrían interesarte, sabiendo que a Theo y a ti os gusta coleccionar fotos.

De nuevo aquella familiaridad que tanto enoja a Valentina. Solo porque sea su hermano no significa que sepa quién es.

—Envíame las que tú no quieras —replica bruscamente.

—Vale, bueno, de acuerdo, cuídate —dice Mattia, susurrando de repente—. Tengo que irme.

Valentina cae en la cuenta de que debe de estar llamándola en plena noche, y tal vez sin que lo sepa Debbie. Probablemente no le deja hacer llamadas de larga distancia. ¿Cómo podía su hermano ser tan sumamente distinto de ella? A Valentina ni siquiera se le ocurriría pedirle permiso a Theo para una cosa así. Además, Theo tampoco lo querría. Y sin embargo su hermano parece feliz. Ha conseguido seguir casado durante muchos años, algo en lo que su madre ha fracasado estrepitosamente. Tina siempre decía que Mattia había salido a su propia madre, Maria, que murió en un accidente de aviación cuando ella tenía veintiséis años. Según aseguraba, Maria fue una mujer chapada a la antigua, por lo que siempre se había llevado mejor con su abuela, que era una anciana bastante excéntrica. Es curioso cómo puede heredar la gente las características de sus antepasados, reflexiona Valentina. Y confía sinceramente en que el carácter de su madre se haya saltado una generación.

A pesar de sus modales bruscos al teléfono, Valentina está realmente intrigada por el paquete que le enviará su hermano. Más fotografías para investigar. Ahora se arrepiente de haber sido tan seca con él. Parece sincero cuando se preocupa por su bienestar, aunque en realidad jamás haya pasado mucho tiempo con ella. Valentina tendría que hacer el esfuerzo de conocer a su familia. A ver si algún día se organiza y viaja a Nueva York. Y luego tal vez, solo tal vez, podría dirigirse a Santa Fe para ver a su madre. Se muerde el labio al pensarlo hasta el punto de hacerse sangre. No. ¿Por qué tendría que ir a verla? Le toca a su madre volver a Milán. Fue ella quien abandonó a Valentina cuando acababa de sufrir un gran desengaño amoroso y se sentía sola. Dio prioridad a su propio interés antes que atender a su hija, y la verdad es que Valentina no sabe si podrá perdonárselo jamás. Parece que su hermano es mucho más generoso, capaz de aceptar a su madre a pesar del desagrado que muestra ella hacia su esposa y su falta de interés por sus nietos.

Valentina se aleja de la ventana y coge la cámara de donde la había dejado al llegar a casa la noche anterior. Ya es hora de encerrarse en el cuarto oscuro y revelar las fotos de la Sala Atlántida. Tal vez así descubra hasta dónde es capaz de seguir siendo la observadora de su arte erótico y hasta qué punto desea formar parte de él. Echa un vistazo al reloj de pulsera. Le quedan ocho horas hasta que llegue el momento de volver al club de Leonardo. No tiene ni idea de qué le tiene preparado para la noche. Una parte de ella lo teme, y sin embargo, para ser sincera, otra parte de ella está excitada.

Duda y vuelve a dejar la cámara. Debería escribirle un correo electrónico a Theo y contarle en qué anda metida. ¿Debería confesarle lo de Rosa y Celia? No, mejor hacerlo en persona. Además, él no le ha dicho nada sobre la razón de sus ausencias ni qué hace durante las mismas, por tanto, ¿por qué habría de contarle ella lo suyo?

Cuando comprueba el buzón de entrada, ya hay un correo de Theo. Hace clic en él con la esperanza de que le dé alguna pista sobre el significado del regalo. Sin embargo, solo le ha escrito unas pocas líneas frustrantemente crípticas.

«Querida Valentina, te escribo con prisas, aunque me gustaría poder extenderme. Pero por ahora mi mensaje es que no confíes en nadie si te preguntan cualquier cosa sobre mí. Ya te lo contaré cuando vuelva. Y también tengo otro mensaje: por favor, Valentina, trata de divertirte. Theo X.»

¿Qué quiere decir? ¿Que no confíe en nadie? ¿Que trate de divertirse? De nuevo piensa que esa palabra no va con ella. ¡No es una persona dada a la «diversión»! Vuelve a tener la sensación de que él quiere que le engañe. Y al mismo tiempo le dice que no confíe en nadie. ¿Se refiere a sí mismo en una especie de circunloquio? Algo le sugiere que no.

En el apartamento se oye el tictac del reloj en medio de un silencio imponente. Valentina oye a su vecino del piso de arriba que cruza la sala de estar y baja las persianas de las ventanas. Capta el sonido del reloj que marca el tiempo y el ruido de una moto que pasa salpicando bajo la lluvia. Mira el cuadro de la pared opuesta. Es una de las apasionadas composiciones de Antonella, varias capas de azul pálido que van pasando al índigo, raspadas para mostrar una línea temblorosa de rojo escarlata, tan táctil como si fuera sangre fresca y pegajosa. El cuadro se llama *Expectación*. Encaja con su estado de ánimo.

Valentina inspira profundamente y a su alrededor el apartamento parece soltar el aire, aunque de forma muy leve. Es como si contuviera el aliento, esperando a que ocurra algo. El ambiente está cargado de electricidad, como la sensación de antes de una tormenta. Valentina intuye que está a las puertas de un cambio. Sin embargo, no tiene ni idea de si será para mejor o para peor.

Belle

Hoy es Louise. Su marido está en casa y tienen invitados a cenar. Socios comerciales del señor Brzezinski y las esposas de estos. Su cocinera Renate y Pina, la criada, han hecho toda la compra y los preparativos para la noche. Louise las deja a su aire: no podría importarle menos lo que ponga Renate en la mesa para cenar. Lo único que tiene que hacer ella es estar guapa y ser una buena anfitriona. Eso le cuesta más que cualquier otra cosa. Preferiría ser Renate o Pina, entre bastidores en la cocina, que el centro de atención de la escena social de su marido. Las demás mujeres la detestan. Las ha oído susurrar sobre lo estirada que es, criticando el hecho de que aún no tengan descendencia. *La Yerma* Brzezinska, oyó que la llamaba una de las viejas brujas la última vez que salieron a cenar.

A Louise esas mujeres la aburren soberanamente. De lo único que saben hablar es de sus hijos, y si trata de entablar una conversación que vaya más allá de lo doméstico, responden con un silencio hostil. Louise es ambigua respecto a lo de tener hijos, pero de lo que está segura es de que no quiere tener ninguno si eso ha de convertirla en una de aquellas estúpidas cotorras. En cualquier caso, la probabilidad de que tenga hijos es muy remota, ya que su marido lleva años intentando dejarla embarazada. No tiene ningún sentido desear algo que crees que nunca sucederá.

Los socios masculinos de su marido son casi tan desagradables como sus esposas. Solo hay un par que le caigan simpáticos:

Varelli, porque parece menos entusiasta respecto a Mussolini (y Louise sospecha que siente una inclinación secreta por los comunistas); y Greenberg, porque es un judío americano y es el único de ellos que le habla de igual a igual. Se pregunta cuánto van a durar esos dos en Italia ahora que Mussolini está en su apogeo. Todos los comunistas que conocía están desapareciendo sin dejar rastro. No le gusta el ambiente que se respira en Italia, toda esa cháchara de volver a la gloria del Imperio romano. La Antigua Roma no es una sociedad digna de admiración. Era demasiado brutal.

Aunque, por supuesto, también estaban todas aquellas orgías, piensa mientras se recorta el flequillo, cerrando las tijeras con impaciencia justo por encima de las cejas. Los romanos parecían más abiertos en cuanto a sexualidad que la Italia de Mussolini. Recuerda haber oído la historia de la princesa Julia, hija del emperador Augusto, que se disfrazaba y hacía de prostituta en Roma. Louise es igual que ella, pues. Lleva una doble vida. Comprende exactamente las motivaciones de Julia. La princesa romana también estaba atrapada en un matrimonio sin amor.

Louise suspira frustrada. Deja las tijeras y barre los pelos con un cepillo, mirándose a sí misma con el ceño fruncido. Está aburrida. Desearía poder huir y ser Belle esa noche. Se siente como un pájaro enjaulado. Tal vez haya algún modo de salir, aunque solo sea una hora. Con eso bastaría. Lo único que necesita es ir a su apartamento, fumarse un cigarrillo y ver las góndolas deslizándose por el canal. Esa noche quiere estar sola.

Le echa un vistazo al pequeño reloj de su tocador. Su marido está echando la siesta. A veces se atiborra hasta tal punto durante el almuerzo que puede dormir dos horas seguidas. Tiene tiempo de ir y volver. Él no sabría nada.

Sin darse tiempo a cambiar de idea, Louise se ata una bufanda de encaje en el cuello, se abrocha las botas, coge el bolso, baja las escaleras huyendo del aburrimiento y abre la pesada puerta principal con los ojos resplandecientes de euforia. Se siente como un niño que huye de sus deberes. La ciudad resplandece. Qué diferente es Venecia cuando luce el sol. Se convierte en una metáfora, un frágil anillo de alegría que a veces puede rodear a los desconsolados. Louise piensa en su madre, tras la muerte de su padre. La forma en que brillaban sus ojos cuando le contaba a su hija los sueños que tenía de su esposo muerto y los mensajes que le transmitía. O lo que le dijo la noche en que falleció: «Siempre te querré.»

La madre de Louise se afligió, pero su dolor era como el sol de Venecia, una ciudad esencialmente melancólica engalanada con un repentino rayo de luz plateada. Ese era el amor que habían compartido sus padres. Louise cierra los puños con fuerza al pensar en ello.

Hoy no va a rememorar viejos tiempos. Hace una tarde soleada y es libre por una o dos horas. ¡Qué alegría! Camina tan deprisa como se lo permite el decoro por las callejuelas estrechas y por los puentes. Hay reflejos por todas partes: del canal en la parte inferior de los puentes, del cielo en el agua, del agua en la piedra, y de la gente en los edificios. Belle enfila por San Polo, cruza el Ponte di Rialto y se dirige a Castello. Pasa junto al hospital y el blanco deslumbrante de su fachada de mármol la obliga a cerrar los ojos por un instante. Cuando vuelve a abrirlos, lo ve. El marinero con aire lobuno. Anda hacia ella cruzando Campo San Giovani e Paolo y no está segura de si él también la ha visto. ¿Debería entrar corriendo en la iglesia y esconderse de él? Ve que se agacha para acariciar a un gato negro, que se frota contra sus piernas. No puede evitar pensar cómo le gustaría ser aquel gato, sobre todo cuando el marinero le levanta la barbilla con la mano y lo acaricia por debajo.

¡Sentir aquellos dedos largos haciéndole cosquillas en la garganta!

El hombre se incorpora y avanza hacia ella, que de pronto se siente incapaz de moverse, ni adelante ni atrás. Es una silueta inolvidable, piensa, ataviado con su gorra blanca de marinero, el abrigo largo de almirante y, por debajo, un chaleco y pantalones blancos. Louise da un paso, aunque él no parece haberla visto, y ella de repente se ve superada por la timidez. Cuando es Belle, normalmente no le cuesta mirar a los hombres. Le encanta observarlos fijamente. Sin embargo hoy se siente como una tímida jovencita. Justo cuando el marinero pasa a su lado, lo ojea rápidamente de soslayo, pero él va mirando fijamente al frente. Louise sigue caminando con una ligera sensación de decepción, sin embargo cuando llega a la otra esquina de la plaza, se vuelve una última vez y se sorprende al ver que él ha hecho lo mismo y la está mirando. Sus ojos se encuentran y Louise siente un fogonazo de calor que le sube por el pecho y el cuello mientras trata de mantener la calma y la compostura. Es el hombre más guapo que haya visto en su vida. La asalta el mismo impulso de huir que sintió el día en que lo vio en la taberna, y sin embargo otra parte de ella no puede salir de esa plaza. Es como si su mirada la mantuviera atrapada.

Rodea la plaza, examina minuciosamente la ventana de un café y él hace lo mismo en la dirección contraria, levantando la mirada hacia la fachada de mármol del hospital antes de caminar en círculo hacia ella. Esta vez, cuando se cruzan, él le dirige la palabra.

—¿No nos conocemos de algo?

Louise se detiene y levanta la vista hacia él, fingiendo sorpresa. Animada por su gesto de admiración, ella le devuelve una media sonrisa.

—Creía que los marineros tenían más imaginación para salir con una frase así —responde provocativamente.

—Te equivocas —replica él, observándola con un resplandor malicioso en los ojos—. Los marineros no tenemos imaginación en absoluto. No la necesitamos, ya que nuestras fantasías son las auténticas historias de todas nuestras aventuras.

Louise sabe que no debería convertirse en Belle. No tiene tiempo. Y no obstante no puede permitir que aquel marinero singular se aleje ahora de ella.

—Me encantaría oír algunas de tus aventuras —sugiere, coqueta.

—Cómo no —accede él con su amplia sonrisa—. Pero solo si tú me cuentas alguna de las tuyas.

Salen juntos de Campo San Paolo y Belle ahora ya está segura de que no va a llegar a casa a tiempo de despertar a su marido de la siesta. Pero no le importa, a pesar de las consecuencias.

—Permite que me presente —dice el marinero—. Me llamo Santos Devine. Mi padre era un marinero irlandés del condado de Cork y mi madre, una bailarina española de Granada. Sin embargo, yo no soy de ningún lugar en particular. Llevo veinte años navegando, o para ser más preciso, viviendo aventuras.

Belle lo mira maravillada. ¿Es un hombre de verdad o un producto de su imaginación? Jamás se había sentido tan atraída por otra persona. Se siente subyugada por su cuerpo alto y delgado y la elegancia de sus movimientos. Es grácil como un bailarín, cualidad que debe de haber heredado de su madre, y sin embargo intuye en él una fuerza relacionada con lo etéreo, con su linaje celta. Su cabello es tan negro como el de ella, y en su rostro se mezclan los rasgos viriles de un granuja y la belleza propia de un felino. Incluso sus manos son bonitas cuando toma entre ellas las de Belle.

—¿Y tú cómo te llamas?

—Belle —responde.

—Muy acertado. Creo que jamás había visto a una mujer tan hermosa, en ninguno de los siete mares que he surcado.

—Estoy segura de que eso se lo dices a las chicas en todos los puertos —replica Belle con sorna, y los ojos de Santos resplandecen traviesamente como respuesta. El marinero no niega su acusación y aun así logra encandilarla.

—Ah —responde—. Pero no puedo decir que cualquier chica lleve el cabello como tú. Tan corto y delineado, negro y brillante como las plumas de un mirlo, el marco perfecto para tu delicioso rostro.

—Me encanta el canto del mirlo —dice Belle, sosteniéndole la mirada—. Es un canto lleno de alegría de vivir.

—¿Hay muchos pájaros en Venecia?

—A veces, en primavera. Pero los recuerdo sobre todo del hogar de mi infancia.

—Pues entonces te llamaré Belle *el Pajarillo*.

Mientras pasean por Venecia, su hogar desde hace tantísimos años, la ciudad se convierte en un lugar totalmente distinto.

A plena luz del día se adentran en una zona donde la conocen, pero no le importa. Está viendo Venecia a través de los ojos de Santos mientras él le cuenta el motivo de su estancia en la ciudad. Actualmente se dedica al comercio, trae seda de Asia y la cambia por cristal veneciano. Le cuenta que ha llegado hace poco navegando desde China y la entretiene con historias de señores de la guerra y bandidos orientales.

—Pero, ¿nunca te cansas de tanto viajar? —le pregunta Belle, fascinada—. ¿No te gustaría tener un hogar? ¿Una familia?

—Jamás me han interesado las cosas que interesan a la mayoría de los hombres —confiesa Santos—. No albergo ningún deseo de alcanzar grandes riquezas ni poder, porque con eso vienen las ataduras. Yo busco la libertad para mí y para los demás. —Santos la mira inquisitivamente, le pasa el brazo por la cintura y la atrae hacia sí—. Particularmente para las mujeres —le susurra al oído, y Belle nota que está rozando su cuello con los labios mientras habla, cosa que provoca un temblor por todo su cuerpo.

Cruzan caminando del brazo la Piazza San Marco hacia el Gran Canal. El mundo de Belle empieza a tambalearse. Como si estuviera perdiendo el sentido de la perspectiva, como si estuviera en pie sobre una plataforma que dominara la laguna, y todos aquellos edificios que parecen joyas, la basílica y el palacio ducal, fueran un espejismo flotando en una balsa de mármol sobre el verde pálido crepuscular del canal.

—¿Puedo invitarte a tomar un café, tal vez? —le pregunta Santos—. Aunque tal vez prefieras un vaso de ron en mi taberna preferida.

Santos luce una maliciosa sonrisa de oreja a oreja. Belle se fija en el hoyuelo de su barbilla, y le gustaría poner el dedo justo ahí. Levanta la vista para mirarlo a los ojos y se da cuenta de que han cambiado. Ahora son del color del canal, piedra lunar sobre verde jade. Belle guarda la compostura.

—Un café me parece una idea deliciosa —responde con formalidad, aunque nota el calor en su propia mirada cuando lo contempla.

Santos la lleva al Caffe Florian. Belle sabe que es un riesgo. Aquí es donde a menudo se reúne su marido con sus socios para discutir de negocios y de política. Pero ahora él está durmiendo en casa, se recuerda Belle, roncando como un sochantre, y es la hora de la siesta. La plaza está tranquila. Además, ahora ya no es Louise. Es Belle. Y Belle es libre como un pájaro.

Hace tan buen día que se sientan fuera, con el campanario y la basílica detrás de Belle, de forma que puede concentrarse en Santos Devine y sus ojos deslumbrantes.

—¿De dónde eres, Belle? —le pregunta Santos mientras remueve su diminuto café con una cucharilla de plata, tan delicadamente como si fuera un duque.

—Vaya pregunta, soy de Venecia —responde ella—. Vivo aquí.

—Sí, eso ya lo sé... Pero no eres italiana de nacimiento —dice Santos ladeando la cabeza—. Dominas perfectamente el idioma, por lo que supongo que llevas años viviendo en Italia, pero aun así noto que no es tu lengua materna.

Belle lo mira con curiosidad. Nadie había mostrado demasiado interés por sus orígenes en todos los años que lleva en Venecia. Ni siquiera el ruso.

—Soy de Varsovia —dice, bajando la mirada y removiendo su café.

—Ah, eres del trágico reino de Polonia —exclama Santos.

—No era Polonia cuando yo nací. Todavía formaba parte del Imperio. —Belle toma un sorbo de café—. ¿Y por qué dices trágico?

—Pobre Polonia —comenta Santos—. Siempre está en medio en las peleas entre dos hermanos mayores enfrentados.

—¿Te refieres a Rusia y Alemania?

—Efectivamente. —Santos asiente con la cabeza mientras alza la taza—. Así que tú y yo somos de lugares muy diferentes —prosigue—. Somos contrarios, en cierto modo. Yo nací en el extremo occidental de Europa. En mi alma está el Atlántico, sus grandes olas galopantes, su libertad y su abandono.

—¿Y yo qué soy, entonces?

—Tú eres profunda como la tierra espesa de Polonia, tan reservada como sus bosques, y asediada por todas partes. Estás atrapada, como Polonia.

Belle niega con la cabeza, súbitamente enojada.

—¡No! ¡Nada de eso! —Belle golpea con la taza sobre el plato y la hace añicos, de modo que lo que queda de su denso y oscuro *espresso* empapa el mantel de lino.

Belle se lleva la mano enguantada a la boca, asombrada de sí misma. Un camarero se apresura a limpiarlo todo mientras Belle se deshace en disculpas y Santos permanece en silencio, mirándola fijamente. A pesar de la atracción que siente, tendría que detestar a ese hombre. Es condescendiente e indiscreto. «Pero ¿por qué ibas a odiarlo, Belle? —pregunta Louise. ¿Porque tiene razón?»

Una vez que el camarero ha arreglado el desastre y sustituido su café por otro recién hecho, Santos toma la palabra.

—Perdona si te he ofendido, Belle —le dice en polaco. Ella se sorprende tanto al oír su lengua materna después de tantos años que siente un nudo de emoción en la garganta.

—¿Has estado en Polonia? —le pregunta, ardiendo en deseos de saber cómo ha aprendido el idioma.

—Pues sí —afirma Santos, ya nuevamente en italiano—. Tuve la desgracia de presenciar la retirada del ejército imperial ruso en 1915 y cómo trataron a tus compatriotas y a tu país.

1915. El año en que murió el padre de Belle. El año en que se casó.

—Llegaron muchísimos refugiados a Varsovia —susurra—. Los rusos lo quemaban todo a su paso mientras se retiraban: los pueblos, los bosques y los campos. Lo que dejaban a su paso era inhabitable.

Belle se ve reflejada en la ventana del Caffe Florian. ¿Quién podría adivinar que aquella sofisticada dama de Venecia había sido una resistente niñita polaca? Fue la hija única de un médico de Varsovia, que adoraba a su esposa por encima de todas las cosas. Sus padres estaban muy enamorados. Belle recuerda la devoción que se profesaron hasta el final.

Belle baja la mirada y hace girar la alianza en su dedo. Se sorprende al verla aún ahí. Normalmente, cuando se transforma en su álter ego se la quita y la deja en casa, pero esa tarde tenía prisa por salir al sol y sentirse libre. Ahora se da cuenta de que su libertad es una mera fachada. Santos tiene razón. Es como su país natal: atada por todos lados.

—Belle. —Ella levanta la mirada y ve que Santos la observa fijamente, se saca un pañuelo del bolsillo del pecho y se lo entrega. Ella se toca la mejilla y se da cuenta de que está llorando.

—Gracias —murmura, llevándose el pañuelo a la cara y captando su fragancia, «Oh, qué aroma tan maravilloso a claveles y menta», antes de secarse las mejillas.

—Ya veo que tienes el mar en el alma —le dice Santos, enfocando sus ojos brillantes hacia ella—. Deja que te libere.

Belle lo mira esperanzada. ¿Se lo dirá a todas las mujeres infelizmente casadas que conoce en sus viajes? A Belle eso no le importa. Ella ya ha tomado medidas extremas para encontrar algún tipo de liberación en su vida de confinamiento. No le interesa cuáles pueden ser los motivos de Santos; lo único que quiere es que la toque. Belle tiembla de necesidad mientras agarra firmemente el pañuelo con las manos enguantadas.

Se marchan del café y cruzan del brazo la Piazza San Marco. Se está haciendo tarde y Belle sabe que la hora de la cena de su marido se acerca rápidamente, pero ¡desea tanto estar con ese marinero! Su brazo enlazado con el de ella parece completamente natural, en absoluto indecoroso. Santos está tentadoramente cerca de ella; el más ligero roce de sus cuerpos al caminar acelera vertiginosamente su corazón. Se detienen junto al Gran Canal y observan las barcas que se mecen sobre el agua esmeralda. Belle mira los colores de los edificios al otro lado del canal. Abarcan todo el espectro de sus emociones en ese momento que comparte con el hombre de sus sueños: el rojo de la pasión de ella, el crema de la naturalidad de él, el siena tostado de la espontaneidad de ella, el melocotón de la ternura que desea compartir, e incluso el verde claro de la melancolía que ensombrece el destino de ambos.

—¿Qué quiere hacer ahora Belle *el Pajarillo*? —pregunta

Santos, llevándose las manos a los bolsillos y bajando la mirada hacia ella. Belle tiene la sensación de que es él quien le pone las palabras en la cabeza, como si la hubiera hechizado.

—Me gustaría llevarte a casa conmigo —dice, sin atreverse a mirarlo.

—Oh —dice Santos, girando la cara de Belle hacia él y acariciando su mejilla con un dedo cada vez más suavemente hasta posarlo en sus labios—. Creo que hoy no, mi dulce pajarillo. Ya tengo un compromiso, pero sé que volveremos a vernos.

Belle intenta disimular su decepción por aquel rechazo. A su pesar y para su vergüenza, sus ojos vuelven a inundarse de lágrimas. Santos le levanta el mentón.

—No estés triste, querida Belle. Ten paciencia. No quieras volar tan alto tan pronto.

Santos retira el dedo de sus labios, se agacha un poco y la besa con ternura. Ella le devuelve el beso ávidamente, esperando que cambie de opinión, pero a los pocos segundos Santos se aparta de ella, dándole unas palmaditas en el hombro.

—Ya te encontraré, Belle —dice antes de marcharse—. Confía en mí.

Ella se queda mirando mientras él se aleja por la Piazza San Marco. ¿Cómo puede sentirse tan decepcionada por su rechazo? ¿Por qué le importa tanto, si apenas acaba de conocerlo?

«Te ha insultado, Louise. Te ha dicho presuntuosamente que estás atrapada. Y te ha hecho recordar tu pasado en Polonia. Es un depredador a la caza de mujeres casadas vulnerables. Es un hombre malo.»

Pero en cuanto da media vuelta para dirigirse a su casa, Louise sabe que eso no es cierto. Le ha asegurado que la encontraría. Le ha pedido que confíe en él y, aunque sea una locura, ella no siente ningún recelo. Su intuición le dice que no tiene de qué preocuparse. Una pequeña semilla de esperanza plantada en su corazón, cuyas raíces penetran en lo más profundo de su alma y le proporcionan resistencia e indiferencia cuando su marido saca la correa porque llega tarde.

Esa noche es otra mujer. Participa en las conversaciones intrascendentes de sus invitadas, aunque ni siquiera escucha sus palabras; simplemente deja que las tonterías fluyan de su boca y nadie parece darse cuenta. Participa en la cena, que a juzgar por los comentarios de los invitados es deliciosa, pero ella no la saborea, ni siquiera se da cuenta de qué platos le sirven. Se ha puesto un vestido formal y apenas siente el escozor de su trasero enrojecido cuando se sienta a la mesa. Mantiene en todo momento el pañuelo de Santos, aún húmedo, apretujado dentro del puño cerrado. Y más tarde, cuando su marido efectúa el habitual procedimiento con ella, ni se entera ni le importa si él eyacula ni cuándo. Cuando él ya se ha dormido, Louise abre la mano y estira el pañuelo de Santos como si fuera un nenúfar que florece en el pozo de su deseo. Se lleva el pañuelo a la cara e inspira, cerrando los ojos y recordando las facciones de Santos.

«Me ha hablado en polaco.»

Así es como se ha ganado su corazón. Belle es una mujer enamorada y todo a su alrededor se desmorona y muere. Toda su vida como la *signora* Louise Brzezinska ha sido una terrible pesadilla de la que ahora está despertando. Se ha transformado en Belle, y solo espera que Santos venga a buscarla.

Valentina

—Hoy sí que vienes de vampiresa, guapa —le dice Marco a Valentina cuando esta se reúne con sus amigos en el bar Magenta.

Gaby la mira de arriba abajo, con una sonrisa de admiración.

—Vaya, estás fabulosa, Valentina. No te había visto tan arreglada desde hacía tiempo.

—Sí, al menos desde que Theo se mudó a vivir contigo —interviene Antonella.

Valentina piensa en ello. No ha cambiado conscientemente su manera de vestir, aunque Antonella tiene razón. Antes de conocer a Theo se arreglaba mucho más. Nunca le ha interesado parecer una mujer fatal ni explosiva. Para empezar, su físico no da la talla. Sus pechos son demasiado pequeños, y la idea de hacerse algo para cambiarlos le molesta sobremanera. Le da mucha pena ver a esas modelos delgaduchas con tetas falsas. A los ojos de Valentina parecen muñecas Barbie, como una broma, totalmente desproporcionadas. Y los pechos falsos tampoco son tan agradables de tocar. Al menos eso le dijo Theo.

A veces, sin embargo, a Valentina le gusta ponerse lo que ella llama un disfraz sexy para crear otro personaje. Y esa noche, en vista de que tiene que visitar el Infierno de Terciopelo de Leonardo, siente la necesidad de ponerse un poco más matadora de lo habitual. Por eso ha desenterrado un modelo de su madre de los años sesenta que le sienta de maravilla, un mono negro de nailon de una sola pieza, con los pantalones muy cortos y cremallera delante. Se ha puesto unas botas negras hasta el muslo y un cinturón blanco para que contraste vivamente con el negro.

—A veces eres contradictoria, Valentina —dice Marco mientras ella se sienta a su lado en el banco de madera—. Tan tímida y no obstante tan pasada de vueltas... todo a la vez. —Marco menea el dedo hacia ella y sus ojos resplandecen juguetonamente.

—Me gusta mantener un poco de misterio —responde ella, con cara inexpresiva.

Marco la besa en la mejilla.

—Eres una mujer maravillosa, Valentina. Si mis inclinaciones no fueran las que son... casi podrías excitarme, ¿sabes?

—Jo, gracias, Marco, es uno de los mayores halagos que me has hecho en toda tu vida. —Valentina besa a Marco ligeramente en los labios. Se siente mucho mejor cuando está en su compañía. Nadie la entiende como Marco, ya que se parecen mucho. Ambos se muestran un poco pedantes con eso de vivir la vida como ellos quieren, sin censuras ni prejuicios. Ambos son espíritus libres. Valentina sospecha que fue Marco quien más se sorprendió (aparte de su madre, claro está) cuando Theo se mudó a vivir con ella. Se le veía en la cara, aunque al contrario que Gaby y Antonella él no cuestionó su decisión, ni le preguntó por qué. Se limitó a aceptarlo. Su presencia siempre logra que Valentina se sienta relajada y segura, como si nada de lo que ella pueda decir o hacer pudiera romper la amistad que se profesan.

—Pues yo creo que eres incluso más misteriosa que tu famosa madre —dice Gaby con una sonrisa maliciosa. Gaby conoce todos sus secretos, piensa con tristeza Valentina mientras su amiga se levanta de su asiento y se dirige a la barra.

Antonella se inclina sobre la mesa, estrecha con fuerza las manos de Valentina y la hipnotiza con sus pestañas postizas y su grueso trazo de lápiz de ojos.

—¿Y qué? ¿Adónde vas esta noche, tan elegante? ¿Hay alguna fiesta en alguna parte? ¿Puedo venir?

Valentina se zafa del apretón de manos de su amiga y toma un sorbo de *negroni*.

—No, no hay ninguna fiesta y no puedes venir conmigo porque es un secreto —dice con la mayor frescura, paladeando el agridulce combinado de vermú rojo, bíter y Campari.

Antonella se enfurruña, cruzando los brazos de forma que sus generosos senos amenazan con desbordar el escote. Valentina no puede dejar de preguntarse qué tipo de sala elegiría Antonella: ¿la Atlántida, el Infierno o el Cuarto Oscuro? Conociéndola, probablemente no renunciaría a ninguna y las iría visitando en distintas ocasiones.

—Venga, Valentina, a nosotras puedes contárnoslo, somos tus amigas —le ruega, poniendo ojitos de bambi.

Valentina niega con la cabeza.

—Oh, vamos, Valentina. ¡Pero qué antipática eres!

—Tú ni caso —dice Marco sacando la oliva de su Martini y mordisqueándola—. Está de mal humor desde que su español se volvió a su país.

Marco se vuelve hacia Antonella, que finge estar enfurruñada.

—¿Es que aún no conoces a nuestra querida Valentina? Por eso es tan buena amiga. Sabe ser discreta cuando las circunstancias lo requieren, no como otras.

—¡Oye, que yo no sabía que lo de tu nuevo hombre fuera un secreto! —se defiende Antonella—. ¿Cómo iba yo a saber que todavía no había salido del armario? Saltaba a la vista que no le gustan las mujeres.

Marco pone los ojos en blanco.

—¡Eso para ti, que eres una ninfómana!

—¿Quién es ninfómana? —pregunta Gaby, que regresa a la mesa con varios platitos de *antipasta* en equilibrio entre sus manos y sus brazos.

—¡Antonella, por supuesto! —exclama Marco, justo antes de que Antonella le dé un empujón desde el otro lado de la mesa—. ¡Eh, cuidado con mi bebida!

—Ah, bueno. Menuda novedad —dice Gaby poniéndose cómoda mientras todos atacan la comida.

—¡Muchísimas gracias! —salta Antonella, masticando malhumoradamente un pimiento asado, aunque sus ojos sonríen y Valentina sabe que no está ofendida ni mucho menos.

—¿Y Theo? —pregunta Gaby de repente, con expresión expectante y una patata frita atrapada entre sus uñas esmaltadas.

Valentina se encoge de hombros, tratando de parecer despreocupada.

—Fuera.

—¿Dónde?

—No tengo ni idea —responde antes de acercarse la copa a los labios. En ese momento pilla a Gaby y Antonella cruzando una mirada, como si supieran algo que ella ignora. Aunque, por supuesto, no saben nada. Son sus amigas. Si supieran algo se lo dirían, ¿no?

—Escribiendo la crítica de otra exposición, imagino —dice Marco amablemente, dándole a Valentina un apretón en la rodilla—. ¡Vaya pinta de fulana que llevas hoy, Valentina! —añade—. ¡Theo se lo pierde!

Esta vez Valentina va en bicicleta al club de Leonardo. Decir que llama la atención es poco, con semejante modelito y en bici, pero no le importa; no quiere volver a gastarse un dineral en taxis. Se abre paso a través del tráfico con el recuerdo de aquel cruce de miradas entre Gaby y Antonella dándole vueltas en la cabeza. De hecho, no tienen ningún derecho a imaginar cosas que no saben. Antonella está peor que nunca, totalmente desbocada. Valentina no le ha conocido ninguna relación que durase más de tres semanas. Gaby, por su parte, está teniendo una aventura de las que rompen corazones con un hombre casado. A estas alturas ya tendrían que conocer a Valentina. Es una mujer que se enorgullece de su independencia. Y sin embargo, arde de curiosidad. Por algún motivo, esta vez no puede dejar de preguntarse dónde está Theo.

Tal vez sea una especie de agente secreto, cavila. No, qué idea tan ridícula: ¿qué agente secreto escribe sobre arte moderno y dedica los sábados a examinar al detalle los objetos que se exponen en las tiendas de antigüedades del canal Navigli? ¿Y si se dedica a algún tipo de estafa? Esta hipótesis le parece aún más estúpida. Theo es la única persona que conoce que paga el tique del aparcamiento religiosamente. Se le ocurre otra posibilidad. Valentina recuerda la historia que le contó una modelo brasileña mientras esperaban sin hacer nada a que pasara una tormenta que había obligado a suspender una sesión fotográfica en Cuba. Por lo visto el padre de la modelo tenía dos familias, algo que su madre y ella no descubrieron hasta el día de su funeral, cuando su otra esposa e hijos se presentaron a dar el pésame. ¿Y si Theo llevaba una doble vida? Tal vez tenía una mujer e hijos escondidos en alguna parte. Valentina se pone enferma solo de pensarlo. Ella no es posesiva. Podría incluso sobrellevar que él tuviera otra novia. Pero hijos... Le disgusta especialmente la idea de Theo teniendo un bebé con alguna otra mujer. ¿Por qué le ocurre eso? Mientras frena en el semáforo de Via Carducci y un tranvía pasa traqueteando a su lado, Valentina piensa que su rechazo ante semejante idea se debe a que le recuerda a Francesco y su mujer. Y su bebé, ahora ya un niño, que siempre tendría prioridad sobre su aventura con ella. Cuando cambia el semáforo, sale a toda velocidad por la calle mojada, un poco alterada. Eso fue hace casi diez años y el recuerdo todavía le duele.

Cuando llega, es Leonardo, y no Raquel, quien le abre la puerta. Valentina se alegra de verlo, aunque no sabe muy bien por qué.

—Buenas noches —la saluda—. Estás muy guapa.

—Tú también —responde ella educadamente.

Esa noche Leonardo viste más informal, con una camisa verde bosque que resalta el color avellana de sus ojos castaños, y unos tejanos azules ceñidos, con la cintura provocativamente baja. Valentina vuelve a sentir su aroma de Armani flotando a lo largo del pasillo.

—¿Qué, cómo te salieron las fotos de anoche? —pregunta Leonardo.

—Bien —dice ella, sin mirarlo a la cara—. Aunque no las he traído.

El resultado de la sesión de anoche es espectacular, piensa Valentina: una serie de fotografías muy eróticas y a la vez de una gran belleza. La iluminación de la sala era perfecta. Resultaba ideal que los reflejos de la luz en la pared azul crearan vetas de color en la piel de las chicas, como si estuvieran realmente debajo del agua, como daba a entender el nombre de la sala. Al pensar en todo ello no puede evitar recordar su sueño. Las últimas imágenes corresponden a la serie en que las dos chicas estaban atadas con la bufanda de encaje, como una foto antigua de almas lésbicas gemelas. Después de aquello ya no hubo más fotos. Después de aquello, Valentina ya no está segura de lo que sucedió...

—Bueno, déjame que te explique a quién vas a fotografiar esta noche. —Leonardo la escudriña con unos ojos cada vez más oscuros. ¿Acaso lo sabe? ¿Se lo habrán contado las chicas?

—Muy bien —dice Valentina, que asiente con la cabeza, sintiéndose inusualmente avergonzada mientras juguetea con la correa de la bolsa de su cámara.

—Tenemos a una pareja de amigos míos, Nicky y Anna. Es un escenario de dominación. Anna es la dominatriz.

Bajan juntos las escaleras y Leonardo se detiene ante la puerta de cuero del Infierno de Terciopelo.

—He pensado que sería mejor que fueran empezando, para que estén metidos en sus personajes. Tú entra sin hacer ruido y fotografíalos. Ellos ya saben que vienes, pero se sienten más cómodos si no interfieres.

—Ah, bueno... —¿Sabe lo de su «interferencia» con Rosa y Celia, entonces? ¿Ha infringido algún tipo de norma?

—Una vez que te hayas iniciado en las posibilidades evidentes de este tipo de escenas, por supuesto podrás crear tu propio escenario... ¿Tal vez la próxima vez?

Leonardo la observa y su profunda mirada oscura la penetra nuevamente.

—Veo por tu vestuario que tienes cierto talento para el teatro.

Sus ojos la recorren de arriba abajo, y Valentina no puede evitar imaginárselo desabrochando la cremallera de su vestido y bajándole el mono de pantalón corto. Aunque consigue refrenar sus emociones de modo que no alteren su rostro, Valentina nota que se le endurecen los pezones —y por la sonrisa de su cara él también se ha fijado—, marcándose en el fino tejido de nailon. Leonardo se detiene un segundo, el tiempo justo para que Valentina se imagine qué podría pasar entre ellos, antes de volverse y abrir la puerta una rendija para mirar al interior de la sala. Luego se vuelve y se lleva el dedo índice a los labios, indicándole a Valentina que entre. Ella pasa arrimándose a su lado y no puede evitar reparar en sus fuertes muslos cuando los roza con las piernas desnudas.

—No temas, Valentina —le susurra—. Aquí nadie entra a por tortura extrema.

Valentina duda. ¿Cuál es la diferencia entre tortura normal y tortura extrema? ¿Qué va a presenciar en esa sala? ¿Le dará miedo? ¿Le repugnará? O, casi peor, ¿se sentirá excitada cuando lo vea? Ya es demasiado tarde para flaquear. Leonardo la insta a entrar. Tendrá que arreglárselas con lo que haya ahí dentro.

El Infierno de Terciopelo le parece más grande que cuando se lo mostró su anfitrión. También está más oscuro. La mayoría de las luces están atenuadas. La sala se encuentra llena de sombras de color de sangre oscura. Valentina espera a que sus ojos se adapten a la oscuridad y comprueba la configuración de su cámara, casi con miedo a mirar más allá, hacia las dos siluetas del fondo de la sala. De repente se enciende un foco e ilumina la cruz de madera que había visto la otra vez. Valentina ve a un hombre desnudo atado a la cruz con correas, con el rostro oculto bajo una máscara que deja solo una pequeña abertura para la boca. Delante de él, dándole la espalda, hay una mujer muy alta ataviada con un traje de dominatriz increíble. Está desnuda de cintura para abajo, excepto por una especie de tobillera de armadura en una pierna. Luce una coraza que le cubre la mitad izquierda del torso y un arnés que le rodea la cintura, pasa por debajo de la entrepierna y sube entre sus nalgas desnudas hasta la parte inferior de la espalda, donde se une al cinturón en un pequeño óvalo de cuero. Tiene el pelo negro recogido en una cola alta. Parece una especie de reina pirata fetichista del futuro. En la mano lleva un látigo que chasquea súbitamente contra el suelo, estremeciendo tanto a Valentina como al hombre desnudo.

¿Cómo lograr que aquello sea erótico? Para el gusto de Valentina, la escena es más bien cursi. El estereotipo más manido del sadomasoquismo. Pues bien, ahora ella está allí, presenciando a esas dos personas en su fantasía íntima. Hará todo lo posible por crear una obra digna. Pasa disimuladamente por detrás de la mujer, se agacha entre ambos y saca el fotómetro. Para su asombro, Anna la mira directamente. Tiene los pómulos prominentes y los ojos un poco rasgados. Saluda a Valentina con una sonrisa de gato de Cheshire.

—Hola, Valentina —dice.

La joven se queda mirándola fijamente, paralizada por la sorpresa. ¿No había dicho Leonardo que no interfiriera en las actividades de los clientes? Entonces, ¿por qué la saluda Anna?

La dominatriz agita el látigo con maestría haciendo que la punta recorra la piel del hombre, Nicky, rozándola suavemente.

—Tenemos una invitada —le dice Anna con voz glacial—. Ha venido a presenciar tu castigo y tu humillación.

Nicky no responde, pero Valentina se da cuenta de que tiene una erección. Valentina se pregunta si Theo encontraría erótico estar atado por aquella dominatriz.

Anna deja el látigo en el suelo y camina contoneándose hacia Nicky. Lleva algo en la mano, pero Valentina no logra distinguir qué es. Anna se agacha y lame los pezones de Nicky mientras le acaricia el pene. Luego muestra las dos pinzas diminutas que lleva en las manos y las sujeta en los pezones de Nicky, cuya mueca de dolor no pasa desapercibida para Valentina.

—Hoy, Nicky, como tenemos visita, voy a ser muy buena contigo —dice Anna, arrodillándose y frotando el pene de Nicky contra el pecho que lleva desnudo. Luego se mete el pene en la boca y le acaricia los testículos con la otra mano.

Valentina no deja de sacar fotos. Es lo único que evita que huya de aquella habitación. Se siente una *voyeur*. ¿Todo aquello no debería ser algo íntimo? Aunque, por supuesto, Leonardo quería que ella dejara constancia de lo que pasa realmente en su mundo. Y no es tan malo, ¿no? Aunque esté atado, ahora Nicky está recibiendo placer y no dolor. Pero justo mientras lo está pensando, justo cuando oye que la respiración de Nicky se va haciendo más pesada por la expectación, Anna deja de chupar y se aparta de él, frotándose la boca teatralmente.

—Bueno, ya has tenido bastante por ahora —dice, guiñándole un ojo a Valentina—. Recuerda que eres mi esclavo, Nicky, no es cuestión de cambiar los papeles.

Vuelve a coger el látigo y antes de que Valentina tenga tiempo de pensar, lo agita de repente y golpea a Nicky, que emite un grito ahogado. Valentina se sobresalta con desagrado. Anna vuelve a azotar a Nicky, muy cerca del pene. Valentina siente un vahído. ¿Cómo puede disfrutar ese hombre recibiendo semejante trato? Aunque para su sorpresa, Valentina ve que todavía está empalmado. De hecho, oye que jadea.

—Muy bien, acepta tu castigo como un hombre —gruñe la dominatriz.

Anna vuelve a azotar a Nicky y Valentina advierte que sobre su piel aparecen unos verdugones rojos. No, eso no le gusta. Ni pizca. Coge la cámara y se dispone a salir de la habitación. Anna la alcanza, sin embargo, arremetiendo contra ella con el brazo libre y clavándole las uñas en la carne.

—¿Qué te pasa? —pregunta, con un resplandor maligno en la mirada—. ¿Es demasiado fuerte para ti?

—No, es que creo que ya he hecho bastantes fotos... La iluminación no es muy buena.

Anna la mira fijamente y se ríe.

—Comprendo —le dice—. Dime, ¿quién te gustaría ser? ¿Yo o él? —pregunta alegremente señalando a Nicky con la cabeza.

Valentina no responde y trata de zafarse.

—Oh, vaya, pero si llevas la palabra «sumisa» escrita en la cara. No te gusta ver a un hombre así, ¿verdad? Pues mira, guapa, es más jodido cuando la cosa va al revés, ¿no crees?

Valentina huye al pasillo, estrechando la cámara contra su pecho. Se sienta en cuclillas en el suelo, intentando calmarse. Detesta lo que acaba de presenciar. La ha puesto enferma ver a esa mujer maltratando a su pareja. Pero en lo más profundo de sí misma sabe que lo que le ha dicho Anna es cierto. Se lleva las rodillas hacia el pecho y respira hondo. Está justo frente a la puerta del Cuarto Oscuro. La mira fijamente. Ve su reflejo distorsionado en la superficie de metal. Parece una niña pequeña escondiéndose del lobo feroz. «¿Qué pasará ahí dentro?»

—Valentina, ¿te encuentras bien? —Es Leonardo, que está de pie en el último escalón, mirándola con una expresión preocupada.

Valentina se levanta, trata de componerse.

—Sí, no pasa nada. Me he sentido un poco indispuesta. Necesitaba respirar aire fresco.

Valentina sabe que sus mentiras no engañan a nadie, pero para su sorpresa Leonardo no se burla de ella.

—Lo siento —dice compungido—. Tal vez ha sido un poco demasiado para ti.

—Sí —responde ella con sinceridad—. Creo que sí.

Leonardo le tiende la mano.

—Ven, vamos a tomar algo. Te sentará bien.

Valentina deja que la conduzca escaleras arriba hacia su aséptico despacho. Leonardo abre un armario detrás del escritorio y saca una botella de vino tinto y dos copas.

—Tengo aquí una excelente botella de Ripasso —dice diplomáticamente—. Esperaba a la persona ideal para compartirla.

Valentina deja la cámara sobre el escritorio y se sienta en el sofá crema, sintiéndose aún un poco tonta. Agradecida, coge una copa y toma un sorbo. El vino tiene un sabor intenso con un toque a ciruela y ella enseguida se siente un poco mejor. Leonardo rodea la sala, copa de vino en mano, y se sienta al escritorio de cara a ella. Por unos minutos, ninguno de los dos habla.

—Ya tienes mejor aspecto —dice Leonardo finalmente—. Estabas pálida como la cera.

—Gracias por el vino —responde ella, tomando otro sorbo—. Lo siento —añade—. No pensaba que tuviera tan poco aguante.

—Yo no diría eso. Al menos no según Rosa y Celia.

Valentina nota que se ruboriza de vergüenza. ¿Qué ha sido de la discreción? Se pregunta cuál de las dos chicas se habrá ido de la lengua.

Leonardo sonríe, y junto a sus ojos aparecen unas arrugas que acentúan su aire pícaro.

—Celia y yo hace años que somos amigos —dice a modo de explicación, como si le leyera el pensamiento—. ¿Qué te pareció? —añade en un susurro.

Valentina lo mira a los ojos y se le ocurre que no se lo pregunta por lascivia, sino por interés, como si realmente le importara si disfrutó o no.

—Fue divertido —dice, repitiendo sin darse cuenta las palabras del correo de Theo.

Leonardo levanta una ceja como si esperara que dijera algo más.

—Fue muy erótico —añade ella lentamente—. Y me transportó a algún lugar..., dentro de mí misma... —Duda—. Fue desconcertante.

—¿En qué sentido? —pregunta Leonardo, inclinándose hacia delante como si no quisiera perderse una sola palabra.

—Pues que nunca había pensado que pudiera excitarme tanto con mujeres. Me refiero a que no sé si eso significa que ahora soy lesbiana o bisexual.

Leonardo suspira, mirándola fijamente a los ojos.

—Cómo detesto tanta etiqueta. Heterosexual, homosexual, bisexual, asexual, sádico, masoquista... —Mientras va recitando la lista lleva la cuenta con los dedos, y hace una breve pausa—.

Narcisista... —La última palabra se queda flotando groseramente en el aire entre ambos.

Leonardo vuelve a levantarse y se sienta junto a ella en el sofá. Ahora está tan cerca de ella que Valentina repara en el vello oscuro que asoma por el cuello de su camisa verde.

—Creo que es imposible definir la sexualidad de una persona con una etiqueta concreta. Nuestra sexualidad tiene múltiples facetas, que cambian y evolucionan constantemente. Puede ser una fuente de gran alegría y también un lugar donde recrear nuestros temores más profundos.

—¿O sea, que no soy nada, entonces? El haber hecho el amor con dos mujeres —oírse a sí misma decir eso le resulta a Valentina aún más increíble que el propio recuerdo del suceso—, ¿no me cambia?

—Mujer, por supuesto que te cambia. —Leonardo se inclina un poco más sobre la mesa y la mira con expresión seria. Valentina nota su aliento en los labios cuando habla—. A través del sexo podemos llegar a purgarnos. Volvernos nuevos otra vez. El sexo puede ser la comunicación más pura y más inocente entre dos personas, y al mismo tiempo la interacción más tenebrosa y abusiva entre dos seres humanos.

Leonardo vuelve a echarse atrás, agitando el vino en la copa, con los ojos brillantes, de forma que Valentina piensa que parece una especie de profeta idealista, más que el propietario de un club fetichista.

—A fin de cuentas, nuestro principal propósito es aprender acerca de la confianza. Mis clientes acuden a nosotros por los más diversos motivos. Algunos, Valentina, están enamorados de sus esposas, y no obstante vienen aquí a tener relaciones sexuales con desconocidas para poder volver al lecho matrimonial con energías nuevas y liberadas.

—No lo dirás en serio, ¿verdad? —exclama Valentina, enojada—. Eso son bobadas. Simplemente le estás dando a la gente una excusa para engañar a sus parejas.

—¿Cuál es el mejor tipo de relación, Valentina? —pregunta Leonardo ladeando la cabeza—. ¿No es mejor ser honesto con uno mismo y admitir que nadie posee a nadie? Lo que mata el amor no es la infidelidad, sino los celos.

A Valentina se le ocurre que aquellas palabras podría haberlas pronunciado ella misma. Muy en el fondo, está de acuerdo con él. Pero no es menos cierto que detesta la mentira y el engaño.

—Creo que está bien si las dos partes lo aceptan, pero no creo que esté bien si alguien engaña a la otra persona a sus espaldas.

—Por supuesto que no, Valentina. Yo también creo en la sinceridad.

Leonardo vuelve a levantarse para llenar las copas de vino.

—Bueno —dice lentamente—, volviendo a lo de esta noche. ¿Has podido sacar fotos de Anna y Nicky?

Valentina niega con la cabeza con aire compungido.

—Solo un par..., pero es que todo aquello me parecía... —Valentina se esfuerza por encontrar la palabra adecuada. No quiere ser moralista—. No lo veía sugerente... No le he podido encontrar el erotismo a la escena.

—Es evidente que no eres una dominatriz. Y perdona por la etiqueta —añade sonriente, y Valentina se relaja un poco. No le va a pedir que vuelva a entrar en el Infierno de Terciopelo. Gracias a Dios—. De lo contrario te habría parecido de lo más excitante lo que estaba haciendo Anna.

—Me temo que no me lo ha parecido, en absoluto. Me resulta difícil crear una imagen erótica cuando...

—El material no te parece atractivo —la interrumpe él, con aire meditabundo—. Lo comprendo perfectamente.

Leonardo recorre con la yema del dedo índice el borde de su copa de vino. Valentina no puede evitar fijarse en aquel dedo largo y elegante y preguntarse qué sensación le causaría en la piel. ¿Qué ideas son esas? Se trata de una relación puramente profesional. ¿Es eso lo que le está haciendo la ausencia de Theo? ¿Volverla loca de frustración?

—Tal vez debería explicarte lo que es realmente el sadomasoquismo. ¿Crees que te ayudaría?

Valentina asiente con la cabeza, intentando desterrar los

pensamientos lujuriosos de su mente, cosa difícil teniendo en cuenta el tema de que estaban hablando.

—El hecho de ser la parte dominadora no es tan desagradable como tal vez imagines. Creo firmemente que si los dominantes no encontrásemos una salida para nuestros instintos naturales en esta sociedad represiva, algunos podríamos volvernos agresivos y maltratadores en nuestras vidas cotidianas. —Hace una pausa y la mira intensamente. Valentina no puede evitar imaginarse a Leonardo el dominante, enfadado, rasgándose la camisa, devorándola allí mismo en el sofá crema... Se ruboriza al pensarlo y baja la mirada hacia la copa de vino—. Es casi como una forma de terapia, Valentina. Y es muy honesto y valiente admitir estos instintos.

Valentina toma un sorbo de vino y levanta la mirada para cruzarla con la de Leonardo.

—¿Y qué me dices de los sumisos? ¿No es una emoción destructiva, especialmente para las mujeres? —Valentina baja los ojos y lo mira por debajo de las pestañas. ¿Por qué diablos se ha puesto ese modelo tan provocativo? La hace sentir muy sexy, tal vez demasiado.

—En absoluto. Muchas mujeres quieren ser sumisas porque en realidad eso apela a su vanidad. Son el centro de atención. Es bastante egocéntrico, en realidad. —Leonardo habla apasionadamente. Sobre este tema sabe mucho, piensa Valentina. La idea le resulta atractiva. Que él sea una especie de profesor de sexo—. Cuando tu dominador te hace cosas, es como una purificación —continúa. Ella levanta la cabeza y lo mira sorprendida—. Ser sumiso tiene que ver con la confianza. Una mujer sumisa a menudo accede a una parte oculta y secreta de sí misma.

Valentina arquea las cejas con escepticismo, pero decide permanecer en silencio.

—¿A ti qué te atrae, Valentina? ¿Dominar o ser sumisa?

Ella lo mira directamente a los ojos.

—Ninguna de las dos cosas.

—Anda, vamos, Valentina. Yo he sido honesto contigo. Estamos hablando de elegir. No de que se te obligue a hacer algo, sino de elegir que te hagan cosas, o elegir hacérselas a otra persona con su consentimiento.

Valentina toma otro sorbo de vino tinto. La primera copa ya le ha afectado, y tal vez por eso abandona toda precaución y decide responder sinceramente a Leonardo.

—Supongo que elegiría la sumisión —dice evitando sus ojos.

Leonardo permanece en silencio unos segundos.

—Veamos —dice finalmente, y Valentina nota que su voz ha caído una octava—. A mí me gusta dominar. Si tuvieras que sacarme fotos a mí con, pongamos, Celia, creo que te parecería muy erótico.

Valentina no está segura de si aquello es una pregunta o una afirmación. Levanta la vista hacia él, que la observa con ojos de obsidiana, sin rastro alguno ya de su tono castaño habitual. Valentina siente el corazón en un puño. Aunque preferiría mil veces que fuera Theo quien estuviera allí sentado sugiriendo aquellas cosas, no puede evitar sentirse increíblemente atraída hacia Leonardo. Hay una parte de ella que anhela que aquel hombre la toque. Le recuerda a Theo, con su gracia sexual natural, y sin embargo es diferente. Leonardo no quiere que sea su novia, no quiere poseer ni una pizca de ella, y no obstante Valentina puede asegurar por el modo en que la mira que desea acostarse con ella. Si acabase haciendo algo, piensa Valentina, en ese mismo momento en el sofá crema (si le dejase que la desnudara y la follase; si le dejase tener sexo con ella), ¿se lo contaría a Theo? Sí, por supuesto que se lo contaría; le diría que ha comprobado definitivamente que ella no tiene madera para las relaciones estables.

—Deja que lo piense —dice, intentando sonar profesional, indiferente, aunque notando al mismo tiempo cómo se le acelera el pulso. Celia la sumisa y Leonardo el dominador, juntos en el Infierno de Terciopelo. ¿Y ella dónde encajaría? ¿Como testigo de su escenificación... o como participante?

Es un alivio volver a estar al aire libre, pedaleando por las calles nocturnas de Milán, escuchando a Lou Reed en el iPod. Una parte de ella desearía no haber aceptado aquel trabajo. ¿La superaba? Pero a otra parte de ella, la experiencia le estaba resultando reveladora. Sus fantasías nocturnas ahora tienen la posibilidad de hacerse realidad.

Valentina escucha a Lou Reed, que la anima a caminar por el lado salvaje.

¿Y qué pasa con Theo? Si acaba sacándoles fotos a Leonardo y Celia juntos, ¿la juzgará por ello? Porque en el fondo, Valentina está segura de que no se limitará a fotografiar.

Ya es bastante después de medianoche cuando llega a casa. Valentina empuja la bicicleta hacia el patio del bloque de apartamentos. No se percata de la silueta apoyada en la puerta principal hasta que saca las llaves.

—¿*Signorina* Rosselli?

Valentina se sobresalta y pasa inmediatamente al ataque, colocándose las llaves entre los dedos dispuesta para golpear.

—¿Quién es?

El hombre sale de la penumbra y las luces de la calle iluminan su rostro. Aparenta cuarenta y muchos, con el pelo espeso de rizos canosos y cara de cansado. Es el mismo hombre que la vio marcharse en taxi el otro día.

—Perdone que la haya asustado —dice—. Soy el inspector Garelli —se presenta, mostrando su placa—. Ya sé que es muy tarde, *signorina* Rosselli, pero tengo que hacerle un par de preguntas sobre su compañero, el *signor* Theo Steen.

—¿Algo va mal?

—No, no... es simple rutina —dice el inspector—. ¿Puedo entrar?

Valentina no se lo piensa dos veces. De ningún modo va a permitir que ese prepotente inspector de policía entre en su apartamento a esas horas de la noche.

—No, es demasiado tarde. Estoy cansada. Llámeme mañana

—dice sin importarle si está siendo grosera. Algo le dice que no debe dejar entrar a aquel hombre en su casa.

—Ah, bueno —replica él, sorprendido, aunque acepta lo que le dice. Por tanto no tiene una orden judicial—. Solo quiero preguntarle dónde está el *signor* Steen.

—No tengo ni idea —responde Valentina bruscamente.

—Por supuesto que la tiene, *signorina* Rosselli. ¿Qué novio se iría sin decirle a su novia adónde va?

—No es mi «novio», inspector Garelli —gruñe Valentina antes de entrar como un vendaval en su apartamento y cerrarle la puerta en las narices.

Una vez dentro, se apoya en la puerta para recobrar el aliento. El inspector Garelli la ha sacado de sus casillas. Se siente tensa de frustración. Maldito Theo. No quiere que la empujen a meterse en su vida privada. No quiere tener que preocuparse. Valentina conecta el iPod a los altavoces y pone Lou Reed a todo volumen. Y baila. Ahora es Celia, la sumisa. Y al minuto siguiente es Anna, la dominatriz. Valentina se siente enamorada. Y acto seguido rechaza ese sentimiento y se revuelve en contra del amor. Ardiente como el hielo y gélida como el fuego.

Belle

Belle espera un día, dos días, tres, una semana. Pero su marinero no viene a buscarla. Pasa todo el tiempo que puede en su apartamento, sentada en el minúsculo balcón que da al estrecho canal que corre por debajo. Un silbido, un remo que salpica en el agua, una gorra de marinero le aceleran el corazón, pero nunca es él. Santos Devine ha desaparecido en los tortuosos canales de Venecia, obviamente preocupado por el comercio de la seda o cualquier otra aventura en la que esté ocupado y que le resulte más interesante, más tentadora que ella. Hace lo posible por no darle importancia, por olvidarlo. Pero es imposible. Todas las noches, mientras se duerme, ve su cara de pillo. Sabe que no le conviene. No es considerado como el doctor, ni tiene un gran corazón como Ígor, ni es amable como el *signor* R. Sabe que para Santos Devine probablemente ella solo sea una chica bonita más en otro puerto más. No obstante, Belle tiene la esperanza de que vea algo en ella que haya buscado toda la vida, como ella lo ve en él.

Trata de distraerse con sus clientes, pero no es lo mismo. Considera ir otra vez al Ponte di Rialto por la noche y recoger a un desconocido, tal vez dos, como la vez que estuvo con el capitán escocés y su primer oficial caribeño. Sin embargo, cuando sale solo busca el rostro de Santos entre los hombres que encuentra, y cuando acaba llevándose a cualquier otro, el final nunca es satisfactorio. Se queda incluso más frustrada que antes, volviendo a casa agotada a altas horas y soportando de nuevo la ira de su marido. Él la acusa de que no puede controlarla, y es cierto. Hasta ahora siempre esperaba a que él se marchara para emprender sus aventuras secretas, pero últimamente él no viaja tanto y ella tiene que salir. Él la amenaza, le dice que la encerrará. Ella le responde a gritos que no puede enjaularla como a un pájaro. Mientras él la azota, su criada, Pina, se queda a un lado, temblando horrorizada.

Ese día ha vuelto a enfadar a su marido. Se ha arriesgado a salir hasta la mañana, confiando en que a medianoche él ya habría caído en un estupor inducido por el whisky. Mientras cruza el rellano con los zapatos en la mano, el señor Brzezinski sube las escaleras tras ella, embistiendo como un toro enfurecido. Al parecer la ha esperado toda la noche sin acostarse, porque todavía lleva la chaqueta de la cena y va sin afeitar. Belle intenta protegerse cuando él levanta la mano y le propina un bofetón que la hace caer al suelo. Belle grita de dolor. Logra volver a levantarse, pero él arremete de nuevo, y esta vez le pega un puñetazo en el pecho que le corta la respiración. Ella se tambalea atrás y cae otra vez. Él no dice nada, se limita a escupirle con asco antes de entrar hecho una furia en su dormitorio.

Belle se levanta con dificultad y entra a trompicones en su habitación. Tiene los ojos llenos de lágrimas, pero son de frustración más que de dolor. Y sin embargo se siente aliviada de que no haya sido peor esta vez. Hay un suave golpeo en la puerta y entra la joven criada. ¿Qué hace esa chiquilla levantada a esas horas? Pina está totalmente vestida, aunque todavía no se ha recogido el cabello y tiene los ojos soñolientos. Cuando ve a su señora, también se le llenan de lágrimas.

—Oh, señora, por favor —gime Pina, como si fuera ella quien hubiera recibido los golpes—. No le haga enfadar así, por favor.

—No puede tenerme prisionera, Pina. Moriré si no puedo salir. ¡Sé que moriré!

Pina la hace sentarse y le arregla los cabellos para disimular el moratón que empieza a asomar en la frente. Más tarde esa mañana, mientras el señor Brzezinski está ocupado con papeleo, le suplica a Louise que no salga de casa.

—Dile que he ido a visitar a la condesa —le ordena Louise.

—Sabrá que no es verdad. No vaya, señora, por favor.

Louise le da la mano a la chica, una mano pequeña como la de una niña.

—Tengo que salir, Pina. Es mi única esperanza.

Y Belle rebosa de esperanza en el camino hacia su apartamento. La esperanza de ver a Santos Devine apoyado en la pared junto a su puerta, esperándola. Sin embargo todos los días se lleva una desilusión, y paga el precio de su desobediencia al llegar a casa: su pálida piel cubierta de moratones bajo el camisón.

Hoy el doctor está con ella. Belle intenta ponerse en situación, pero cuando él abre el maletín y le muestra su instrumental, ya no se siente asustada ni excitada. De hecho hoy quiere que le haga daño, mucho daño con uno de esos objetos afilados. Tal vez eso atenuará el dolor que le consume el corazón desde que conoció a Santos.

—Bueno, Belle —empieza el doctor amablemente—. Creo que no te has encontrado bien últimamente.

—No, no muy bien, doctor —responde ella sin emoción.

—Pues haré que te sientas mejor. Date la vuelta, por favor.

En vez de girarse de espaldas a él para que pueda vendarle los ojos y atarla a la cama, Belle se levanta del colchón. Deja caer la camisa de seda de modo que queda desnuda excepto por las medias. Se siente abierta y despreocupada, capaz de recorrer las calles de Venecia completamente desnuda sin importarle quién la viera ni qué le hicieran. Se acerca al doctor, que se queda sin habla al ver su cuerpo amoratado. Imagina que nunca la ha visto tan mal. El doctor empalidece y parece incluso más triste de lo habitual. Belle se agacha para coger el maletín de su cliente. Él la mira, pasmado, incapaz de hablar. Belle ha roto el hechizo de su juego. Ella deja el maletín sobre la cama y hurga en su interior. Saca unas tijeras de punta curva y se las entrega.

—Doctor, por favor, necesito que me haga sentir mejor —dice, mirándolo a los ojos con una intensidad feroz.

El doctor pestañea perplejo detrás de sus gafas, abrumado por la fuerza de aquella mirada. Finalmente recupera la compostura y asume nuevamente su personaje.

—Sí, Belle, yo te proporcionaré alivio —le dice, mirando las tijeras que tiene en sus manos.

Belle se venda los ojos ella misma y se echa en la cama a esperarlo. Anhela sentir el tacto de aquel instrumento afilado en su piel.

—Por favor —suplica—. Haga que se vaya el dolor.

Belle nota que el doctor se inclina sobre ella.

—Belle, ¿qué te pasa? —le pregunta, y sus palabras suenan un poco distintas, menos firmes.

—Doctor, córteme el corazón —responde con voz quebrada.

Belle espera la sensación del metal rasgando su piel, de la sangre derramándose fuera de su cuerpo, y la liberación que con ello ansía obtener. En vez de eso, el doctor le quita la venda de los ojos y se sienta en la cama junto a ella, sin las tijeras ya en la mano.

—Querida Belle, ¿qué te atormenta? —pregunta, acariciándole los cabellos muy dulcemente.

—Oh, doctor —estalla—. Estoy enamorada.

Belle rompe a llorar, enterrando la cabeza en el pecho desnudo del doctor, que la abraza y le da golpecitos en la espalda hasta que los sollozos remiten. Belle se aparta de él y mira sus ojos grises como las nubes, tan parecidos a los de su difunto padre.

—Por favor, ¿qué puedo hacer?

—Ah, mi pobre y dulce Belle. Lamento decirte que no tengo ninguna cura para el amor.

—Se lo ruego, doctor, dígame qué debo hacer —ruega, agarrándose a él—. Estoy enamorada pero él no viene. Le he esperado un día tras otro. —Belle aprieta las manos—. Ya no lo soporto más. Me tiraré al canal. No puedo volver otra vez a casa sin verlo...

—Calma, calma, Belle —dice el doctor pausadamente, acariciando su espalda—. Tranquilízate, preciosa. No todo está perdido.

Ella lo mira esperanzada.

—La única medicina que conozco para el amor es el propio amor. ¿Por qué no sales a buscar a ese hombre? ¡Tú eres Belle, la famosa cortesana de Venecia! ¡No puedes permitir que te venza el amor! —El doctor palmea orgulloso el trasero desnudo de Belle—. Estoy seguro de que podrás seducir a ese hombre, sobre todo si lo amas.

—Pero ¿dónde lo encontraré?

—Busca y hallarás, querida. Venecia no es tan grande.

Belle se siente tan agradecida por sus palabras de ánimo que se seca los ojos y lo abraza. Ambos están desnudos, y sin embargo es un abrazo de amistad.

—Lo siento, doctor —dice humildemente, mirando al suelo—. He sido egoísta y hoy le he hecho perder el tiempo. ¿Quiere que volvamos a empezar?

—No, querida Belle. Ya es hora de que me vaya. —El doctor le da una palmadita en la cabeza y le besa la coronilla tiernamente—. Significas mucho para mí, ¿sabes?

Se levanta, coge su camisa bien doblada del montón de ropa que ha dejado sobre la silla y comienza a vestirse.

—Eres una mujer que hay que guardar como un tesoro. Me duele ver lo mal que te trata tu marido.

Belle baja la mirada hacia su cuerpo e inspecciona los moratones de sus muslos.

—Lo desafié, me lo merecí.

—Ninguna esposa merece que la maltraten —dice el doctor muy seriamente, levantando la barbilla de Belle y mirándola a los ojos.

Ella desvía la mirada, azorada. Porque la avergüenza inspirar la compasión del doctor. ¿Por qué no puede tener más tacto con su marido y evitar las confrontaciones violentas? Belle cree que es una mujer que nunca debería haberse casado. Desearía haberse criado en América, en una familia moderna y de espíritu libre. Le habría gustado ser bailarina, tal vez actriz en aquellas películas que tanto adora. Ay, ojalá pudiera haber bailado el charlestón, soltarse la melena y divertirse. Su educación en Varsovia no podría haber sido más diferente. No había alegría. Y cuando se desató la guerra, con ella llegó también muerte.

Cuando el doctor ya se ha ido, Belle se sienta unos minutos en la cama a pensar. Su cliente tiene razón. Tiene que encontrar a Santos. ¿Es una prueba que le ha puesto? No lo sabe con certeza. Él le dijo que la liberaría, pero, ¿tiene que demostrarle antes ella un poco de fe? Ha esperado aquel momento demasiado tiempo para dejar que se le escurra entre los dedos. No puede permitir que Santos zarpe. Abre bruscamente el armario y saca su disfraz de marinero. Ha llegado el momento de volver a convertirse en chico y encontrar al hombre que le ha robado el corazón.

Valentina

Valentina observa con la cámara en las manos, casi como si se escudara en ella, y sin embargo no está sacando fotos. Celia yace boca arriba en la cama con dosel del Infierno de Terciopelo, con los brazos por encima de la cabeza y atados al cabezal, y con los ojos cerrados de éxtasis mientras Leonardo se inclina sobre ella como un león, lamiéndola y acariciándola. Valentina levanta la cámara hacia su cara y trata de concentrarse para lograr una buena imagen, pero no lo consigue. No está segura de qué es lo que más la excita, si Celia en su abandono desenfrenado o Leonardo dándole placer. La joven alcanza el orgasmo y Leonardo se sienta en cuclillas, acariciándola dulcemente antes de desatarla. Celia se incorpora y sonríe mirando a Valentina como un niño con zapatos nuevos.

Leonardo se vuelve para mirarla también.

—¿Has visto lo bien que la cuido cuando me obedece? —le dice a Valentina con un destello provocativo en sus cálidos ojos castaños.

Ella se siente ruborizada en lo más profundo de su ser. En cierto modo, ver a Leonardo en aquel escenario en vez de a un perfecto desconocido la hace sentir más cohibida. Su cuerpo es diferente del de Theo. No es tan delgado ni tan alto, y no obstante es todo músculo compacto y potencia masculina.

—¿Por qué no dejas esa estúpida cámara antigua y te unes a nosotros? —pregunta Celia estirando sus piernas de porcelana delante de ella. Parece inmaculada, piensa Valentina, tan pura y fresca como un lirio. Cómo le gustaría volver a olerla, sentir la caricia de sus labios increíblemente suaves sobre su piel.

Leonardo inclina la cabeza a un lado y sonríe.

—Vamos, Valentina. —Leonardo le ofrece la mano—. No tengas miedo. Considéralo un regalo.

Al oír la palabra, se acuerda del regalo de Theo. Aquellas fotografías eróticas de hacía tantísimos años. Los humanos siempre han hecho estas cosas, razona, deleitarse en la poesía física del erotismo. ¿Cómo puede ser malo algo tan agradable?

Como si estuviera en trance, Valentina deja la cámara a un lado y camina hacia la cama. Ya está desnuda. ¿Ha estado sacando fotos sin nada de ropa encima? Valentina se encarama al lecho, que le parece increíblemente alto, un montón de colchones y más colchones, como la cama del cuento de la princesa y el guisante. Los doseles de terciopelo púrpura cuelgan a su alrededor como si estuviera en un escenario y ella, Leonardo y Celia fueran los actores principales.

—Acuéstate —le ordena Leonardo, y ella le obedece.

Celia cruza la cama gateando hacia ella. Se inclina sobre Valentina y la besa suavemente en los labios antes de deslizar su cuerpo sobre ella, hasta que nota que sus pechos se rozan. Sigue deslizándose abajo hasta que llega a la parte más íntima de Valentina. Celia le pone la mano entre las piernas, las separa y, sin darle tiempo a pensar, introduce la lengua dentro de ella. Valentina ahoga un grito de sorpresa, de placer. Leonardo está echado a su lado. Con uno de sus brazos mece la cabeza de Valentina y con la otra mano acaricia su cuerpo, arriba y abajo, arriba y abajo, en sincronía con los lametones de Celia. Valentina se sumerge en lo más profundo de sí misma, se abandona a una sensación tan lujosa e intensa como el terciopelo arrugado que la rodea en aquella sala roja latiente.

Oye que se abre la puerta. Ha entrado alguien más. Abre los ojos y, para su asombro, Theo está en pie al borde de la cama, mirándola.

—¡Theo! —grita, intentando incorporarse, presa del pánico, pero para su asombro él se lleva un dedo a los labios y le indica que se calle. De hecho está sonriendo, y Valentina se da cuenta de que le gusta ver a Celia y a Leonardo dándole placer.

Theo se desnuda delante de ella. Valentina arde en deseos de tocarlo y darle el placer que ella está recibiendo ahora. Theo sube a la cama y Valentina lo aguarda con expectación. Los lametones de Celia se han vuelto tan profundos e intensos que Valentina se siente muy cerca del límite, y lo único que quiere ahora es sentir a su amado dentro de ella. Theo coge a Celia por la cintura y la aparta de Valentina.

—Oh, Theo —suspira, ardiendo de amor y de deseo por él. Está hablando sumida en la pasión. ¿Qué le ocurre?

Celia se encuentra arrodillada de cara a Valentina, con las manos de Theo todavía alrededor de la cintura. Valentina ahoga un grito de sorpresa al ver que Theo la penetra. Lo mira fijamente, incrédula, mientras él la observa sin dejar de sonreír. Y de repente, en vez de sentirse enojada o herida, comprende qué quiere Theo. Valentina se vuelve hacia Leonardo, que sin indicación alguna también la levanta de la cama para que quede de rodillas. Valentina abre la piernas y empuja hacia atrás contra Leonardo, sin dejar de mirar a Theo mientras este se balancea lentamente entrando y saliendo de Celia. Y enseguida siente la verga de Leonardo dentro de ella y suspira con satisfacción, sin dejar de mirar a Theo en ningún momento. Es de una intimidad increíble para ella y para su amante estar follando con otras personas y al mismo tiempo observar el placer de la pareja. Cuando están juntos, solos los dos, a veces casi se pierde de Theo, pero ahora lo observa atentamente mientras se acerca más y más al orgasmo. Valentina se incorpora y estira los brazos hacia delante, y Theo hace igual. Se toman las manos sobre la espalda desnuda de Celia, sosteniéndose las miradas mientras llegan al clímax al mismo tiempo. Y luego vuelven a caer sobre la cama, los cuatro en una confusión de brazos y piernas, y piel caliente, y terciopelo. Se hunden en la cama, atravesando su centenar de colchones y, más abajo, la alfombra mullida, el suelo, y siguen bajando hacia las profundidades de la tierra roja.

Valentina se despierta enredada en las sábanas. Se las quita de encima. Está muy acalorada y tiene el cuerpo empapado en sudor. Mueve las piernas fuera de la cama y se lleva las manos a los costados. Su cuerpo todavía vibra del erotismo de lo que sucedió la pasada noche y le duele la cabeza de aturdimiento. No lo comprende. ¿Qué hacía Theo allí, en el club de Leonardo? Porque era realmente él, ¿no? Y sin embargo luego se marchó sin una sola palabra de explicación. Valentina estaba tan alterada por la experiencia que Leonardo llamó a un taxi para que la llevara a casa. Se mostró exquisitamente amable: le preparó un té con mucho azúcar, le acarició el cabello y le preguntó si se encontraba bien.

«¿Qué hacía él aquí?», preguntó Valentina una y otra vez, pero él evitó darle una respuesta, ordenándole en cambio que se fuera directa a la cama en cuanto llegara a casa.

Valentina esperaba encontrar a Theo en el piso, esperándola, dispuesto a explicárselo todo. Creía que sería como una de sus apasionadas citas, cuando llegaban y se marchaban por separado para mantener el suspense sexual. Y sin embargo, cuando llegó a casa la noche anterior, el apartamento estaba vacío, y estaba claro que Theo no había pasado por allí desde que se había marchado cinco días antes. No tenía ningún sentido. Theo le había pedido que fuera su novia y no obstante se había follado a Celia delante de ella. ¿Por qué no se siente ultrajada? ¿Es porque no le importa lo bastante?

Entra en el estudio y conecta el ordenador portátil para comprobar el correo electrónico. Necesita tener noticias de Theo. Tiene el móvil desconectado y Valentina está desesperada por hablar con él. Anoche le mandó un mensaje preguntándole qué rayos estaba pasando y dónde se había metido, si es que había vuelto a Milán. También le dijo que se había presentado un policía para hablar con él. ¿Acaso le ocultaba algo? De hecho, ya le había advertido que no se fiara de nadie. ¿Incluía eso a la policía?

Se siente aliviada al ver que él le ha enviado una respuesta, aunque resulta escasa e insatisfactoria.

«Asunto: Policía. No tienes por qué preocuparte, pero no hables con él. Tiene que ver con mi familia. Asunto: Anoche. ¿Te divertiste? Theo X.»

Valentina cierra bruscamente la tapa del portátil, furiosa. ¿A qué está jugando? Qué inadecuadas son sus palabras. Anoche la empujó a hacer el amor con otro hombre. Valentina aprieta fuerte los muslos al recordar la sensación de Leonardo dentro de ella. Fue delicioso, aunque no igual que con Theo. No la llenaba del mismo modo. Pero de pronto se muerde el labio. ¿Se habría acostado de todos modos con Leonardo aunque Theo no hubiera estado también allí? Estaba a punto de hacerlo, ¿no?, antes de que él entrara en la sala. ¿Y lo de Theo con Celia? ¿La está castigando por no querer ser su novia? Pues no funcionará, piensa resueltamente. Los celos no sirven con ella. Se niega a dejarse dominar por este sentimiento. Cuanto más tiempo esté él lejos, más fácil le resultará dejarlo.

Aunque tiene un problema. ¿Y si vuelve el policía? ¿Le contará cosas horribles sobre Theo? Trata de no preocuparse. Sabe que él no es una mala persona, aunque en ese momento esté jugando con ella.

Valentina se abre camino entre los trastos para salir del estudio. La habitación parece un vertedero, piensa mientras aparta a un lado un montón de libros. Se fija nuevamente en los cuadros nuevos de las paredes, perpleja de que Theo decidiera comprar reproducciones de cuadros que no le gustan. ¿De dónde saca el dinero para adquirir tantas obras de arte, por cierto?

Valentina se detiene en seco, asaltada por una idea repentina. ¿Y si...? ¿Y si...? ¿Y si no las compra? Niega con la cabeza, examinando el cuadro de Watteau, y luego el de al lado, el interior holandés de la mujer leyendo una carta. ¿Y si no son reproducciones? No, Theo no es un ladrón. De ningún modo. Es una idea totalmente ridícula. Aunque no puede dejar de pensar en *El secreto de Thomas Crown* y en cuánto se parece Theo al protagonista del filme. Zalamero. Controlador. En realidad la idea que Theo pueda ser una especie de ladrón de arte resulta bastante atrayente, cavila Valentina mientras abre las cortinas de su apartamento y mira al lúgubre exterior azotado por la lluvia. Escudriña la calle en busca del desconocido con la cámara, pero no ha vuelto a verlo desde aquella primera vez. Por lo visto Valentina se equivocó. En realidad el tipo no la miraba a ella. Debía de ser algún nuevo vecino del bloque de apartamentos, o alguien que estaba de visita.

Sigue lloviendo a cántaros. A Valentina le apetecería hibernar. Se siente tan agotada y aturdida por la noche anterior que le gustaría esconderse de todo el mundo. Entra en la cocina y mira en la nevera. No hay demasiada cosa dentro —un par de huevos y unos tomates un tanto pochos— pero debería comer algo. Baja la cafetera y se prepara un café. Justo cuando empieza a borbotear un *espresso* de aroma intenso, llaman al teléfono. Valentina lo coge y ve el nombre de Gaby en la pantalla.

—¿Valentina?

—Hola, Gaby, ¿estás bien? —Por el tono de voz de su amiga se ha dado cuenta inmediatamente de que pasaba algo malo.

—Ay, Valentina, he cortado con Massimo. —Gaby llora tanto que apenas puede hablar.

Valentina sabía que llegaría ese día. El amante casado de Gaby siempre le había dejado claro que jamás abandonaría a su esposa. Valentina sabía de sobras cómo iba a terminar todo. Y no obstante, cuando estaban juntos, Gaby y él se veían muy enamorados. Era una imagen agridulce que a Valentina la enojaba tanto que apenas podía hablar con Massimo, aunque trataba de no juzgarlo.

—Lo siento en el alma, Gaby.

—Fui yo quien cortó. Ya no podía seguir así. Me duele demasiado estar con él. Saber que nunca podré tenerlo realmente.

—Tal vez deje a su mujer...

—No, Valentina, no la dejará... Ya lo sabes.

Gaby suspira. Valentina se acomoda el teléfono entre el hombro y la oreja para poder coger la cafetera y servirse un delicioso *espresso* solo.

—¿Quieres venir a casa? —pregunta Valentina—. No estoy

haciendo nada. —Tal vez sea lo que necesita. Si logra distraerse de su propia situación de confusión gracias a la crisis de Gaby, tal vez logre empezar a preocuparse menos por Theo.

—¿No te importaría, Valentina? Sé cuánto valoras tu soledad, pero no me apetece nada quedarme en casa. Él podría venir y no sé si tengo la voluntad suficiente para resistirme...

—Tranquila, vente a mi casa. No tengo planes.

Valentina se pregunta fugazmente si Leonardo la espera de nuevo en el club esa noche. Necesita un día de descanso, sobre todo después de lo ocurrido. No sabe cómo va a poder mirar a Leonardo a la cara la próxima vez que lo vea.

—¿Podemos ver a Lulu en *La caja de Pandora*?

Valentina se permite una amplia sonrisa, ya que no hay nadie allí para verla. Gaby está casi tan obsesionada por Louise Brooks como ella.

—¿No crees que eso te va a poner aún más triste?

—Necesito llorar, y *La caja de Pandora* es la película perfecta para mi estado de ánimo. Lulu es mi heroína, Valentina. Ella solo quiere complacer a los hombres, y sin embargo ellos se lo agradecen haciéndole daño.

Un par de horas más tarde, Gaby y Valentina están acurrucadas juntas en el sofá, comiendo pastas rellenas de nata que ha traído Gaby y viendo bailar a Louise Brooks.

—¡Qué guapa es! —Gaby suspira—. Tiene algo que la hace diferente a todas las demás estrellas de cine.

—Es inflexible —dice Valentina, lamiendo la nata de sus dedos—. Y tiene coraje. Un espíritu embriagador. Por eso todo el mundo quiere una pequeña parte de ella.

—¿De Lulu o de Louise Brooks? —pregunta Gaby.

—De ambas. En realidad son una sola persona, ¿no?

Las chicas miran la película en silencio durante algunos minutos.

—Todo el mundo habla de Greta Garbo, de lo misteriosa y guapa que era, pero en mi opinión Louise Brooks era más enigmática —dice Gaby antes de embutirse el último trozo de pasta de nata en la boca.

—¿Sabes que Louise Brooks dijo que en una ocasión se había acostado con Greta Garbo? —pregunta Valentina estirándose en el sofá y apoyando los dedos de los pies en el muslo de Gaby.

—No sabía que Louis Brooks fuera lesbiana. —Gaby la mira sorprendida.

—Es que no lo era. Solo era curiosa.

Es raro, piensa Valentina, que la única vez que ha llegado a llorar en su vida fue cuando vio por primera vez *La caja de Pandora*. La película todavía la afecta profundamente, a pesar de haberla visto incontables veces. La conmueve ver ese espíritu hermoso incomprendido, maltratado y finalmente asesinado.

Después de la película, Valentina abre una botella de vino tinto.

—¿Quieres que salgamos, Gaby? ¿Te apetece quedar con los demás?

La joven niega tristemente con la cabeza y Valentina se siente aliviada. Sabe que si habla con Marco tranquilamente podría desmoronarse y contárselo todo. Y no se siente preparada para confesarle a nadie lo sucedido ayer noche. No hasta que ella misma tenga claro lo que siente.

—No, hoy estoy muy cansada. Además, ya los veremos el martes en la fiesta de Marco. ¿Te importa si me quedo aquí?

—Por supuesto que no —dice Valentina mientras llena las copas de vino tinto—. Pero tendremos que dormir las dos en mi cama.

—Me encantaría, si a ti no te importa. Aquí me siento segura.

Gaby le da un abrazo y, aunque Valentina no corresponde al gesto, le gusta sentir la calidez afectuosa de su vieja amiga. Además se alegra de no volver a pasar la noche sola, con el lío que tiene en la cabeza. Está harta de despertarse en aquella enorme cama vacía.

Sabe que Gaby acabará superándolo. Nunca ha tenido problemas para atraer a los hombres. Es bonita al estilo tradicional, muy distinta de Valentina: bajita, cabellos largos y rubios, piel clara y labios de rosa. No obstante, a Valentina no le parece apropiado decirle palabras de ánimo como «eres muy atractiva, seguro que ya encontrarás a otro, hay muchos más peces en el mar». Sabe lo que se siente al perder el corazón por un hombre casado y tiene que dejar que Gaby llore su pérdida. Está orgullosa de lo fuerte que ha sido su amiga al haber puesto fin a una relación condenada desde el principio.

Las dos amigas cenan juntas. Valentina se da cuenta de que es su primera comida como Dios manda desde hace días. Se le olvida comer cuando está sola, una mala costumbre heredada de su madre, que nunca cocinaba para ellas. Tina Rosselli solía dejar que Valentina se las apañara sola en la cocina, advirtiéndola de que no se atiborrara. Si tenían invitados a cenar, sin embargo, era todo lo contrario. Su madre preparaba demasiada comida, se servía una porción exigua y observaba cómo se hartaban sus invitados. ¡Cuánto ha tenido que esforzarse Valentina para superar la relación disfuncional que tenía su madre con la comida! Siempre procuraba ignorar las órdenes de su madre de reducir los hidratos de carbono porque le estaban haciendo el culo demasiado gordo y sus comentarios diarios sobre bajar o subir de peso. Cualquier madre normal se preocuparía si su hija adelgazara a ojos vista, pero cuando Valentina perdió la redondez infantil hasta el punto de pasar de ser una niña regordeta a una adolescente flacucha prácticamente de la noche a la mañana, su madre se mostró encantada.

—Oh, estás divina, cielo —le comentó un día en tono zalamero—. Si fueras un poco más alta, hasta podrías ser modelo. —Dicho lo cual suspiró, dándose unas palmaditas en la barriga lisa—. No sabes la suerte que tienes. ¡Es tan difícil conservar la figura cuando has tenido hijos!

La injusticia de aquel comentario la indignó, ya que implicaba que por culpa de Mattia y de Valentina ella había engordado. Con los años, Valentina ya conocía la pauta. Si su madre estaba contenta, lo que significaba que tenía un amante, se ponía algún kilito de más, parecía más joven, más hermosa y, en general, más sana. Aun así, siempre se quejaba de que los hombres la hacían engordar, al obligarla a salir a comer y beber demasiado vino. En cuanto volvía a estar sola, llevaba a cabo una dieta de choque y su peso caía en picado. Solía estar de mal humor y a veces llegaba a mostrarse mezquina al controlar todo lo que comía su hija. Normalmente, Valentina celebraba la llegada de un nuevo amante a la vida de su madre con un viaje a la panadería.

La vida familiar de Gaby era lo contrario de la de Valentina, que a veces no podía evitar sentir un poco de envidia por su amiga, aunque habitualmente le encantaba que la invitaran a sus reuniones familiares. La madre de Gaby es una mujer escultural, alegre y, como su hija, una excelente cocinera. Su amiga siempre dice que cocinar para los demás la ayuda a recuperarse cuando se siente deprimida, y esa noche ha preparado su especialidad: *tortelli* rellenos de pera y queso, una combinación sublime.

—¿Nos partimos otra botella de vino antes de acostarnos? ¿Vemos otra película de Louise Brooks? —sugiere Valentina después de haber fregado y recogido los platos.

—Ah, vale. —Gaby parece casi feliz—. ¿Tienes *Una chica en cada puerto*? Me encanta cuando salta del trampolín. Es una película muy tierna.

—La podemos ver en Internet. Ahora la busco. Tú ve a por el vino. Hay una botella en la estantería del estudio.

—Caramba —comenta Gaby cuando vuelve a la sala de estar con la botella de vino tinto en la mano—. Menuda colección de arte que tienes ahí dentro.

—Bah, solo son reproducciones. Todas de Theo.

Gaby parece pensativa. Se sienta en la butaca, meciendo la botella de vino entre sus manos.

—¿Te dijo él que eran copias?

—Pues no... ¿Por qué?

Gaby es restauradora de arte. Si alguien entiende de autenticidad, es ella. Gaby deja la botella en el suelo y se levanta de la silla. Sin decir nada, coge a Valentina de la mano y la lleva hasta el estudio.

—¡Mira esto, Valentina, míralo bien!

Valentina vuelve a observar el cuadro holandés de la mujer leyendo una carta junto a la ventana. Es realmente una pieza bonita, una buena copia de una delicada obra maestra.

—Actualmente estoy restaurando algunos interiores holandeses. De hecho estoy trabajando en una pintura de este mismo artista, Gabriel Metsu. —Gaby da unos golpecitos en el marco del cuadro—. Y te aseguro que, a mi entender, esto no es una copia. Y si lo es, el pintor tiene una maestría como la del propio Metsu.

Las dos chicas cruzan una mirada, comprendiendo lentamente lo que implica la presencia de los cinco cuadros que cuelgan en las paredes.

—Estoy segura de que el original formaba parte de una colección privada en Estados Unidos. Se llama *La carta de amor.*

Valentina examina el cuadro. ¿Cómo puede saber Gaby con tanta seguridad que aquel es el lienzo original? No sabe qué decir. Es demasiado impactante pensar que aquel cuadro colgado en la pared de su apartamento pueda valer millones.

—¿Por qué ha comprado Theo estos cuadros? —susurra Gaby, aunque no hay nadie más en el piso que pueda oírlas—. ¿Es un millonario secreto? ¿Viaja por el mundo yendo a subastas de arte o comprando a coleccionistas privados?

—No lo sé, Gaby.

Valentina piensa en el inspector Garelli y siente un leve mareo. Saca a su amiga del estudio y, por primera vez, cierra la puerta con llave.

—¿Podemos intentar olvidarnos de esto? No quiero pasarme toda la noche imaginando todo tipo de locuras —dice, tratando de recomponerse—. Ya se lo preguntaré a Theo cuando vuelva. Estoy segura de que hay una explicación perfectamente razonable. Además, seguro que te equivocas. Tienen que ser reproducciones.

Gaby la mira con escepticismo, pero prefiere no seguir con el tema.

Más tarde, mientras las dos jóvenes duermen abrazadas en la cama, Valentina descubre que no puede dormir. El misterio que rodea a Theo la está atormentando. Se desenreda de los brazos de Gaby y camina de puntillas hasta el estudio. Abre su iMac y busca en Google a Gabriel Metsu y su *Carta de amor*. Aparece una imagen, idéntica a la del cuadro del estudio. Debajo se puede leer, «Colección privada, Nueva York, EE.UU.» No hay ninguna mención a su robo o pérdida. O sea, que Gaby tiene que estar equivocada. El cuadro de Theo es una copia. Aunque, por algún motivo, Valentina no acaba de estar convencida. ¿No es mucha casualidad que su mejor amiga sea una experta sobre interiores holandeses del siglo XVII? ¿Y que un policía fisgón le pregunte dónde está Theo?

Valentina apaga el ordenador y coge el álbum negro de fotografías antiguas. Se lo pone en el regazo y ojea las páginas. ¿También será robado? No puede dejar de pensar en lo valiosas que deben de ser aquellas imágenes para quien sea que las sacó o las mandó sacar. Aunque, sin duda, tanto el fotógrafo como su modelo ya estarán muertos. Valentina observa la última imagen que amplió. Es la parte posterior de la cabeza de una mujer y la parte superior de su espalda desnuda. Lleva una melena negra como la de Louise Brooks; o como ella misma, piensa Valentina. Está tentadoramente cerca de verle la cara, pero solo ha recibido una diminuta parte de su perfil. En la cabeza lleva una gorra de marinero que, sin duda, no es suya.

Valentina se acerca a la cama tan sigilosamente como puede. Gaby se revuelve.

—¿Valentina? —susurra.

—Sí. —Valentina ve los ojos de su amiga en la oscuridad.

—No puedo dejar de pensar en Louise Brooks y Greta Garbo.

Valentina imagina la pareja. El cabello negro y liso, como fijado con laca, y unos ojos negros que contrastan con el pelo rubio y una gracia como de Esfinge, las dos tan pálidas, las dos tan enigmáticas.

—Sí, es una idea bonita. Muy estética.

Gaby se ríe y Valentina comprueba con alivio que su amiga

parece más relajada que en todo el día. Vuelve a meterse en la cama y deja que su compañera la abrace por la cintura.

—¿Alguna vez te has acostado con una mujer, Valentina?

—Sí.

Oye que Gaby toma aliento, nota el contacto de sus manos en la cintura.

—¿De verdad? ¿Y cómo fue?

—En realidad me acosté con dos mujeres a la vez.

—Dos mujeres... Dios mío, Valentina, estás tan loca...

Gaby la estrecha con fuerza. Valentina se entrega al abrazo y suspira soñolienta.

—Y fue muy erótico.

Gaby acerca su cara a la nuca de Valentina.

—Tal vez algún día podríamos hacérnoslo juntas —susurra.

—Tal vez sí —replica Valentina—. Pero no esta noche. No quiero que lo hagas por despecho.

Gaby besa a Valentina en la nuca.

—Eres demasiado especial para eso, Valentina. Eres como Lulu. Todo el mundo quiere una parte de ti.

Belle

Belle está perdida en Cannaregio, una parte de la ciudad que no conoce muy bien. Intenta seguir su instinto, pero eso es imposible en Venecia, donde las calles son un laberinto de vueltas y recodos. Varias veces le ocurre que, pese a salir por calles diferentes, termina en la misma *piazza*. Es primera hora de la tarde; su marido debe de estar a punto de despertar de su habitual siesta. Belle sabe que no logrará regresar a casa a tiempo para evitar sus sospechas. El señor Brzezinski no se creerá ni por asomo que ha estado visitando a la condesa, una mujer a la que, como muy bien sabe, su esposa desprecia. A Louise se le han acabado las excusas y las mentiras. Con toda seguridad la castigará. A estas alturas, ella ya solo espera el día en que la eche a la calle. Cree que el único motivo por el que todavía no lo ha hecho es porque no quiere verse envuelto en ningún escándalo. «¿Por qué su esposa se convirtió en una prostituta? ¿No podía satisfacerla?»

Cannaregio es un barrio pobre. Se alegra de ir disfrazada, no le gustaría llamar la atención. Hombres de mirada dura holgazanean en las callejuelas, fumando y con cara de pocos amigos. Tal vez aquello sea una misión imposible. No está segura de si el primer oficial de Santos trataba de engañarla o no.

En cuanto se ha puesto el uniforme de marinero, Belle ha ido a la misma taberna donde vio a Santos por primera vez, pero allí no lo encontró. Ha recordado la noche que pasó con el capitán escocés y su primer oficial jamaicano, y el barco blanco que vio atracado. Estaba casi segura de que era el de Santos, pero tenía que comprobarlo. Se ha sentado a la misma mesa que ocupó la otra vez y ha pedido un vaso de ron para infundirse ánimos. Cuando el dueño ha vuelto con el licor, Belle le ha preguntado por Santos.

—¡Santos Devine! —ha exclamado el hombre alegremente, con los ojos iluminados de afecto. ¿O tal vez era admiración?—. ¡Vaya, si todo el mundo sabe cuál es su barco! Es la goleta blanca grande, la *Queen Maeve*. Es un barco muy elegante. Debe de tener dinero escondido en alguna parte, el muy diablo.

—La *Queen Maeve* —ha repetido Belle, paladeando ese nombre extraño.

—Creo que es el nombre de una antigua reina irlandesa —ha comentado el tabernero—. Me dijo que su padre tenía un barco que se llamaba igual.

Sí, por supuesto, ha pensado Belle. Por eso es tan atractivo, por la herencia de sus dos progenitores —el marinero irlandés y la bailarina andaluza—, que crea un espléndido contraste de indomabilidad y elegancia.

Tras beberse el ron lo más rápidamente posible, Belle ha paseado hasta los barcos, haciendo todo lo posible por pavonearse como todos los demás marineros. Es una forma curiosa de caminar, a grandes zancadas, como si el mundo fuera tuyo. Belle ha encontrado fácilmente la *Queen Maeve*, y mientras observaba la elegante goleta blanca supo que había estado en lo cierto: era el mismo barco que había estado contemplando hacía algunas noches. ¿Había sido Santos quien había encendido la lámpara aquella noche, atrayéndola ya entonces hacia él?

Belle se ha quedado allí, nerviosa, apoyando el peso ya en un pie ya en el otro, sin saber con seguridad qué hacer una vez localizado el barco. ¿Debería subir a bordo sin ser invitada?

—¿Buscas a alguien?

Belle se ha dado la vuelta. Detrás de ella había un hombre increíblemente alto. Llevaba una chaqueta larga azul marino, pantalones blancos y gorra de marinero. Sus larguísimos dedos sostenían delicadamente un cigarrillo, al que daba caladas mientras la inspeccionaba entornando los párpados.

—Busco a Santos Devine —ha respondido ella con la voz más grave que ha podido.

El hombre ha puesto los ojos en blanco.

—Vaya, otro muchacho soñador que quiere vivir aventuras —ha dicho dándole unas leves palmaditas en el hombro, pero al ser el tipo tan alto y fuerte casi han bastado para que se cayera—. Pareces demasiado joven para andar pensando en hacerte a la mar. Vuelve a casa con tu mamá y crece un poco antes.

—Te confundes —ha dicho Belle, intentando ser lo más imponente y masculina posible—. Busco a Santos Devine... porque tengo que hablar con él. No quiero hacerme a la mar.

El hombre alto ha entornado aún más los ojos y la ha mirado con sospecha.

—Soy el primer oficial de Santos; puedes decirme cualquier cosa que quieras decirle a él y yo le haré llegar el mensaje.

Difícilmente podía contarle la verdad a aquel hombre. ¿Cómo reaccionaría si supiera que era una mujer? ¿Se reiría de ella y la ahuyentaría?

—Tengo un mensaje para él... de mi hermana. Es de naturaleza personal...

El primer oficial de Santos se ha relajado y en su cara se ha dibujado una sonrisa de complicidad.

—¿No será otra chica enamorada de Santos? —ha exclamado—. No sé cómo lo hace para conquistar a tantas.

Al oír esas palabras, a Belle se le ha roto el corazón y ha pensado que no tenía ninguna posibilidad. Para Santos ella no era más que otra chica bonita. ¿Por qué se engañaba a sí misma, persiguiéndolo de aquel modo?

—Bueno —ha dicho el hombre alto—. La verdad es que pareces inofensivo. Está en Cannaregio. —El hombre le ha dado el nombre de una calle de la que Belle nunca había oído hablar—. Ha ido a la tienda de máscaras, para comerciar. Que tengáis suerte tu hermana y tú. —El hombre le ha dado una palmada en la espalda con tal fuerza que casi la tira del muelle al agua—. Y dile que si no tiene suerte con Santos, yo estaré encantado de ser plato de segunda mesa.

El hombre ha estallado en una carcajada que sonaba como un trueno mientras recorría la pasarela hacia el prístino barco blanco de Santos.

De modo que así es como ha acabado ella una hora más tarde todavía buscando aquella calle diminuta en Cannaregio. Vuelve a pasar por el barrio judío y por el rabillo del ojo vislumbra una callejuela estrecha y oscura que no había sabido ver la primera vez. Se acerca y mira el nombre: es esa. Ya ha llegado. Belle se adentra en la callejuela, insegura. Un gato negro se pasea tranquilamente por delante de ella y ella lo sigue. La calle parece cada vez más estrecha y más oscura, como si la luz del sol no lograse entrar.

De repente, Belle encuentra una abertura junto a un canal estrecho y descubre una majestuosa casa veneciana medio derruida, tapiada y con aspecto de estar abandonada, inclinada como si fuera a desmoronarse en cualquier momento sobre el agua. Hay un letrero de loza blanca pegado a la maltrecha fachada. LACONI, dice. Es el nombre que le ha dado el primer oficial de Santos. Belle se humedece los labios en un gesto de nerviosismo. Tiene que ser la tienda del fabricante de máscaras. Se le ocurre que su intromisión podría no ser bien recibida. A fin de cuentas, Santos está en mitad de algún tipo de transacción comercial. Bueno, a esas alturas ya no puede echarse atrás, tiene que seguir adelante con su plan.

Belle llama a la puerta, pero no obtiene respuesta. Tal vez no hay nadie en casa. Vuelve a llamar, más decidida, levantando la aldaba de latón y dejándola caer desde más altura. Oye unos pasos ágiles y enérgicos y la puerta se abre de par en par. Para su asombro, una mujer aparece en el umbral. Es mayor que Belle, pero aun así muy hermosa, con los ojos negros como pepitas de manzana y la piel aceitunada y sedosa. Viste una combinación roja y va descalza. Dos gatos negros se enroscan y desenroscan en sus piernas, ronroneando, y la mujer sostiene otro en sus manos, contra su pecho. Ella y el gato miran a Belle con indiferencia. La mujer arquea las cejas interrogativamente. Belle ha perdido el don de la palabra, no sabe qué decir.

—Lo siento, encanto, todavía eres demasiado joven. Vuelve el año que viene —le dice la mujer, guiñándole un ojo.

¿Qué clase de fabricante de máscaras es ese?, se pregunta Belle. No se ve rastro alguno de ningún taller en la sala oscura detrás de la mujer. Con una punzada en el corazón cae en la cuenta de que tal vez Santos no ha ido allí para hacer negocios. Está a punto de dejar que la mujer le cierre la puerta en las narices cuando se arma de valor.

—Santos Devine —dice con voz ronca—. Tengo un mensaje para Santos Devine.

Belle casi desea que la mujer le diga que no está allí, que aquello es algún tipo de broma de mal gusto. Porque, ¿cómo iba a querer Santos estar con otra mujer, mayor y francamente más vulgar que ella, cuando sabe que puede tener a Belle solo con chasquear los dedos?

La mujer mueve la cadera hacia un lado, apoyando allí al gato, y se sujeta un rizo castaño detrás de la oreja.

—Sí, está aquí. ¿Quién eres?

—Me llamo... Louis —tartamudea—. ¿Puede decirle que está aquí Louis, el de los pájaros?

Belle está tan consumida de deseo que no le importa la situación en la que se encuentra. El hombre al que ama se está acostando con otra prostituta, pero a ella no la afecta. Sigue queriéndolo igualmente.

La mujer desaparece por el oscuro pasillo y Belle se queda esperando con los gatos. Pasa un segundo, dos, y luego se oye que se abre una puerta al fondo del pasillo. Ella nota un nudo en la garganta. Ahí está. El hombre al que ha anhelado las dos últimas semanas. Va sin camisa, pero todavía lleva los pantalones blancos y la gorra de marinero. Se queda de pie en el umbral, con la luz detrás de él, de modo que su cara queda a la sombra.

—¿Belle *el Mirlo*? —grita—. ¿Eres tú?

Belle da un paso adelante, dispersando a los gatos.

—Sí.

Ahora puede ver su cara, perfectamente simétrica, con sus cejas espesas y el hoyuelo en la barbilla.

—¿Qué estás haciendo aquí? —pregunta, sorprendido.

La mujer aparece junto a Santos y le pasa el brazo por detrás del cuello, posesivamente, mientras él no hace nada por evitarlo.

—He venido a buscarte —responde Belle tímidamente. Lo mira a los ojos, aquellos ojos ámbares y azules que le prometen a Belle todas las riquezas sensuales que desea y que le dan ganas de lanzarse a sus brazos y apartar a la otra puta.

—Pero, ¿por qué? —pregunta Santos—. Ya te dije que vendría a buscarte. Algún día.

—No puedo esperar más. —La sinceridad de sus palabras suena ahora torpe.

La otra mujer mira de Santos a Belle, sin entender nada.

—¡Vaya, Santos! —Se ríe—. No sabía que tuvieras estas inclinaciones.

Santos ríe burlonamente y le hace cosquillas bajo el mentón.

—Es una chica, ¿no lo ves?

La mujer se vuelve y mira a Belle fijamente.

—Ah, sí, claro. —Sonríe cruelmente—. Aunque, la verdad, bastante poquita cosa. —La mujer se dirige a Belle con frialdad—. ¿Quieres a Santos para ti sola? ¿No sabes que es como un gato? No puedes pedirle su afecto; tienes que esperar a que se digne dártelo.

Hay resentimiento en su voz y Belle nota el dolor en sus ojos a la vez que quita el brazo con el que abrazaba a Santos. Belle se pregunta si aquella mujer será algo más que simplemente otra prostituta más para Santos.

—Os dejo para que habléis —dice la mujer glacialmente, y acto seguido desaparece en su habitación y cierra la puerta a sus espaldas.

Están casi a oscuras, y durante todo el rato que ha estado hablando la otra mujer, Santos no le ha quitado el ojo de encima a Belle. Su mirada es tan intensa que ella se siente clavada a la pared.

—Belle —dice Santos bruscamente—, ¿por qué has venido?

No quería que me vieras aquí. Ya te lo dije..., cuando llegue el momento oportuno, vendré a buscarte.

—¿Y por qué tienes que decidir tú cuándo es el momento oportuno? —grita Belle.

De repente se siente muy enfadada, consumida por la pasión de su ira. Corre por el pasillo hacia él y levanta una mano para pegarle, pero él la detiene con la suya.

—Haces que me enamore de ti y luego me dejas plantada..., esperándote. Eres un monstruo...

Santos se estremece y a Belle le da la impresión de que empalidece.

—Solo pasamos una tarde hablando... Belle, tú estás casada. No pensaba que...

—Estoy enamorada de ti —gime ella, apartándose de él—. Aunque para ti no debo de ser más que otra chica tonta loca de amor.

Belle le da la espalda y sale a trompicones de la casa hasta alcanzar la callejuela estrecha. Santos corre tras ella.

—¡Belle, Belle! —grita, tratando de agarrarla del brazo, pero ella se suelta y corre calle abajo.

Santos la sujeta por detrás y la obliga a dar media vuelta, con una fuerza que la deja sin aliento. Luego la aprieta contra la pared del callejón. Es la hora de la siesta y no hay nadie. Belle siente el aliento de Santos en sus labios, tentadoramente cerca.

—Chsss —dice Santos, escondiéndole los cabellos de nuevo dentro de la gorra—. Se te está desmontando el disfraz —le dice con una sonrisa que alivia levemente el corazón de Belle. Luego ahueca las manos alrededor de su cara—. Querida Belle, tienes que comprender que no puedo darte lo que tú quieres. Yo amo a todas las mujeres y a ninguna en particular. ¿Lo entiendes?

Belle asiente con la cabeza y una lágrima se desliza por su mejilla.

—Pero la verdad es que me resulta difícil resistirme a ti. Sobre todo con tu disfraz de marinero.

Santos se inclina adelante y la besa tiernamente. Belle nota el sabor salado de sus propias lágrimas en los labios de él y se aparta.

—Soy una mujer casada, pero también una prostituta, Santos. No soy ninguna chiquilla inocente —le dice, dejando que su piel roce el suave vello de la mejilla de Santos—. No quiero que estés conmigo para siempre. Solo te quiero ahora, hasta que tengas que volver a marcharte.

—¿Y con eso será suficiente?

—Sí.

Tal como lo dice, Belle sabe que va en serio. Aunque tenga a Santos por una sola noche, aunque su amor no sea correspondido, es mucho más de lo que haya tenido jamás. Y una parte de ella alberga la pequeña esperanza de que tal vez él también acabe amándola.

Santos suspira.

—De acuerdo, mi pajarillo. Nos veremos mañana, te lo prometo. En la misma plaza donde nos encontramos la primera vez.

Belle estrecha con fuerza las manos de Santos, sintiendo el alma en vilo.

—Ven conmigo ahora —le suplica—. Tengo miedo de volver a perderte.

Santos niega con la cabeza.

—No, ahora no puedo dejar plantada a Lara. No soy tan canalla. Aunque ahora que te he visto, creo que simplemente tomaremos el té y nos probaremos máscaras —dice guiñándole el ojo, y Belle se siente un poco más tranquila—. Te he hecho una promesa —insiste—. Estaré allí mañana, a las tres.

Santos la besa en la frente y le da la vuelta, dándole una palmadita en el trasero.

—Ahora corre a casa, marinerito mío, antes de que cambie de opinión.

Belle mira hacia atrás y sonríe. Él se acerca y recorre sus labios con un dedo. Belle se lo lame, sosteniéndole la mirada.

—Creo que eres peligrosa para mí, Belle. Y sé que yo no voy a hacerte ningún bien —dice Santos frunciendo el ceño—. No estoy seguro de...

Belle lo interrumpe.

—Ya es demasiado tarde. ¡Me lo has prometido! —grita triunfalmente mientras se aleja corriendo antes de que él pueda añadir algo más.

Esta vez recorre el barrio de Cannaregio a toda velocidad sin equivocarse en ninguna esquina. Sin apenas darse cuenta ya está en su apartamento, poniéndose de nuevo su ropa de Louise. Se detiene delante del espejo, se aprieta la mano entre las piernas y se mira las pupilas dilatadas. Apenas puede contener la excitación. Mañana será suyo.

Louise regresa a casa sintiendo el corazón más ligero, preparada para recibir una nueva paliza de su marido. Sin embargo, ese día ni siquiera siente la correa en la parte posterior de los muslos, sino que imagina que es el mar que la golpea mientras nada con Santos a su lado. A lo lejos ve una diminuta isla: otra Venecia, más embrujada, una Venecia para los amantes, con castillos en el aire.

Valentina

Valentina y Gaby están bailando como Lulu y su amante lesbiana, la condesa Geschwitz, en el día de su boda en *La caja de Pandora.* Valentina, con su reluciente melena negra, viste de blanco; Gaby, con sus rizos rubios, viste de negro. Las dos chicas dan vueltas y más vueltas en la pista de baile, estrechándose la una contra la otra de modo que notan las curvas de sus cuerpos a través de la cambiante seda de sus vestidos de *flappers.* Todas las parejas las miran, pero a ellas no les importa y juntan las mejillas en señal de unidad.

La multitud danzante empieza a dispersarse y aparece Massimo, el amante de Gaby. Lleva un traje oscuro y polainas. Los cabellos negros repeinados hacia atrás. Se acerca a ellas y le da unas palmaditas en la espalda a Valentina, tratando de separarlas para poder bailar con Gaby. Esta mira a su amiga interrogándola en silencio, y Valentina comprende automáticamente qué quiere. Gaby le ofrece la mano de Valentina a Massimo y se marcha, desapareciendo en los contornos borrosos de aquel paisaje onírico.

Valentina baila con Massimo, que huele a Gaby y a su amor por él, tan amargo y echado a perder como el café quemado. Gradualmente los demás bailarines desaparecen, de modo que solo quedan Massimo y Valentina dando vueltas en aquella pista de baile en blanco y negro. No intercambian ni una sola palabra, pero Massimo se inclina y olfatea su cuello, y Valentina sabe que capta el olor de Gaby en ella. El círculo de su baile se amplía tanto que rozan las paredes al pasar. Se detienen y Massimo la empuja contra la pared, le quita el vestido y le baja las bragas. Y cuando ella lo mira, Massimo se mezcla en una imagen de Francesco, su primer y único amante casado. En un abrir y cerrar de ojos, Massimo la penetra. No hay ninguna necesidad de explicarse, ya que queda bastante claro que Valentina es una misiva de su amiga. Massimo empieza a acometer dentro de ella, y aunque no es desagradable, Valentina no le encuentra ningún erotismo. En un momento determinado, sin embargo, mira por encima del hombro y descubre a Theo sentado en una silla en el centro de la pista de baile, con las piernas cruzadas, mirándola. Ella clava sus ojos en su mirada inexpresiva. ¿La ama?, se pregunta. ¿Cómo puede verla con otro hombre y no hacer nada? Y sin embargo ya lo ha hecho..., y ella también lo ha visto con otra. Valentina lo observa intensamente, como si le dijera «¿Lo ves? Ya te había avisado. No intentes enamorarte de mí. Te haré daño y tú me harás daño. Todo lo que tenemos, al final no valdrá nada.»

Massimo grita el nombre de Gaby mientras se corre y se aparta de Valentina con los ojos anegados con las lágrimas del recuerdo. Ella se sube las bragas, pero deja el vestido en el suelo, como un fantasma de la relación perdida de su amiga. Y ya no puede contenerse. Echa a correr hacia Theo como un niño hacia su padre. Se sienta en su regazo y lo abraza, juntando las manos tras su nuca y hundiendo el rostro en su pecho en busca de consuelo. Theo la mece un momento antes de levantarse cogiéndola en brazos. El pecho desnudo de Valentina se aprieta contra el material basto de la chaqueta, cuya aspereza la calma, la devuelve a su propio cuerpo. Valentina cierra los ojos.

«Estoy tan cansada de estar sola, tan sola sin ti.»

Cuando Valentina vuelve a abrir los ojos, Theo la lleva por el pasillo hacia su dormitorio. Y allí está Gaby, sentada en la cama, esperándolos. Theo deja a Valentina sobre el lecho y Gaby gatea hacia ella. Le quita las bragas y se las lleva a la cara. Sus ojos resplandecen de pena, y Valentina sabe que está oliendo a su amante perdido en una parte de su amiga del alma. Gaby coge la mano de Valentina y se la estrecha con fuerza en un agradecimiento sin palabras.

Y ahora Theo está en la cama con las dos, y a Valentina no le importa en absoluto. Theo consuela a Gaby, acariciándola con los dedos a un ritmo regular hasta que ella cierra los ojos y se aleja flotando de ellos. Y cuando ya ha llevado a su amiga al orgasmo, Theo vuelve su atención hacia Valentina, que sube encima de él. Hacen el amor como jamás lo han hecho antes, conscientes de lo valiosa que es su frágil conexión. Valentina se astilla en miles de fragmentos diminutos y en todos ellos ve los muchos corazones de su amante: su pasión, su sabiduría, su generosidad, sus deseos, y sí, su devoción por ella.

La luz en el tejado del Duomo es fascinante. Ya es casi mediodía y, tras varias jornadas de lluvia, finalmente el sol asoma entre las nubes. Tal vez haga frío ahí arriba, pero a Valentina no le importa; se deleita con la visión que tiene ante sí. Las agujas puntiagudas y pálidas del Duomo, que parecen la torre de una princesa, resplandecen a su alrededor. Sabe que a muchos milaneses no les gusta la catedral, pero a ella siempre le ha encantado subir al tejado. Ser como un pájaro y observar hacia abajo su ajetreada ciudad con una rara indiferencia. Aquella mañana, sin embargo, no tiene tiempo para tales ilusiones. Está en una de las sesiones fotográficas de Marco para la revista *Elle*.

Marco es uno de sus pocos amigos del mundo de la moda de Milán. Su amistad nació en una sesión fotográfica para *Vogue*, cuando ambos descubrieron que compartían una pasión por todas las cosas retro, especialmente de los años sesenta. Esa mañana, no obstante, la cosa va de cuentos de hadas. Marco le explica a Valentina que su tema es «Vas a ir al baile, guapa». Las dos modelos son altas como amazonas, aunque tan pálidas y delgaduchas que Valentina teme que el viento se las lleve del tejado de la catedral en cualquier momento. Las dos son muy jóvenes. Una de ellas es de Letonia y la otra de Ucrania.

Ya están terminando la última sesión de la mañana cuando Valentina lo ve con el rabillo del ojo. Está segura de que es él. Marco reclama su atención mientras retoca a una de las chicas, que tirita de frío con un finísimo vestido de seda de color marfil. Y sin embargo, Valentina ignora a su amigo durante un segundo y se vuelve. Sí, ahí está, el inspector Garelli, fingiendo un súbito interés por una gárgola. No engaña a nadie, piensa Valentina mientras vuelve a centrarse en la sesión fotográfica.

Más tarde, ese mismo día, vuelve a verlo. Valentina ha ido con Antonella a La Rinascente, para comprar ropa interior. Valentina está en la caja, pagando un par de medias nuevas y un pequeño corsé negro, cuando lo ve caminando por la tienda, esforzándose nuevamente por no mirarla.

Le da a Antonella un beso rápido de despedida, diciéndole que se ha olvidado de que tenía otra cita, y baja a toda prisa la escalera mecánica detrás de él. Ahora vamos a jugar los dos, piensa, molesta porque Garelli supone que ella no lo verá. Al salir de los grandes almacenes, ve que el policía dobla a la izquierda y lo sigue mientras pasa junto al Duomo. En realidad Valentina no sabe por qué lo hace. Es casi como si hubiera puesto el piloto automático, impulsada por su curiosidad.

Sigue al inspector cuando este entra en los grandes almacenes Galleria, esta vez sin distraerse por el esplendor de su art nouveau, y logra ver cómo entra en el hotel Avatt Park. Echa un vistazo al reloj de pulsera. Son las seis y media, y tendría que volver a casa y prepararse para la noche, porque la aguarda una nueva sesión en el club de Leonardo. Sin embargo, la curiosidad acaba venciendo. Se limitará a echar una miradita en el hotel y asegurarse de que realmente se trata del inspector Garelli. Porque también es posible que se haya confundido.

Entra en el vestíbulo y mira a su alrededor, pero no logra verlo por ninguna parte. Parece como si se lo hubiese tragado la tierra.

—¿Puedo ayudarla, *signorina* Rosselli?

Valentina se sobresalta cuando se da la vuelta y topa cara a cara con Garelli, que está en pie justo detrás de ella, mirándola como un halcón con sus severos ojos grises.

—Yo podría hacer la misma pregunta —replica ella, enojada—. ¿Por qué lleva todo el día acechándome?

Valentina ve la sorpresa en los ojos de Garelli.

—Creo que está usted equivocada —dice con calma—. Sin embargo, ya que nos hemos encontrado tan oportunamente, ¿aceptará tomar un aperitivo conmigo? —dice señalando con la mano hacia la entrada del bar.

¿Por qué no?, piensa Valentina. Tal vez pueda ayudarla a averiguar qué está pasando con Theo. Todavía no ha tenido noticias suyas desde su extraordinaria experiencia en el club de Leonardo el sábado por la noche.

Se acomodan en una mesita en el centro del local. Valentina pide un Bloody Mary, mientras que Garelli opta por una copa de vino blanco.

—Me preguntaba si habrá tenido usted noticias del señor Steen desde que hablamos el viernes —empieza el detective.

Evidentemente, Valentina no le va a contar lo del sábado por la noche y lo que sucedió con Celia y Leonardo. Mira al inspector a los ojos.

—No. ¿Y usted? —responde con hostilidad.

—Oh, lo siento —se mofa Garelli—. ¿Han cortado? ¿He tocado alguna fibra sensible?

—No, no hemos cortado, Garelli —responde, todavía más enfadada—. Básicamente porque no somos novios.

—Sí, ya veo —dice Garelli, tosiendo deliberadamente, y Valentina se pregunta cuántos días debe de hacer que la sigue. Se lo imagina dentro del Infierno de Terciopelo del club de Leonardo y la idea la hace sonreír. ¿Y si utilizase el látigo con Garelli? Aunque es más que probable que a él no le gustara.

—¿De qué va todo esto? —le pregunta directamente—. ¿Ha hecho Theo algo malo? ¿Tiene algún problema?

—No, no —responde Garelli dócilmente—. Simplemente agradecería su colaboración en cierto asunto relacionado con el robo de seis obras de arte.

Valentina siente que la sangre se congela en la venas, aunque consigue ocultar sus emociones.

—¿Qué obras de arte? —pregunta con calma, evitando sus ojos.

—Una selección aleatoria de lienzos, *signorina* Rosselli, entre las cuales no encuentro ninguna relación, aparte del hecho de que en todos los casos se trata de pinturas europeas y que ninguna de ellas es posterior a 1930. Algunas son más valiosas que otras. Hay, por ejemplo, una obra maestra holandesa del siglo XVII, de un pintor llamado Gabriel Metsu. ¿Ha oído hablar de él, tal vez? —El inspector toma un sorbo de vino—. El primer cuadro fue sustraído aquí, en Milán, pero los demás fueron robados en el extranjero: uno en Nueva York, dos en Inglaterra, uno en Francia. El último cuadro que hipotéticamente desapareció pertenecía a una colección privada en el extremo norte de Suecia, prácticamente en el país de Papá Noel.

«Se llevó la chaqueta de plumón y las botas de nieve.»

—¿Qué quiere decir con «hipotéticamente»?

—Bueno, es bastante raro —le explica Garelli—. Se recibe la denuncia de que los cuadros han sido robados, pero luego, menos de veinticuatro horas más tarde, todas las víctimas cambian de idea. Dicen que quieren retirar la denuncia. En un par de casos llevé el seguimiento. Por ejemplo, viajé a Londres en relación con uno de los cuadros. La víctima se negó a enseñarme de nuevo el lienzo *in situ*, a pesar de sostener que había habido una equivocación y que la obra no había sido robada. Ya me dirá usted, *signorina* Rosselli, cómo se puede cometer una equivocación así.

—¿Qué cuadro era? —pregunta Valentina, intentando mantener la calma mientras saborea su Bloody Mary.

—Uno del pintor francés Watteau.

Valentina baja la mirada y observa fijamente el rojo escarlata de su combinado. ¿En qué anda metido su amante?

—Pero, ¿qué tiene que ver Theo en todo esto? —pregunta, temiendo la respuesta.

—Tengo una fuente —dice Garelli—. Parece que su compañero casualmente estaba en las inmediaciones de todos estos robos posteriormente desmentidos. Y puesto que es un célebre crítico de arte..., un experto en la materia..., me siento en la obligación de interrogarlo. Por supuesto, es posible que al final todo resulte ser una coincidencia —añade en tono indulgente, aunque con una sonrisa siniestra.

Valentina apura su combinado.

—Bueno, a mí me suena muy poco convincente —dice con altanería—. O sea, cuadros robados pero no robados. Ni siquiera hay ningún delito. Tal vez no debería perder el tiempo siguiendo la pista de Theo para dedicarlo a todas esas presuntas víctimas de robos falsos.

A Garelli se le iluminan los ojos por un instante.

—Vaya, *signorina* Rosselli, es una idea excelente. Gracias por el consejo.

Ella se levanta, indecisa sobre si el inspector habla en broma o no.

—Tengo que irme —dice bruscamente.

Sale del hotel Avatt Park, sin saber con certeza si está enfadada con Garelli o con su amante. ¿En qué coño anda metido Theo? Aquel no es su mundo. Robos, conspiraciones y la policía. O tal vez sí que ha sido siempre el mundo de Theo y ella lo ignoraba. No logra entenderlo. Hay una cosa que sabe de Theo, y es su sentido de la justicia. Es un hombre bueno, no un ladrón. ¿Por qué le esconde a ella todo eso? Pese a todos los esfuerzos que hace por contenerse, Valentina no puede evitar sentirse furiosa.

Todavía está un poco enojada cuando llega al club de Leonardo más tarde esa misma noche. Una ventaja de su estado de ánimo es que la furia hacia Garelli y Theo la ayuda a superar los nervios de volver a ver a Leonardo tras su último e intenso encuentro. Después de haberse vestido con tanto esmero las dos veces que ha ido al club, esa noche no se lo ha pensado dos veces y se ha puesto el nuevo corsé y las medias debajo de un vestidito retro negro. «¡Que los demás piensen lo que quieran!», se dice mientras entra como un vendaval por la puerta.

Leonardo la espera en el vestíbulo. Va vestido sencillamente, con unos tejanos negros y una camiseta de un blanco prístino. Para sorpresa de Valentina, también lleva gafas y está sentado al escritorio de la recepción, leyendo.

—Ah, Valentina —dice, levantando la mirada y quitándose las gafas, con una sonrisa como si no hubiera pasado nada extraordinario entre ambos.

Por un momento Valentina desea que vuelva a ponerse las gafas, que suavizan su aspecto de *latin lover*. Leonardo cierra el volumen que tiene entre las manos y ella observa que es *Watt*, de Samuel Beckett. No es el tipo de libro que, en su opinión, podría leer alguien como Leonardo. Valentina casi lo suponía aficionado a obras literarias oscuras.

—He intentado llamarte, pero tenías el teléfono desconectado —dice él.

Valentina saca el móvil y comprueba que tiene dos llamadas perdidas.

—Lo siento, no me había dado cuenta. Me he olvidado de conectarlo.

Leonardo guarda el libro en un cajón.

—Antes de nada quería asegurarme de que estás bien después de la otra noche.

Valentina se muerde el labio.

—Pues sí —contesta con sequedad.

—Y en segundo lugar, ya sé que en principio hoy íbamos a hacer otra sesión con Celia en el Infierno de Terciopelo, pero por desgracia no se encuentra bien y no he podido encontrar a ninguna otra chica.

—Vaya.

—Se te ve muy decepcionada, Valentina. —Leonardo inclina la cabeza a un lado y juguetea con las gafas entre las yemas de sus dedos.

—En absoluto —miente Valentina, tratando de aparentar indiferencia—. Es que acabo de anular otros planes.

—Lo siento mucho. Volveré a programarlo, a menos que... —Valentina lo mira inquisitivamente. Por favor, que no sugiera ver otra sesión de dominación, suplica mentalmente—. En realidad estaba meditando una posibilidad. Para facilitarte tomar fotos con sensibilidad de una sumisa y su dominador..., pues que estaría bien que lo probaras tú misma. Quiero decir que la dinámica sería diferente si fuéramos solo tú y yo.

Valentina tiene la sensación de que una mano gélida le aprieta el corazón, paralizándola.

—No estoy segura de ser del tipo sumisa.

Leonardo le sonríe con una luz de picardía en los ojos.

—Pues yo creo que sí lo eres —dice—. Siempre reconozco a una sumisa nata cuando la veo. Mira, no se trata de dejarse pisotear. Hay que tener valor para ser sumisa.

Valentina no dice nada durante un rato. Observa a Leonardo mientras este guarda las gafas, preguntándose si ella tiene el valor de hacer lo que él le pide. Toma aliento antes de hablar.

—¿Estará Theo allí? —pregunta en voz baja.

Leonardo levanta la vista hacia ella.

—¿No has hablado con él desde el sábado? —pregunta.

Valentina niega con la cabeza y sus mejillas se ruborizan.

—No entiendo lo que pasa —susurra con voz ronca.

—Yo no puedo decirte qué quiere Theo, Valentina —dice Leonardo—. Tendrás que averiguarlo por ti misma —añade con una sonrisa—. Pero sí que puedo decirte que si quieres experimentar qué se siente siendo sumisa, esta noche estaremos tú y yo solos en el Infierno de Terciopelo.

Los dos se miran fijamente, con un denso silencio entre ellos. Aunque ya ha tenido relaciones sexuales con aquel hombre, la idea de que Celia no esté en la sala con ella hace que la proposición le parezca mucho más peligrosa. De ningún modo puede hacer eso. ¿Qué pasa con Theo? Pero entonces se alza otra voz dentro de su mente. ¿«Qué pasa con Theo», Valentina? Te abandonó hace ya una semana, sin ninguna explicación, dejándote solo un antiguo álbum lleno de fotografías eróticas. ¡Para reaparecer de repente el sábado por la noche y follarse a Celia delante de tus narices! Para transtornarte. ¿Y qué supone que te provocan esas fotos eróticas por las noches cuando estás sola en la cama?

—Vivo con Theo —dice, sosteniendo la mirada de Leonardo—. Quiere que sea su novia.

Leonardo pestañea como respuesta.

—Y yo también tengo novia. Raquel. Creo que os conocisteis. Lamentablemente esta noche está ocupada, de lo contrario podría haber ocupado el puesto de Celia.

¿La rubia del corsé es su novia? Jamás habría imaginado que Leonardo tuviera pareja.

—Esto es una elección de estilo de vida, Valentina. No tiene nada que ver con cuestiones de fidelidad. Estás eligiendo experimentar algo que, a mi entender, te parecerá erótico. Una experiencia que puedes utilizar para mejorar tu vida sexual con Theo. Además —añade—, él no tiene por qué saberlo nunca.

«No tiene por qué saberlo nunca.» Sin embargo, ella siempre lo sabrá. Valentina trata de razonar consigo misma. Si lo hace, la experiencia la ayudará a desprenderse de Theo. Le permitirá demostrarse a sí misma que no puede ser la mujer que Theo desea. Y salvará a Theo de quien es ella realmente: una compañera fría y desalmada como su madre.

—De acuerdo —dice, sin dar crédito a su propia voz—. Pero estoy un poco asustada...

Leonardo la coge de la mano y la mira con afecto.

—Eso es lo que lo hace tan erótico. Tienes que tener un poco de miedo, Valentina. Si no, no funciona.

—¿Qué me vas a hacer? —susurra.

Leonardo le suelta la mano y Valentina nota que su mirada se endurece.

—Te llevaré a la parte más oculta de ti misma. Primero exploraremos mi versión del Infierno de Terciopelo.

Valentina se estremece involuntariamente, recordando los látigos y varas que vio colgados en la pared.

—Y luego, Valentina, te llevaré al Cuarto Oscuro que hay dentro de ti.

Belle

Él apoya la espalda en la pared del dormitorio de Belle, con las piernas cruzadas, las manos en los bolsillos, y la observa. Su mirada la abrasa a través de la ropa mientras empieza a desabotonarse la chaqueta. Belle se encuentra tan turbada que las manos le tiemblan mientras se quita la bufanda, deja el bolso junto a la cama y se agacha para desabrocharse las botas. Él camina a su alrededor y se acerca por detrás. Belle siente un hormigueo en la piel como reacción a su proximidad. Él la coge de las manos y se las levanta por encima de la cabeza.

—Espera, deja que lo haga por ti —dice, arrodillándose y desabotonándole las botas antes de quitárselas delicadamente para dejar a la vista unos pies con medias.

Belle baja las manos hasta tocarle la cabeza y le pasa los dedos por la espesa mata de pelo negro. Él levanta la vista hacia ella y la concentración de su mirada es algo tangible que se extiende densamente en el aire, como miel en su lengua.

Él se levanta, destacando sobre ella, obligándola a bajar las manos. La toma en brazos y la lleva a la cama, donde la deja con sumo cuidado, como si fuera de cristal. Ella se queda allí tendida, contemplándolo. No tiene ninguna necesidad de seducir a aquel hombre, ni de que él la seduzca a ella. No se requiere ningún esfuerzo. Belle siente el magnetismo que opera entre ellos, la corriente de su anhelo. Él se acerca a la cama, aflojándose la corbata. La mira, echada con su camisa de seda, como si pudiese ver el deseo que anida en su corazón.

Él se agacha. Con una mano le levanta la camisa hasta el pecho y con la otra le quita la ropa interior para poder admirar su desnudez. Belle termina de desprenderse de la camisa de forma que lo único que viste son las medias negras. Belle se incorpora hacia él, que se inclina hacia ella y la besa. Belle raramente besa a sus clientes. Pero ese hombre no es ningún cliente. Es el dueño de su corazón. Se le ocurre un susurro de duda: tal vez él crea que solo es una prostituta. No le importa. Nunca la han besado tan profundamente ni con tanta pasión. Es un tipo de beso que le hace desear darle hasta la última gota de su esencia. Sus labios y sus lenguas hablan entre sí, sin palabras. Finalmente, él se aparta.

—Belle *el Pajarillo* —susurra—. Me gustaría muchísimo hacerte el amor. ¿Me lo permitirás?

—Sí, Santos Devine, te lo permitiré.

Santos se quita la ropa y Belle admira su cuerpo firme y enjuto. Es un hombre que jamás descansa, que siempre está activo. No tiene ni una pizca de grasa en el cuerpo, al contrario que su sedentario marido. No, esa noche no pensará en el señor Brzezinski. Belle sabe que está navegando cerca del viento, arriesgándose al escándalo, a perderlo todo. Pero vale la pena experimentar semejante intensidad de pasión, aunque solo sea esa única vez.

Cuando Santos la penetra, no puede evitar un jadeo de asombro. Nunca antes había sentido el sexo de aquella manera. Hasta entonces ha sido algo placentero, excitante y erótico, pero esta vez el acto reúne todas esas sensaciones y más. Belle se está convirtiendo en una parte de Santos. Puede sentir su placer, su éxtasis, que a su vez intensifica el suyo propio.

Por fin la ha encontrado. Santos Devine, un hombre errante al que probablemente jamás volverá a ver después de esa noche. Santos encaja perfectamente dentro de ella. Se mueve al mismo tiempo que ella; su aroma especiado y salado es un olor que Belle conoce desde siempre; la sensación de su piel, sorprendentemente suave, y el espesor de sus mechones negros han vivido en su memoria desde el día que se hizo mujer.

Santos y ella están pegados. Ahora él está encima de ella y al poco rato se dan la vuelta y ella se coloca sobre él. Belle lo siente dentro, cada vez más profundamente, y anhela que pueda llegar hasta su alma y llenársela.

«Llévate mi vacío. Llévate mi pérdida.»

Y de repente le sucede algo. Una sensación que nunca antes había experimentado. Imagina que finalmente sus almas se tocan, al igual que sus cuerpos, y se siente flotar como un cormorán sobre la laguna, batiendo las alas cada vez más deprisa, rozando la superficie con la punta de las alas. Oh, qué sensación imposible. Tan exquisita y al mismo tiempo tan insoportable. Belle abre los ojos y mira a Santos, que la observa a ella mientras baja la guardia. «No pares», le suplica con la mirada. Santos le pone una mano en la espalda y la levanta para que esté encima de él, sin dejar de acometer. Belle jadea, abandonado todo autocontrol por el poder de su tacto. Belle vuela. Santos la ha liberado.

Después de llegar al clímax, yacen los dos juntos en la cama. Sin decir palabra, Santos le coge la mano y se lleva la palma a los labios. Belle se vuelve y lo mira a los ojos. Puede ver todos los lugares donde ha estado en el azul dorado de su iris y desearía poder estar también allí en sus aventuras. Belle se inclina hacia él y besa sus labios sedosos, tan suaves como la piel de un bebé, incongruentes para un hombre de facciones tan duras. Alarga la mano y hace girar el anillo de oro en su oreja, acercando la boca para besarle el lóbulo. Santos la acerca hacia sí y la abraza con fuerza contra su cuerpo desnudo. Belle sube las piernas, las pasa alrededor de la cintura de Santos y baja la mano para tocarlo. Su miembro vuelve a estar duro. Belle estaba segura. Lo acaricia hasta que lo nota a punto, y luego lo guía para que acceda a ella. En ese momento siente que le gustaría hacer el amor con aquel hombre hasta desintegrarse, hasta desaparecer del mundo real y convertirse en un enjambre de mariposas nocturnas de deseo revoloteando alrededor de la luz de su amor. Porque realmente se ha enamorado por primera vez en su vida. Tal vez fue incluso en aquel primer momento de reconocimiento, cuando pasó a su lado en la *piazza*, pero Belle sabe que pase lo que pase ahora, Santos Devine será el amor de su vida. Y esa noche se siente llena de alegría y olvida por completo a la *signora* Louise Brzezinska y su vida de reclusión, e incluso olvida a Belle y a sus clientes. Es la joven polaca de antes de su vida en Venecia, antes de perder su país y su mocedad. Es Louise en toda su inocencia, entregándose a su auténtico amor nueve veces en una noche.

Valentina

¿Cómo empezaron Leonardo y ella? ¿Cómo pasaron de intercambiar cumplidos a adentrarse en aquel riguroso juego de dominador y sumisa?

Con Theo todo resultó mucho más fácil, porque el primer lenguaje que emplearon para comunicarse fue el de sus cuerpos, de forma que los dos se unieron de una manera perfecta, natural. Nunca habría dicho que su relación prosperaría, y no obstante los comienzos de su aventura romántica habían fluido sin esfuerzo. Era embriagador y emocionante organizar todas aquellas citas inesperadas y anónimas en hoteles. Jamás se había sentido tan viva como aquellas primeras pocas semanas con Theo.

Valentina respira hondo e intenta sacarse de la cabeza los pensamientos de los primeros tiempos con Theo. Las cosas cambiaron, recuerda, cuando él se mudó a vivir con ella. Ahora quiere poseerla, como ya le advirtió su madre. Está llevando a cabo una estratagema con ella, algún tipo de venganza por su falta de compromiso. Ella no es la chica que Theo quiere que sea. El tipo de chica que se muere de ganas de conocer a los padres de su pareja. Con desazón, Valentina comprende que, a fin de cuentas, ella es igual que su madre.

Leonardo llena un par de copas de vino tinto y Valentina se pregunta si también estará nervioso. Están sentados en su despacho, él a su escritorio y ella enfrente. Leonardo le entrega un folio mecanografiado.

—Necesito que firmes este descargo de responsabilidad —le dice—. Conforme consientes todo lo que pueda pasar esta noche.

Valentina se incorpora de un salto, con la duda en su rostro.

—¿Un descargo de responsabilidad? —pregunta incrédula—. Pero si ya hemos tenido relaciones sexuales...

Leonardo coge un bolígrafo y lo chupa por un extremo, pensativo.

—Lamento ser tan formal —dice—. Fue un descuido por mi parte no hacerte firmar la otra noche..., aunque por supuesto la cuestión era que tú tenías que actuar espontáneamente.

Valentina frunce el ceño. Hace que suene como si la hubieran manipulado. Se fija en las manos de Leonardo mientras le tiende el bolígrafo. ¿Realmente va a someterse a ese hombre? La mano le tiembla incontrolablemente mientras estampa su firma.

—Solo quiero tranquilizarte —dice Leonardo con toda naturalidad, como si estuviera explicando un suceso normal y no una noche de sexo salvaje— respecto a que en mi club practicamos el sexo seguro. O sea que no tienes que preocuparte por este aspecto del asunto.

Tanto atrevimiento la hace palidecer.

—No hace falta decir que utilizaré condones si terminamos practicando el coito, tal como hice el sábado.

¿Si acaban practicando el coito? ¿No acaban de acordar que eso es precisamente lo que van a hacer?

Leonardo lleva las gafas puestas y, mientras él habla, Valentina se ve reflejada en ellas. Trata de no mirarse. Quiere sentirse tan distanciada como sea posible de lo que está a punto de ocurrir. ¿Realmente va a hacerlo? ¿No es una traición? Solo lleva una semana separada de Theo y está iniciando una relación sexual con otro hombre, sin su implicación ni conocimiento. No puede evitarlo. Quiere comprender otro aspecto de su sexualidad. Desde la noche con Rosa y Celia, algo ha cambiado en su interior. No solo siente curiosidad por descubrir el sadomasoquismo; en lo más profundo de su ser siente la necesidad, el anhelo de saber qué se siente al ser dominada. Le cuesta admitir esa verdad sobre sí misma. Y no obstante es la verdad. Necesita explorarla fuera de su relación con Theo, con un experto, por así decirlo, alguien como Leonardo, que sabe lo que hace.

—¿Qué? —Leonardo tiene los codos sobre el escritorio, con los dedos entrelazados y la barbilla apoyada sobre ellos—. ¿Hay algo que quieras preguntarme antes de empezar?

—¿Cuándo supiste que te iba... esto? —pregunta tartamudeando un poco—. Quiero decir, ¿cómo lo descubriste?

—Siempre lo he sabido —responde Leonardo sencillamente—. Desde que era un niño. Tenía seis años y estaba jugando con una niña dos años mayor que yo. ¿Sabes que según Freud todos los niños tienen estas tendencias sadomasoquistas?

—Me parece que semejante afirmación se aparta mucho de la corrección política —comenta Valentina, sintiéndose indignada. «No metas a los niños en esto.»

—Ya lo sé —asiente Leonardo—. Pero creo que es verdad. Lo que no significa que los niños no sean inocentes o vulnerables.

Valentina recuerda algo. Había intentado olvidarlo, pero un recuerdo vago e impreciso está emergiendo de su subconsciente. De cuando tenía unos ocho años. Algo que vio. Su madre era un espíritu tan libre que cuando la abandonó el padre de Valentina tuvo una serie de novios. Siempre había un ambiente de nuevas efusiones amorosas, hasta que su madre mandaba a freír espárragos a su último amante. En esa ocasión Valentina vio algo. Un vistazo fugaz de su madre en su dormitorio, atada a una silla. La imagen es bastante clara. Su madre de cara al respaldo de la silla, vestida tan solo con un sostén y unas enaguas, las manos sujetas a la espalda, los pies atados a la silla y la boca amordazada. Y sin embargo Valentina no se asustó ni se horrorizó. De hecho, pocas semanas después propuso a un niño de su clase un juego en el que debía atarla a una silla y besarla. El niño no solo accedió, sino que también le levantó la falda para verle las bragas.

Así pues, ¿había sido eso lo que había plantado la semilla de aquel deseo dentro de ella? Había sido por su madre. El otro día Leonardo había dicho que a menudo una sumisa tenía tendencias narcisistas, una afirmación que sin duda describiría a la madre de Valentina y, para ser sincera, probablemente a sí misma.

—Mira —sigue diciéndole Leonardo—, el sadomasoquismo tiene un componente catártico. La experiencia de sentirte expuesta y humillada puede ser en realidad una manera de volver a conectar con una parte de tu personalidad que habías reprimido y dejado a un lado.

Valentina se humedece los labios.

—No me gusta el dolor —susurra.

—Eso ya lo veremos —dice él, apurando su copa de vino—. Bueno —añade enérgicamente mientras se levanta—. ¿Estás preparada?

Valentina baja tras él la escalinata de mármol. Al llegar al pie se vuelve hacia ella, que ya lo ve distinto de algún modo, como si hubiera crecido algunos centímetros.

—A partir de este momento estás sometida a mi voluntad, Valentina. Eso significa que debes hacer exactamente todo lo que yo te diga, y si no, habrá consecuencias. Te recordaré por última vez que si quieres que deje de hacerte cualquier cosa, tienes que comunicármelo. ¿Queda claro? Solo tienes que decir en voz alta y clara «BASTA». Y si quieres que me modere un poco, puedes decir «CALMA». ¿De acuerdo?

Una parte de Valentina desea rebelarse, pero otra parte de ella escucha, silenciosamente, subyugada.

—Sí. —Su voz es casi un suspiro.

—He decidido que me gustaría someterte en primer lugar en el Infierno de Terciopelo. Quiero que entres en la sala y te desnudes hasta quedar en ropa interior. Quiero que te arrodilles junto a la cama, de espaldas a la puerta. Cuando entre yo, no te volverás ni me mirarás. No debes mirarme a la cara a menos que yo te diga que puedes hacerlo. Debes mantener los ojos bajos en todo momento. ¿Queda claro?

Valentina asiente con la cabeza. Su corazón late furiosamente y al cerrar los puños nota las palmas sudorosas y pegajosas. Su cerebro lógico le pide a gritos que salga de allí y no vuelva jamás, pero otra parte de ella vibra de curiosidad. Había pensado que Leonardo no era su tipo, y sin embargo lo que le ofrece la atrae, la experiencia de ahondar en una parte de sí misma que todavía tiene que explorar. Aquella incursión en lo desconocido es excitante y francamente sugestiva.

Leonardo da media vuelta y se aleja por el pasillo oscuro. Valentina se queda sola. Abre los puños y apoya la mano en el pomo de la puerta.

Dentro del Infierno de Terciopelo uno tiene la sensación de haber entrado en un útero cálido y palpitante. La sala ya no le parece siniestra, como se lo pareció cuando estuvo allí con Anna la dominatriz y su esclavo Nicky. Tampoco parece tan enorme como el sábado anterior, cuando estaban los cuatro en la cama. Valentina mira alrededor. ¿Y si Leonardo la sujeta con correas a esa especie de cruz y le pone pinzas en los pezones? Siente un vahído de miedo, pero procura reprimirlo. Leonardo le ha asegurado que puede decirle «basta» en cualquier momento. Le ha dicho que todo lo que ocurra será con su consentimiento, y que tiene la opción de salir del juego. Están juntos en eso. Es una especie de complicidad. De confianza, en cierta medida.

Qué raras somos las personas, piensa Valentina mientras se desabrocha el vestidito negro y lo deja bien doblado sobre la silla que hay junto a la puerta. Duda sobre si dejarse las medias puestas y decide que también cuentan como ropa interior. Anda hacia la cama y se arrodilla en su corsé nuevo de seda negra y sus medias negras. Mientras espera se siente como una niña arrodillada junto a la cama a punto de rezar sus oraciones. Una sensación totalmente fuera de lugar. Valentina empieza a tiritar, aunque en la habitación no hace frío. Se da cuenta de que está aterrorizada.

Oye que se abre la puerta. Su instinto la impulsa a volverse para ver quién es, aunque por supuesto sabe que tiene que ser Leonardo. Hace acopio de toda su voluntad para no mirar detrás de ella. Él ni siquiera la saluda. Valentina vislumbra su silueta oscura caminando por la sala, encendiendo velas en las esquinas y apagando las luces eléctricas para que la sala se vuelva más oscura y evocadora, con largas sombras procedentes de parte de la parafernalia. A Valentina empiezan a dolerle las rodillas, pero trata de permanecer lo más quieta posible. Por supuesto, no quiere invitar a su dominador a castigarla. El suspense resulta casi insoportable, pero la excita. ¿Qué le hará? Está totalmente en sus manos.

Valentina nota que Leonardo está en pie detrás de ella, observándola. La respiración se le acelera cuando nota que él se inclina sobre ella.

—Levántate, Valentina —le dice.

Ella obedece, temblorosa, con las piernas entumecidas después de estar tanto rato arrodillada.

—Date la vuelta —le ordena Leonardo.

Ella se vuelve, procurando no mirarlo a la cara. Ve sus pies descalzos delante de ella, y sus musculosas piernas enfundadas en unos tejanos negros ceñidos. Tiene el torso desnudo. Por encima del pecho ya no se atreve a mirar.

—No te muevas, ni un músculo —exige Leonardo—. Solo yo puedo tocarte, ni siquiera tú misma.

Leonardo avanza un paso y deja deslizar las tiras del corsé sobre los hombros de Valentina, cuya conciencia le habla insistentemente: «¡Estás dejando que este hombre que no es Theo te desnude!»

Valentina acalla esa voz interior. Ya es demasiado tarde para moralismos.

Leonardo da la vuelta y desabrocha la parte posterior del corsé, que libera de su cuerpo. Valentina está desnuda, solo con las medias, delante de Leonardo. Le mira la barriga, el círculo de vello oscuro que le rodea el ombligo y le sube hacia el pecho. Apenas puede respirar.

Leonardo se inclina adelante, pone la mano entre las piernas de Valentina y la penetra con los dedos. Ella jadea, sorprendida por su repentino descaro.

—Mírame.

Valentina aparta la mirada del entarimado de nogal y la levanta hacia el rostro de Leonardo. Su expresión no es la de un amante; no hay admiración ni adoración, sino que la contempla como si ella fuera un reflejo de él. Valentina siente un pozo de intimidad entre ella y aquel hombre. Una deliciosa complicidad mientras entran en el escenario privado de su juego erótico. Él saca los dedos de dentro de ella, engancha uno en la parte superior de una de sus medias y lo arrastra bajando por su pierna. Luego hace lo mismo con la otra media. Ahora ella ya no tiene nada que la esconda, ni siquiera sus medias y su sujetador negros de marca. Está totalmente expuesta. Sabe que él sabe que está excitada. Él sabe que, en ese momento, para ella el placer supera al miedo.

—Ve a la cama —le ordena.

Valentina lo hace.

—Ponte a cuatro patas.

¿Va a poseerla Leonardo desde detrás, como el sábado, aunque sin Theo y Celia? Theo. Pensar en él le parte el corazón, pero ahora ya no puede parar. Y una parte de él está allí con ella. Theo forma parte de su necesidad sexual.

Ahora Valentina está a cuatro patas, esperando, con el corazón en un puño. Oye que Leonardo se mueve por la sala, acercando las velas a la cama, de modo que nota el calor que desprenden todas ellas a su alrededor. Trata de ver dónde está él a través de los espejos que rodean el lecho, pero está todo demasiado oscuro para distinguir nada claramente, solo luces parpadeantes y movimiento. Nota que Leonardo sube a la cama detrás de ella y se da cuenta de que todavía lleva puestos los tejanos cuando se frota contra ella. Le pone una venda en los ojos para que no pueda ver nada en absoluto, y luego la atrae hacia sí, contra la pujanza de su pene bajo los vaqueros. Ella siente su dura verga contra su carne blanda y la hace sentir tan primaria que quiere gritar, ordenarle que le haga el amor, aunque por supuesto no puede. Tiene que hacer todo lo que él le exija. La supresión de sus instintos iniciales es extremadamente erótica, y su cuerpo canta ahora por la expectación.

—Apoya los codos en la cama —le dice Leonardo— y pon la cabeza entre las manos. Ahora sube el culo.

Valentina obedece y se siente enormemente expuesta, con el

trasero sobresaliendo como un animal que pide ser follado. Su campo visual es tan negro que su mente insiste en buscar imágenes. Leonardo desnudo detrás de ella. Leonardo penetrándola. Leonardo y ella follando. Todo tan perverso, sucio, malo, y sin embargo lo único que nota es que él le acaricia las nalgas, masajeándolas en profundidad y poniendo las manos debajo de ella, tocando en lo más profundo de ella, que se estremece de deseo.

—Ahora creo que ya estás lista —dice él con frialdad—. Quiero que estés muy quieta, Valentina, completamente inmóvil.

Ella busca en el material negro de la venda de los ojos y no ve nada. Contiene el aliento. ¿Qué le hará? Valentina se encoge de dolor al notar algo caliente en la piel de su trasero. Caliente y líquido, muy caliente, y no obstante no la quema. Oye el chisporroteo de la mecha de una de las velas y de repente cae en la cuenta de lo que está haciendo Leonardo. ¡*Mio Dio*, está derramando la cera caliente de una de las velas en sus posaderas! Está a punto de gritar BASTA o incluso CALMA, pero no lo hace. Si ahora le pide que se detenga, jamás conocerá ni entenderá su mundo. Y es algo que desea de todo corazón. Además, tampoco duele tanto. Piensa en todas las veces que ha jugado con velas y ha dejado gotear deliberadamente la cera en sus dedos, solo para arrancarla pocos minutos después. Siempre había disfrutado de aquella sensación de la cera caliente que le escocía la piel y la tirantez en su mano cuando se enfriaba.

Valentina cierra los ojos, aunque de todos modos los tiene vendados, y se concentra en las sensaciones de lo que le está haciendo Leonardo. Parece estar formando un reguero de cera caliente desde la parte superior del culo de Valentina, por las nalgas y bajando hacia las piernas. Se está acercando gradualmente más y más a su zona más íntima. Valentina siente una tensión en el estómago. Eso no va a hacerlo, ¿verdad? Seguro que no le va a poner cera ahí. Aunque la sensación de esa cera caliente es sorprendentemente erótica. Le escuece la piel, corre por su trasero, que se tensa y endurece. Valentina se oye a sí misma gimiendo. Todo le resulta sumamente extraño. Está permitiendo que un hombre derrame cera caliente en su culo y, a pesar de la incomodidad, disfruta de la subyugación.

La cera gotea más y más cerca de su parte más oculta. Valentina se siente húmeda de expectación. Un minúsculo hilo de cera gotea entre sus piernas pero no llega a tocarla. Valentina está fuera de sí, en el límite entre el miedo y la pasión. Leonardo no deja de derramar gotas de cera y Valentina nota cómo se enfrían, forman capas y se moldean sobre su piel. Se siente latir, vibrar con espasmos muy dentro de ella, y de repente, para su absoluto asombro, está teniendo un orgasmo. Leonardo ni siquiera la ha tocado con la boca o los dedos, ni mucho menos ha tenido un coito con ella, y sin embargo ella ha llegado al clímax sexual. Es un tipo de sensación diferente: visceral, la aseveración de su necesidad más íntima.

Leonardo deja de verter cera sobre ella, alarga la mano adelante y aprieta la yema caliente de su dedo contra su sexo. Valentina vuelve a excitarse y Leonardo aprieta fuerte, haciendo círculos con el dedo, toqueteándola, y ella vuelve a tener un orgasmo, jadeando como si se ahogara en su abandono. Leonardo no para. A pesar que Valentina siente como si se fuera a desintegrar, él sigue tocándola con su dedo caliente y encerado, haciendo que se corra una y otra vez. Valentina grita «¡Por favor!», pero él no le hace caso. ¿Qué está suplicando? ¿Que pare o que continúe? Si no fuera su sumisa, ¿lo apartaría de ella? El dominio de Leonardo sobre ella la libera de sus miedos, ya que es suya y será él quien elija cuándo terminar con aquel retorcido placer.

¿Cuántos orgasmos ha tenido? Parece que se vaya a desmoronar por completo, incapaz de mantener su cuerpo entero; toda su esencia está hecha añicos. Finalmente el dedo de Leonardo se detiene y Valentina cae de cara sobre la cama, con las entrañas vibrando. Se siente como si se hubiera arrancado todas sus capas delante de Leonardo, como si hubiera vuelto a nacer. Se queda echada boca abajo durante un largo rato. La experiencia de lo que acaba de ocurrir es tan abrumadora que no puede hablar, y mucho menos moverse. Oye que Leonardo cruza la habitación, abre un cajón y vuelve junto a ella. Le cubre los hombros y la espalda con una manta liviana de lana y suavemente le arranca la cera endurecida del trasero con algodón y crema hidratante. Lenta y metódicamente rasca y frota, y Valentina tiene la sensación de que se trata de una limpieza no solo de su cuerpo, sino también de su alma. Finalmente ha terminado. Valentina yace de costado en la cama de matrimonio, envuelta en la pequeña manta. Se siente mareada y cansada, como si toda su sustancia se hubiera convertido en éter; como si no fuera más que una sombra de su yo anterior.

Leonardo saca otra manta de debajo de la cama y la cubre con ella. Se inclina sobre Valentina, la arropa y luego se agacha y le quita la venda de los ojos. Valentina pestañea a la luz roja de la sala. Todas las velas están ya apagadas y la habitación está más oscura que nunca.

—¿Qué? —le pregunta Leonardo, con la cabeza inclinada a un lado y los ojos más negros que la noche.

Valentina solo dice una palabra. Y no es «humillante», «degradante», «doloroso», ni siquiera «excitante». La palabra que le dice a Leonardo es «sublime».

Él la besa en la mejilla y se sonríen. De nuevo surge esa profunda complicidad, esa igualdad. No están enamorados. Cada cual tiene su propia pareja y sin embargo han compartido aquel juego tan íntimo. Valentina debería sentirse culpable, pero no es así.

—Ahora duerme —le dice Leonardo, sujetándole los cabellos detrás de la oreja.

Valentina cierra los ojos. Quiere llevarse aquella sensación de sublimidad a sus sueños. Quiere llevársela a Theo.

Belle

A pesar de que su madre era una católica devota y que la enviaron a un convento cuando tenía doce años para que la educaran, Belle no cree en Dios. Sin embargo, cada mañana empieza el día en una de las iglesias de Venecia, normalmente la minúscula y marmórea Santa Maria dei Miracoli, cerca de su apartamento, o la más imponente Santi Giovanni e Paolo. No sabe qué otra cosa hacer. Quiere que Dios le conceda a Santos Devine. ¿No ha pagado ya su penitencia? ¿Catorce años con un marido que la detesta, su padre muerto, su madre loca, Polonia perdida, sin hijos y sola? ¿No se merece recibir lo único que ha querido jamás? El hombre al que ama.

No es mucho pedir, y pese a ello Belle sabe que es como exigir el mundo entero. Cada segundo que pasa con Santos es divino, aunque tortuoso. Él se lo advierte. Muchas veces sugiere que sería mejor que no volvieran a verse. La coge de la mano y le sonríe melancólicamente.

—No quiero romperte el corazón —le dice.

Y ella siente deseos de gritarle: «¿Y dónde está tu corazón? ¿En qué oscura cueva del pasado lo has escondido?»

Santos le dice que no puede amar solo a una mujer. Y sin embargo, la manera como le hace el amor, la forma en que pronuncia su nombre cuando está muy dentro de ella, el hecho de que pueda dormir toda la tarde entre sus brazos... ¿cómo es posible que no la ame?

Belle espera, reza y suplica que se le conceda el deseo de su corazón.

A menudo Santos llega por la puerta trasera de su edificio y la llama desde una barca. Belle sale a su pequeño balcón y le lanza el símbolo de su amor, una rosa blanca, que él atrapa al vuelo y olfatea gustoso.

—Baja, mi pajarillo, ven a navegar conmigo.

Belle se pone el uniforme de marinero, sin molestarse en disimular sus pechos con venda o esconderse los cabellos debajo de la gorra, y a veces se pone unos *shorts* de seda negra en vez de los pantalones blancos. A Santos le encanta aquella prenda tan ceñida y atrevida. Él le dice que será mejor que su primer oficial se ande con cuidado. Y Belle fantasea con la posibilidad de acompañarlo algún día en una de sus aventuras marítimas. Se imagina a sí misma como una intrépida reina de los piratas y a Santos como su oscuro capitán.

Venecia ha dejado de ser una prisión para convertirse en una ciudad de sensualidad para ella y para Santos. El constante murmullo del agua lamiendo la piedra antigua es como la medida constante de su amor. El olor a podredumbre, a yeso que se descompone y a sedimentos es como el efluvio de su sexo, penetrante y trágico. Cada vez que recorre uno de los elevados puentes arqueados de la ciudad de los canales, Belle desea poder cruzar de un hombre al siguiente. Sin embargo aquellos puentes jamás la conducen a ninguna parte, sino que la obligan a describir círculos, como le ocurre a ella en su vida: si ya sería difícil abandonar a su marido, tener a Santos para ella sola le parece del todo imposible. La dolorosa realidad es que Belle no es suficiente para él, y sin embargo Santos es todo lo que ella siempre ha deseado.

No obstante el amor es un sentimiento generoso, y el amor de Belle por Santos la impulsa a dar todo lo que puede, sabiendo que al final el agua se lo llevará, como pasa con todo en Venecia.

Ese día, no obstante, la vida sonríe a Belle. Su marido se ha marchado otra vez y ella es libre para entregarse a Santos, su amante. Ha dejado a sus demás clientes. De repente ya no halla alivio en brazos de ningún otro hombre, solo con él. Sale al balconcito y deja caer una rosa blanca en la barca de su amante. Santos arranca los pétalos, los esparce en el verdín del canal y acto seguido le tiende los brazos. Ella baja en un santiamén y sube a la barca con sus pantaloncitos cortos de seda negros, una blusita blanca y la gorra de marinero. Él se la lleva remando hacia el centro de la laguna, hasta que solo son una minúscula barca zarandeándose en una vasta extensión de agua opaca. Santos le da de comer fresas, cuyo zumo mancha la blusa blanca. Luego se echan en la barca, que sigue meciéndose mientras Santos le hace el amor.

Belle observa las gaviotas que vuelan en círculos por encima de ellos mientras atrae a su amante hacia lo más profundo de ella. Desearía poder mancharlo con su amor, del mismo modo que el zumo de fresa ha manchado su ropa. Desearía que la fuerza de su pasión pudiera de algún modo despertar el corazón de Santos. ¿Por qué él no siente lo mismo?, se pregunta. ¿Por qué no consigue que se enamore de ella? Sin embargo, Santos sigue tan enigmático como siempre. Belle nunca sabe si acudirá al día siguiente, y cuando en efecto aparece, ella luego enciende una docena de velas en la iglesia como agradecimiento.

Esta vez es de noche. Están sentados en su pequeño balcón, contemplando el vaivén de las olas en el oscuro canal, los edificios blanqueados del otro lado, silenciosos como fantasmagóricos centinelas de la ciudad. Santos está desnudo de cintura para arriba. Belle admira el vello que le cubre el pecho, la definida línea de sus hombros y brazos musculosos. Ella está desnuda excepto por la bata, que se extiende entre ambos como una cascada de seda azul. Acaban de hacer el amor. Para Belle ha sido la unión más intensa y emotiva de su vida. Sus ojos siguen húmedos de las lágrimas que ha derramado en el momento del orgasmo, y en ese instante ha vislumbrado un destello en el rostro de Santos. Otra emoción, aparte de la compasión por su amor no correspondido, y por tanto mucho más que la leve sonrisa que suele concederle. Parecía serio. Y la miraba fijamente a los ojos.

Están sentados en silencio, contemplando el canal, hasta que Santos se vuelve hacia ella.

—Entonces, ¿es cierto que me amas? —dice, mirándola con una expresión atemporal.

Belle frunce el ceño.

—Te he amado desde el día que te conocí. Pero ya te lo he dicho miles de veces.

Santos se encoge de hombros, esquivando su mirada.

—Muchas mujeres me han dicho que me amaban. Pero ninguna me amaba realmente. Siempre querían una parte de mí. Normalmente mi espíritu libre.

Belle toma la mano de su amante en la suya, entrelazando los dedos, y le obliga a mirarla.

—Santos, yo no quiero aprisionar tu espíritu. ¿Por qué iba a querer hacer eso cuando es precisamente lo que más me gusta de ti?

—Ah, Belle, ¿qué clase de amor es ese que tú sientes? Me habían hecho creer que cuando estás enamorado de alguien, quieres mantenerlo a tu lado hasta el día de tu muerte.

Belle niega apasionadamente con la cabeza.

—Cuando amas a alguien, permites que sea quien desee ser, Santos. Por eso te amo, porque me dejas ser quien yo quiero ser. ¿Cómo podría no hacer lo mismo por ti? Te amo tanto que sé que algún día tendré que dejarte partir.

La voz se le quiebra. Suelta la mano de Santos y se lleva la bata de seda al rostro para ocultar su pena.

Santos se acerca a ella y la abraza.

—Belle, pajarillo mío, es posible que un día emprenda el vuelo, pero siempre volveré a ti.

Ella levanta la mirada hacia él y en sus ojos hay un destello de nueva esperanza.

—¿Volverás?

—¿Cómo podría no hacerlo, mi dulce Belle?

Santos la besa tiernamente y ella se siente casi delirante de alegría. Le ha dicho que volverá. Algún día. Cuándo podrá ser ese día, ni lo sabe ni le importa. Le ha dado una razón para vivir.

Hacen el amor en el balcón, con la bata de zafiro de Belle envuelta a su alrededor de modo que se hallan en un refugio de pasión. Mientras Santos la penetra, Belle mira la luz de la luna que motea el agua del mismo modo que la semilla de Santos motea su piel.

Al día siguiente llueve y Santos no acude. Ella aguarda junto a la ventana, mandando plegarias sin palabras a cualquier dios que pueda oírla. Se pincha los dedos con una de las rosas blancas, ahora amarillas y marchitas, y ofrece su sangre a cambio de su deseo. Aun así, el canal permanece vacío bajo la inclemente lluvia, que llena de reflejos el cielo. Espera todo el tiempo que le parece prudente y luego vuelve a casa de Louise, haciendo caso omiso del chaparrón que la empapa, con el corazón presa del terror, temiendo que Santos se haya marchado de Venecia sin despedirse.

Cuando llega a su hogar conyugal, observa la lámpara encendida en el estudio de su marido y teme que ya haya vuelto. No lo esperaba hasta la noche siguiente. Hoy no se siente con fuerzas para soportar sus preguntas. La lluvia ha cesado, de modo que da un rodeo hacia la puerta trasera del edificio, caminando con cuidado por la cornisa justo encima del canal. Un trozo de piedra cede bajo sus pies y está a punto de caer al agua cuando finalmente consigue alcanzar la puerta. Avanza furtivamente por el pasillo, cruza la cocina y sube las escaleras. Lleva la ropa empapada y tirita de frío. Ya casi ha llegado a su dormitorio cuando su marido aparece en el rellano como salido de la nada.

—¿Dónde te habías metido? —le pregunta con una fea mueca en la cara.

—Paseando.

—¿Qué mujer respetable de Venecia sale a pasear sola bajo un aguacero cuando ya ha anochecido? ¡Basta mirarte!

Louise baja la mirada hacia su abrigo de terciopelo negro, que se le pega al cuerpo por la lluvia. Louise suspira cansada. Está harta de todo eso.

—Señor Brzezinski —le dice—. A estas alturas ya deberías saber que no tengo nada de mujer respetable.

Aquello basta para sacarlo de quicio. Arremete contra ella y la golpea con la mano abierta en el cuello y el pecho. Ella esboza una mueca de dolor pero reprime los gritos.

—Adelante —lo desafía—. Pégame más. Te crees un hombre muy importante pero eres el hazmerreír de la ciudad. ¡Todo el mundo se ríe de ti, porque tu mujer es una puta!

Las palabras le brotan de la boca sin poder evitarlo. Su marido la agarra por el pelo y la arrastra hacia su dormitorio, cerrando de un portazo a sus espaldas. Su rabia es tan intensa que no puede hablar, aunque sí golpearla. La arroja a la cama de un empujón y se saca el cinturón de los pantalones. Belle ve la hebilla metálica que centellea en la penumbra y enseguida empieza a recibir un golpe tras otro. La golpea con tal furia que esa noche, cuando su marido ha terminado con ella, siente todo el cuerpo destrozado. Pero no le importa. No le duele pagar semejante precio si a cambio puede tener a Santos.

Después, cuando ya ha terminado de golpearla, él le grita a la cara.

—¡Me darás un hijo, zorra estéril! ¡Si no te mataré!

El señor Brzezinski sale como un vendaval de la habitación para bajar al comedor, a acallar su ira atiborrándose de ternera en salsa.

Louise no puede ni pensar en comer. Se queda tumbada una hora en la cama, incapaz de moverse. Ni siquiera es capaz de quitarse las prendas empapadas, aunque sabe que debería hacerlo para evitar un resfriado. Finalmente se abre la puerta del dormitorio de Louise. Ha vuelto, piensa, y ahora acabará conmigo. Pero quien aparece no es su marido, sino Pina, y su rostro no esconde el horror que siente al ver a su señora. Sale disparada del dormitorio sin decir nada, porque en esas circunstancias sobran las palabras. Al poco rato regresa con un cuenco de agua caliente, algunos ungüentos y ropa. Le quita laboriosamente las prendas empapadas y con suavidad va limpiándole la sangre de las piernas magulladas. Le dice palabras tiernas en su dialecto siciliano, palabras que Louise no alcanza a entender, pero cuyo tono la tranquiliza, y aunque la muchacha es al menos diez años más joven que ella, tiene la sensación de que la cuida como lo haría una madre. No está segura, porque sabe que su propia madre nunca hizo nada así por ella.

Pina procura ayudar a su señora, aplicando cataplasmas de hierbas medicinales sobre la piel enrojecida, pero el cuerpo de la desdichada mujer es un mapa de dolor. Lo único que desea Louise es estar entre los brazos de Santos. ¿Y si eso no vuelve a suceder jamás? El pensamiento de Santos que se aleja navegando en su goleta blanca es peor que el dolor de los azotes que acaba de propinarle su marido. Preferiría mil veces morir a tener que vivir sin él.

Valentina

Valentina se incorpora en la cama con dosel como una princesa de cuento de hadas que despierta de un profundo sueño de cien años. Le pesan los párpados y el aire oscuro centellea a su alrededor como si estuviera lleno de luciérnagas. Las cortinas están echadas a su alrededor y le da la sensación de hallarse en una isla de terciopelo. Valentina aparta el dosel y las olas del Infierno de Terciopelo se rizan a su alrededor. Se levanta de la cama, vacilante, como si la alfombra que se extiende bajo sus pies desnudos pudiera engullirla. Mira a su alrededor buscando su ropa, pero las medias y el corsé han desaparecido y su vestido ya no está sobre la silla. De todos modos descubre que eso no le importa. Tras su experiencia con Leonardo, se siente más natural desnuda, pura y limpia. Abre la puerta de cuero y sale al pasillo oscuro. El edificio parece zumbar a su alrededor. Se queda de pie en el pasillo, tiritando, mirando fijamente la puerta de frío metal del Cuarto Oscuro.

«Te llevaré al Cuarto Oscuro que hay dentro de ti.»

Las palabras de Leonardo resuenan en su cabeza. Avanza con paso vacilante hacia la puerta, con el corazón en un puño. ¿Será capaz? ¿Tendrá valor suficiente para entrar en el Cuarto Oscuro? Solo es una sala, se dice a sí misma. Cuatro paredes. Un suelo y un techo.

Ahí dentro no puede suceder nada «realmente» malo, ¿verdad? Desde luego, nada tan horrendo como violaciones... o asesinatos.

Aunque sabe que hay quien se estimula asumiendo riesgos físicos extremos, Valentina no cree que Leonardo lo permita. Pese a que apenas lo conoce, lo cierto es que ya confía en él. Aun así, de pronto le viene a la cabeza uno de los dichos de su madre: «El erotismo es la aprobación de la vida hasta en la muerte.»

La frase es de Georges Bataille, un autor que Tina citaba a menudo. Lo consideraba un filósofo vanguardista del sexo. A Valentina sus ideas le parecían bastante morbosas. ¿Cómo puede ser atractiva la muerte?

Valentina respira hondo y apoya las palmas de las manos en la puerta. Es tan fría que parece quemar, como el hielo. Sin embargo no aparta las manos, sino que se inclina hacia la puerta, apoya la cabeza en la plancha de metal y escucha. No se oye nada, solo los latidos acelerados de su corazón. Baja la vista hacia el pomo, un pomo redondo de metal cuyos suaves contornos contrastan con el acero duro de la puerta. Lentamente baja la mano arrastrándola por la puerta hasta posarla sobre el pomo. Lo gira, pero la puerta no cede. Está cerrada con llave.

—¿Valentina?

Se vuelve y encuentra a Leonardo de pie detrás de ella. Se ha vestido y lleva colgado del brazo un albornoz blanco. De repente es consciente de su desnudez y se ruboriza, sintiéndose como una niña traviesa a la que han pillado robando del tarro de los caramelos.

—Quería echar un vistazo —alega.

Leonardo arquea las cejas.

—Está cerrado.

—Sí, ya me he dado cuenta.

Por un instante ninguno de los dos se mueve. Valentina advierte que él está pensando, como si tratara de decidir algo. Finalmente da un paso hacia ella.

—Debes de tener frío —le dice, envolviéndola con el albornoz.

Valentina pasa los brazos por las mangas y Leonardo se lo

ciñe alrededor de la cintura. Es increíblemente suave y cómodo, y huele a lavanda.

—He pensado que tal vez te apetecería darte un baño —dice Leonardo, abriendo la puerta y haciéndola pasar a uno de los baños más lujosos que jamás haya visto.

El lugar está decorado al estilo de un baño árabe, con el suelo de mosaico, incienso y velas parpadeando en toda su circunferencia. De fondo se oye una música egipcia. Hay una gran bañera circular en el centro, llena de agua aromática que burbujea en pequeños chorros. Valentina ve el vapor que emana de ella y la asalta el deseo de sumergir su cuerpo cansado. Pero, ¿qué hay de su acuerdo?

—El Cuarto Oscuro —susurra—. Pensaba que iba a entrar.

Leonardo se queda pensativo por un instante. Se inclina hacia ella y le coloca los cabellos detrás de las orejas.

—No estoy seguro de que estés en condiciones para el Cuarto Oscuro esta noche, Valentina. Pareces agotada.

Ella no puede evitar sentir una oleada de alivio. La experiencia con la cera caliente la ha trastornado por completo. Tiene razón. No está segura de poder emprender más descubrimientos eróticos esa noche. Se siente floja e insustancial. Se siente aturdida.

—No hay prisa —dice Leonardo, esbozando lentamente una sonrisa—. Te aseguro que te llevaré al Cuarto Oscuro. La próxima vez...

La respiración de Valentina se acelera solo de pensarlo. Una parte de ella quiere preguntarle: «¿Qué me harás allí?» Pero hay otra parte que prefiere no saberlo. Además, está convencida de que de todos modos él no se lo diría.

—¿Quieres darte un baño conmigo? —pregunta de repente, sorprendiéndose a sí misma. Piensa en Theo, en lo a menudo que se mete en la bañera, aprisionándola entre sus piernas mientras le pasa la esponja por los pechos, el vientre, toda ella. Leonardo sonríe benignamente, como el maestro que es.

—No, Valentina —dice—. Creo que necesitas estar sola.

Valentina se abandona a la caricia del agua aromática y mira fijamente con los ojos como platos el techo del baño árabe a través de la luz tenue y moteada. Sin querer le llega un recuerdo, y se imagina nuevamente dentro de él. Está en la bañera de su casa. Theo está inclinado hacia ella, le ofrece la mano y tira de ella hacia fuera, de modo que emerge resoplando y desnuda en sus brazos. Theo coge una toalla y la envuelve con ella. Valentina se siente atrapada y al mismo tiempo segura entre sus brazos. Solo hace seis semanas de aquello, incluso menos, y no obstante parece un recuerdo procedente de algún lugar lejano en el tiempo. Ella trata de apartarlo de su mente, pero sus esfuerzos son en vano. Tan intensa es la evocación que incluso puede oler su propio cuerpo aquel día. El trastorno y la pérdida.

—¿Qué ha pasado? —le está preguntando él—. ¿Por qué está el agua llena de sangre? ¿Te has hecho daño?

Valentina aprieta los ojos, aprieta el mentón contra el pecho de Theo, con la boca en una fina línea que solo transmite su negativa a comunicarse.

—Dime algo —insiste Theo—. Valentina, por favor... ¿qué ha pasado?

Pero ella no puede. Le duele demasiado. Se agita para zafarse de su abrazo. Quiere huir de él hacia el dormitorio, echar el pestillo y esperar a que se vaya. Aunque ya sabe que, por más que Theo se marche, al final siempre vuelve.

—Oh, Valentina —susurra Theo con asombro cuando cae en la cuenta del motivo de tanta sangre—. ¿Por qué no me habías dicho nada?

Las preguntas la agobian; siempre hay demasiadas. No quería tener un hijo... y sí lo deseaba. No quería amar a Theo, pero lo amaba. No deseaba tenerlo atrapado con ella. Era una idea demasiado humillante. Necesitaba afrontarlo sola. Y sin embargo no lo hacía. Anhelaba que terminara todo..., y ahora que había terminado, por algún motivo, de pronto desea que no sea así. Por todo ello fue incapaz de contestarle.

Y ahora, mientras Valentina se baña en las aguas purificadoras del baño árabe del club de Leonardo, se mira. Ahí dentro... ahí estaba el hijo de Theo.

Se pone las manos justo debajo a cada lado del ombligo y aprieta suavemente. Decidió que lo mejor era no tener a ese bebé. Y eso era lo que había hecho. Lo había sentido latiendo en su interior y el pánico la había abrumado, no por la idea de tener un hijo, sino por el compromiso que representaría entre Theo y ella. Rezó para que el niño no estuviera con ella. Pidió que se marchara, y se marchó. Valentina ahoga un suspiro de dolor y se traga las lágrimas. Vuelve a sumergirse en el agua caliente, que late con chorros diminutos, y hace girar su cuerpo una y otra vez en un remolino de sensaciones. No tendría que ser tan sensiblera con ese tipo de cosas. Su lógica le dice que aquel aborto espontáneo había sido una bendición. Sin embargo, jamás olvidará la expresión del rostro de Theo mientras trataba de consolarla. Era la expresión del amor. Theo sentía su dolor por ella. Y eso la aterroriza. Mucho más que la indiferencia o una preocupación bondadosa.

Valentina vuelve a emerger del agua y sacude la cabeza, salpicando gotitas de agua a su alrededor. Deja de pensar en eso, Valentina, se ordena. Llevas un estilo de vida en el que no tiene lugar un bebé. Mira dónde estás ahora. En una casa de citas, por el amor de Dios. Indiscutiblemente, la maternidad no es lo tuyo.

Belle

A pesar de la tremenda paliza, a la mañana siguiente Louise se despierta temprano. El sol apenas asoma sobre el horizonte y en su dormitorio se agazapa un ejército de sombras crepusculares. Su sueño ha estado plagado de inquietantes pesadillas de la Varsovia de su juventud. La noche en que murió su padre y la tortura de conseguir que su madre lo dejara atrás. Tuvo que suplicarle que se marchara con ella y el señor Brzezinski a Venecia, donde estaría a salvo. Pero su madre tenía demasiado miedo. Louise recuerda su pánico, sus temblores constantes, que se intensificaban cada vez que ella o el señor Brzezinski trataban de calmarla.

Louise se obliga a despertar de aquellas tenebrosas pesadillas, que le dejan un extraño regusto y una sensación de malestar, como si fuera una actriz en un drama cuyo argumento desconoce. Cuando se incorpora rígida en la cama, se sorprende al ver a Pina, todavía con su uniforme, dormida en la silla junto a ella. ¿Qué estaba haciendo todavía allí aquella muchacha?

—Pina —susurra, pero la sirvienta duerme profundamente.

Louise observa su cara en reposo, libre de miedos o preocupaciones. Parece un ángel. Y entonces cae en la cuenta. Es un ángel. Esa chica en la que apenas ha reparado hasta entonces está dormida en la silla junto a su cama porque quiere protegerla. A una mujer que casi le dobla la edad.

—Pina. —Louise se inclina hacia ella y le palmea suavemente un brazo. Pina se despierta sobresaltada. Al principio parece confusa, y luego, cuando se da cuenta de dónde está, la asalta la vergüenza.

—Oh, señora, disculpe... —tartamudea, con las mejillas encendidas de rubor.

Louise estrecha las manos de la muchacha.

—No tienes que disculparte, Pina. De verdad.

—¿Cómo se encuentra, señora? —pregunta la doncella, cuyas mejillas empiezan a recuperar su tono habitual.

—Dolorida.

Louise respira hondo, retira las mantas y saca las piernas de la cama. Gime de dolor al levantarse. No está segura de qué es lo que más le duele, las costillas, las piernas o la cabeza. Siente fuertes punzadas en los riñones, donde el señor Brzezinski le asestó un tremendo puñetazo. Será estúpido, piensa Louise. Si tanto quiere un bebé, ¿por qué le hace daño a su hipotética portadora?

—Señora, creo que debería volver a la cama. Le traeré más cataplasmas para aliviar el dolor —dice Pina con los ojos muy abiertos de preocupación.

—Tengo que irme, Pina.

A Louise le cuesta incluso hablar, tanto que se ve obligada a arrancar las palabras de su boca entumecida. El muy malnacido también la pegó en la barbilla.

Pina abre la boca, muda de asombro, y Louise espera su protesta. Pero la muchacha vuelve a cerrar los labios antes de pronunciar una frase que deja atónita a su señora.

—Debe de quererle usted muchísimo —susurra.

Louise se vuelve hacia Pina, se apoya en su hombro y de nuevo respira hondo.

—Sí, más que a nada en esta vida. ¿Querrás ayudarme?

Tardan un buen rato en vestir a Louise; el proceso es lento y doloroso. Para cuando recorre renqueante las estrechas callejuelas de Venecia ya ha salido el sol, aunque sigue siendo temprano, lo suficiente como para poder salir con seguridad de su casa. Ha sido Pina quien ha tenido la idea de meterse en la cama de su señora fingiendo que era Louise, por si se daba la improbable circunstancia de que su marido la buscara. Normalmente, tras las palizas procura no encontrarse cara a cara con ella y sus moratones durante al menos un par de días. Louise está segura de que esta vez no querrá verla durante varios. Le complace pensar en su humilde criada rápidamente dormida en sus sábanas de seda, disfrutando por una vez de un poco de lujo.

Louise se baja el sombrero de campana sobre la frente tanto como puede. Su marido se olvidó de ir con cuidado la noche anterior, y a pesar de todos los esfuerzos de Pina con el maquillaje, Louise lleva un ojo morado. Ha decidido que esperará a Santos una hora, y que si para entonces no ha acudido, se disfrazará de marinero y lo buscará por los barcos. Si finalmente su goleta ha zarpado..., entonces ya no sabe qué hará.

Se sienta en su apartamento, a esperar. Está en un viejo balancín junto a la cama, envuelta en una manta. Su cuerpo dolorido tiembla y tiene la sensación de que la humedad del día anterior se ha apoderado de sus huesos. Cierra los ojos y empieza a flotar a la deriva, con el sonido del agua que lame la piedra como una nana. Se imagina a Pina cantándole, la única otra persona aparte de Santos que parece preocuparse por su corazón.

—Belle... Belle... —Louise oye la voz primero como un suspiro. Es él, y sin embargo su voz suena distinta. Conmovida—. Oh, Belle.

Ella abre lentamente los párpados y por unos instantes tiene la visión borrosa. En la niebla de su habitación empieza a distinguir a Santos agachado delante de ella, con una expresión en el rostro que jamás había visto. Sin ninguna alegría. Solo horror.

—Mi querida niña —exclama.

«¿Qué pasa? —piensa—. ¿Por qué me mira así?»

Y entonces cae en la cuenta. Jamás la había visto tan maltratada, piensa, con un latido sordo en la cabeza. Es la primera vez desde que conoce a Santos que el señor Brzezinski la ha emprendido a golpes con ella con tanta furia. Hasta el momento ha podido ir inventándose excusas para sus leves magulladuras. No quería que Santos conociera a Louise. Pero ¿cómo va a explicarle todo aquello? Por la mañana no se le ha ocurrido pensar cómo iba a reaccionar Santos ante semejante paliza; solo sabía que no veía el momento de verlo.

Santos aparta la manta y la mira. Pone la mano sobre su ojo amoratado y Belle esboza una mueca de dolor cuando la toca.

—¿Quién te ha hecho esto? —pregunta con la voz ronca de ira.

Belle es incapaz de mentirle.

—¿Tú quién crees? —Las palabras salen lentamente y a trompicones de sus labios, como si estuvieran atascadas en su boca entumecida.

Santos lo comprende y su rostro se nubla de rabia.

—Enséñamelo —le ordena.

—No —replica Belle con voz débil—. No quiero.

—Enséñame lo que te ha hecho por mi culpa.

Su voz es tan áspera que casi le da miedo. Belle se levanta lentamente de la silla, se desabrocha el vestido y lo deja caer al suelo. Se siente tan dolorida que apenas puede levantar los brazos para quitarse la camisa.

—No puedo —gime Belle.

Está de pie delante de él, como un pajarillo con las alas rotas. Belle lo mira a la cara y ve angustia en sus ojos. Santos se arrodilla delante de ella y hunde la cabeza en su vientre.

—Perdóname —murmura contra su piel.

—No es culpa tuya —susurra ella, pasándole los dedos entre los cabellos y tirando suavemente de sus suaves rizos.

Santos se aparta de ella y la mira. Hay llamas en sus ojos.

—Lo mataré —musita.

Belle siente un escalofrío de miedo. No tiene ninguna duda de que Santos cumplirá su palabra, pero no puede permitir que se acerque al señor Brzezinski. No puede arriesgarse a que hieran a su amante, o lo arresten por asesinato... y lo ejecuten. Siente una náusea al pensarlo. Hasta ahora el señor Brzezinski ha logrado corromper todo lo que tenía en la vida. No puede dejar que mate a Santos.

—No —suplica, acariciando los cabellos de Santos—. No, mi amor, no lo mates, por favor...

—No puedo prometerte eso —dice él, severo, levantándose y rodeándola con sus brazos—. Hay que ser un monstruo para pegarle a una mujer. ¿Cómo puedes pedirme que no quiera reparar este daño?

—No, no.

Belle se siente al borde de la histeria. No puede poner a Santos en peligro... ¿Y qué sería de su madre? Si Santos no matase al señor Brzezinski, sino que simplemente lo lisiara, sabe cómo se lo haría pagar exactamente su marido. Se aseguraría de que su madre jamás pudiera salir de Poveglia. Permitiría que aquel médico cruel le practicase una lobotomía. Ya ha amenazado muchas veces con hacerlo, ya que fue el señor Brzezinski quien internó a su madre y tiene potestad para tomar decisiones sobre su tratamiento.

El miedo aumenta en su interior, y ahora, entre los brazos de su amante, la conmoción por la paliza empieza a afectarla. Ayer por la noche llegó a temer que el señor Brzezinski la matara. Creyó que jamás volvería a ver a Santos. Empieza a temblar incontrolablemente, las lágrimas caen por sus mejillas y le entran en la boca.

—Por favor, Santos —solloza—. Por favor, no te acerques a él.

—Ludwika —le dice en polaco con voz dulce—. No permitiré que vuelva a tocarte.

Santos siempre la ha llamado Belle. Oírle pronunciar el nombre con el que la bautizaron sus padres, oír aquellas palabras en polaco brotando de su boca, la hace sentir como si se la llevara una ola, lejos de la realidad, hacia la tierra de su corazón. Belle está mudando la piel de su otro yo, mostrándole quién es en realidad. Se deja caer en brazos de Santos y grita desde lo más profundo de sus entrañas, expulsando el dolor de todos esos años. La muerte de su padre. La locura de su madre. Su boda sin amor que pareció un funeral. La soledad de su matrimonio. Su marido convertido en un monstruo. Santos la abraza, le acaricia el cabello, deja que le empape de lágrimas la camisa.

—Ludwika, mi preciosa Ludwika... —salmodia una y otra vez.

Gradualmente las lágrimas remiten. Santos se agacha, la toma en brazos y la lleva a la cama. Le acaricia suavemente el cabello con ambas manos y su tacto la reconforta. Se echa a su lado en la cama y se quita la camisa mojada para quedar solo en pantalones. Santos acaricia su cuerpo desnudo y magullado y Belle nunca lo ha visto tan serio, tan contenido. Comienza a besarla. Cada marca que ha dejado su marido en su cuerpo, Santos la besa. Aplica los labios sobre el ojo amoratado y el mentón dolorido. Besa los cardenales que florecen en su pecho y senos, la marca en la muñeca donde se la retorció el señor Brzezinski. Santos le da la vuelta y recorre con besos toda la espalda a lo largo de la columna, hasta el punto donde su marido le dio el puñetazo. Le pone de nuevo boca arriba y le besa las piernas maltratadas. Vuelve a subir, deslizándose de nuevo sobre su cuerpo, y le besa el vientre, donde el dolor es más punzante. Aunque no pronuncia ni una palabra, Louise siente el amor que va sembrando sobre su piel. Es el bálsamo más curativo que existe. Con cada beso disminuye su dolor físico y su corazón se expande.

—Hazme el amor —le susurra, mirando las joyas que son sus ojos.

Santos frunce el ceño.

—¿Estás segura, mi pajarillo? No quiero hacerte daño.

Belle hace que no con su cabeza pesada.

—Nunca podrías hacerme daño, Santos —le dice.

Santos levanta la cabeza y estudia su rostro con preocupación.

—Esto te ha pasado por mi culpa. No me lo merezco —dice, acariciándole la mejilla con ternura—. No puedo quedarme aquí contigo para siempre, Ludwika. No puedo dar lo que una mujer como tú necesita.

Louise le coge la mano y se la pone sobre el pecho. Los pezones se le endurecen a su contacto.

—Sí que puedes —le dice con voz ronca.

Es la confianza que ve en los ojos de Louise lo que finalmente abre la llave de su corazón. Comprende que ella sería capaz de dar la vida por su amor y se siente impresionado. Quiere adorar a esa mujer que lo arriesga todo por él.

Se agacha y la besa dulcemente en los labios. Louise le suelta las manos y cierra los ojos doloridos. Siente que Santos desliza las manos por su cuerpo en una caricia y que finalmente alcanza el monte de Venus.

—Por favor, Santos, hazme sentir mejor —susurra—. Hazme el amor.

Como respuesta, Santos la besa de nuevo y le abre tiernamente las piernas, adentrando los dedos en lo más íntimo de ella y acariciándola. Louise se derrite, todo el dolor transformado en pasión. Su emoción desnuda la recorre por completo, de modo que cada vez que él la penetra con el dedo, la sensación se vuelve más y más intensa.

Louise grita su nombre. «Santos.» Y como respuesta él la penetra suavemente, adentrándose hasta lo más profundo de ella. Louise abre los ojos, temblando de deseo y emoción, y contempla la cara de su amante, que la mira fijamente como jamás la había mirado. Es como si su vulnerabilidad hubiera vuelto vulnerable a Santos, porque sus ojos están anegados de lágrimas mientras ahonda en sus caricias. No hay necesidad de ninguna palabra más. Están en total armonía. Él siente su dolor y ella experimenta su pasión. Juntos llegan al clímax en perfecta unidad y su amor se desborda como una marea de emoción que los arrastra.

Valentina

Valentina enciende la mesa de luz del estudio de su apartamento. Un resplandor blanco se expande hacia arriba, bañando las paredes y el techo de la habitación, pero dejando las esquinas intactas, la puerta de su propio cuarto oscuro bañada en sombras. Quiere saber de qué es aquel negativo, aunque no tiene ganas de preparar el cuarto oscuro y ampliarla todavía. Hará trampa y le echará un vistazo con la mesa de luz y una lupa.

Saca el negativo de la funda de plástico y lo coloca como una transparencia sobre la enorme mesa de luz, que en realidad es un mostrador reconvertido. Valentina coge la lupa y se inclina, apoyando el ojo sobre el instrumento.

Lo que ve la deja sin aliento. Aquello no es ligeramente erótico como las demás fotografías; aquello es erotismo puro. Debe de ser poco frecuente, piensa, tener una fotografía así de los años veinte. Seguramente vale una fortuna. ¿Por eso se las regaló Theo?

Valentina mira fijamente el negativo y sus contornos se filtran en su subconsciente. Se parece muchísimo a una imagen que aparecía en sus sueños.

Aquella fotografía es distinta de todas las demás. Es la misma modelo, imagina, pero en vez de un primer plano, ahora ve todo su cuerpo. Debieron de tomarla al aire libre, ya que la mujer está echada boca abajo sobre piedra blanca brillante, o mármol, evidentemente a plena luz del sol. Parece que haya tanta claridad como en la mesa de luz. Ese deslumbrante fondo resalta los contrastes del cuerpo desnudo de la mujer. Tiene las piernas abiertas, con las rodillas un poco dobladas. Lleva unas botas negras con botones. Tiene el torso levemente vuelto, igual que la cabeza, y lleva puesta una máscara veneciana blanca que le cubre por completo las facciones, excepto la boca, que está entreabierta, como expectante. Tiene una melena oscura tipo casco, el peinado característico de los años veinte. Todos esos elementos de la modelo —las piernas abiertas, la extraña postura del torso— se dirigen al foco central de la foto. La mujer tiene el brazo derecho extendido hacia su trasero, creando una línea angulosa donde dobla el codo. Tiene la mano metida entre las nalgas, separándolas ligeramente con los dedos abiertos. El dedo corazón está extendido directamente hacia abajo y apunta a su parte más íntima. Se está ofreciendo al espectador.

«Mírame, lo abierta que estoy para ti, esperando a sentirte dentro.»

La cegadora luz blanca que brilla detrás del cuerpo de la mujer se filtra entre sus piernas y esa zona queda bordeada de blanco. A Valentina le recuerda un halo, cosa que confiere a la imagen un incongruente aire casi espiritual. También es intensamente erótico. Valentina se muerde el labio. Le encanta esa imagen. Es bonita, sexy y con clase. Es todo lo que quiere lograr con sus propias fotografías eróticas. Se imagina ampliándola hasta que sea muy grande, enmarcándola y colgándola en su dormitorio. ¿Qué le parecería a Theo?

Un fuerte ruido la sobresalta, sacándola de su ensueño. Abre la puerta del estudio y escucha. Oye ruidos procedentes de la cocina. Corre por el pasillo y abre de golpe la puerta para descubrir a un pajarillo que aletea frenéticamente. ¿Cómo ha conseguido entrar? La ventana está cerrada. Valentina se queda paralizada unos segundos, observando al animal mientras este busca una salida. El pajarillo baja en picado sobre la pila, golpea el escurridor con las alas, vuelve a despegar y pasa rozándole la cabeza. Valentina sabe que está aterrorizado. No soporta verlo atrapado y asustado.

Corre hacia la ventana y la abre, con la esperanza de que el pájaro salga volando por sí mismo. Pero el animal parece aturdido, incapaz de orientarse. Sigue volando por la cocina, golpeándose contra las sartenes que cuelgan del estante y los tarros de especias del alféizar.

«¡Vamos, pajarito, vete!»

Finalmente el animal se posa sobre la nevera, pestañeando con sus ojitos negros como el azabache. Ella espera junto a la ventana, haciéndole señas. No está segura de si el pájaro la entiende, pero de repente alza el vuelo, atraviesa la cocina y sale por la ventana como si tal cosa. Al final ha sido muy fácil; no hacía falta pasar miedo.

Valentina cierra la ventana enseguida, se sienta a la mesa de la cocina y se mordisquea el labio inferior, pensando en lo sucedido. ¿Traerá buena o mala suerte tener un pájaro en la cocina?

Extiende las manos sobre la superficie de madera de la mesa y respira profundamente. La noche anterior. Le cuesta creer que sucedió realmente. Pero sucedió. Se lleva las manos a las nalgas. Le escuecen un poco, pero sin llegar a doler. Se levanta y vuelve al dormitorio, se queda en pie de espaldas al espejo y vuelve la cabeza para mirarse el culo. Sorprendentemente está libre de marcas. Ni una pequeña quemadura ni irritación de su experiencia con Leonardo.

Aquel día se siente diferente. Tanta investigación erótica está teniendo un profundo efecto sobre ella. Se está dando cuenta de que el sexo jamás puede ser una experiencia intrascendente, aunque una sea un espíritu libre. Pensaba que podría mantenerse como espectadora, como una auténtica fotógrafa, pero hay algo en ella que no se resiste a participar. Piensa en el correo electrónico de Theo: «Diviértete», como si le estuviera dando ánimos. La otra noche estuvo allí, en el club, con ella, Leonardo y Celia. Theo forma parte de todo aquello. Valentina pensaba que al hacer lo que hizo con Leonardo la noche anterior podría romper sus lazos con Theo y dejarlo marchar, pero en cambio hace que lo desee todavía más. Valentina no alcanza a comprender la lógica de su necesidad. Pero ahí está, primitiva y apremiante, calentando su sangre. ¿Y por qué, oh, por qué ha vuelto a desaparecer Theo? Estuvo allí un momento y al siguiente ni rastro de él. Ni siquiera habló con ella. ¿Está tratando de demostrar algo? Todo es tan complicado y confuso... como el propio Theo, supone Valentina.

Por primera vez se le ocurre una posibilidad. ¿Y si intentara ser su novia, como él le pidió? Tal vez podría arriesgarse y confiar en él.

Desea que regrese ya. Valentina está harta de esperarlo. Muy bien, piensa mientras coge el teléfono móvil y busca la pantalla con su número, tú ganas, Theo. Pero el teléfono suena sin que nadie responda, ni siquiera el contestador automático. Valentina lanza el móvil sobre la cama, frustrada.

Llaman al timbre de la puerta. Valentina sale al vestíbulo y coge el telefonillo.

—Un paquete para la *signorina* Rosselli.

Es de Mattia. Seguramente son las fotos de su madre que dijo que le enviaría. Aunque en realidad el paquete parece bastante grande para ser solo fotografías. Valentina abre el envoltorio y descubre dos bultos. Uno es una vieja carpeta de cartón decorada con el león alado de Venecia. Lo abre y algunas fotografías caen planeando hasta el suelo. Algunas son recientes. De Valentina en su infancia. Una chiquilla seria, rolliza y de cejas espesas, ya entonces con su característica melena negra al estilo años veinte. No soporta ver las de cuando era adolescente, porque se veía lastimosamente escuálida. ¿Cómo pudo permitir su madre que llegara a estar tan delgada? Y luego hay un montón de fotografías realmente antiguas. No de su madre, sino de su abuela, Maria, cuando era pequeña. Maria era una niña risueña y, evidentemente, adorada por su propia madre. Valentina va pasando una foto tras otra y ve a su abuela y a su bisabuela cogidas de la mano frente a los majestuosos y antiguos *palazzos* de Venecia, a su abuela en el regazo de la bisabuela en una góndola, el brumoso paisaje en blanco y negro de la laguna adriática extendiéndose hacia el cielo. No hay fotografías del padre de su abuela, ni ningún hermano, y a Valentina le parece recordar que en alguna ocasión le contaron que el padre de la abuela había muerto cuando ella era un bebé, y también que fue hija única.

Hay dos fotos que intrigan a Valentina particularmente. Una de su bisabuela vestida de marinero en que se la ve muy moderna, con unos pantalones blancos acampanados, una chaqueta de almirante y una gorra de marinero. No sonríe; de hecho su expresión es feroz. Lo más destacable de todo es su peinado. Una lustrosa melena de casco negra, idéntica a la de Louise Brooks; de hecho muy parecida a la de la modelo del negativo erótico que estaba mirando Valentina. Muy parecida a su propio peinado, aunque su melena es ligeramente más larga, y con más volumen. Finalmente, para su sorpresa, Valentina encuentra una foto de ella misma de bebé en el regazo de su bisabuela. Reconoce que es la misma mujer porque, aunque obviamente está muy anciana, tiene la misma mirada poderosa que en las demás fotografías de ella, y por supuesto está la melena de casco, ahora blanca como la nieve. Valentina recorre la imagen con el dedo. Desearía haber conocido a su bisabuela cuando era joven y vivía en Venecia. Algo le dice que seguramente se habría entendido mejor con ella que con su madre.

Valentina coge el segundo bulto que ha enviado Mattia. Es mucho más grande, y para gran alegría de Valentina está lleno de ropa de época. Poco a poco va sacando las prendas, algunas de ellas muy raras. ¿También son de su madre? A juzgar por el estilo, Valentina sospecha que pertenecieron a su bisabuela y siente un escalofrío de excitación. Todas las prendas son absolutamente exquisitas. Valentina busca alguna tarjeta o nota de explicación de su hermano, pero no encuentra nada. Piensa en su amigo Marco y en su obsesión por las antigüedades. Se volverá loco cuando vea semejante tesoro. Hay un uniforme de criada muy cortito, un disfraz de egipcia divino, un traje a rayas demasiado pequeño para ser de un hombre, un sombrero tirolés, un sombrero de campana, un vestido corto y negro de bailarina con un tutú tieso, todo tipo de corsés, sujetadores y plumas antiguos. Saca unos pantaloncitos cortos de seda negros y una blusa sin mangas de seda blanca, un poco raídos pero aprovechables, y una bufanda de seda negra atada en un lazo flojo. Hay un largo collar de perlas y, al verlo, Valentina no puede creer que su madre se lo haya dado. Sin duda tienen que valer una pequeña fortuna. Pero la auténtica emoción llega cuando descubre el uniforme de marinero de la fotografía que acaba de ver, junto con la gorra. Aquí está la prueba de que aquellos eran los disfraces para las fiestas de su bisabuela cuando vivía en Venecia.

Valentina se prueba algunos de los conjuntos. Todo le sienta a la perfección, como si lo hubieran confeccionado para ella. Incluso podría ponerse algo de aquello para salir. Recuerda que es martes y que más tarde es la fiesta de Marco. Debería ponerse uno de aquellos disfraces. Cuanto más vistoso, mejor. Hará feliz a su amigo.

O sea que al menos esa noche no va a entrar en el Cuarto Oscuro. Su corazón se acelera un poco. ¿Se siente decepcionada o mas bien aliviada? No está totalmente segura. Abre la cristalera y sale a su minúsculo balcón, con la bata abierta sobre uno de los corsés antiguos. Ahora que ha dejado de llover, hace calor para ser octubre. Tal vez por la noche pueda lucir palmito. Inspecciona la calle. Observa uno de esos minúsculos coches Smart aparcado frente a su apartamento, con un hombre alto sentado dentro del coche, tan alto que la cabeza casi toca con el techo del vehículo. Realmente no es el vehículo más adecuado para un hombre de su estatura, piensa. Valentina se pregunta a quién estará esperando. ¿Cuál de sus vecinas sale con un tipo que conduce un Smart? No ha de ser muy romántico sentarte detrás de tu novio mientras él conduce, como si estuvieras en la carlinga de un avión. Aunque por supuesto podría tener su lado picante, musita, si puedes rodear el asiento de delante con las manos y acariciarlo mientras conduce. Él te notaría, pero no te vería.

Justo mientras está pensando eso, el hombre se vuelve y la mira. Para su sorpresa, coge una cámara que tiene en el regazo y la dirige hacia ella. ¿Pues no acaba de sacarle una foto?

Valentina da un paso atrás refugiándose en su habitación y cierra la cristalera. Está furiosa. ¿Cómo se atreve un desconocido a fotografiarla? Cae en la cuenta de que debe de ser el mismo hombre que vio en el jardín la semana anterior. Se pone unos tejanos y una camiseta, tan apresurada que ni siquiera se preocupa de la ropa interior. Ni siquiera tiene la paciencia de esperar al ascensor y baja corriendo los tres tramos de escalera hasta la planta baja con los pies descalzos. Sale como un torbellino del edificio, pero a pesar de haber ido tan rápida, el Smart y su ocupante han desaparecido. Piensa en llamar a la policía, pero, ¿qué les diría? ¿Que «cree» que un tipo raro con un Smart le ha hecho una foto? Suena estúpido, y además no quiere llamar más la atención sobre sí misma después del interrogatorio del inspector Garelli sobre Theo y sus cuadros.

De regreso en su apartamento, se viste para la fiesta de Marco. Irá en bicicleta hasta su casa, y la temperatura es adecuada para llevar los pantalones cortos de seda negros, con la blusita blanca metida por dentro y el pañuelo de encaje un poco suelto alrededor del cuello. Cuando se mira en el espejo se le ocurre que se parece mucho a Louise Brooks con su famoso traje de marinero. Valentina conecta el ordenador portátil y busca una imagen de Louise. No había duda, ahí está, con el mismo aspecto que tiene Valentina esa noche. Louise Brooks fue una rebelde y pagó un precio muy alto por ser un espíritu libre: su carrera en Hollywood. Valentina la admira mucho. Fue una defensora de la liberación sexual de las mujeres durante los años veinte y treinta. Y después de tanto tiempo, casi noventa años más tarde, las mujeres se enfrentan más o menos a los mismos prejuicios. Valentina se pregunta si será por eso que a veces su madre parece tan dura. Se suponía que estaba viviendo la relación ideal durante los sesenta con el padre de Valentina, el equilibrio perfecto de libertad y posesión. Y sin embargo algo falló. ¿Empezó su padre a juzgar a su madre? ¿No era el hombre liberado que pretendía ser? Valentina no tiene ni idea. Es un tema del que su madre jamás quiere hablar, cosa que enfurece a Valentina. Por mucho que aquel hombre dejase plantada a su madre, sigue siendo su padre. También los dejó plantados a Mattia y a ella. ¿No deberían saber si está muerto o vivo, al menos? Aunque Mattia afirma que no le importa, y siempre hay algo que detiene a Valentina de buscarlo por sí sola. Miedo, imagina que es. Miedo de que al final acabe hiriéndola.

Cuando llega al piso de Marco, la fiesta ya está en danza.

—¡Valentina! —chilla él al verla, con los ojos centelleantes de haberse pasado ya con el vino—. Estás fabulosa. ¿De dónde has sacado esa ropa? Parece de época.

—Porque lo es —le dice Valentina mientras él le ofrece el brazo para conducirla a la sala de estar—. Hoy he recibido un paquete de ropa antigua que había pertenecido a mi bisabuela.

—*Dio mio!* —Marco parece al borde de desmayarse de la emoción—. ¿Cuándo puedo venir a verla?

Valentina mantiene en equilibrio una copa de vino tinto en una mano y un cigarrillo en la otra. No fuma a menudo, pero a veces se permite el lujo de un cigarrillo con una copa. En la sala de estar de Marco el ambiente está muy cargado. Le molesta ver que ha invitado a la pandilla de la maría. Nunca ha entendido la atracción que sienten la mayoría de sus contemporáneos en Milán por la marihuana. Muchos la plantan ellos mismos y hablan de su cultivo como si fuera un arte. No le importa que otros fumen, pero siente que ella no lo necesita para volar fuera de su cuerpo, si es que lo hacen por eso. Las drogas en general no le interesan, ya que sus sueños ya son lo bastante psicodélicos. Ella no juzga a nadie si quiere consumir drogas, pero si todo el mundo fuma maría tiene la sensación de que la fiesta se vuelve un poco aburrida demasiado pronto y la conversación queda muy limitada.

Valentina pasa entre los porreros que gandulean; algunos la llaman y le ofrecen una calada, pero ella la rechaza educadamente con un gesto de la cabeza y sale a la terraza de Marco. ¿Dónde se ha metido? Quiere contárselo todo acerca de los disfraces de su bisabuela. Tal vez al día siguiente pueda ir a su casa y probarse los disfraces juntos. O también podría hablarle de Theo. De todos sus amigos, él es quien más probablemente pueda comprender cómo se siente. Podría hablarle incluso del Cuarto Oscuro. Se pregunta si Marco sabrá qué es.

Valentina empuja la puerta corredera del diminuto patio posterior de casa de Marco. Sienta bien respirar un poco de aire fresco fuera de los confines del piso, tan saturado de humo. Sale fuera a acabarse el cigarrillo, dejando la copa de vino en equilibrio sobre una maceta sin planta.

—¿Tienes fuego?

Qué frase tan sobada, piensa Valentina mientras se vuelve. El hombre que tiene delante le resulta vagamente familiar. Sin duda debe de haberlo visto antes en alguna de las fiestas de Marco.

—Sí.

Valentina se saca el mechero del bolsillo de los pantalones y da un paso adelante para encenderle el cigarrillo. Él ahueca las manos alrededor de las de ella, aunque no hay brisa. Valentina duda y lo mira a los ojos antes de retirar el mechero. Observa que tiene las pestañas larguísimas, casi femeninas, aunque el resto de su rostro es anguloso y de facciones duras, y es muy alto y ancho de hombros. Por el aspecto Valentina no puede asegurar que no sea homosexual.

—Me gusta tu conjunto —dice el hombre, mirándola de arriba abajo.

Instintivamente Valentina estira hacia abajo sus minúsculos *shorts* negros, que se le habían subido por encima de los muslos. Ya se imagina que va un poco provocativa, aunque por supuesto se trata de una fiesta de Marco. Todo el mundo se pone sus mejores galas, aunque este hombre parece bastante vulgar con su camisa azul y blanca y sus tejanos azules.

—¿Tú de qué conoces a Marco? —pregunta Valentina, haciendo caso omiso del comentario del hombre.

—Ah, pues mira, de por ahí —responde él vagamente, echando el humo de su cigarrillo.

—¿Trabajas en el mundo de la moda? —pregunta Valentina.

El tipo suelta una breve risotada.

—¿Tengo cara de trabajar en eso?

—No —responde ella, apagando el cigarrillo, súbitamente molesta. Coge la copa de vino y hace ademán de pasar, pero el hombre le bloquea el paso—. Perdona —dice, tratando de deslizarse por un lado. El individuo no reacciona lo bastante rápido y, sin pretenderlo, Valentina le da un empujón, con lo cual el vino tinto se derrama, afortunadamente no sobre la blusa de seda de su bisabuela, sino sobre la camisa del tipo.

—Oh —dice, un poco avergonzada—. Lo siento, pero como no te apartabas...

—No me había dado cuenta de que tenías tanta prisa por librarte de mí.

—No tenía... Solo es que tenía frío... Oye, ¿quieres quitártela? Puedo ir a buscar sal a la cocina, con un poco de suerte evitaremos la mancha.

El hombre le sonríe, aunque su expresión no es meramente amistosa.

—Claro —dice, desabrochándose la camisa para quitársela a continuación. Su piel es muy pálida, casi tanto como la de ella. No tiene nada de vello, aunque el pecho es ancho y masculino. El tipo le da la camisa.

—¿Por qué no la pones en remojo en la bañera? —le dice, entrecerrando los ojos.

De repente Valentina tiene una imagen de ella misma en la bañera, sumergida en agua vaporosa, y aquel hombre mirándola desnuda.

—Vale, pues eso haré —dice, haciendo de nuevo ademán de pasar a su lado.

—¿Puedes responderme antes una pregunta? —le dice, sujetándola del brazo.

Valentina aparta la mano.

—¿Qué? —pregunta secamente, aunque su primer impulso es mandarlo a hacer gárgaras.

—¿Qué clase de novio se marcha y deja a su novia sola toda una semana, sin ningún tipo de explicación?

Valentina se pone tensa y mira directamente a la cara de aquel hombre. ¿Quién es? ¿Tiene algo que ver con Garelli?

—Eso no es asunto tuyo.

El individuo avanza un paso y se acerca tanto que Valentina siente la piel desnuda de su pecho rozando sus senos a través de la blusa de seda.

—Sí que lo es, Valentina.

¿Cómo sabe su nombre, por no hablar de que también parece estar al corriente de que ella no sabe dónde está Theo? Siente un sudor frío que baja por su columna. Está tan cerca de él que incluso capta su olor, un embriagador aroma a sexualidad masculina. A pesar de la rudeza del tipo y del miedo que siente Valentina, la está excitando ligeramente. El hombre se agacha hasta que sus labios casi rozan los de Valentina.

—Te ha abandonado para mí, Valentina. Y no puedo dejar de preguntarme por qué.

—¿Quién eres? —responde ella en un susurro, notando sus largas pestañas rozando sus mejillas como alas de mariposa.

—Soy de verdad, Valentina, eso es lo único que tienes que saber.

El hombre la rodea con su brazo por la cintura y la atrae hacia sí con tal ímpetu que Valentina casi se cae. La besa tan violentamente que le muerde el labio inferior y ella nota el sabor de la sangre. Valentina ha de hacer acopio de todas sus fuerzas para desasirse de él. Le da un bofetón en la cara, pero él se limita a sonreír burlonamente, sin ponerse nervioso en absoluto. Muda de asombro, y antes de que él pueda volver a tocarla, Valentina entra corriendo en el apartamento de Marco, deja atrás al grupo de fumetas y sube las escaleras hacia el baño. Echa el pestillo y se queda de pie, con la espalda apoyada en la puerta, jadeando ostensiblemente. Se acerca al espejo y se mira en él, ve la sangre en el labio y las mejillas ruborizadas. No parece Valentina. Parece desaliñada. Solo entonces se da cuenta de que todavía tiene en la mano su camisa manchada. Se la acerca al rostro y la huele. El aroma es tan intenso que marea. La lanza a la otra punta del baño, abre el grifo del agua fría y se refresca la cara como si tuviera que quitarse la borrachera. Pero Valentina apenas ha bebido.

Querría quedarse en el baño toda la noche, escondida, pero se ve obligada a salir por un amigo fumado de Marco que aporrea la puerta y le suplica que le deje entrar antes de que tenga un accidente. Valentina baja cautelosamente las escaleras e inspecciona la sala de estar. Ha llegado aún más gente y algunos bailan por parejas mientras suena una pieza de Fats Waller en el equipo estéreo. Ve a Marco bailando con un joven apuesto del que sabe que lleva siglos enamorado, y aunque se muere por preguntarle quién es el desconocido, sabe que no sería justo molestarlo ahora. Mira a su alrededor en busca del tipo. Tiene pensado tirarle la camisa sucia a la cara y exigirle una explicación por su comportamiento, pero no lo ve por ninguna parte. Ya no está fuera en la terraza, ni en la cocina, donde se han instalado Antonella y Gaby a comer de un bol lleno de palomitas.

—¿Habéis visto a un hombre rubio? ¿Alto, sin camisa? —les pregunta Valentina.

Gaby la mira pasmada con sus ojazos negros y Valentina juraría que va fumada, lo que significa que también está muda. La hierba, sin embargo, tiene el efecto contrario en Antonella.

—Perdona, ¿has dicho un hombre sin camisa? ¿Qué le has hecho a su camisa? —se ríe Antonella—. Eres muy traviesa, violando a un desconocido mientras tu hombre está fuera de la ciudad.

—Ya, bueno. ¿Lo has visto?

—No, no, ya quisiera yo, sin duda también habría tomado un poco —dice antes de meterse un puñado de palomitas en la boca.

Valentina se sirve otra copa de vino. Es inútil preguntarles a esas dos; están ambas en otro planeta. Vacía la copa de un trago y decide irse a casa. Ya no está de humor para fiestas.

Valentina se abre paso con su bicicleta entre la multitud del sábado por la noche en Milán. La ciudad rebosa de energía, la música retumba en las discotecas, los estudiantes se echan a las calles de Bocconi mientras ella pedalea entre ellos. De vez en cuando se oye el aullido de las sirenas de la policía que pasan a toda velocidad. Encuentra mucho tráfico en el trayecto hasta su casa, pero eso no evita que Valentina se fije en el ridículo cochecito Smart que la sigue. De repente lo ve claro. El hombre de la fiesta de Marco es el mismo del Smart. Pero, ¿quién es? ¿Y qué quiere de ella?

Belle

Santos le trae un regalo. No es un anillo ni ninguna joya de otro tipo. Ni ropa ni flores. Ni un artículo exótico de uno de sus viajes. Es una cajita negra, con tapa.

—Ábrela —le dice.

Al levantar la tapa, Belle se lleva una agradable sorpresa. Ve que se extiende un fuelle suave y negro, con dos delicadas lentes en su extremo, una grande y otra pequeña. Bajo la lente grande aparece un nombre: Kodak.

—¡Una cámara! —exclama. Aunque no lo sabía, es un regalo que desea realmente—. Es preciosa —dice toqueteando los fuelles art déco.

Belle se la vuelve a entregar a Santos como si fuera la joya más preciosa que jamás hubiera visto.

—Enséñame cómo funciona —le pide.

Al principio sacan fotos de Venecia. Se llevan la cámara y un pequeño fotómetro en el bote de Santos, y Belle sigue sus instrucciones mientras él rema por la ciudad. Ella fotografía las góndolas y los multicolores mástiles de amarre, las iglesias antiguas y los *palazzos* decadentes.

Al día siguiente lleva la película a la farmacia, casi temblando de expectación. La primera serie de fotos son un desastre y se lleva un gran chasco, pero gradualmente va adquiriendo práctica. A veces ya no necesita el fotómetro. Sabe instintivamente cuánto rato tiene que mantener el dedo apretado.

Para Belle, aquellas fotografías son más que recuerdos de Venecia, o de su tiempo limitado junto a Santos. Las fotos son él. Como no le deja fotografiarle directamente la cara, cada trozo de Venecia es una parte de Santos. El Campanile, su orgullo y su fuerza; los caballos de la fachada de la basílica, su parte salvaje; el cielo reflejado en el canal, la tranquilidad del refugio que le ofrece; las palomas emprendiendo el vuelo en la plaza de San Marcos, su espíritu.

Belle no lo sabe, pero Santos lleva más tiempo con ella del que haya pasado jamás con ninguna otra mujer. Por una vez, la suerte está de su parte. El día después de su ataque brutal, el señor Brzezinski desapareció por asuntos de negocios sin decir nada. Belle no tiene ni idea de dónde está, y la verdad es que no le importa. Su ausencia les concede un tiempo precioso a Santos y a ella, de modo que los amantes pueden permanecer juntos hasta que los moratones se vuelven amarillos y empiezan a desaparecer. Santos sigue con ella porque, a pesar de su experiencia y de las muchas amantes que ha tenido, nunca se ha expresado tan completamente a sí mismo como cuando hace el amor con Belle. Y la ama sobre todo cuando está ocupada con su cámara, momentáneamente lejos de él, absorta en la tarea de sacar fotografías. Es como un anticipo de lo mucho que la echará de menos cuando se marche.

Es una resplandeciente mañana veneciana. El cielo, del color de los ojos de los ángeles, se refleja en el agua junto al apartamento de Belle. Abren los postigos y las cristaleras de par en par, y el sol se derrama en su dormitorio, inundándolos en su esplendor mientras hacen el amor. Sentada a horcajadas sobre Santos, Belle nota el calor del sol en la espalda. Él levanta las rodillas y la empuja por los riñones para que caiga sobre su pecho. Santos desliza los dedos entre sus sedosos cabellos y acerca su rostro al de él para que sus labios se encuentren. Belle cierra los ojos y lo siente profundamente dentro de ella, clavándose en su parte más vulnerable y más gozosa. Lo ama tanto que por él dejaría que le arrancasen el corazón. Mientras pueda tenerlo, no le importa soportar la violencia de su marido. Intenta quitarse de la cabeza la idea de que el señor Brzezinski volverá algún día. Y que Santos pronto se marchará. ¿Puede hacer que se quede? A pesar del profundo amor que Belle siente por él, Santos no sería él mismo si sentara la cabeza. Eso cambiaría su relación. Supone que están destinados a tener un amor maldito por las estrellas, y que todas las agonías que tendrá que afrontar cuando él se haya ido valdrán la pena a cambio de aquellos excepcionales días de éxtasis.

Más tarde, ella descansa con la cabeza apoyada en el brazo de Santos, viendo ondear las cortinas con la brisa. Oye el canto de un pájaro y siente el impulso de verlo. Sale de la cama para quedarse en pie junto a la ventana, con la ligera cortina de muselina ondeando alrededor de su cuerpo desnudo. Nota que Santos la está mirando, pero no se cubre.

—Quédate así quieta —le pide.

Belle oye un clic y cuando se vuelve, se sorprende al ver a Santos sentado en la cama con la cámara en las manos. Belle abre los ojos con expresión interrogativa.

—Me parece que no hay suficiente luz, no creo que salga bien —le dice.

—Pero es que me gustaría hacerte fotos —dice Santos—. Para poder tenerlas conmigo cuando me vaya.

«Cuando me vaya.» Belle siente el terror de su partida como un dolor sordo en su corazón.

—¿Qué tipo de fotos? —le pregunta ella.

Santos deja la cámara en su regazo desnudo.

—Unas fotos especiales. Para que yo pueda admirar tu belleza e imaginar que estás conmigo.

«Para recordarte que has de volver a mí algún día.»

Belle se pregunta si Santos les pide fotos a todas sus amantes, pero algo le dice que no. Es un hombre del presente que avanza hacia nuevos futuros, sin mirar jamás atrás. ¿Podrá Belle hacer que mire atrás por ella? ¿Puede hablarle a través de su cuerpo de modo que sea más que un caparazón, que sea una prenda de su amor?

—Belle, cariño, ¿posarás para mí?

Ella sonríe, solo para él. Una pícara media sonrisa. Sabe que quiere sacarle fotos desnuda.

—Pues las tendremos que hacer fuera —dice Belle—. Necesitamos más luz. ¿Dónde sugieres que pose, exactamente? ¿En medio de la Piazza San Marco, como Dios me trajo al mundo?

Santos se ríe, luego se acerca a ella y aparta la cortina ondeante de su cuerpo. La recorre con el dedo desde la frente hasta el ombligo.

—¿Y en el tejado?

—¿No es un poco peligroso?

—No para un ladrón experto de viviendas como yo y su ágil cómplice. Además, estoy convencido de que hay una terraza en la azotea del edificio vecino.

No hace falta mucho para convencer a Belle. Vistiendo únicamente la bata de seda y las botas negras con botones, deja que Santos la ayude a trepar al tejado de su edificio. Se sientan un instante en las tejas de terracota a observar los edificios de Venecia.

—A veces siento que esta ciudad es como un padre para mí —susurra Belle.

—¿En qué sentido? —pregunta Santos, sujetándole un mechón rebelde detrás de la oreja.

—Por su temple ante la adversidad. Protege a sus habitantes, a pesar de que sus propios cimientos no son más que palos clavados en la arena del fondo de la laguna.

—¿Y qué me dices de Varsovia?

Belle niega con la cabeza.

—Nunca me sentí segura en Varsovia, no como me siento ahora en Venecia.

Santos la mira, sorprendido.

—Pero, tu marido... ¿Cómo puedes sentirte segura con él?

—Santos, no hablemos de eso, por favor.

Santos la coge por el mentón y le vuelve la cabeza. La obliga a mirarlo y Belle se da cuenta de lo oscuros que se han vuelto sus ojos, como el cielo nocturno, a pesar de la luminosidad del día. Santos lleva solo los pantalones, su pecho está desnudo.

—No tiene que pegarte nunca más.

Belle alarga el brazo y pone la mano en su corazón, atrapando entre sus dedos el vello de su pecho.

—Por favor, Santos...

Santos pone su mano sobre la de Belle, la estrecha.

—¿Por qué no lo abandonas, amor mío?

Ella libera su mano de la de Santos y la esconde dentro de su otra mano. Se queda mirando el perfil de Venecia. Quiere contarle la promesa que le hizo a su padre, pero le da demasiada vergüenza. ¿Cómo podría entenderlo Santos? Jamás ha permitido que nadie lo atara a un lugar, ni siquiera ella.

—No puedo. —Belle le da la espalda y empieza a gatear por el tejado—. No quiero hablar de él.

Dentro de su corazón, otra voz grita: «Pues claro que puedes abandonarlo, Belle. Ya has pagado la deuda... Vete con Santos, huye con él. Ya no puedes ayudar a tu madre. Ya es demasiado tarde para ella.»

Belle trata de acallar esa voz, pero la esperanza ya ha brotado en su interior. Tal vez Santos se la llevará con él.

Bajan gateando por el lateral del tejado y junto al borde del siguiente, y saltan a una diminuta terraza que pertenece a uno de los vecinos de Belle, que parece que no está en casa. La terraza, recién encalada, resplandece a la luz del sol. En un extremo hay ropa blanca tendida entre las dos paredes. En el otro hay cestos llenos de claveles rojos, rosas blancas y arrayanes. Belle se acerca al muro y contempla la ciudad. Percibe a su alrededor los aromas picantes, dulces y agrios de diversas plantas aromáticas; todas las contradicciones de sus sensaciones cuando está con Santos. Belle deja caer la bata y nota la calidez del sol sobre la piel. Recuerda cómo se sentía todas aquellas noches que esperaba a que Santos fuera a buscarla. Cruza los brazos delante de sus pechos y se abraza los costados, inclinando la cabeza. Santos se quita la gorra de marinero y se la pone a ella en la cabeza antes de volver atrás. Belle oye el *clic* de la cámara y luego Santos se acerca, le saca rápidamente la gorra y se deja caer de rodillas detrás de ella, para luego besarle una nalga.

Santos se levanta y le da la vuelta hacia sí. Ella se siente tan confiada como un pájaro en la palma de su mano. Santos tiene la cámara justo delante de la cara de Belle y hace una foto de su ojo que mira al suelo. Santos besa el párpado cerrado. Belle abre los ojos y ve que él le saca el lápiz de labios del bolsillo.

—Pon morritos para mí, Belle.

Santos sonríe y Belle saca los labios hacia fuera para que él aplique un lápiz de labios de color carmesí antes de sacar otra foto. Santos la besa en los labios y Belle nota que se le yerguen los pezones y el cuerpo se le reblandece, anhelándolo. Quiere que le haga el amor en aquella terraza. No le importa quién pueda verlos. Le resulta muy erótico que la trate como si fuera un objeto.

—Tómame —susurra.

Santos niega con la cabeza y sus ojos brillan con un resplandor perverso. Todavía no ha terminado de sacar fotos. Descuelga una bufanda de encaje del tendedero y se la envuelve alrededor de los senos. Le toma una foto y le besa los pezones, que se han abierto paso entre el tejido. Y así continúa el juego. Santos le pide que haga una pose, saca una fotografía, y Belle suplica que le haga el amor, pero lo único que consigue de él es un beso en la parte de su anatomía que acaba de fotografiar. Santos desenvuelve la bufanda, coge un jarro lleno de agua de lluvia y salpica unas gotas sobre sus pechos desnudos antes de sacar la correspondiente foto. Santos besa los pechos mojados de Belle, que se pregunta si aquella imagen no se verá como si ella hubiera derramado lágrimas sobre su piel desnuda, con la luz del sol resplandeciendo en las gotitas de agua como astillas de un corazón partido.

Luego le pide que se eche en la deslumbrante piedra blanca de la terraza. Aún conserva la tibieza del sol y el contacto con su piel desnuda resulta reconfortante. Santos saca una fotografía de Belle echada de lado, dándole la espalda. Luego se echa boca arriba y Santos retrata el vientre y el ombligo con una de las rosas blancas encima, los pétalos esparcidos. Santos se para un momento y Belle ve que levanta un saco que llevaba colgado a la espalda cuando han salido del dormitorio.

—¿Qué llevas ahí? —le pregunta.

Santos sonríe enigmáticamente, abre el saco y extrae una máscara veneciana. Se la entrega.

—Es una de las máscaras de Lara —explica.

Belle se pone tensa al oír mentar a su rival.

—Si la ha hecho ella, no la quiero —dice, tratando de devolvérsela.

Santos parece divertido.

—Pero si la ha hecho para ti, amor mío.

Belle frunce el ceño.

—¿Y por qué iba a hacer una máscara para mí?

—Porque es mi amiga, no mi amante. Es una de mis mejores amigas en esta ciudad. Siempre me hospedo en su casa cuando vengo a Venecia.

—Oh —dice Belle, toqueteando la máscara. Se acuerda de aquella mujer pelirroja y de su hostilidad hacia ella—. No fue lo que me pareció a mí, Santos. Creo que está enamorada de ti.

Santos niega con la cabeza.

—Tal vez —suspira—. Pero también me comprende. Por eso te ha hecho esto. En señal de respeto. Por favor, no la rechaces, Belle.

Ella mira la máscara. Debe admitir que nunca había visto nada tan bellamente trabajado. Es ligera como una pluma en sus manos. La superficie parece de porcelana, recubierta con finísimas líneas negras, los agujeros para los ojos adornados con largas pestañas negras. Los bordes están decorados con dibujos de espirales doradas entre las cuales hay todo tipo de rizos, pétalos, arcos y puntos de varios colores: lila muy claro, blanco y negro. En el centro de la máscara, entre los ojos, un cristal engarzado sujeta una pluma de pavo real.

—Póntela —le ruega Santos.

Belle sostiene la máscara delante de su rostro y Santos se la ata a la nuca.

—Ahora —le susurra al oído— eres totalmente libre, pajarillo mío. Puedes hacer lo que te plazca.

El anonimato la vuelve más atrevida. Belle se sienta con la espalda contra la pared de la terraza, de cara a Santos. Él vuelve a coger la cámara y la espera. Belle levanta las rodillas y abre lentamente las piernas para mostrarse. Santos se detiene y la observa con interés.

—Provócame, amor mío —le dice.

Instintivamente Belle se lleva el brazo derecho entre las piernas, apretando el puño contra la piedra blanca, aplastando la carne contra ella hasta rasguñarse los nudillos. Belle se pregunta si su parte más íntima será visible en la foto. La idea la emociona. Siente que se enciende la expresión de sus ojos tras la máscara, de modo que desafía a la cámara con la mirada.

«Lo eres todo para mí.»

Santos saca la fotografía.

—Otra vez —insiste—. Provócame otra vez, Belle.

Belle se pone boca abajo sobre la piedra caliente, de cara a la pared. Vuelve a abrir las piernas y dobla las rodillas, girando el cuello y la cabeza para mirar a Santos, y con el brazo derecho entre las nalgas se toca con la mano. Belle aprieta el dedo corazón en el centro mismo de su intimidad y ahoga un gemido. *Clic.* Santos lo ha cogido. Belle sigue tocándose con el dedo y oye cómo se acelera la respiración de Santos, que deja la cámara a un lado y gatea hacia ella sobre la terraza caliente.

—Es una pose muy provocativa —le dice, inclinándose sobre ella y besándole el cuello.

—Me ha parecido que era lo que tú querías —responde, girando aún más el cuello para encontrar sus labios y hacerlo callar con un beso.

Santos se quita los pantalones y se echa encima de ella. Belle siente su masculinidad en la parte baja de su espalda y desea ofrecerse completamente. Se lleva las dos manos a la espalda y lo guía dentro de ella. No le importa que la piedra caliente le roce el vientre y los pechos, ni que el resplandor del sol la deslumbre; lo único que quiere es sentir a Santos dentro de ella. Si pudieran hacer una foto de eso, Belle la guardaría como el mayor tesoro. Una foto del momento en que Santos se vierte dentro de ella, cuando ella lo siente más vulnerable y entregado. Todo suyo.

Después yacen juntos, cogidos de la mano, mirando las gaviotas que vuelan en círculo en el cielo azul. El corazón de Belle escapa con ellas, danzando en el cielo sobre la ciudad. Aquella es la Venecia de Santos y de ella, un paraíso de pasión. A pesar de los abusos de su marido, su corazón es libre, gracias al amor que siente por aquel hombre que reposa junto a ella sobre la piedra caliente.

—Te quiero, Santos. —Belle se apoya en el codo y mira a su amante, tratando de grabar la imagen de su rostro en su memoria.

Se hace un silencio entre ellos. Belle quiere que ahora Santos le diga esas mismas palabras. Espera, pero Santos sigue callado, mirándola con una expresión indescifrable.

La tensión es insoportable. Ella se vuelve de espaldas y ve la pequeña cámara de fuelle en el lugar de la terraza donde él la había dejado. Se inclina para cogerla y, sin mirar por la lente, se vuelve rápidamente y le hace una foto a Santos.

—Eh, no, eso no —protesta Santos, quitándole la cámara—. A mí no me puedes hacer fotos.

—Bueno, de todos modos creo que solo saldrá una oreja. Ni siquiera he tenido tiempo de tomar el encuadre.

Santos se incorpora y cierra la cámara.

—Mañana me la llevaré —dice mientras se sube los pantalones—. Trataré de encontrar una farmacia discreta donde puedan revelar la película.

Belle resopla por la nariz con desdén.

—Si haces revelar esas fotos en Venecia, todo el mundo sabrá de ellas.

Santos ya no llevará la película a revelar. Eso es algo de lo que Belle se ocupará más tarde, cuando reúna finalmente el valor para hacerlo. Ese día ha sido el último que pasará junto al amor de su vida. Es un fragmento dorado de su existencia que revisará una y otra vez en los años venideros. Como si aquella terraza blanca bajo el sol fuera una tierra prometida a la que ya no sabe cómo llegar. Porque ese último día es un recuerdo erótico que la pérdida ha vuelto doloroso. Cada vez que lo revive, Belle se siente fuerte y no tiene necesidad de ningún otro hombre. Esperará a que vuelva Santos. Y en lo más profundo de su vientre, sin que ella lo sepa, está la prueba de su amor.

Esa fe en Santos es la que salva a Belle, ya que cuando se marche de su apartamento aquel día, se enfrentará al peor sufrimiento de su vida. Y siempre, al recordar el paseo entre el pisito de Belle y la casa de Louise, entre la alegría y el dolor, recuerda el chillido de las gaviotas.

Valentina

Valentina está nadando con Theo. Es apenas el verano anterior y están en Cerdeña. Nada detrás de él, observando la luz danzando sobre el agua, cuyo azul es tan brillante como el de los ojos de Theo cuando se vuelve hacia ella. Después de los días pasados al sol, está tan moreno como un nativo de la isla; parece incongruente cuando habla con su acento americano. Salen del agua, pasan con cuidado entre las rocas puntiagudas y se tumban en la arena a secarse. No hay nadie más en aquella franja de playa, las rocas ahuyentan a todos los demás. Theo y Valentina la tienen para ellos solos. Podrían hacer el amor. Ya lo hicieron así el día anterior, a pleno sol, con el constante estrépito de las olas apremiándolos. Sin embargo ese día los dos amantes están echados el uno al lado del otro, desnudos como el día que vinieron al mundo, cogidos de la mano, sin decir nada y con la mirada perdida en el cielo inmaculado. Valentina comprende que quiere conservar la pureza de ese momento eternamente. El simple placer de estar en el presente, de sentir sus dedos enroscados dentro de la cálida mano de Theo, de conectar su vida con la de él, de no preocuparse por el mañana.

Pero Theo se incorpora y separa su mano de la de ella. Valentina siente un poco de lástima al perder el contacto, aunque tampoco alarga el brazo buscando de nuevo su mano. Es demasiado orgullosa. Theo coge el tubo de buceo.

—Yo vuelvo a entrar —dice.

—No vayas demasiado lejos —le advierte ella.

Theo ladea la cabeza y sonríe.

—¿Estás preocupada por mí? —Siempre hay ese juego entre ellos. Theo trata de sonsacarla, de hacerle confesar que él le importa más de lo que ella pretende.

Valentina niega con la cabeza, tratando de aparentar indiferencia.

—Solo es que no me apetece hacer de socorrista. Nada más.

Valentina lo observa caminando tranquilamente hacia las olas y, admirando su cuerpo atlético, se pregunta qué habrá visto en ella. Se lo queda mirando un rato, sumergiéndose en el agua y volviendo a emerger, pero el sol es tan brillante que la deslumbra y se ve obligada a cerrar los ojos. El calor de última hora de la tarde se filtra en sus huesos, y se imagina hundiéndose en la arena caliente, desapareciendo bajo la sombra de su sombrilla.

Cuando se despierta ha refrescado. Siente un escalofrío y abre los ojos. Hay nubes en el cielo y el sol se está escondiendo detrás de una de ellas. Se incorpora y mira al mar, que ha pasado de un azul sereno a un gris de tormenta. Valentina no tiene ni idea de cuánto tiempo ha dormido. Se levanta y camina hacia la orilla. Ni rastro de Theo. Vuelve la mirada hacia la playa, pero la toalla de su amante sigue exactamente donde él la ha dejado, junto a la suya. Valentina se acerca al mar, dejando que el agua le acaricie los tobillos, y otea el horizonte. Lo único que ve son las olas que se balancean y vacío. No a Theo. Se gira y vuelve a mirar la playa detrás de ella, pero definitivamente está desierta. ¿Dónde se ha metido Theo? Valentina intenta mantener la calma, pero una voz en su cabeza la regaña.

«¿Cómo has podido quedarte dormida? Deberías haberlo vigilado.»

Theo no es tan buen nadador como ella. Ya les advirtieron de que en esa playa hay mucha resaca. ¿Cómo ha podido dejarle entrar solo? Empieza a adentrarse en el mar, mirando al azul transparente del agua, aunque por supuesto es ridículo hacer eso. Si se ha ahogado, se ha ahogado. El miedo le atraviesa el corazón, el pánico llena su boca. No puede perderlo, no.

—¡Valentina!

Ella se vuelve y allí, de pie en la playa, con una red llena de conchas en la mano, está Theo saludándola con la mano libre. Valentina siente una oleada de alivio tal que casi le fallan las piernas. En el mismo momento, la ira se adueña de ella y echa a correr entre las olas hacia la orilla.

Se apresura hacia él atravesando la playa, y una mitad de ella querría lanzarse a sus brazos y abrazarlo. Theo la saluda con la mano, sonriendo inocentemente, ajeno al miedo que ha pasado ella. Valentina corre a grandes zancadas, pero en vez de abrazarlo, balancea el brazo en el aire y lo abofetea con todas sus fuerzas. Theo da un paso atrás, sorprendido, y lentamente se lleva la mano a la mejilla.

—¿Dónde te habías metido? —chilla ella, mientras las lágrimas acuden a sus ojos. Está furiosa con él por haberle estropeado esa deliciosa jornada. Intenta calmarse, pero no puede.

—Solo estaba detrás de esas rocas —se excusa él, señalando con el brazo y dejando la red—. He cogido unas conchas preciosas para ti.

Valentina coge la red y la estampa contra la roca.

—Tendrías que haberme dicho dónde estabas. He llegado a creer que te habías ahogado —continúa chillando Valentina.

—Estabas durmiendo, no quería molestarte —aduce Theo con cautela, mirándola como si fuera un animal salvaje al que tiene que domar.

—Pues deberías haberme despertado —le grita. Tiembla por la intensidad de sus emociones, cosa que la enfurece más si cabe.

Tiene que alejarse de él, tiene que estar sola. Se vuelve para regresar hacia las toallas, pero él la coge del brazo, la obliga a volverse y a ver su mirada penetrante.

—Valentina —le dice con dulzura—. No pasa nada.

—Sí que pasa. —Valentina se zafa de él, tragándose las lágrimas. Camina pisando fuerte hasta sus cosas y empieza a recogerlo todo apresuradamente. Está asombrada. Le ha pegado. Y en vez de enfadarse con ella, Theo la ha mirado con tanta ternura... La ha mirado con amor. Y eso la asusta más que nada.

Mientras sortean las rocas para volver hacia el coche, Valentina oye a lo lejos el fragor de un trueno y ve el destello de un relámpago mar adentro. Esa noche, mientras la lluvia martillea el techo de su pequeño chalé en la costa, Theo le hace el amor con tanta pasión que la deja sin aliento. Valentina está empezando a aclararse, y justo cuando empieza a recomponerse, Theo vuelve a desconcertarla.

Echada en su cama de Milán, Valentina vuelve a oír truenos. Había guardado su comportamiento incomprensible de aquel día en un rincón escondido de su mente. Cuando regresaron del viaje a Cerdeña, nunca más volvieron a mencionar el tema. Ella no había querido revivirlo. Se siente avergonzada de aquel arrebato de histeria. Ahora, semanas después, está en la cama sola, recordando su terror ante la idea de que Theo pudiera haberse ahogado. Se vuelve de lado, aprieta los párpados y trata de volver a dormirse, pero los truenos siguen retumbando en su cabeza. De hecho no están en su cabeza. Es un ruido de verdad. Y no son truenos. Se pone boca arriba, abre los ojos y escucha con atención. Ahí está otra vez. Un ruido fuerte de arrastre, como si alguien estuviera moviendo muebles en su apartamento. Valentina nota que se le acelera la respiración. ¿Hay alguien en el piso? No, solo son imaginaciones suyas. No obstante se repite el ruido, seguido de un *clic*, como si alguien hubiera abierto una puerta. Valentina contiene el aliento. ¿Qué debería hacer? ¿Salir de la cama e investigar? ¿O llamar a la policía? El teléfono está en la cocina, de modo que si hay alguien en el apartamento, ella se encuentra atrapada.

Se sienta en la cama, escuchando atentamente. Ahora no se oye nada. Debe de haberse equivocado. Si en efecto hubo un ruido, probablemente sería su vecino rondando por el piso de arriba. Ya está a punto de levantarse de la cama para dar un vistazo al apartamento cuando oye a alguien al otro lado de la puerta del dormitorio. Está segura. Alguien que camina arrastrando los pies. Se deja caer pesadamente en el lecho y cierra los ojos. Trata de fingir que respira profunda y regularmente, como si estuviera durmiendo. Imagina que el intruso abre la puerta, que le enfoca una luz en la cara. Pero, ¿está ahí realmente? Valentina se halla demasiado asustada para abrir los ojos y mirar. Permanece inmóvil unos minutos, tensa de expectación, aguzando el oído. Gradualmente empieza a relajarse. No oye ningún ruido, y cuando abre los ojos comprueba que no hay nadie en su dormitorio. Se incorpora de nuevo y escucha. El silencio en el apartamento es absoluto, excepto por el tictac del reloj del pasillo.

Se levanta de la cama e instintivamente cruza de puntillas el dormitorio, por si acaso. Echa un vistazo desde el marco de la puerta. El apartamento está silencioso y envuelto en sombras. La luz que ha dejado encendida en la cocina antes de irse a dormir sigue proyectando su resplandor por el pasillo. Allí no hay nadie. Avanza sigilosamente por el suelo de mármol del vestíbulo hasta la cocina. Todo está como lo había dejado. Comprueba su bolso. Las tarjetas y el dinero aparecen intactos. El ordenador sigue sobre la mesa. No hay ninguna señal de alteración. Y no obstante hay un olor en el aire. Algo parece diferente. Valentina comprueba el resto del apartamento y todo parece normal. La última habitación que comprueba es el estudio de Theo. Que ella vea, no se han llevado nada. Siguen estando los mismos cuadros en la pared. *La carta de amor* de Metsu delante de ella, y a su lado el Watteau. Todo está exactamente como esa mañana. ¿O no? Sin embargo otra vez percibe ese olor, un aroma fuerte y empalagoso como de ciruelas pasadas. Y algo en la habitación no acaba de encajar. Valentina no sabría decir qué es. No hay ninguna señal de allanamiento de morada, ninguna ventana rota ni puertas astilladas, y aun así tiene los nervios de punta. De pronto tiene miedo de quedarse sola.

Vuelve a la cocina y se prepara una taza de manzanilla para calmarse un poco. Son las tres de la madrugada y es evidente que no podrá volver a pillar el sueño. Necesita hablar con alguien. Prueba con Theo, aunque por supuesto no contesta. Siente una punzada de pena. ¿Qué le impedirá responder a su llamada? Debería saber que debe de tratarse de algo importante para que ella lo llame a esas horas. Considera la posibilidad de recurrir a una de sus amigas, pero Antonella y Gaby iban tan colocadas apenas unas horas antes que imagina que estarán profundamente dormidas y no valdrán para nada. En cuanto a Marco, no querría interrumpirlo en caso de que esté viviendo una noche de pasión con aquel tipo de la fiesta. Y si no es así, seguro que se pondría histérico e insistiría en que cogiera un taxi hasta su casa. Y eso es algo que Valentina no quiere hacer. Solo hay otra persona que Valentina sabe que estará despierta a las tres de la madrugada. A fin de cuentas, después de su último encuentro considera que ya son casi amigos.

—¿Valentina?

—Leonardo, perdona que te llame a estas horas.

—¿Te pasa algo?

Valentina anda en círculos por la cocina, mordiéndose el labio.

—Sospecho que alguien puede haber entrado en mi apartamento.

—¿Estás bien, Valentina? ¿Has llamado a la policía?

—Es que no estoy del todo segura de que hayan entrado... —Valentina hace una pausa—. He oído ruidos, pero no se han llevado nada.

—Tal vez solo ha sido una pesadilla. ¿Seguro que estás bien?

—Sí, estoy bien..., solo un poco asustada, bueno. Necesitaba hablar con alguien, y eres la única persona que sabía que estaría despierta.

—¿Y Theo?

Valentina suspira.

—Ilocalizable.

Se produce una pausa incómoda. Valentina se aprieta el teléfono a la oreja.

—¿Quieres que venga? —pregunta Leonardo.

Valentina se promete que si le dice que sí no sucederá nada. Pero es que no le apetece en absoluto volverse a la cama sola. Solo es que necesita compañía.

—Sí —le dice antes de tener la oportunidad de cambiar de idea—. Solo un rato..., si a Raquel no le importa.

—Raquel está fuera —le dice Leonardo—. Dame tu dirección y cogeré un taxi.

Valentina supone que debería vestirse un poco. El vestuario de época de su bisabuela sigue desparramado sobre el sofá, tal como lo ha dejado antes. Se pone una camisa y un pantalón de pijama con un quimono de seda azul por encima, que se sujeta con un cinturón. Es totalmente extravagante y sin embargo Valentina se siente mejor, como si llevara algún tipo de disfraz.

Leonardo llega armado con una botella de vino tinto.

—¿Qué? —le pregunta—. ¿Para ti es la noche o la mañana? Yo acabo de terminar de trabajar, así que me apetecería un vino. ¿Y a ti?

—También vino, gracias —dice Valentina, dejando la taza de manzanilla en el fregadero. Abre el aparador y saca dos copas de vino.

Se sientan en los extremos opuestos de la mesa de la cocina.

—¿Y tú qué has estado haciendo esta noche? —le pregunta Valentina, tratando de superar la timidez—. ¿Ser dominador? ¿Verter cera caliente en el culo desprevenido de alguna chica?

Leonardo frunce el ceño en plan guasón.

—Ya sabes que eso no puedo decírtelo, Valentina —dice, meneando el dedo delante de ella—. Si falto a la confianza de mis clientes, perdería toda mi credibilidad.

Valentina suspira, se reclina en la silla y toma un trago largo de vino. Ya se siente mucho mejor, ahora que Leonardo está con ella.

—Así, ¿has visto a alguien en el piso? —le pregunta.

Valentina niega con la cabeza.

—No. He oído ruidos, como si alguien arrastrase muebles, y luego me ha parecido que estaban al otro lado de la puerta de mi dormitorio.

Piensa en contarle a Leonardo lo del tipo en la fiesta de Marco, pero todo le parece un poco ridículo ahora que está allí sentada delante de él a la mesa de su cocina. Y sin embargo aquel olor... Todavía lo nota flotando en el aire del apartamento. Era el mismo que el de la camisa del hombre de la fiesta.

—Pero ¿no han entrado en el dormitorio? ¿No has llegado a ver a nadie?

—No, me ha parecido que el intruso estaba al otro lado de la puerta y me enfocaba con una luz, pero como tenía los ojos cerrados, tal vez han sido solo imaginaciones mías.

—¿Te has asustado? —Leonardo se inclina sobre la mesa, toma su mano y la estrecha.

—Sí. —Valentina suspira.

Leonardo aparta la mano, moja un dedo en el vino y lo lame sin dejar de mirarla en todo momento.

—¿Te has excitado?

—¡No! ¡Claro que no! —Sin embargo no se atreve a mirarlo a los ojos. ¿Cómo sabe ese hombre tantas cosas de ella?

Se quedan sentados en silencio un rato. Valentina se mueve en la silla. Siente el tejido de seda que resbala por su cuerpo, un cosquilleo de expectación en la piel. ¿No es un poco morboso excitarse con la idea de que un desconocido te asalte en tu cama? Pero Leonardo tiene razón. La idea le resulta erótica.

—¿Qué, Valentina? —pregunta finalmente Leonardo—. ¿Te animas a jugar un rato?

Empieza como algo a lo que había jugado de niña con los amigos del colegio. Una especie de juego del escondite pero a oscuras y con una linterna. Leonardo ha apagado todas las luces del apartamento y fuera sigue habiendo oscuridad. Solo una leve penumbra filtrarse entre los tablones de las persianas, de modo que puede ver su silueta sombría en la habitación oscura, como el intruso de su imaginación. Leonardo está en pie en el umbral, balanceando rítmicamente la linterna de un lado al otro, como un reflector. La idea es que ella tiene que llegar al otro lado del dormitorio sin que la atrape el haz de luz. Si la atrapa, Valentina tiene que quitarse una prenda de ropa. Ya ha perdido la bata y la parte de abajo del pijama. Solo le queda la camisa, y no está segura de lo que va a pasar cuando ya la haya perdido.

Sale arrastrándose de detrás del tocador y gatea por el suelo de mármol. Ya está llegando a la puerta, con la esperanza de poder burlarlo, aunque sabe que él nota que está ahí y que el haz de la linterna se mueve irrevocablemente hacia ella. Contiene el aliento, trata de calmar la excitación que siente. Es consciente de que se está divirtiendo. Ya casi está. ¡Cuánto desea burlar a Leonardo! Pero justo cuando está a punto de escabullirse a su lado, toda la potencia de la linterna se proyecta sobre su cara y la deslumbra momentáneamente.

—Señorita Valentina —exclama él con voz burlona—. ¡La he pillado! Quítese la parte de arriba.

Ella obedece: levanta la camisa de seda por encima de la cabeza y la deja sobre la alfombra. Ahora ya está totalmente desnuda, bajo la luz de la linterna. Valentina intenta ver a Leonardo, pero es imposible. Se encuentra bajo los focos. Atrapada.

—Ahora eres mi prisionera —le dice—. Tienes que hacer exactamente lo que te ordene.

Debería parar el juego enseguida, piensa Valentina, recordando la promesa que se ha hecho cuando ha invitado a Leonardo a su casa. Y sin embargo no quiere parar. No le parece que esté haciendo nada malo, aunque esté desnuda delante de ese hombre. No comprende por qué le parece bien estar haciendo aquello; lo único que sabe es que está excitada. Ignora qué puede hacerle, pero desea descubrirlo. Anhela someterse a cualquier cosa que Leonardo le pida que haga.

—Échate —le ordena. Todavía bajo la luz de la linterna, Valentina se echa boca arriba sobre la alfombra.

—Levanta las rodillas y abre las piernas.

Ella hace lo que le dice, sintiéndose perversa e increíblemente apasionada.

«Me está alumbrando con su linterna. Me está mirando directamente.»

—Tócate —le dice—. Muéstrame cuánto me deseas.

Valentina se lleva la mano derecha entre las piernas y comienza a acariciarse con el dedo. Abre más las piernas y cierra los ojos. Se siente expuesta, y primitiva. Abre la boca y se lame los labios.

—¿Qué quieres, Valentina? —pregunta Leonardo.

Ella se sumerge en sus fantasías.

—Quiero que me follen —susurra.

Valentina abre los ojos y descubre que la linterna se ha apagado y que la habitación vuelve a estar totalmente a oscuras. Su corazón empieza a latir más deprisa. Debería detenerlo, pero se siente atrapada por su deseo de sexo, excitada por el personaje autoritario de Leonardo. Quiere estar a su merced.

Leonardo se agacha hacia ella, le coge la mano de entre las piernas y de un tirón la hace arrodillarse de cara a él. Leonardo sigue vestido, y Valentina se aferra a la pretina de sus tejanos, loca de lascivia al notar su erección en la mejilla.

—Desabróchame los tejanos —le ordena, y ya no suena como el Leonardo que ella conoce, sino como otro hombre. Duro e implacable.

Valentina hace inmediatamente lo que le ha dicho y tira de los tejanos desde la cadera hasta el suelo para que él acabe de quitárselos con un par de movimientos.

—Quítame el calzoncillo.

Ella lo hace y Leonardo lo deja a un lado, rozando su mejilla con el pene, cosa que acelera la respiración de Valentina.

—Dame placer —gruñe Leonardo.

Valentina lame su pene en toda su longitud con la lengua y luego la hace girar alrededor de la punta. Siente cómo se agranda en respuesta a sus mimos. Se quita la verga de la boca y la acaricia con la mano, apretándosela fuerte antes de volvérsela a llevar a la boca. Leonardo se agacha, pone la mano entre las piernas de ella y la toca con los dedos.

—Valentina, estás tan húmeda, tan dispuesta para mí —susurra Leonardo—. Pareces de terciopelo.

Leonardo se lleva las manos a la boca, se lame los dedos y los apoya extendidos sobre sus hombros. Da un paso atrás para que el pene salga de la boca de Valentina y se arrodilla frente a ella. Se miran a la cara. Leonardo sonríe. Por un instante vuelve a ser el Leonardo que ella conoce.

—¿Bien? —pregunta en voz baja.

—Muy bien —responde en un susurro.

Con los ojos cada vez más oscuros, Leonardo le aprieta fuerte los pezones entre sus dedos, haciendo que se derrita aún más.

—Date la vuelta —le dice, hablándole de nuevo con sequedad.

Cuando ella lo hace, él le pone una mano en los riñones y la empuja para que se ponga a cuatro patas. Luego le pasa el brazo por entre las piernas, apoya la mano en su vientre y la arrastra lentamente hacia abajo, por la pelvis, el vello púbico y más allá, lenta, muy lentamente, explorándola con los dedos.

—¿Qué quieres, Valentina? —le pregunta otra vez.

—¡Quiero que me folles! —sisea ella.

Leonardo la penetra y ella ahoga un grito de sorpresa. Él acomete una y otra vez dentro de ella, que jadea de excitación tanto como por el sobresalto, hundiendo los dedos en el tupido pelo de la alfombra. Aquello es puro sexo. Sin amor asociado, simplemente la complicidad de la amistad entre Valentina y Leonardo. Es justo lo que necesita en ese momento. Leonardo la mete y la saca con ímpetu. Valentina siente el vello de su pecho contra la espalda e imagina su piel oscura encendida de deseo, resplandeciente como si le brotara fuego de dentro. A Valentina le falta tan poco... Leonardo grita y se corre dentro de ella tras un último meneo. Demasiado pronto para ella. Trata de retenerlo dentro de ella, empuja el culo hacia él, pero Leonardo se retira.

Valentina se inclina, se queda mirando los dibujos de la alfombra, consciente de que Leonardo está a su lado, quitándose el condón y subiéndose el calzoncillo. Ella se siente tensa por el deseo frustrado, y otra emoción estalla en su interior. Ira. Es tan intensa que la paraliza. Está furiosa. No con Leonardo, ni siquiera consigo misma, sino con Theo. Se da cuenta de que no importa con cuántos hombres se acueste, porque él es el único que puede satisfacerla. ¿Cómo ha dejado que le ocurriera aquello? En el mismo instante en que ha comprendido que Theo tiene razón, que sí que hay algo especial entre los dos, ella lo ha destruido. ¿Qué novio entenderá jamás lo que ha estado haciendo con Leonardo?

—Valentina... Valentina...

Siente que alguien la zarandea para despertarla.

—Despierta, estás teniendo una pesadilla.

Abre los ojos. Leonardo está inclinado sobre ella y sus ojos castaños expresan preocupación.

Valentina exhala lentamente mientras intenta ordenar sus pensamientos. Está en la cama, con Leonardo a su lado. Es de día. Y por la luz que entra en el dormitorio diría que es tarde.

—¿Te encuentras bien? —pregunta él.

Ella asiente con la cabeza, aunque todavía está un poco aturdida por la pesadilla.

—¿Quieres contarme qué soñabas?

Valentina suspira.

—La verdad es que no. Será mejor que trate de olvidarlo. —Bajo el agua. Oscuridad. Hundiéndose. Ahogándose.

Se incorpora en la cama, se frota los ojos y mira como es debido a su compañero de cama. Comienza a recordar lo que pasó la noche anterior.

—No puedo creer que hiciéramos lo que hicimos anoche... —empieza a decir.

—¿Te lo pasaste bien? —pregunta Leonardo, con la cabeza inclinada a un lado—. ¿Te divertiste?

¿Es su imaginación? ¿O ha puesto un énfasis especial en la palabra «divertiste»?

—¡Por supuesto que me lo pasé bien!

Valentina le tira una almohada juguetonamente. Leonardo se ríe un momento y luego le lanza la almohada de vuelta.

—No estaba demasiado seguro —dice—. Luego parecías un poco disgustada.

—Estoy un poco confusa... —Valentina hace una pausa—. Sobre Theo. ¿Y sobre Raquel qué?

—No lo estés —le dice él—. Raquel y yo tenemos una relación abierta. Ella anoche también estuvo con otra persona.

Valentina abre los ojos como platos. O sea que hay gente que puede hacer eso y no obstante seguir como pareja.

—Y en cuanto a Theo, créeme, todo quedará claro cuando entres esta noche en el Cuarto Oscuro.

Tal como habla, es como si supiera algo que ella ignora.

—¿Qué me estás escondiendo, Leonardo? —le pregunta dándole golpecitos en el pecho con el dedo.

Él sonríe melosamente.

—Paciencia, Valentina.

La forma en que lo dice le recuerda a Theo. Ahora la furia hacia su novio se ha disipado, sustituida por la preocupación. Al acostarse con Leonardo, ¿ha tirado por la borda cualquier futuro que Theo y ella pudieran tener juntos? ¿Debería escondérselo? Y no obstante no se arrepiente de nada de lo sucedido. Eso es lo raro.

—Me gustaría que hicieras algo por mí, Valentina —dice Leonardo.

Ella lo mira interrogativamente.

—Para que el Cuarto Oscuro satisfaga todas tus necesidades, quiero que me cuentes cuál es tu fantasía más erótica.

Leonardo la mira con tal intensidad que Valentina siente que sus mejillas se ruborizan, como si él pudiera leerle el pensamiento.

—¿Crees que puedes contármela, Valentina? —Leonardo se acerca sigilosamente a su lado.

—No lo sé —murmura—. No estoy segura de saber cuál es.

—Yo podría ayudarte a pensar en algo —dice él, acariciando la parte superior de los muslos de Valentina por debajo de las mantas. El cuerpo de Valentina reacciona inmediatamente a las caricias. Ayer noche se quedó con las ganas.

—Vale —susurra.

—Cierra los ojos —le manda él, y ella obedece para poder concentrar todos sus sentidos en el tacto. Nota que instala un dedo sobre su punto más sensible y lo frota suavemente.

—Adéntrate en tu fantasía, Valentina. —La voz de Leonardo es un ronroneo—. Llévame a tu deseo más profundo, más oscuro.

Mientras los hábiles dedos de Leonardo la llevan cada vez más cerca del límite, una imagen se ilumina en la mente de Valentina. Su fantasía definitiva. Vacilantemente, le transmite su visión a Leonardo.

Cuando ha terminado, la imagen es sustituida por otra escena. Una que ya no comparte con él. En ella vuelve a estar en su dormitorio la noche anterior. Theo está allí, linterna en mano, desnudo. Deja caer la linterna, que queda rodando en el suelo, proyectando su luz por las paredes de la habitación como una bola de discoteca. Theo la levanta con ambas manos, tan arriba que su cabeza roza con la lámpara de araña, haciendo que el cristal tintinee y proyecte todavía más reflejos, como gotitas de lluvia que caen a su alrededor en el dormitorio. Theo vuelve a bajarla y ella rodea su cintura con las piernas, guiándolo dentro de ella. Con un leve movimiento ella ya está totalmente abierta. Las frustraciones de toda la semana se funden como si se hubiera abierto una compuerta y se desbordara una inundación de emociones. Y así Valentina tiene un orgasmo tras otro, transportada por la magia de las caricias de Leonardo a los brazos de su amante, Theo.

Belle

El señor Brzezinski ha vuelto. Belle no lo ha visto, pero ayer noche lo oyó, pisando fuerte por la casa y gritándole a Renate en la cocina que la carne no estaba bien cocida. De momento está aguardando el momento oportuno, piensa Belle, pero no tardará en volver a pegarle. No puede arriesgarse, no porque tenga miedo de él, sino porque tiene que proteger a Santos. Sabe que su amante será fiel a su palabra si ve un cardenal más en su piel.

Huiré, se promete Belle cuando se levanta a la mañana siguiente. Tiene una deliciosa fantasía en la que Santos y ella viajan lejos, muy lejos de Venecia. Ella va envuelta en pieles y camina sobre la nieve, al lado de Santos; el vaho de sus alientos forma nubecillas que se unen mientras ambos levantan la mirada hacia las brillantes cúpulas y chapiteles de la catedral de San Basilio de Moscú. Apretada en la palma de su mano, dentro del bolsillo de su abrigo, está la esmeralda Románov que han recuperado de una fortaleza comunista. O están en algún lugar tropical, navegando en la goleta blanca de Santos y atracando en Cuba, donde pasan la noche bailando y jugando con tipos sospechosos hasta llevarse todas las ganancias. Sí, la suerte estaría de su parte, porque cuando el destino une a dos personas, se les concede una proporción mayor de buena suerte.

Se abre la puerta y entra Pina con la bandeja del desayuno. Belle se incorpora en la cama, da unas palmaditas a las almohadas que tiene detrás y se siente más optimista que en muchos años. Ha llegado el momento de romper su promesa. ¿Qué tipo de promesa es esa, además, si te la exige tu padre en su lecho de muerte? Eso es un chantaje, cavila Belle. Ha llegado el momento de vivir su vida y dejar de sentirse responsable por su madre.

Baja la mirada hacia el desayuno de la bandeja que tiene en su regazo. Té con leche en la taza de porcelana china de Viena, dos triángulos perfectos de tostada y un huevo pasado por agua en una huevera de plata. Belle quita la cáscara del huevo con la cucharilla, pero solo con ver la yema se le revuelve el estómago. Deja a toda prisa la bandeja a un lado y se levanta de la cama.

—¿Señora? ¿Se encuentra bien? —Pina está junto a las ventanas, abriendo las cortinas.

Belle asiente con la cabeza, incapaz de hablar mientras corre hacia el baño. A duras penas logra llegar antes de vomitar.

Belle está agachada junto a la taza del inodoro cuando Pina entra vacilante en el baño.

—Señora, ¿se encuentra bien?

—No lo sé, Pina. Me encontraba bien hace un minuto. Ha sido el huevo. Me ha dado náuseas.

Belle apoya las manos en las frías baldosas negras y blancas del suelo de su baño y luego se las lleva a la frente, pero no tiene fiebre.

—Debería volver a la cama. Descanse.

Belle se levanta temblorosamente, se apoya en el lavamanos y contempla su palidez en el espejo.

—No. Tengo que salir.

Su mirada se cruza con la de Pina. La joven se ruboriza. Sabe mi secreto, piensa Belle. No conozco en absoluto a esta chica, pero le voy a confiar mi vida.

—Dime, Pina —dice Belle mientras empieza a aplicarse maquillaje—. ¿Echas de menos tu casa en Sicilia?

La chica asiente con la cabeza, con la mirada melancólica y la boca cerrada en una línea de tristeza.

—Recuerdo cuando me cantaste en tu dialecto. Era muy bonito. —Belle se inclina adelante y empieza a perfilarse las cejas.

Todavía se siente un poco mareada, pero eso no va a impedir que vea a Santos—. Dime, ¿tus padres continúan en Sicilia?

—Mi madre murió, señora, y mi padre tiene una nueva esposa y una nueva familia.

—Oh, lo siento, Pina.

Ahora ya sabe por qué la chica está siempre allí, ni va a casa por vacaciones ni tiene visitas de parientes.

Valentina hace una pausa y mira a Pina. Qué joven es, piensa. Debe de tener más o menos la misma edad que ella cuando se casó.

—Eres muy guapa, Pina. Seguro que tienes muchos admiradores.

Pina se ruboriza aún más y baja la mirada hacia el suelo.

—Ninguno que me importe realmente —responde.

—Entonces no te dejes persuadir para casarte —dice Belle con firmeza—. Disfruta de tu libertad mientras puedas. —Sin embargo, en el mismo momento en que pronuncia estas palabras se pregunta qué tipo de libertad puede tener Pina en realidad. Sin duda, no tanta como ella.

—Tampoco voy a poder elegir a mi marido.

Belle se vuelve y examina el rostro de Pina. Y ve, bajo toda aquella dulzura tímida, una ira que arde en el interior de la joven siciliana.

—¿Por qué no? Tu padre parece que ya no se preocupa más por ti. Estamos en 1929, Pina, no en el siglo dieciocho.

—Hay un acuerdo entre mi padre y el señor Brzezinski.

Belle frunce el ceño. ¿A qué se refiere la muchacha?

—¿Qué tipo de acuerdo?

—El señor Brzezinski elegirá a mi marido —dice la chica con voz apenas audible.

—¿Y por qué tiene que elegir él a tu marido, Pina?

La joven doncella parece angustiada. Junta las manos y aparecen lágrimas en sus ojos.

—No debería contarlo.

Belle piensa. ¿Qué tipo de poder podría tener el señor Brzezinski sobre otro hombre?

—Tiene que ver con dinero, ¿verdad, Pina?

La muchacha asiente con la cabeza, su voz apenas más alta que un susurro.

—Mi padre tuvo que darme de criada al señor Brzezinski como pago de sus deudas. Acordaron que cuando yo cumpliera los diecisiete, el señor Brzezinski dispondría mi matrimonio según su conveniencia.

La voz de Pina está quebrada por la emoción. Belle se sienta en el taburete del baño, con el cepillo para las cejas todavía en la mano. El asombro por lo que acaba de oír deja poco a poco paso a la razón. Su marido no es mejor que un alcahuete. ¿A qué otras mujeres jóvenes ha controlado a lo largo de los años? Belle mira a la criada y de repente un pensamiento cruza su mente.

—¿Y cuántos años tienes, Pina? —pregunta.

—Cumplí diecisiete la semana pasada.

Belle mira los ojos llorosos de Pina y se ve a sí misma, la jovencita polaca, y la última conversación que tuvo con su padre moribundo. Se le ocurre una idea desagradable. ¿Qué le dijo exactamente su padre? Belle desentierra las palabras: «Es un buen matrimonio, Ludwika. Es un hombre rico y os podrá mantener bien a ti y a tu madre. Tiene contactos con los alemanes. Os puede sacar a ambas de Varsovia.»

Cuánto le suplicó a su padre: «No quiero irme, *tata*. Quiero quedarme aquí contigo. Por favor.»

Su padre levantó la mano débilmente, con los ojos anegados de lágrimas. «Es mi última voluntad, hija mía. Tienes que prometerme que te casarás con ese hombre y cuidarás de tu madre.»

«No, *tata*, no puedo. No lo amo...»

«Él os salvará la vida, Ludwika. Debes hacerlo.»

Ella sollozaba, aferrada a la mano de su padre, que ya no parecía el mismo, sino una sombra de lo que había sido. ¿Dónde estaba el hombre alto y fuerte capaz de derribar a cualquier contrincante? Miró al otro lado de la cama a su madre, pero la mujer estaba tan desesperada de dolor que ni siquiera veía a su hija. «Alexsy —susurraba—. Alexsy, no me abandones...»

«Prométemelo», siseó su padre con su último aliento de vida, y ella lo hizo. Lo miró a los ojos y dijo que sí, que se casaría con el señor Brzezinski. Nunca ha acabado de entender por qué su padre le exigió tal cosa, hasta ahora. De repente el motivo queda tan claro como el agua. Ella también es un pago. Sabe que su padre tenía problemas económicos, ya que cuando murió se supo que no le quedaba ni un céntimo a su nombre. Ella era la prenda de una deuda impagada. Siente náuseas solo de pensarlo. ¿Cómo pudo hacerle aquello su padre? ¿Y su madre? Siente el peso de su traición en el corazón y se siente al borde de las lágrimas, pero no quiere llorar delante de esa pobre chica siciliana.

Su decisión es ya irrefutable. Ha llegado la hora de despedirse de los fantasmas de sus padres. De todos modos ya es demasiado tarde para su madre. En el fondo de su alma, Belle sabe que ya jamás volverá. La última vez que la vio estaba perdida, condenada para siempre a aquel lugar sin retorno. El señor Brzezinski ya no puede hacerle ningún daño. Belle respira hondo, se vuelve hacia el espejo y levanta el mentón hacia su reflejo.

—Debes huir, Pina —le dice al reflejo de la chica de ojos enrojecidos—. Yo te daré dinero.

Pina niega con la cabeza.

—No, no puedo dejarla, señora —replica.

Belle arquea las cejas y mira fijamente a la muchacha unos segundos.

—Pues en ese caso, querida, tendremos que escapar juntas.

—Pero, ¿qué pasa con mi padre y su familia? Tiene una deuda con el señor Brzezinski. ¿Qué les pasará si yo me escapo?

Belle gira en redondo sobre su taburete, se inclina hacia la muchacha y le estrecha las manos.

—No tienes que preocuparte por ellos, Pina —le dice severamente—. Tu padre te entregó al señor Brzezinski. Tienes que pensar en ti misma. No le debes nada a tu padre.

Belle nota que la expresión del rostro de la chiquilla se ilumina, como si por primera vez en la vida alguien le diera alguna esperanza.

—Pero, ¿adónde iremos? —pregunta Pina.

—No lo sé —dice Belle, con los ojos brillantes de emoción—. Lo único que puedo decirte es que cruzaremos navegando la laguna para no volver jamás.

Mientras habla, Belle oye que la puerta de su dormitorio se abre de golpe. Las dos mujeres cruzan una mirada. No hay nadie más en la casa que pueda hacer una entrada así.

—¡Louise!

Es el señor Brzezinski. No son ni las nueve de la mañana y ya está enojado, piensa Belle agotada. ¿Cómo evitaré la paliza?, musita.

—Quédate aquí —le susurra a Pina, llevándose el dedo a los labios. Tendrá que hacer lo posible por aplacar la cólera de su marido si quiere que aquel sea el día de su gran huida.

Belle sale del baño, aún no totalmente maquillada. Su marido luce uno de sus elegantes trajes de negocios. Lleva el pelo gris cada vez más escaso peinado hacia atrás, y su enorme y pálida frente brilla como la parte superior del huevo hervido.

—¿Ocurre algo? —pregunta educadamente.

—He oído noticias —dice él.

Belle arquea las cejas.

—¿Te refieres a rumores? No deberías hacer caso de las habladurías.

El señor Brzezinski da un paso hacia ella y la agarra por la muñeca derecha, apretando con fuerza. Belle intenta no reaccionar, a pesar de que le está haciendo daño.

—Me han dicho que te vieron en un tejado de Venecia, desnuda y en compañía de un desconocido.

Belle ríe con falsa despreocupación.

—Oh, vamos —le dice—. ¿Por qué iba a hacer algo así? ¡Tendría que estar loca!

Su marido pega su cara a la de Belle. Sus ojos son rendijas negras.

—Sí, eso es precisamente lo que yo pensé, cariño. Pero mira, resulta que quien te vio es un testigo muy fiable. Se me informó de que no solo estabas desnuda en aquel tejado, sino que además te dedicabas a fornicar con un vulgar marinero.

Belle le sostiene la mirada descaradamente.

—Tal vez no me haya comportado bien en el pasado, pero tú me has enseñado a no desobedecer. Te aseguro que tendría que estar loca para tratar de hacer algo como lo que dices y despertar de nuevo tu furia.

Belle consigue desasir el brazo y se frota la muñeca en un intento de ocultar la marca.

—Además, ¿qué mujer podría hacer algo así? —añade—. Ni siquiera una prostituta.

—Una mujer como tú, Louise. Una criatura pecaminosa y repugnante —sisea él entre dientes—. Si hubiera sabido que me darías tantos problemas... Si hubiera sabido que serías una esposa inútil, ni siquiera capaz de darme un hijo, habría elegido a otra.

Brzezinski vuelve a cogerla del brazo y la atrae hacia sí. Belle ve el sudor que le humedece la frente y capta la fetidez de su aliento asqueroso.

—No tenía necesidad de casarme contigo, porque de todos modos ya disponía de tu madre.

Sus palabras son peor que un puñetazo en el estómago. Belle trata de doblar el brazo, pero cuando procura alejarse, él la agarra de la otra muñeca de modo que está tan cerca de ella que Belle ve la red de venillas de sus ojos inyectados en sangre.

—¿Quieres saber qué es lo que volvió loca a tu madre? Fui yo, Louise. Hizo que tu padre te sacrificara a mí. Yo no te quería.

—Eso es mentira —susurra ella.

El señor Brzezinski suelta los brazos de Belle y da un paso atrás, con cara de satisfacción.

—Lo que yo quería era bastante sencillo, en realidad. Tu padre me debía dinero. Yo deseaba a su esposa. Convenientemente, él se estaba muriendo. Yo le dije que tomaría a su esposa como mía como pago por su deuda.

La habitación empieza a girar. No debe desmayarse, debe mantenerse en pie.

—Ah, pero tus padres estaban tan «enamorados»... —dice subrayando la palabra con rencor—. Se amaban el uno al otro más de lo que te querían a ti, Louise, porque tu padre me convenció para que me casara contigo en vez de con tu madre.

El señor Brzezinski suelta una risotada.

—¡El muy estúpido! ¿Crees que iba a permitir que una mujer me rechazara? ¿Por qué supones que la traje con nosotros desde Varsovia hasta Venecia cuando tu padre murió? Por lo que a mí se refiere, me llevaba dos premios por el precio de uno. Tu madre me sirvió hasta...

Una sombra cruza su rostro, y por un segundo el señor Brzezinski no parece demasiado satisfecho de sí mismo. Belle ve que trata de reponerse y su mirada vuelve a endurecerse.

—Hasta que enfermó y entonces... Cuando me vi obligado a internarla en Poveglia, entonces te tocaba a ti, Louise.

Belle observa el alma oscura y retorcida de su marido, y sabe que lo que dice es la verdad.

—¡No! —dice con los dientes apretados.

—Tú no eres normal —prosigue, escupiéndole su rabia—. No puedes darme un hijo y te comportas como una especie de criatura depravada, follándote a toda Venecia delante de mis narices. En mi opinión estás loca, como tu madre, y ya es hora de que te reúnas con ella.

El señor Brzezinski se lanza adelante y la sujeta por la cabeza, pero la furia de Belle es tan intensa que se aprieta contra él y le muerde el cuello. Él suelta un grito, retrocediendo, y Belle ve la marca de sus dientes y sangre que brota de la piel arañada.

—Vaya, fantástico —ríe Brzezinski—. Una prueba más de tu demencia. Creo que me resultará bastante fácil conseguir la anulación, ¿no te parece? Entonces podré buscarme una novia nueva e inocente y no tendré que soportar nunca más a una sucia fulana.

El señor Brzezinski empuja a Belle hasta que la hace caer sobre la cama, con lo que las cosas que había en la bandeja del almuerzo se esparcen por el suelo. Él la abofetea y ella intenta defenderse a patadas. No la enviará a aquella isla del terror para que acabe como su madre, oyendo los gritos de fantasmas de los tiempos de la peste, con toda esa pobre gente allí proscrita hasta que se pudra. A ella no la llevarán a pasear por la playa cubierta de cenizas de huesos quemados. Recuerda cuando conoció al médico de su madre, un individuo escalofriante que, pese a la insistencia del señor Brzezinski sobre que era un líder en su campo, Belle estaba convencida de que era algún tipo de sádico. Realizaba lobotomías, por el amor de Dios. No, ella no va a ir a Poveglia. Prefiere mil veces morir allí en su cama que permitir que eso suceda. Ya no le importa la promesa que le hizo a su padre. Tampoco piensa cuidar de su madre, ya que ella tampoco cuidó a su hija.

Belle le da una patada al señor Brzezinski entre las piernas y el hombre se dobla de dolor. Ella salta de la cama y corre hacia la puerta, pero entonces se acuerda de Pina, que sigue en el baño, y duda. Ahí pierde su oportunidad. El señor Brzezinski la agarra por detrás y la empuja por la habitación. Belle tropieza y cae de espaldas sobre la alfombra. Él está en pie encima de ella, con el pie levantado sobre su barriga.

—Te voy a aplastar, Louise, destruiré tu vientre inútil —gruñe.

Parece un demonio, piensa Belle, cerrando los ojos a la espera del dolor. En medio del miedo que la atenaza, incluso siente una pizca de lástima por el monstruo en que se ha convertido su marido. ¿Cómo se ha vuelto así?

—¡Basta!

Belle oye gritar a Pina. Abre los ojos y ve a su criada tirando de los brazos del señor Brzezinski. Su marido está tan sorprendido que momentáneamente se calma y baja el pie al suelo. Pina continúa tirando de él desesperadamente.

—¡Está encinta! —chilla.

El señor Brzezinski se tambalea hacia atrás como si estuviera borracho y mira a Belle en el suelo delante de él.

—¿Es cierto eso?

Belle está a punto de decir «Por supuesto que no». No se le ocurre por qué Pina le ha dicho a su marido que está embarazada. Ella es la *Yerma* Brzezinska. Y entonces cae en la cuenta. No es ella, sino él. Él es el *Yermo* Brzezinski. Y recuerda aquella vez con Santos, después de que su marido le hubiera pegado, cuando no tuvieron tanto cuidado. Desde entonces no ha sangrado. Se lleva la mano al vientre en un gesto protector. Pues claro, por eso ha tenido náuseas, y por eso lo ha sabido Pina. Belle la mira asombrada. Pina tiene las mejillas sonrojadas y la mirada aterrorizada de un corderillo dispuesto para el sacrificio. ¡Qué valiente es al interponerse entre ella y su marido!

—Sí, estoy embarazada —susurra.

—Bueno —dice él con amargura—, estoy seguro de que el hijo no es mío.

—Pero eso es algo que nadie tiene por qué saber... —susurra Pina.

Qué valiente, piensa Belle. Esta muchacha es mi protectora.

El señor Brzezinski mira a la joven doncella y sopesa sus palabras.

—¿Y este ha de ser mi heredero? —le pregunta a la joven siciliana—. ¿El hijo bastardo de un marinero?

Belle se sienta en el suelo y se aparta los cabellos de la cara.

—Sí —desafía a su marido, que se vuelve a mirarla. «Y jamás le pondrás la vista encima a este bebé. Nos vamos de Venecia.»

—Tu estado te ha librado de Poveglia, Louise, al menos por ahora —dice él secamente—. Necesito que este niño sea mío. Finalmente me darás un heredero..., aunque no sea de mi propia sangre. Pero debes ser castigada por eso. Severamente.

Belle ve el frío pedernal en su mirada y, antes de que pueda darse cuenta, el señor Brzezinski ha agarrado a Pina por el brazo y la ha empujado contra la pared. La muchacha chilla y Belle se incorpora de un salto, corre hacia el bruto de su marido y le araña la espalda. Pero él es demasiado fuerte y la tira al suelo de un empujón. El señor Brzezinski coge impulso con el brazo y le da un puñetazo en la barriga a Pina, que se dobla de dolor.

—¡Malnacido! —grita Belle.

El señor Brzezinski se aparta de la joven doncella, que cae al suelo como un peso muerto. Belle corre hacia ella y la protege entre sus brazos. La joven tiembla incontrolablemente. Belle jamás había sentido tanta furia asesina contra su marido.

—¡No la toques! —sisea.

—Ya veo que hay amistad entre señora y criada —replica él con veneno en la voz—. Por tanto, querida, si tengo cualquier motivo para creer que no estás cumpliendo tus obligaciones como respetable esposa encinta, será Pina la que reciba el castigo que te corresponda a ti.

El señor Brzezinski se acerca a las dos mujeres.

—Y tampoco me limitaré a pegarle —añade metiendo la mano entre las piernas de Pina, cuyo rostro adopta una mueca de dolor y de miedo. Belle aparta la mano de su marido.

—Te ataré a una silla, Louise, y te obligaré a ver cómo le arranco la virginidad a esta muchacha. Serás la responsable de su ruina.

Pina tiembla entre los brazos de Belle, que la estrecha con más fuerza y siente los frenéticos latidos de su corazón contra el pecho.

—Si le tocas un pelo a Pina, te mataré —le sisea Belle a su marido.

El señor Brzezinski da un paso atrás y se ríe de ella. Es la viva imagen del regocijo masculino, con las manos en las caderas como si no tuviera ninguna preocupación en el mundo. La amenaza de Belle le resulta ridícula.

—Perdonad, pero ahora he de irme, tengo negocios importantes que atender.

Mientras su marido sale del dormitorio, Belle tiene una visión de sí misma agarrando el candelero de su tocador y clavándoselo en la nuca.

«Mantén la calma —se dice—. Huye.»

Belle se vuelve hacia Pina y levanta el mentón de la sollozante muchacha.

—¿Estás bien?

La criada asiente con la cabeza, todavía incapaz de hablar. Belle la ayuda a levantarse.

—En cuanto él se marche de casa, tenemos que irnos.

—Pero ¿adónde iremos?

Belle corre hacia el armario ropero y saca una bolsa de viaje.

—Confía en mí, Pina. Conozco a una persona que nos ayudará.

—¡Pero yo no puedo irme! Mi familia...

—No te queda más remedio que escapar, Pina. El señor Brzezinski te hará daño si no lo haces. Tu familia no te ha protegido. No les debes nada.

—Pero ¿y si nos atrapa? —Belle nota que el terror quiebra la voz de la muchacha.

—No nos encontrará. Te lo prometo.

Belle ha hecho otra promesa más para decidir el destino de otra persona. Pero confía en que pronto Pina y ella estarán a salvo.

«Estamos escapando, Pina, el bebé y yo.»

Santos las salvará. ¿Cómo podría no hacerlo?

Valentina

Valentina entra en el Cuarto Oscuro. Allí las tinieblas son tan absolutas que cuando levanta la mano no la ve delante de ella. La temperatura es más fresca que en el Infierno de Terciopelo, y nota que se le eriza la piel tanto por el frío como por la expectación. Valentina no tiene ni idea de las dimensiones de la sala, ni de si hay ya alguien más allí dentro con ella. Camina a ciegas con sus botas de tacón alto, con miedo a tropezar. Capta un rumor en la estancia. Una palpitación muy grave, como un latido dentro de su cabeza. Es como si la sala, aunque disfrazada de muerte, estuviera en realidad viva a su alrededor.

De repente hay un *clic* y un destello de luz blanca. En el centro del espacio oscuro hay una enorme mesa de luz, hecha a partir de una mesa. Como la que tiene ella en casa pero aún mayor. Junto a la caja está Leonardo, en pie, desnudo excepto por una máscara veneciana con una fantástica pluma negra en el centro y unos guantes de cuero negro, exactamente como se los describió. Valentina avanza hacia él y las piernas le tiemblan. ¿Por qué está tan asustada? Aquella es «su» fantasía. Su deseo secreto, a salvo dentro del Cuarto Oscuro para que nadie más lo descubra. Incluso ella misma es anónima, la máscara que también lleva oculta su identidad.

Se acerca a la mesa de luz y se queda de pie frente a ella. Recuerda el negativo erótico que ha estado mirando esa misma mañana. Aquel es el comienzo de su fantasía, recreando la imagen que le dio Theo.

Leonardo le ofrece la mano en silencio y ella trepa a la mesa de luz. Siente el calor de las bombillas debajo del cristal y la claridad deslumbrante la obliga a mirar arriba, pero no ve nada ni a nadie más en el Cuarto Oscuro. Ni siquiera ve la salida. Valentina respira hondo y se echa boca abajo. Se imagina qué aspecto debe de tener, su cuerpo engalanado por la luz de los focos. Está totalmente desnuda excepto por las botas y la máscara que le cubre el rostro. Valentina abre las piernas y dobla las rodillas, situando los tacones altos a ambos lados provocativamente. Levanta el culo y se expone, con la deliciosa sensación de que un hilo de seducción recorre todo su cuerpo. Se vuelve y desliza una mano entre las nalgas, luego extiende los dedos y empuja su dedo índice dentro de ella, levantando el trasero para mostrarse mejor. Se siente lasciva y atrevida. Leonardo está de pie detrás de ella, mirándola, ocultando sus reacciones bajo la máscara. Ella lo mira, abre la boca y recorre con la lengua su labio inferior.

Leonardo se acerca hasta el borde de la mesa, de modo que la luz le alumbra desde abajo y le da a su rostro enmascarado un aspecto sobrenatural.

—¿Cuál es tu deseo, Valentina? —pregunta con su voz de dominador.

—Darte satisfacción —susurra ella, introduciendo más el dedo dentro de sí misma y levantando el culo en señal de ofrecimiento.

Leonardo coge la mano con la que Valentina se acariciaba y la coloca más allá de su cabeza. En las cuatro esquinas de la mesa de luz hay correas. Leonardo pasa las manos de Valentina por las correas y las aprieta fuerte. Valentina nota que la expectación le endurece los pezones, su respiración se torna superficial. Leonardo acaricia con un dedo enfundado en cuero toda su columna vertebral, bajando desde la nuca, luego sigue por la curva de su culo y más abajo. Valentina ahoga un chillido al sentir el frío cuero dentro de ella. Él quita la mano enseguida y la deja a punto de estallar, loca de desesperación por volver a sentir el tacto de su dedo. Leonardo le abre un poco más las piernas para dejarla abierta, boca abajo sobre la mesa de luz, y le ata los tobillos a las correas de los extremos de la mesa.

Leonardo le acaricia las piernas con sus manos enguantadas, apretando su carne con el cuero, subiendo más y más por los muslos. Ahora Valentina siente sus manos sobre su trasero, amasándole las nalgas. La sensación del cuero suave sobre su piel maleable se vuelve cada vez más intensa. De repente, él se retira. Una mano presiona hacia abajo sus riñones y al instante siente que la otra mano le propina un azote. Valentina jadea de asombro, de miedo, de excitación. Leonardo vuelve a zurrarla. El cuero le produce escozor en la piel y lleva su mente al delirio. Él azota de nuevo y esta vez la sacudida resuena en lo más profundo de ella, vibra por todo su cuerpo, estimula su ser más profundo.

Oh, sí, aquello es igual que su fantasía, pero mucho mejor.

Cuatro. Cinco. Seis azotes y Leonardo se detiene. Valentina está temblando por dentro, su pasión grita con anhelo que vuelva a tocarla. Leonardo da la vuelta hasta la cabecera de la mesa de luz. Valentina lo mira desde debajo de la máscara. Son dos actores en un drama erótico. Expuestos y al mismo tiempo protegidos. Valentina observa que Leonardo se desprende de los guantes lentamente, dedo a dedo, y luego se quita la elegante pluma de la máscara con una floritura, arrastrándola entre sus dedos. Valentina se lame los labios y contiene el aliento, a la expectativa. Silenciosamente, Leonardo vuelve a caminar por detrás de ella, recorriendo su espalda de arriba abajo con la punta de la pluma, dibujando círculos en su piel que ella imagina como tatuajes de su anhelo impresos en su cuerpo. Las marcas de su lujuria.

La pluma de Leonardo se ha situado ya detrás de Valentina y Leonardo pone la punta por debajo, estimulándole el clítoris. La suavidad y delicadeza de las caricias la reconforta tras el severo azote del cuero. El contraste la enerva, la hace reblandecerse más adentro. Leonardo describe círculos con la pluma, y al mismo tiempo Valentina siente sus dedos que empujan dentro de ella. No uno, sino dos dedos, subiendo, subiendo hacia lo hondo, haciéndola temblar y estremecerse de deseo.

—Oh, por favor —tartamudea, rompiendo su silencio.

Leonardo saca los dedos y gradualmente disminuye la velocidad de la acción de la pluma sobre su clítoris.

—Creo que ahora ya estás lista, Valentina —le dice—. Para la sorpresa.

Valentina se tensa ligeramente. ¿Qué sorpresa?

—¿No es esto lo que deseas realmente?

Mientras Leonardo habla se oye encender una cerilla y Valentina ve la llamarada en el espacio del Cuarto Oscuro. Hay alguien más allí dentro. Valentina ve que la diminuta llama enciende una vela. La palpitante música de la sala sube de volumen hasta consumir su cuerpo de expectación. El latido ya no está fuera de ella, sino dentro, acelerando su corazón. Mientras la vela se acerca a ella, Valentina observa por encima de la llama un rostro cubierto por una máscara que la luz de la llama adorna con destellos dorados por encima del blanco y del negro. Hay otro hombre en el Cuarto Oscuro con ella y Leonardo, observándola sobre la mesa de luz, iluminada y sumisa. Ella es un objeto que deben contemplar, admirar y adorar.

Sin embargo, Valentina no puede controlar el miedo que recorre su cuerpo. Está totalmente a su merced, atada a la mesa de luz. Podría decirle a Leonardo BASTA —le prometió que podía decidir parar su experiencia en el Cuarto Oscuro en cualquier momento—, aunque tal vez él no le haga caso y siga adelante. Siempre cabe la posibilidad de que él no sea quien ella cree que es. Acaso sea tan oscuro como la sala misma y no se pueda confiar en él. Tal vez está a punto de sucederle algo terrible.

Como si leyera sus pensamientos, Leonardo le acaricia el pelo con dulzura, como quien calma a un caballo asustado.

—No tengas miedo, Valentina. Sé que esto es lo que quieres.

La figura que lleva la vela se acerca a ella. Valentina cierra los ojos apretando los párpados, con la boca seca de repente. ¿Qué le harán Leonardo y su compañero? Él dice que sabe que eso es lo que ella desea, pero ni ella misma sabe con certeza qué quiere en ese momento. ¿Cree Leonardo que quiere que le haga mucho daño? ¿Cuánta más sumisión, cuánto más dolor será capaz de soportar? ¿Cuál es su límite?

Mientras está allí, indecisa, sin saber si pedir la salida del Cuarto Oscuro, siente una palpitación muy dentro de su ser. El miedo la está excitando. Aprieta todavía más los párpados y se sobresalta al sentir una mano encima de la suya. Es cálida y tierna. No es una mano cruel. Acaricia sus dedos uno a uno y desabrocha la correa que le sujeta la muñeca. Valentina abre los ojos y alza la mirada hacia el segundo hombre enmascarado. Ya no ve a Leonardo por ninguna parte. Son solo ella y el desconocido. Él se desplaza a su alrededor, desabrochando lentamente las correas de la mesa de luz. Hay algo en sus movimientos que a Valentina le resulta familiar. Fuerza la vista para verlo más claramente, pero el resplandor de la mesa de luz la deslumbra.

Finalmente Valentina queda libre. Junta las piernas y se apoya en las rodillas. El desconocido enmascarado está delante de ella. Valentina lo observa, sin saber demasiado qué hacer. Él ladea la cabeza, como si formulara una pregunta en silencio, y en aquel movimiento exagerado de repente Valentina descubre su identidad.

—¡Theo! —jadea, gateando hacia él sobre la mesa de luz—. Theo, ¿eres tú?

El hombre no responde. Valentina alarga la mano hacia la máscara para quitársela, pero él le coge las manos y se las aparta. Luego se inclina hacia ella y la besa. Pues sí, es su amante, sin duda. Valentina reconoce su beso completo, su ternura. Oh, cuánto ha echado de menos su tacto. Valentina aparta su boca de la de él.

—Theo —le dice—. ¿Qué pasa? ¿Por qué estás aquí?

En vez de responder, Theo se lleva el dedo índice a los labios.

—Chsss —se limita a decir.

Valentina siente un atisbo de ira. ¿Por qué está jugando a ese juego con ella?

—Theo, contéstame —le exige.

Pero él niega con la cabeza y vuelve a ponerse el índice en los labios, y a Valentina se le ocurre que eso es lo que ella le hace a él siempre que hacen el amor. No le deja hablar. Por primera vez se da cuenta de lo frustrante que debe de resultar para él no poder compartir sus pensamientos y emociones con ella.

La luz parpadea cuando Theo extiende los brazos y la levanta de la mesa, que acto seguido apaga. Qué segura se siente en brazos de su amante, aunque ahora la oscuridad es absoluta. Valentina no sabe adónde la ha llevado, pero cuando la deja es sobre algo blando, algún tipo de cama cubierta de terciopelo y seda. El volumen del bajo palpitante va disminuyendo, y lo único que oye ahora son los tonos sensuales de música oriental de ambiente. La sala se llena con la fragancia del incienso, que se suma a la atmósfera. El cuerpo de Valentina todavía está abierto tras los juegos que Leonardo ha llevado a cabo con ella. Ahora que el miedo ha desaparecido, se siente lánguida como un gato y líquida como un jarabe. Ya no le importa qué hace Theo allí, ni qué piensa de ella y Leonardo. Probablemente su amante y el dueño del club son cómplices, ya que Theo está en el Cuarto Oscuro como parte de su fantasía.

Valentina se echa en la cama boca arriba y atrae a Theo hacia sí. Él se quita la máscara y también la de ella, aunque de todos modos Valentina no ve nada. Y al estar ciegos y mudos, con la música sensual que llena sus oídos, todas las sensaciones se centran en la interacción de sus cuerpos. Qué bien huele Theo entre sus brazos. Valentina hunde la cabeza en su cuello e inhala. Se da cuenta de lo mucho que lo ha echado de menos. Se besan más y más profundamente, y ella saborea su dulzura. Ningún hombre puede saber tan bien. Valentina envuelve los brazos alrededor de su cuerpo, lo estrecha con pasión, sin querer soltarlo jamás, y él la penetra. Valentina gruñe de satisfacción. Oh, ella está hecha para ese hombre, que la llena tan completamente. Es la perfección. Al principio se balancean juntos lentamente, pero luego él aumenta la velocidad. Todos los preliminares de Leonardo la han dejado sensibilizada para el tacto de su amante. Valentina siente en cada embate que el miembro de Theo la penetra hasta el corazón mismo. Leonardo tiene razón: aquella es su fantasía definitiva. Tener a su amante con ella, allí en el Cuarto Oscuro. Demostrarle su amor. Aunque no pueda verlo ni oírlo, sin duda sí que puede sentirlo. Theo la conduce con él, cada vez más alto. Su silencio la excita todavía más y Valentina escala con la pasión de Theo, uniéndose a él en el orgasmo.

Luego yacen con los brazos entrelazados. Valentina está cansada, más que en toda su vida. Permanece echada con la cabeza apoyada en el pecho de Theo, oyendo latir su corazón como una nana que la arrulla.

Cuando se despierta, se encuentra aún en el Cuarto Oscuro, pero ahora la estancia está llena de velas, cuyas llamas parpadean iluminando la sala en toda su dimensión. Es un espacio bastante amplio. Todo negro, aunque suave. Terciopelo en las paredes, una alfombra de pelo grueso, seda negra y cojines de terciopelo. La mesa de luz ha desaparecido. Mira a su alrededor buscando a Theo, pero se ha ido. Valentina siente la opresión de la pena.

—¡Theo! —lo llama angustiada.

Se abre la puerta, pero no es Theo quien entra, sino Leonardo. Ya sin la máscara, lleva una bata de seda atada holgada alrededor de la cintura. Trae un cuenco grande del que emana vapor, y cuando se acerca, Valentina capta el aroma de *ylang ylang* y jazmín, una fragancia que le resulta muy familiar.

—¿Dónde está Theo? —le pregunta, sentándose.

Leonardo deja el cuenco de agua junto a sus pies y saca un montón de toallas diminutas de al lado de la cama negra.

—Relájate, Valentina —le responde enigmáticamente, peinando tiernamente sus cabellos hacia atrás. Luego moja una de las toallas en el agua aromática y la escurre—. Cierra los ojos.

Instintivamente, ella obedece. Leonardo le pone la toalla aromatizada en la cara y el efecto es instantáneo. La calma inmediatamente. Se da cuenta de que tiene el cuerpo entumecido, agarrotado por sus aventuras en el Cuarto Oscuro. Oye que Leonardo vuelve a mojar otra toalla en el agua y la saca. Le pone un paño humeante sobre el pecho y otro en el vientre. Valentina se echa atrás, derritiéndose como si la hubiera drogado. Solo cuando le coloca una toalla aromatizada entre los muslos y otra sobre la pelvis se acuerda. Él lo sabe. Theo debe de habérselo contado.

—Oh —murmura en voz tan baja que apenas es audible.

Mientras Leonardo la baña con las toallas aromáticas, Valentina recuerda a su amante haciéndole eso mismo la noche que tuvo el aborto espontáneo. Theo cogió en brazos su cuerpo desnudo y manchado de sangre y se lo llevó del baño hacia el dormitorio para depositarlo sobre la cama. Mientras ella yacía allí, inmóvil, conmocionada, Theo le aplicó paños humedecidos con agua caliente perfumada con aceites de *ylang ylang* y jazmín. Hizo cuanto pudo por curarla, y lo más sorprendente de todo fue que ella se lo permitió. Durante las primeras veinticuatro horas después del aborto, Valentina se rindió a Theo. Le dejó que la cuidara. Todo aquel tiempo había creído que era la personalidad seductora y misteriosa de Theo lo que la había atraído de él, lo que le había hecho no querer dejarlo, sin embargo era su ternura lo que marcaba la diferencia. Mientras la bañaba, y después cuando la tomó en sus brazos sin que ella pronunciara una sola palabra, su compasión la curó. Fue cuando Theo la consoló de un modo en que jamás lo habían hecho sus padres cuando Valentina se enamoró de él. Desde entonces ha tratado de negar sus sentimientos, alejando a Theo de ella poco a poco.

Con vergüenza recuerda cómo prescindió de él cuando fue al hospital al día siguiente. Theo había insistido en que fuera para comprobar que todo estaba bien. Él se había ocupado de concertar la cita y le había dicho que la acompañaría. El instinto natural de independencia de Valentina se impuso, sin embargo, y aprovechando que él estaba dando clase llamó al hospital para cambiar la hora de la visita. Cuando Theo volvió a casa para recogerla y llevarla al hospital, ella ya había regresado. Aturdida e insensible por los analgésicos, le dijo que ya no tenía por qué compadecerse de ella. Los médicos habían aplicado las curas necesarias y volvería a estar lista para la acción a los pocos días.

La expresión de la mirada de Theo vuelve a atormentarla. Pareció horrorizado por sus palabras, devastado y herido, pero ella le dio la espalda, se encerró en su estudio y durmió en el sofá las dos noches siguientes. ¿Cómo pudo ser tan cruel? ¿Por qué no la dejó entonces, cuando le demostró lo mala persona que es en realidad?

«Porque te quiere, Valentina.»

¿Puede quererla realmente? ¿Por eso está sucediendo todo lo del libro de fotografías eróticas, Leonardo y el Cuarto Oscuro? ¿Qué intenta decirle Theo? En ese momento desearía que su amante estuviera allí, con ella, para poder preguntárselo, pero ha vuelto a desaparecer y a Valentina no le queda más remedio que confiar en él.

Belle

Belle registra los muelles mientras Pina espera en pie bajo una arcada de piedra, sosteniendo la bolsa grande de viaje y tiritando. No puede ser. Está segura de que era allí donde tenía atracada Santos su goleta, y sin embargo no la ve. Anda de un lado para otro por la orilla de la laguna picada, desconcertada. No puede creer que se haya ido sin despedirse. Por lo tanto, ¿dónde está?

Empieza a llover. Sopla un viento cortante sobre la laguna, y en cuestión de minutos las dos mujeres están empapadas.

—Vamos. —Belle coge a Pina por el codo y corren a toda prisa sobre los adoquines de Fondamenta Nuove. Tal vez ha movido el barco, piensa desesperadamente. Tal vez la esté esperando en el apartamento, como suele hacer.

El agua de la laguna se encrespa más a cada minuto y salpica los peldaños de piedra en su camino, mojándoles los pies. Las dos mujeres cruzan un puente y las ráfagas de viento son tan violentas que Belle tiene que hacer acopio de todas sus fuerzas para avanzar. Oye a Pina que jadea detrás de ella. Giran y bajan por Fondamenta dei Mendicanti, junto al hospital. Allí están a resguardo del viento, pero la lluvia continúa azotándolas. Corren en busca de cobijo. Belle conduce a Pina a través de la plazoleta y bajando por la diminuta callejuela hasta su apartamento. Busca la llave en el bolso, abre la puerta principal y entran las dos a trompicones al oscuro hueco de la escalera, empapadas y tiritando. Belle le pide a Pina que suba las escaleras mientras ella cierra la puerta.

El apartamento está como lo dejó el día antes, la cama todavía sin hacer. Belle observa el amasijo de sábanas e imagina en ellas la huella de Santos y la suya propia. Hay dos copas de vino vacías junto a la cama y los posos de una botella de Amarone tinto al lado. Belle se acerca al tocador y saca una de las rosas blancas del jarrón, se la acerca a la cara e inspira. Apenas el día antes, su amante esparcía pétalos de rosa sobre su cuerpo desnudo.

—¿Dónde estamos?

Pina sigue tímidamente en pie en el umbral. Las gotas de lluvia chorrean por su rostro y sus escasas ropas están empapadas.

—Estamos en mi escondrijo, Pina —le responde Belle, caminando hasta la ventana para mirar al canal, con la esperanza de ver acercarse una barca tripulada por su amante. Pero el canal está vacío.

—¿Esto es suyo?

—Lo tengo alquilado —explica Belle, dándose la vuelta para mirarla—. Aquí ya no soy la *signora* Louise Brzezinska. Aquí soy Belle.

Pina se queda boquiabierta.

—Belle..., ¿la cortesana?

—¿Qué otra Belle, si no? —Abre el armario de par en par y le muestra a Pina todos los disfraces.

Pina mira perpleja a su señora.

—¿Usted es Belle de Venecia? ¿De verdad?

—Sí, la misma que viste y calza.

Pina se deja caer sobre la cama, sin dejar de observar fijamente a Belle como quien admira a una criatura mítica.

Belle sonríe.

—¿Tanto cuesta de creer, cielo?

La muchacha niega con la cabeza, como si de repente entrara en razón.

—No, no... —Pina hace una pausa, recuperando el característico rubor de sus mejillas y con los ojos iluminados—. ¡Creo que es fantástico! —La muchacha se lleva una mano a la boca para reprimir una risita floja—. ¡Vaya, si lo supiera el *signor* Brzezinski!

—Es mi manera de recuperar mi vida —explica Belle, y su criada asiente con la cabeza, como si lo entendiera—. Sería mejor que nos quitáramos la ropa mojada, ¿no crees? —señala Belle de pronto, recordando que están las dos caladas hasta los huesos—. Elige lo que quieras.

Pina se acerca al armario ropero con aire vacilante. Acaricia tentativamente el dobladillo de uno de los vestidos de seda de Belle.

—No podría...

—Tienes que elegir uno, Pina. Te vas a resfriar si no te cambias.

La criada inspecciona a regañadientes la ropa. Se para al observar la transformación de su antiguo uniforme.

—Puedes probártelo si quieres —le ofrece Belle, pero la chica niega en silencio, más ruborizada que nunca.

—No sé qué ponerme —dice Pina—. Todo esto es demasiado bueno para mí.

—Bobadas —replica Belle—. Además, solo tendrás que llevarlo hasta que se seque tu ropa.

—Elija usted por mí.

Belle se zambulle en el armario. Ya sabe qué se va a poner ella. Está impaciente por cambiarse y volver a salir. Sus ojos se iluminan al ver el vestido negro de bailarina. Lo saca y se lo entrega a Pina.

—Creo que con esto estarás adorable —le dice a la muchacha.

Pina contempla el vestido con arrobo.

—Es tan delicado... —dice, cogiéndolo con las manos temblorosas.

Belle observa a Pina desnudándose con el máximo recato posible. Ella se ha quitado toda la ropa sin preocuparse en absoluto por el pudor. Las dos son mujeres, a fin de cuentas. Cuando Pina se vuelve para coger el vestido, Belle no puede dejar de admirar su cuerpo.

—Vaya, Pina, eres realmente hermosa —le dice. Su criada

siciliana tiene la cintura de avispa y unas formas generosas, algo en lo que Belle no se había fijado antes. Su piel es de un moreno claro delicioso, unos pechos abundantes con los pezones oscuros y unos rizos negros como el azabache de vello púbico que dibujan un corazón perfecto entre sus piernas.

Pina mira al suelo avergonzada mientras se pone a toda prisa el cortísimo vestido de bailarina. Le sienta como un guante, y es tan corto que deja totalmente al descubierto sus finas piernas. Qué pena, piensa Belle, que una chica así tenga que dedicarse al servicio doméstico. Es tan exquisita que debería ser bailarina o actriz. Pensar que el desgraciado de su padre se la vendió al señor Brzezinski. Como el padre de Belle. Se enfurece al pensarlo. Los hombres pueden ser despreciables.

Mientras ella piensa todo esto, Pina está de pie frente al espejo, contemplándose vestida con el disfraz de bailarina. Belle ve su propio reflejo, desnuda detrás de ella, y su mirada y la de Pina se cruzan en el espejo. Hay algo en los ojos de la muchacha que le recuerda a alguien, pero no se le ocurre a quién. Es una expresión de cariño, protectora incluso. ¿Por qué podría albergar su criada esos sentimientos respecto a ella?

—Usted sí que es hermosa, señora —susurra Pina.

Belle considera el amable halago de Pina. Qué dulce podría ser el amor entre dos mujeres. Si Pina sintiera lo mismo... Pero ahora Belle anda loca por encontrar a Santos. Necesita a su hombre y solo él servirá.

—Gracias, Pina —dice pasando a su lado de camino hacia el armario para sacar su disfraz de marinero.

Las piernas desnudas de las dos mujeres se rozan y Belle nota la reacción de Pina a su tacto. Espontáneamente se siente conmovida y se vuelve para besar a la muchacha en los labios. Belle cierra los ojos y es como si se diera a ella misma el beso de la vida, que le trae a la memoria a la princesita que fue cuando vivía en Varsovia, antes de su matrimonio y del rapto de su inocencia.

—Adorable Pina —le dice, apartándose—. Cuidaré de ti. No tienes que preocuparte, créeme.

La joven la mira con sus ojos castaños muy serios.

—La creo —dice.

Belle se pone los pantalones blancos de marinero. Tiene que encontrar a Santos. No pueden volver con el señor Brzezinski. Desearía poder quedarse allí, pero sería solo cuestión de días que su marido las encontrase. Tienen que huir de Venecia para siempre.

—Voy a buscar a mi amigo —le dice Belle a Pina—. Iré tan deprisa como pueda. Tú espérame aquí.

La taberna está vacía, excepto por un par de marineros apoyados en la barra de madera. Belle camina pavoneándose hacia ellos, tratando de mantener la gorra de marinero baja sobre su frente. Se ha cambiado a toda prisa y no está segura de haberse quitado todo el maquillaje.

—Hola, muchacho —le dice el tabernero—. ¿Qué te sirvo?

Belle pide un brandy y se lo toma de un trago. El licor le pone en su lugar el estómago que aún tenía revuelto y la calienta tras la carrera bajo la lluvia.

—Busco a Santos Devine —dice Belle—. ¿Tiene idea de por dónde anda?

—La verdad es que no sé nada de él. Lo único que puedo decirte es que ya no está en Venecia.

«¡No!» Belle quiere gritar, zarandear al tabernero por los hombros, rogarle que le diga que eso no es cierto, pero tiene que ser un hombre en su disfraz de marinero. Debe ocultar sus emociones. Aun así, se siente como si le hubieran propinado un puñetazo en el estómago y casi le flaquean las piernas por la conmoción.

—Eh, ¿te pasa algo? —pregunta uno de los marineros.

Belle se apoya en la barra y vuelve a erguirse.

—¿Está seguro de que se ha ido? —le pregunta al tabernero.

—Por supuesto, lo he visto con mis propios ojos. Las autoridades le han pedido que se fuera. Parece ser que le robó algo a un importante hombre de negocios de aquí de Venecia.

—Un polaco —añade uno de los marineros. A Belle no le

hace falta que le digan el nombre. O sea que el señor Brzezinski sabe quién es su amante y lo ha hecho desterrar de Venecia. Belle siente un arrebato de cólera en el estómago.

—Creo que sabían que las acusaciones eran falsas, pues de lo contrario lo habrían arrestado, pero en cualquier caso le dijeron que se marchase de Venecia. Al menos durante un tiempo.

Aquellas son las palabras que necesitaba oír Belle. «Al menos durante un tiempo.» Oh, sabe que su amor no la abandonará para siempre. Volverá. Y menuda noticia tendrá para darle. Que espera un hijo suyo.

Pero ¿qué va a hacer mientras tanto? La idea de volver a la casa del señor Brzezinski la pone enferma, pero teniendo que cuidar de Pina, parece que es su única opción.

Cuando vuelve al apartamento, la joven está dormida en la cama. Lleva puesto el vestido negro de bailarina de Belle y parece un cisne negro, con el brazo extendido por encima de la cabeza y la falda arrugada sobre las sábanas blancas.

Pobre chiquilla, piensa Belle. ¿Por qué la he metido en todo eso?

Pero entonces recuerda que no ha sido ella quien ha metido en eso a Pina. Fue el señor Brzezinski. Después de tantos años de matrimonio, Belle nunca ha sido capaz de llamarlo por su nombre de pila.

Se acerca a la cristalera y baja la mirada hacia el canal verde. Así que Santos se ha ido. Belle empieza a asumir la realidad. Cruza los brazos y se abraza a sí misma, como si deseara mantener el fuego de su pasión dentro de ella. Ayer, aquella vista desde su habitación le parecía llena de la poesía del amor. El inmaculado cielo azul era un símbolo de la perfección de su unión; el esplendor decadente de los *palazzos* de Venecia al otro lado del canal, la herencia profunda de su amor; el chapaleo constante del canal, el ritmo acompasado de su unión. Solo ha pasado un día y todo lo que ve ha cambiado. El cielo está poblado de nubes oscuras y amenazadoras que lloran abiertamente; los *palazzos* ya no son edificios esplendorosos, sino ruinas olvidadas, abandonadas; el canal oculta sus profundidades de ella, devolviéndole el reflejo de su anhelo, que la abofetea en la cara como si la remojasen con agua helada.

Belle cierra los ojos y trata de invocar un recuerdo de Santos, pero ya empieza a desaparecer de su alcance. Apenas puede verlo como un punto en el horizonte, surcando las aguas del mar Adriático en su fantasmagórico barco, con su escultural primer oficial a su lado como un macabro guardián. ¿No podría haberla esperado? Tal vez él ya conocía toda su historia y pensaba que ella no querría marcharse de Venecia estando su madre en Poveglia. Pero ahora que sabe que su padre la puso a ella en peligro para conservar a su esposa, considera que ya no le debe nada a nadie. Elegiría a Santos aunque tuviera que dejar a su madre, si tuviera la oportunidad. Se lleva la mano al vientre. ¿Y qué pasa con aquella pequeña vida que lleva dentro? ¿Elegiría a Santos antes que a su hijo? Un hijo con los espesos rizos negros y los ojos como joyas azules de su padre.

Santos se ha ido. Belle se aparta de la ventana y se deja caer en el suelo. Ahora puede llorar, sus esperanzas vuelan por la ventana como una triste golondrina. Belle se aferra a las palabras del tabernero. «Al menos durante un tiempo.» Tiene que volver. Le dijo que volvería, ¿no? Y no obstante hay algo muy dentro de ella que le dice lo contrario. Belle empieza a sollozar, abrumada al pensar en el tormento de su embarazo sin Santos. El señor Brzezinski le robará a su hijo. Reclamará al niño para sí. ¿Qué tipo de padre será? ¿Le pegará al hijo de Santos como le pega a ella, como ha pegado a Pina esa mañana? Sí, por supuesto que lo hará.

Si fuera un hombre... Frustrada, Belle cierra los puños y aprieta los dientes mordiendo lágrimas saladas. Si pudiera, mataría al señor Brzezinski.

En el instante que siente que se desintegra, que se hace añicos sobre el suelo de su apartamento, una manita se posa en su hombro.

Se vuelve y por entre las lágrimas ve a Pina, agachada y cogiéndola de las manos. La lleva a la cama y la hace sentarse en ella. Sin decir nada, la joven criada le seca las lágrimas con ternura, besándola una y otra vez en la boca. Belle hace que no con la cabeza. Su tristeza es tan infinita que nadie logrará que se sienta mejor, nadie excepto Santos. Y aun así Pina no abandona. Le desabrocha la chaqueta mojada de almirante y le quita la gorra de marinero. Peina los cabellos mojados de su señora con la yema de los dedos y los seca con su aliento. Con el vestido de bailarina aún parece más un ángel mientras le va desabrochando las prendas y se las quita. La empuja suavemente para que se eche en la cama y le frota la piel para calentar su cuerpo helado. Le acaricia la cara y Belle, sintiéndose arrullada, cierra los ojos. Pina le roza el cuello y los hombros; se lleva a la boca uno a uno los dedos de Belle y los besa. Acaricia el vientre de Belle y su tesoro oculto, sus pechos, que empiezan a hincharse ya en los primeros días de embarazo, estimulando dulcemente los pezones. Desliza las manos por las piernas de Belle, deteniéndose con suavidad entre los dedos de los pies. Y finalmente la acaricia entre las piernas, con una delicadeza suprema, sustituyendo poco a poco las yemas de los dedos por su suave lengua.

Belle suspira. Es un suspiro antiguo, tanto que empezó a sus dieciséis años y termina en ese momento de consuelo con Pina. Deja que la muchacha le haga aquello porque las sensaciones físicas son lo único que la mantiene con vida. No puede corresponder, pero es consciente de la devoción de Pina y deja que la devore con su amor, como si fuera un bálsamo para su corazón.

—¡Louise *el Pajarillo*! ¡Louise *el Pajarillo*!

Belle se despierta.

—¡Louise *el Pajarillo*!

¿Está soñando? Se encuentra entre los brazos de Pina, que duerme. Con cuidado se aparta de la muchacha. Oye las olas que golpean el lado de una barca justo debajo de su ventana. Y una voz.

—¡Louise *el Pajarillo*!

No es una voz masculina, pero Belle sabe que le trae un mensaje de Santos. Se levanta de la cama, se pone apresuradamente la bata de seda azul y sale al balcón.

Ya ha dejado de llover, aunque el cielo sigue cubierto de nubes y el canal está dominado por sombras grises. Debajo de ella hay una góndola, con una mujer sentada en ella. Lleva un vestido largo escarlata y va descalza, aunque se envuelve en una elaborada capa negra y se cubre el rostro con una máscara veneciana totalmente blanca. A pesar del disfraz, Belle reconoce sus cabellos, unos largos mechones de rizos castaños rojizos que caen en cascada sobre sus hombros. Es Lara, la fabricante de máscaras.

—¡Lara! —grita desde el balcón—. Lara, por favor, ¿adónde ha ido Santos?

Pero la mujer levanta su rostro enmascarado hacia ella y niega con la cabeza como pidiéndole que calle. Se levanta en la góndola y Belle observa que tiene las manos ahuecadas alrededor de algo. Cuando las abre, un pajarillo emerge de entre sus dedos y alza el vuelo por encima del canal. Belle ve que es un mirlo y que lleva algo atado a la pata. Su corazón se llena de pánico. Los mirlos son silvestres. ¿Cómo logrará que vaya hacia ella? Y no obstante es como si el ave notase su desesperación, puesto que vuela directamente hacia ella y se posa en la baranda del balcón, pestañeándole con ojos de complicidad.

Belle extiende el brazo vacilante, le ofrece la palma de su mano, el pájaro se posa en ella de un saltito. Ahora ve claramente que lleva una bolsita de terciopelo atada a una patita. Con dedos temblorosos la desata y se la pone en la otra mano. Luego levanta la palma hacia el cielo y deja que el pájaro vuele libre. Cuando vuelve a mirar al canal ya no hay ni rastro de Lara ni de su góndola. ¿Se lo habrá imaginado? Sin embargo, tiene la diminuta bolsa entre sus dedos. Vuelve a entrar en su apartamento y la desata.

Dentro hay un minúsculo anillo de oro. No es una sortija para el dedo. No, es el pendiente de oro de Santos. Verlo entre sus dedos, recordar la última vez que lo tocó, mientras mecía la cara de su amante entre sus manos, resulta casi demasiado insoportable. Belle contiene el aliento. Es un milagro tener aquel regalo.

En la bolsita hay algo más. Un trocito minúsculo de papel. Lo saca y se maravilla con la escritura en miniatura de su amante. Cae en la cuenta de que jamás había visto nada escrito por él. Lee el mensaje. Y lo lee otra vez; y otra más. No se puede creer lo que le está pidiendo que haga.

Valentina

El sobre estaba en su buzón, aunque no lleva sello ni matasellos. Valentina reconoce la caligrafía al instante. Abre el sobre sin esperar siquiera a subir al piso. Un billete de tren se desliza entre sus dedos. Es un billete de primera clase desde la estación Centrale de Milán hasta la de Santa Lucia en Venecia. La fecha es de ese mismo día y faltan dos horas para la hora de salida. ¿Se ha vuelto loco Theo? ¿A qué juega, dejando un billete de tren en su buzón sin ningún escrito explicatorio? Ella podría tener sesión fotográfica o estar ocupada en alguna otra cosa. Solo le da un par de horas para prepararse y llegar a tiempo a la estación.

Tras la noche anterior en el Cuarto Oscuro, ella suponía que lo encontraría en casa cuando volviera. Estaba dispuesta a confesarle sus sentimientos por él. Le diría que ya había visto la intensidad de su amor, que sabía lo que estaba dispuesto a hacer por ella, que lo sentía mucho. Pero Theo no volvió, y con el lento transcurrir de las horas sus remordimientos dieron paso a la furia. No ha pegado ojo en toda la noche, moviéndose y revolviéndose de un lado para otro en la cama, y ahora está cansada y sensible. Theo la está manipulando, ni más ni menos. Y el billete de tren es otra prueba que lo demuestra. Pues no piensa ir. Para que aprenda.

Sube hasta su planta en el ascensor, mordisqueándose el labio, agobiada por las dudas. Pero ¿qué pasará si va? Cuando el ascensor se detiene de golpe y Valentina empuja la puerta, se le ocurre una cosa. Theo está jugando con ella a un juego. Como el álbum de negativos eróticos del pasado. Como antes de que vivieran juntos, cuando se reunían en lugares secretos como si fueran amantes anónimos. Cómo le gustaba eso a Valentina. Tal vez lo único que quiere Theo es que ella se divierta.

Bueno, accede de mala gana mientras entra en su apartamento. Sí que irá. Menos mal que ese día no tiene que trabajar.

Sus dos partes están en conflicto —su yo suave, su corazón; y su yo protector, su razón— y por eso decide ponerse uno de los disfraces más ambiguos de su bisabuela. Es el traje a rayas con sombrero de fieltro, con una delicada camisola de seda y un *culotte* femenino por debajo. Descarta unos zapatos bajos de cuero y elije un par de zapatos acordonados de tacón alto para estar un poco más alta. Así se siente más confiada, como un gánster andrógino.

Valentina coge el álbum negro que le regaló Theo y lo ojea. Ahora ya ha revelado todos los negativos. Las cuatro últimas copias eran las más bonitas. Está la que ya había visto como negativo y que inspiró su fantasía de ponerse una máscara y ofrecerse. Hay un primer plano de un seno desnudo rociado con gotas de agua; y otro del cuerpo de la modelo desde debajo de los pechos hasta el pubis, con lo que parecen pétalos de rosa blanca esparcidos por encima. La última es tal vez la más seductora. Es la imagen de una mujer joven sentada con la espalda apoyada en algún tipo de muro. Está desnuda, excepto por la máscara veneciana blanca que cubre su rostro, ocultando su identidad. Parece que lleva una melena corta negra, que era el estilo de la época. Por tanto, Valentina supone que es la misma mujer de la foto de la mesa de luz. Tiene las rodillas dobladas y las piernas abiertas en una provocativa V. Está inclinada hacia delante y saca un brazo entre las piernas, con el puño cerrado, de modo que oculta sus partes íntimas. Aunque resulta imposible distinguir su expresión tras la máscara, Valentina puede ver que tiene los labios abiertos y que su lenguaje corporal es de una invitación ardiente. «Ven a por mí si te atreves.» Le encanta.

Mete el álbum en su maletín negro. Se lo llevará consigo. Quiere averiguar dónde consiguió Theo esos negativos y si conoce la identidad de la mujer. Más que nada, quiere saber por qué se las dio. Parece como si aquellas fotos hubieran activado un mecanismo, empujándola hacia un mundo profundamente erótico con su punto culminante en el club de Leonardo y el Cuarto Oscuro.

Está a punto de salir por la puerta cuando oye un pitido del teléfono móvil en el bolsillo de su chaqueta. Lo coge.

«Tráete el cuadro de Metsu.»

Solo una línea. Ni «¿Cómo estás? ¿Todo bien?» ni «Un beso». Ni siquiera una cara sonriente. Valentina está furiosa y responde a su mensaje de texto inmediatamente.

«¿Dónde estás? ¿Qué está pasando?»

Pero Theo no responde. A Valentina se le está agotando la paciencia. Además de todo, ahora le pide que salga de su piso con un cuadro de valor incalculable bajo el brazo, si realmente es un original como afirmaba Gaby. Está convencida de que Garelli o uno de sus compinches han estado vigilando el apartamento durante los dos últimos días. Además, también está el tipo rubio que la acosó en la fiesta de Marco. No ha visto ni rastro de él ni de su Smart desde el martes por la noche, aunque algo le dice que en algún momento volverán a encontrarse. Hay algo de aquel individuo que la asusta.

Le echa un vistazo al reloj de pulsera. Le queda muy poco tiempo para llegar a la estación. ¿Qué debería hacer? Corre al estudio y examina el lienzo, que todavía cuelga en la pared. Es lo bastante pequeño, supone. No tiene tiempo de debatir consigo misma sobre la prudencia de llevarlo; no quiere perder el tren. Descuelga el cuadro y busca a su alrededor algo donde ponerlo. No hay tiempo para envolverlo como es debido. Ve la bufanda de encaje de su bisabuela, abandonada sobre la silla, la coge y envuelve el cuadro con ella. No es perfecto, pero es mejor que nada. Mete la pintura envuelta en encaje en su maletín negro y corre hacia la puerta.

Mientras se abre camino entre la multitud de la Stazione Centrale, sintiéndose diminuta en la clásica extensión del enorme vestíbulo, no puede dejar de pensar que la siguen. Se vuelve de golpe y lo ve allí mismo. Garelli, en un quiosco, fingiéndose absorto en una revista. Realmente, como detective es un desastre, piensa. Aun así, su presencia le preocupa. Podría estar paseando con un cuadro robado en el maletín. Si la pilla y la detiene, seguro que va a parecer muy culpable. Además, tampoco quiere que la siga todo el camino hasta Venecia y encuentre a Theo. Aunque en realidad Theo también podría estar allí mismo, en la estación, corriendo para coger el mismo tren. Mira a su alrededor, pero el lugar está atestado y no lo ve por ninguna parte.

Mira el reloj de la estación. Quedan tres minutos para la hora de salida. Tiene que librarse de Garelli. Se aleja de los andenes y vuelve al vestíbulo principal. Por el rabillo del ojo ve que Garelli la sigue. Baja por la pasarela hasta el piso inferior y se dirige hacia el metro antes de entrar como una flecha en la librería. Probablemente él la haya visto entrar, pero si es lo bastante rápida podrá engañarlo. Atraviesa la librería a la carrera y sube por las escaleras interiores de la tienda para salir de nuevo al vestíbulo principal de la estación. Ya solo falta un minuto para que salga el tren. Corre entre la multitud hacia el andén 13. Ve al guardavía a punto de soplar el pito y le hace un gesto con el brazo. ¡Lo que cuenta ser una mujer hermosa en Italia! El guardavía abre la puerta del tren para ella justo a tiempo.

—*Grazie!* —dice soplándole un beso, asegurándose de dejarle entrever su camisola.

—*Prego, signorina!*

Con sensación de triunfo, Valentina mira por la ventanilla y ve a Garelli corriendo por el andén, demasiado tarde para subir al tren.

El inspector sabe que ella está en ese convoy, pero no sabe dónde va a bajarse. Podría ser Brescia, Verona o Padua, en vez de Venecia. Al menos ha ganado un poco de tiempo. Trata de quitarse de la cabeza la obsesión de que su amante ha hecho algo muy malo. ¿Va a perderlo de todos modos a manos de la ley, y por mucho, mucho tiempo? Intenta no pensar más allá de aquel mismo día mientras comprueba el billete y avanza por el pasillo buscando su compartimento.

Valentina se quita el sombrero de fieltro y lo deja en el portaequipajes encima de ella. Dado lo valioso de su contenido, en vez de dejar el maletín también allí arriba, lo guarda entre ella y la ventanilla. En el compartimento no hay nadie más. Aguarda con impaciencia. En cualquier momento, piensa, Theo va a entrar en el compartimento. Sin embargo, a medida que el tren se aleja a toda velocidad de Milán y los kilómetros se alargan, parece evidente que Theo no viaja en el mismo convoy. ¿Qué pasará cuando llegue a Venecia? ¿Adónde debería ir? Theo estará en la estación esperándola, se tranquiliza a sí misma. Y si no, ya la llamará.

Se reclina en su asiento y saca la novela que está leyendo, *Jezabel*, de Irène Némirovsky. No puede evitar la comparación entre la protagonista y su propia madre. La hermosa e irresistiblemente seductora Gladys Eysenach es una mujer que antepone su vanidad a su hija. Una mujer aterrorizada por la idea de parecer vieja y que es capaz incluso de cometer un asesinato para ocultar su edad. No, ni siquiera su madre es tan mala. A pesar de la prosa lírica de Némirovsky, en cuanto ha leído unas pocas líneas a Valentina le empiezan a pesar los párpados. Esta noche apenas ha dormido y está agotada con todo lo ocurrido en el Cuarto Oscuro. Todavía no acaba de entender cómo es posible que Theo participara en todo aquello. ¿Cómo podía estar tan feliz sabiendo que Leonardo la estaba tocando? Su relación con Leonardo es como pensaba que tendría que haber sido la suya con Theo: platónica, aunque sexual. ¿Son amigos que se acuestan juntos? No, la dinámica es diferente. Leonardo es más como su maestro, una especie de guía. Valentina sabe que mucha gente la juzgaría por haberse entregado a otro hombre, aunque Theo es evidentemente diferente. Cuando se trasladó a vivir con ella, le dijo que no tenían por qué ser monógamos. Ella aceptó, aunque le pidió que no le hablara de otras mujeres con las que pudiera estar. Es mejor centrarse en lo que tienen en común, piensa mientras se queda dormida, más que en las circunstancias que los rodean. Su último pensamiento antes de caer en brazos de Morfeo son los labios de Theo, suaves, carnosos, abriendo su corazón en el Cuarto Oscuro.

Valentina lo está besando. Nota su sabor. Siente sus manos sobre sus hombros, el roce de su barba incipiente contra la mejilla. Abre los ojos y Theo está allí, delante de ella.

—¡Oh, Theo! —grita—. ¡Por fin!

—Sí, aquí me tienes —dice él, y Valentina se da cuenta de que parece un poco tenso, nervioso—. ¿Has traído el cuadro?

—Sí, pero por qué... Quiero decir..., ¿qué pasa?

—Guárdalo bien, ¿vale? —le pide—. Hasta que lleguemos a Venecia.

—De acuerdo. —Valentina atrae a Theo hacia sí—. ¿Por qué estás haciendo todo esto? ¿Las fotos antiguas..., el club..., el Cuarto Oscuro?

Theo la mira inquisitivamente.

—¿Aún no lo has averiguado, Valentina?

—Pero...

Theo la hace callar con un beso.

—Ya habrá tiempo para hablar más tarde —susurra—. Hay algo que siempre he deseado hacer en un tren.

Valentina no puede evitarlo. Theo le sonríe maliciosamente. Qué alegría poder verlo, sentirlo otra vez.

—¿En serio, *signor* Steen? ¿Y de qué se trata?

Theo se sienta a su lado e, inclinándose hacia ella, le quita la chaqueta de los hombros para descubrir la camisola de seda.

—¿Sabes qué es lo que deseo? —Theo pone una mano a cada lado de la cara de Valentina y la obliga a mirarlo. Ella observa sus pupilas dilatadas, sus mejillas cinceladas y su fuerte mentón—. Te deseo a ti, Valentina.

A ella se le acelera la respiración. ¿Habla en serio? ¿De verdad quiere hacer el amor en ese tren? ¿Y si entra alguien en el compartimento y los ve?

Theo se desabrocha la camisa y la deja caer al suelo. Coge la mano muerta de Valentina y se la lleva al vello del pecho. Valentina ahueca la mano sobre su corazón. Siente su latir frenético y mira a Theo a los ojos. Ella también lo quiere, ahora lo ve claro. Quiere aquel momento de pura necesidad primitiva con su amante, aquella pasión espontánea que mantiene vivo el amor, como cuando se vieron por primera vez.

—Yo también te deseo a ti, Theo —susurra.

Él se levanta, se desabrocha los tejanos y se los baja. No lleva ropa interior. Su pene está erecto, tan hermoso..., su amado Theo. Valentina alarga la mano para tocarlo.

—Soy todo tuyo, Valentina.

Valentina lo mira y una pregunta se forma en su cabeza.

«¿Hasta dónde vas a llegar?»

—Lo eres todo para mí —añade Theo, tomando en sus manos las de ella y levantándola para que lo mire.

Valentina está como en trance. Se desabrocha los pantalones y se los quita. Ahora solamente lleva la ropa interior de seda. Se yergue ante su hombre, que le baja los tirantes de la camisola y le acaricia los pechos y los pezones duros mientras la prenda de seda se desliza por sus nalgas y sus piernas. Theo le apoya las manos en las caderas y le baja el *culotte*. Valentina da un pasito para acabar de quitárselo y nota la mano de Theo que la acaricia entre las piernas.

—Sí, ya veo que me deseas, ¿verdad, Valentina? —dice, y ella mira sus ojos azules, hipnotizada.

—Date la vuelta —le ordena Theo.

Valentina se vuelve de cara a la ventana del compartimento. El tren corre a toda velocidad a través del paisaje italiano y Valentina nota cómo se mece bajo sus pies.

—Inclínate y apoya las manos en la ventana.

Valentina hace lo que le dice y nota que él le abre las piernas. La está acariciando, abriéndola con los dedos, preparándola. Al momento la penetra. Es tan grande que Valentina tiene la sensación de que le ha llegado hasta lo más profundo. Aprieta el pene de Theo dentro de ella mientras el tren se balancea, uniéndolos y separándolos acompasadamente.

—Ahora te follaré como a ti te gusta.

Theo está rompiendo su regla de oro. Hablar durante el sexo. Y no obstante sus palabras obscenas la excitan. Siente que lo tiene bien apretado dentro de ella y que el pene de Theo envía vibraciones por todo su cuerpo.

Theo la saca lentamente, dejándola casi desprovista de su amor, y entonces de repente arremete de nuevo. Valentina jadea, apretando las manos contra la ventana. De pronto la asalta una idea: ¿qué pasará si llegan a una estación o pasan por una población? La gente los verá. Sin embargo no le importa. Quiere que Theo la lleve al éxtasis y sentirse como en trance, celebrando su abandono dentro de aquel compartimento de tren. Valentina empuja el culo hacia arriba contra él, que vuelve a la carga, aumentando gradualmente la rapidez de sus acometidas. La toca completamente a fondo, hasta el mismo corazón de su sexo. Valentina aprieta los dientes, revelando a su yo más perverso y mirándolo a la cara.

—¡Fóllame! —gime impaciente—. ¡Fóllame!

El tren acelera y les imprime su ritmo. Es como si formaran parte del mismo mecanismo, balanceándose, follando, avanzando. Valentina se siente gloriosamente cerca de la liberación y, mientras se corre, percibe que sus palpitaciones tienen efecto en la polla de su amante, que descarga dentro de ella. A Valentina le resbalan las manos de la ventana del compartimento y pierde el equilibrio. Caen al suelo, todavía unidos. Él está encima de ella, y a pesar de su tamaño, ella se siente cómoda. Cierra los ojos, sintiéndose líquida, mucho más ligera ahora que su parte más oscura se ha desvanecido. Valentina se hunde en el suelo del compartimento, gotea debajo del tren y riega los raíles con su esencia, dejando un reguero como de perlas en la gravilla.

Permanecen así echados un buen rato, mientras Theo le besa la nuca. Valentina se mueve, agobiada ya por el peso, y él se incorpora y tira de ella para tomarla nuevamente en sus brazos y mecerla desnuda en el compartimento de primera clase.

—*Mio Dio*, no me puedo creer lo que acabamos de hacer —susurra ella.

Theo acaba de levantarse y le tiende la mano para ayudarla.

—Será mejor que nos vistamos —dice guiñándole un ojo—. No abusemos de la buena suerte.

Ya vuelve a parecer él, piensa Valentina. Y se da cuenta de que no lo había visto tan contento desde antes del aborto.

—¿Theo? —le dice, poniéndose los pantalones por encima de la ropa interior de seda—. ¿Qué pasa con este cuadro? —pregunta dando unos golpecitos en el maletín negro—. ¿Es robado?

Theo se sienta a su lado y se muerde el labio.

—Es una pregunta difícil de contestar.

—¿Cómo que difícil? O lo has robado o no lo has robado.

A Valentina le parece increíble estar haciéndole aquella pregunta a su amante. ¿Cómo podría Theo, crítico e historiador del arte, con su privilegiada formación en Nueva York, ser un ladrón de obras de arte?

—Bueno —responde él lentamente, inmovilizándola con su mirada magnética—. Se podría decir que robé el cuadro, sí, aunque también se podría decir que en realidad no es un cuadro robado, ya no.

Valentina se queda boquiabierta. Es una pesadilla.

—Dios mío, Theo. ¿Quién eres tú? —pregunta mirando fijamente su rostro familiar. No conoce en absoluto a ese hombre, ¿verdad? Y sin embargo siente que sí lo conoce. No puede creer que sea un delincuente—. ¿Qué vamos a hacer? —dice en un susurro horrorizado.

Theo junta las manos.

—Confía en mí, cariño.

Valentina niega con la cabeza.

—Tienes que confiar en mí —insiste él, mirando su reloj de pulsera—. No te lo puedo explicar todo ahora, pero te prometo que te lo contaré más adelante.

Theo se levanta y se alisa la camisa arrugada.

—¿Qué haces?

—Tengo que bajarme en Verona. Allí cogeré un coche.

—Pero ¿por qué?

—Es mejor si viajamos por separado. Tú quédate en el tren con el cuadro y nos veremos en Venecia.

Valentina cruza los brazos y lo fulmina con la mirada.

—¿Por qué no puedo ir contigo?

El tren empieza a frenar para entrar en la estación de Verona y Valentina se siente presa de un pánico inexplicable. No quiere que Theo se vaya. Tiene que quedarse con ella. Aunque no es menos cierto que le incomoda que él vea cuánto lo necesita. Mantén la calma, Valentina, se sermonea a sí misma. Mantén la distancia hasta que sepas qué ocurre.

—¿Qué pasará si me pillan con el cuadro? —pregunta bruscamente—. ¿Has pensado en eso, señor Ladrón de Arte?

Theo se detiene en la puerta del compartimento, con los cabellos alborotados y los ojos diabólicamente azules, y se ríe. Ni más ni menos: ¡se ríe!

—Valentina, te prometo que si te pillan con ese cuadro no vas a tener ningún problema.

Otra vez la ha hecho enfadar. ¿Por qué no deja de oscilar entre la furia y el deseo cuando se trata de Theo? El tren sale de Verona y Valentina mira por la ventana, pero Theo parece haberse esfumado. Suspira. Al menos le ha dicho que se lo contará todo más adelante. Solo ha de tener un poco de paciencia. Pero es que quiere saberlo ya. Está demasiado agitada para leer. Se reclina en el asiento y cruza las piernas. Y es en este momento cuando descubre el sobre en el suelo del compartimento. Justo delante de sus narices. ¿Cuándo lo habrá dejado Theo ahí?

Valentina se agacha, lo recoge y lo abre.

«Hotel Danieli. Bar. 20.00.»

Valentina se muerde el labio, sonriendo ligeramente para sí misma. Otra cita secreta. Al menos podrá tener a Theo en sus brazos toda la noche. Solo han pasado ocho días desde la última vez que estuvieron juntos en su apartamento, y sin embargo a Valentina le parece mucho más tiempo. Se alegra de haberse llevado uno de los camisones de seda de su bisabuela bien dobladito en su maletín. Por la noche quiere estar cautivadora.

De repente hay una sacudida y el tren se detiene poco a poco. No están en ninguna estación, sino en algún lugar en medio del campo, no demasiado lejos de Venecia Mestre, supone. Valentina bosteza, se quita los zapatos y se sienta en el suelo con las piernas cruzadas. La puerta corredera del compartimento se abre y, cuando Valentina levanta la mirada, se queda blanca como el papel. De pie en el umbral de la puerta está el hombre rubio de la fiesta de Marco. Un miedo irracional se apodera de ella. Agarra el maletín y se incorpora de un salto. Sin molestarse en volver a calzarse, se abre paso empujándolo y corre por el pasillo hacia las puertas de salida. Pulsa el botón de abrir y, como el convoy está parado, la puerta se abre. Baja a uno de los peldaños de metal y saca la cabeza fuera del tren, agarrándose al pasamanos. Mira hacia delante de las vías; luego se vuelve y mira en sentido opuesto, pero no hay manera de saber dónde están. Aun así, ¿no es mejor bajarse enseguida y llamar a Theo? Va descalza, pero él puede recogerla dondequiera que esté.

Ya está a punto de saltar del tren cuando nota una mano encima de la suya que desase sus dedos del pasamanos y otra que la agarra por la cintura. Valentina se vuelve y ve al tipo rubio, su pesadilla.

—¡Eh! —Valentina trata de golpearlo con el brazo libre y el maletín, pero apenas tiene equilibrio.

Ahora él la sujeta por la mano, y si se suelta de él caerá de bruces sobre la vía. Oye un silbato y el convoy empieza a moverse. Tiene que saltar ya, antes de que acelere. Se revuelve, tratando de zafarse, pero él la agarra tan firmemente por la cintura que todos sus esfuerzos resultan en vano. El tren circula cada vez más deprisa, y Valentina tiene miedo. Ya es demasiado tarde para saltar. ¿Y si él la suelta? Podría morir. Aferra el maletín y balancea el brazo libre en un intento de impulsarse de nuevo hacia el interior, pero no tiene fuerza.

El tipo la arrastra hacia dentro antes de que la puerta se cierre automáticamente y Valentina se da de bruces contra su pecho, jadeante de miedo y de furia. El hombre la suelta y ella se aparta.

—¿Qué te crees que estás haciendo? —chilla.

—Salvarte la vida, Valentina —responde él, ladeando la cabeza con un gesto divertido.

Pero ella no está tan segura.

—¿Quién coño eres tú? —le dice, haciendo gala de sus peores modales.

El hombre apoya la espalda en la puerta del lavabo y cruza las piernas. Lleva una camiseta azul a juego con sus ojos y unos tejanos oscuros. Valentina observa el vello rubio de sus pálidos brazos, más claro aún que su cabello. No parece italiano, y sin embargo su acento es impecable.

—Soy un colega de Theo —le dice—. ¿No te ha hablado nunca de mí?

—¿De la universidad? —Cuesta creer que aquel rufián musculoso tenga algo que ver con el mundo académico.

—No, no —dice él—. Un colega de negocios... Bueno, supongo que somos más competidores que colegas.

El hombre le sonríe y se pasa la lengua por encima de los dientes, que sobresalen tan levemente como si sugiriera un beso.

—¿Por qué me sigues? —pregunta ella bruscamente.

El hombre arquea las cejas y no responde.

—Si no dejas de seguirme, llamaré a la policía —lo amenaza.

—Adelante —dice él con indulgencia—. Aunque no creo que tu novio te lo agradezca.

Valentina respira hondo. ¿Será también un policía? Pero conoce a Theo. Ha dicho que eran colegas..., o competidores.

—¿Quién eres? —pregunta de nuevo.

—En realidad no creo que eso importe ahora mismo —responde él—. Estoy seguro de que Theo te pondrá al corriente cuando vuelvas a verlo. —El hombre ríe brevemente—. No es tan listo como cree. Yo ya sabía que él no tenía el cuadro. Ya imaginé que lo habías tenido tú todo el tiempo —dice dando un golpecito en el maletín, y Valentina se siente tensa, clavando las uñas en el asa de cuero—. ¿Está aquí dentro, Valentina? —pregunta el tipo—. Ahora sé buena chica y dámelo, tranquila y sin rechistar.

El tren cambia de vía lateralmente y ambos pierden un poco el equilibrio. El hombre rubio se tambalea adelante y topa con la puerta del lavabo, que se abre, haciendo que él caiga dentro del cubículo. Valentina aprovecha la ocasión. Da media vuelta y huye de él por el pasillo vacío de primera clase. Ve su compartimento y entra como una exhalación a coger sus zapatos y el sombrero de fieltro antes de volver a salir disparada hacia segunda clase. Para su alivio, el vagón va abarrotado de turistas. Localiza un asiento libre junto a la ventana, rodeado de un grupo de jóvenes americanos con mochilas. Justo lo que necesita. La seguridad de la manada. Se encoge en el asiento y se reclina atrás, sujetando el maletín, los zapatos y el sombrero contra su pecho. La chica que tiene delante la mira con curiosidad y le sonríe.

Para su sorpresa, el hombre rubio no la ha seguido, aunque sabe que anda por ahí, merodeando por los vagones de primera clase, esperando atraparla en cuanto lleguen a Venecia. Se saca el móvil del bolsillo para llamar a Theo, pero descubre horrorizada que se ha quedado sin batería.

Tiembla de terror, aunque se da cuenta de que no es por ella misma, sino por su amante.

«Oh, Theo, ¿qué has hecho?»

Belle

Santos le ha pedido que vuelva a casa del señor Brzezinski. Belle no puede entenderlo. Esperaba que tuviera algún tipo de plan, algún modo para que ella pudiera huir de Venecia y reunirse con él en alguna parte. O incluso le podía sugerir que se transformase por completo en Belle, aunque sin duda su marido no se lo permitiría ahora que está embarazada. Aunque, por supuesto, Santos ignora que ella espera un hijo suyo.

Belle vuelve a leer la nota.

«Vuelve a casa, mi pajarillo. Te prometo que después de hoy se habrá terminado el sufrimiento de la señora Louise Brzezinska.»

¿No podría haberle escrito algunas palabras más? ¿Una promesa de que volverá? Aunque Belle sabe que Santos no hace promesas que no pueda cumplir, y le ha prometido que su vida como señora Brzezinska terminará ese día. ¿Qué puede significar? Ahora ya debe de estar muy lejos. No puede volver, ya que si lo hace lo encarcelarán. Y, para Santos, la reclusión sería peor que la muerte.

Belle todavía no lo sabe, pero hay algo de apocalíptico en aquel día. Aunque solo hace ocho horas que ha huido de casa de su marido, el mundo de este se ha ido a pique. Porque ese día es 29 de octubre de 1929. Un día que dejará en la ruina a muchos hombres.

Santos Devine lo predijo, ya que pese a su vida de trotamundos, tampoco está sin un céntimo e incluso ha especulado en la bolsa de Nueva York. Hace meses que observó que algo fallaba, problemas con acciones y participaciones en primavera y los rumores de los analistas a los que la mayoría no hizo caso. Santos ya veía que aquello iba a ocurrir, la gran quiebra. Y, por tanto, lo aprovechó como parte de su venganza. Santos no ha olvidado los moratones en el cuerpo de su amante, y juró vengar su sufrimiento. Encontraría la manera de arrebatar al señor Brzezinski aquello que más quería. Su dinero.

De hecho, las acusaciones del señor Brzezinski contra Santos Devine no eran totalmente injustificadas. Sí que le ha robado algo, aunque bajo una apariencia de legalidad. Durante las tres últimas semanas Santos Devine se ha hecho pasar por un corredor de bolsa norteamericano en busca de un grupo de élite de hombres de negocios europeos que invirtieran en el próspero mercado de valores de Estados Unidos y ganaran una fortuna. La realidad es que no existía tal grupo. Solo el señor Brzezinski. Y Santos Devine —o, tal como lo conocía el señor Brzezinski, el señor Frederick Harvey de Brooklyn, Nueva York— convenció a aquel hombre avaricioso para que invirtiera absolutamente todo su dinero en acciones de Wall Street.

Por consiguiente, en el preciso instante en que Belle y Pina vuelven a regañadientes a su casa, arrastrando los pies por las callejuelas de Venecia, llorosas y tristes, mudas de pavor, el señor Brzezinski está descubriendo el alcance de su ruina gracias al asesoramiento financiero del tal Frederick Harvey.

¿El señor Brzezinski tiene corazón? Tal vez en algún momento lo tuvo. Pero hay que tener en cuenta al joven que vio cómo su padre, su madre y su hermana eran pasados a bayoneta por los invasores alemanes mientras él se escondía bajo el hueco de la escalera lloriqueando de miedo. O moría con su familia aquel día, o sobrevivía endureciendo su corazón para su deshonra y asegurándose de no volver a ser débil nunca más. Y hay que tener en cuenta al joven enamorado de una mujer, Magda Zielinska, que lo rechazó por otro. Tenía que tomarse venganza. Así que esclavizó al marido de Magda a través de sus deudas. Tenía la esperanza de comprarle a su esposa, pero al final sus planes fallaron. No esperaba que su rival prefiriera darle a su hija en lugar de a su mujer. Alexsy Dudek era tan malo como él, y sin embargo ella lo amaba. Incluso después de la muerte de su marido, Magda siguió amándolo. Aquello llenó de rabia al señor Brzezinski, hasta el punto que se juró que la tendría a toda costa. Este fue el motivo por el que se llevó a Magda Dudek a Venecia junto con Louise. A la primera oportunidad que tuvo, la poseyó. Sin embargo el acto fue decepcionante, un auténtico anticlímax. Magda se echó boca arriba sin resistirse, mirándolo inexpresivamente y susurrando incesantemente el nombre de su difunto marido: «Alexsy, Alexsy, Alexsy.»

Él siempre trataba de despertar su pasión, de lograr que lo quisiera tanto como él la deseaba a ella. Magda era como una droga que jamás calmaba su dolor. Una y otra vez le hacía el amor, y sin embargo Magda no mostraba ninguna reacción, ni de odio ni de placer. Al final resultó más satisfactorio pegar a la hija, forzarla, porque al menos ella se resistía, al menos obtenía una reacción por su parte.

Le dijo a Louise que había vuelto loca a su madre. Sin embargo ahora ve claramente que no fue culpa suya. Fue el propio sentimiento de culpa de Magda lo que acabó con su cordura. Había permitido que su marido vendiera a su hija para protegerse ella. Era peor que Alexsy Dudek. Se merecía su exilio. El señor Brzezinski le había ofrecido el mundo entero, y ella se había considerado demasiado buena para él.

Desde que había enviado a Magda al sanatorio de la isla, lo único que quería el señor Brzezinski era un hijo, una razón para ser una mejor persona. E incluso eso le ha sido negado, ya que a pesar de que su esposa, tan pecadora como su madre, está embarazada, el hijo no es suyo. Sabe que, día tras día, ese niño se convertirá en otro recordatorio de su fracaso. Así que el minúsculo pedazo de corazón que todavía conserva el señor Brzezinski queda reducido a una centésima parte, igual que su fortuna, que se desmigaja en la bolsa de Nueva York. En una hora es pobre.

Ya no se siente capaz de soportar ni la risa burlona de su odiosa mujer ni la lástima de sus socios comerciales. Sin dinero ya no tiene poder, y sin poder no tiene nada. Casi valdría más estar muerto.

El señor Brzezinski sale al balcón de su esposa. Parece apropiado terminar allí. No tiene ninguna arma de fuego, pero sí un bloque grande de ladrillo veneciano y un trozo de cuerda. Por una vez se alegra de no saber nadar. Se ata el ladrillo alrededor del pie, anudando la cuerda una y otra vez, y se encarama como puede al borde del parapeto. Piensa en santiguarse antes, por si hay piedad después de la muerte.

Lo último que ve el señor Brzezinski mientras salta al canal es un pájaro que vuela en círculos sobre su cabeza. Piensa en lo fuerte que canta para ser un animal tan pequeño. Es como una fanfarria para su entrada en la muerte. Ludwika estará contenta, piensa, de que desaparezca. Y mientras sus pulmones se llenan de agua, el corazón del señor Brzezinski se cura finalmente, ya que su último pensamiento es: «Me alegro por ella.»

Valentina

Valentina se anima en cuanto sale de la estación de Santa Lucia. Se ha escondido entre el grupo de turistas americanos, que están encantados de acompañarla después de su oferta de guiarlos a un buen hotel. Bajan los peldaños hacia el canal y las plataformas de embarque de los *vaporetti.* Mira a su alrededor. No ve a Theo por ninguna parte, y sin embargo se siente más segura que en el tren. Su perturbador encuentro con el tipo rubio y la sensación de desesperación que le provocó empiezan a esfumarse a medida que la magia de Venecia comienza a surtir efecto sobre ella. Valentina siente una mezcla de alegría y excitación mientras hace cola para comprar su billete del *vaporetto.* Es algo que siempre le ocurre en Venecia. Se trata de una abrumadora sensación de pertenencia, y algo más, como si hubiera vivido antes allí y hubiera sido muy feliz en aquel lugar. Todo le resulta familiar. Los elegantes aunque decadentes *palazzos*, el canal verde blanquecino, el olor de su salinidad añeja, las estrechas callejuelas, los puentes como joyas y toda aquella sensación de unión con la demás gente, por más que sean turistas como ella. Aunque algunos describen la ciudad como un museo flotante, para Valentina no tiene nada de eso. Le hace creer en otro mundo más allá de lo físico, un lugar espiritual y de pasión.

En solo un par de horas, Valentina volverá a ver a Theo. Aparte de descubrir finalmente qué sucede con aquel cuadro robado, siente un hormigueo de expectación al pensar en su reunión en el hotel Danieli. «Le diré que puedo hacerlo, piensa. Le diré que quiero ser su novia. Le diré que lo amo.»

Valentina acomoda a sus compañeros americanos en el *vaporetto* 5.2 a Fondamenta Nuove. Los lleva al hotel donde se hospedaron ella y Theo la última vez que estuvieron allí, en uno de sus encuentros eróticos de antes de que él se mudara a vivir con ella.

Locanda La Corte está escondido en una callejuela. Aunque se halla muy cerca de todo el ajetreo de Venecia, parece un oasis de calma en medio de la ciudad, con su íntimo jardín veneciano y el chapaleo meditativo del canal como música de fondo. A pesar de la cháchara de sus compañeros, que son un grupo de estudiantes de la Universidad de Nueva York de viaje por lugares interesantes de Europa, Valentina experimenta una sensación de paz, incluso de distancia, mientras atraviesan la plaza por delante de la fachada de mármol adornada del hospital y el gótico imponente de Santi Giovanni e Paolo. Se siente como si fuera otra mujer. Aunque solo se ha hospedado una vez en el hotel, es como si se supiera el camino de memoria. Bajando por la minúscula calle Bressana, la luz del sol se va extinguiendo gradualmente a medida que camina hasta salir junto al hotel, un puente y las tranquilas aguas muertas del canal.

Valentina ayuda a los americanos a registrarse y luego se despide. Le suplican que vuelva para cenar con ellos más tarde, pero ella les explica que ya tiene una cita. Se alejan por el rellano mientras ella abre con llave la puerta de su dormitorio y se mete dentro con alivio. Su habitación está sencillamente amueblada, con una cama de matrimonio grande y una puerta acristalada que da al canal, mientras que la otra ventana da a la callejuela. Valentina se quita los zapatos y se echa en la cama. Mira el reloj. Le quedan un par de horas antes de encontrarse con Theo. Se pregunta por dónde andará ahora el tipo rubio. Ha estado vigilando mientras subían al *vaporetto* y está segura de que no ha seguido a su grupo a bordo. No debe de tener ni idea de dónde está ella ahora..., ¿o sí? Venecia es una ciudad pequeña. Solo es cuestión de tiempo que la encuentre.

Valentina está sentada en el bar del opulento hotel Danieli, sorbiendo una copa de vino tinto. Solo son las ocho. Tiene el maletín negro apoyado en la butaca, con la pintura de Metsu dentro, y vigila la entrada como un halcón. ¿Dónde está su hombre? Apenas puede contener el nerviosismo que la atenaza. Ella no es una persona efusiva, y sin embargo cree que muy probablemente se lanzará a sus brazos en cuanto lo vea. Aunque Valentina se vanagloria de su independencia, debe admitir que le ha echado tanto de menos que le duele el corazón. Los escasos momentos que ha estado con él no han hecho más que alimentar su pasión, haciendo que lo desee todavía más.

Ya son las ocho y cinco y aún no hay ni rastro de su amante. Valentina observa a una anciana que entra en el bar e inspecciona la sala. Es alta y elegante, aunque evidentemente muy frágil. Para su sorpresa, la mirada de la anciana se posa sobre ella y la mujer se acerca a su mesa.

—¿*Signorina* Rosselli?

Valentina frunce el ceño.

—Sí.

La anciana le ofrece su mano enguantada.

—Me llamo Gertrude Kinder. Creo que tiene usted algo para mí. —Y para gran asombro de Valentina, la anciana se sienta a su lado en la butaca.

—Lo siento muchísimo —le dice Valentina—, pero no sé quién es usted, ni de qué me está hablando.

Gertrude Kinder le lanza una mirada penetrante desde detrás de sus gafas.

—El cuadro —dice, como si Valentina fuera imbécil—. El *signor* Steen me ha dicho que lo llevaría usted consigo.

—El cuadro —repite Valentina, un poco confusa.

—Sí —replica la anciana con la altanería de los ricos y poderosos—. Mi cuadro. *La carta de amor* de Gabriel Metsu. ¿No lo tiene aquí? El *signor* Steen me dijo que podía pasar a recogerlo esta noche.

Valentina mira fijamente a la anciana. Tiene la extraña sensación de que el cuadro quema junto a sus piernas, dentro del maletín negro. ¿A qué demonios está jugando Theo? ¿Por qué no le ha hablado de aquella mujer? ¿Debería darle el cuadro? ¿Quién es?

—Theo..., quiero decir, el *signor* Steen no me ha dado instrucciones de entregarle a usted el cuadro. Simplemente me dijo que me reuniera aquí con él. No la mencionó.

—Yo le pedí que no me mencionara. No quiero dejar rastros...

Valentina mira perpleja a Gertrude Kinder. ¿Será aquella frágil octogenaria una deshonesta traficante de arte? Parece bastante improbable.

—Y él también debería estar aquí —dice la anciana, mirando a su alrededor y retorciéndose las manos—. No quiero quedarme mucho rato. Solo pretendo recoger mi cuadro y marcharme.

Un camarero se acerca a su mesa, pero Gertrude Kinder le hace un gesto para que se vaya.

—¿Está ahí dentro? —pregunta, señalando el maletín de Valentina—. ¿Podría dármelo? Como le digo, quisiera irme cuanto antes.

—Lo siento —dice Valentina—. No se lo puedo entregar sin verificarlo antes con Theo.

Valentina saca el móvil, que ha podido cargar en el hotel, y marca su número, sin dejar de mirar a Gertrude, que observa su maletín con avidez. Para variar, Theo no contesta.

—¿Por qué no toma algo mientras lo esperamos? —sugiere Valentina.

Gertrude la mira como si estuviera loca.

—No tengo tiempo —grazna—. Usted no lo sabe, ¿verdad?

—¿El qué?

—Quién soy yo. Qué es el cuadro.

—No, lo siento —responde Valentina, sosteniendo la mirada de Gertrude.

—Es «mi» cuadro —dice la anciana apasionadamente—. Bueno, era de mi marido. Nos lo quitaron. Yo pensaba que jamás lo recuperaría, pero su *signor* Steen me ha ayudado.

—Pero si se lo quitaron, ¿por qué no fue a la policía?

El rostro de Gertrude Kinder adopta una expresión de profundo desdén.

—Estoy hablando de la Segunda Guerra Mundial, jovencita. Estoy hablando del saqueo de arte perteneciente a familias judías por parte de los nazis.

Por fin Valentina empieza a entenderlo. La inunda una oleada de alivio. Lo sabía: Theo es un buen hombre. Está ayudando a aquella anciana judía a recuperar algo que le robaron a su familia durante la Segunda Guerra Mundial. Pero sigue sin tener sentido.

—Creía que todo el botín de guerra nazi había sido devuelto. ¿No descubrieron quiénes eran todos los traficantes? ¿No podía haber seguido los procedimientos oficiales?

«¿Por qué tomarse la molestia de robar algo cuando puedes reclamarlo legalmente, Theo?»

Gertrude Kinder empieza a impacientarse.

—Ahora no tengo tiempo para contárselo todo, señorita. Por favor, tengo que irme antes de que llegue él.

—¿Antes de que llegue quién? ¿Theo?

—No, no, ojalá Theo estuviera aquí. Me sentiría un poco más segura. No, el otro. El que quiere el dinero...

Valentina está más confusa a cada minuto que pasa. La anciana apoya una mano encima de la suya. Está fría como una piedra, pero le brillan los ojos.

—Por favor, joven, deje que me lo lleve.

Hay algo en la expresión de la anciana que impulsa a Valentina a fiarse de ella. Puede ver la historia escrita en su cara. El sufrimiento y la pérdida. Abre la cremallera del maletín y le entrega el cuadro, todavía envuelto en su bufanda.

—Oh, ¿qué es esto? —dice Gertrude Kinder empezando a desenrollar la prenda de encaje—. ¿Quiere que se lo devuelva?

Valentina piensa en su bisabuela y en lo que hubiera querido que hiciera ella con la bufanda.

—No, quédesela. Para proteger el lienzo —le ofrece.

Gertrude Kinder estrecha el cuadro contra su pecho como si se reencontrase con un hijo perdido en el tiempo.

—Gracias, *signorina*. No tiene ni idea de lo que esto significa para mí. Y, por favor, dele las gracias al *signor* Steen con todo mi corazón. Dígale que queda todo perdonado.

La anciana se levanta vacilante y Valentina se pregunta si debería ofrecerse a acompañarla. Se la ve realmente asustada y frágil. Pero no debe marcharse de allí, por si Theo se presenta finalmente.

—¿Quiere que la lleve a su casa? —le pregunta.

—No, no, estoy bien. Mi ayudante me espera fuera en un taxi acuático. Él me ayudará.

Cuando Gertrude Kinder ha desaparecido Valentina cae en la cuenta de lo que acaba de hacer. «Le he dado una pintura de valor incalculable a una absoluta desconocida dejándome guiar por el instinto.» ¿Y a qué se refería la anciana al decir que todo quedaba perdonado?

Ya son casi las nueve y el enfado de Valentina se empieza a transformar en furia. Ya ha esperado bastante. Si no aparece Theo antes de diez minutos, se acabó, se promete a sí misma. Está harta de tanto juego. En el Cuarto Oscuro creyó que lo amaba, en el tren quería quedarse abrazada a él para siempre, y sin embargo ahora estos sentimientos van dando paso al odio. Theo está controlando, manipulando y siendo desconsiderado con sus sentimientos..., y aún se queda corta. Pide otra copa de vino tinto y se quita los zapatos, sin que le importe el hecho de encontrarse en el hotel más lujoso de Venecia.

Justo cuando ha perdido casi ya toda esperanza, la última persona que desearía ver entra en el bar con paso tranquilo. Garelli. La ha encontrado. Pasea su mirada por la sala y su rostro se ilumina en una expresión de triunfo cuando sus ojos se posan sobre ella.

—Vaya, buenas noches, *signorina* Rosselli, qué casualidad encontrarla aquí —dice, acercándose a ella.

—Qué casualidad —replica Valentina sarcásticamente.

—¿No estará usted esperando a un tal señor Theo Steen, por casualidad?

—Eso no es asunto suyo.

—Pues yo creo que sí lo es.

Garelli se sienta en la butaca orejera de cuero que ocupaba no hace mucho Gertrude Kinder y dirige un gesto al camarero para que se acerque.

—No se moleste en pedir nada para mí —señala Valentina, metiendo nuevamente los pies en los zapatos—. Yo ya me iba.

—Vaya, qué lástima —dice Garelli tranquilamente—, sobre todo considerando que venía a darle las gracias por ayudarme a resolver el misterio de todos esos cuadros robados. —Garelli la mira con ojos burlones, sabiendo perfectamente que la curiosidad acabará venciéndola.

—Bueno, supongo que puedo dedicarle unos minutos —dice de mala gana, dejando que la invite a otra copa de vino. Tendría que comer algo pronto, si no tanto vino se le subirá a la cabeza.

—Pues verá, *signorina* Rosselli, no podía dejar de pensar en lo que me dijo la vez que nos vimos. —Garelli se reclina en la butaca y entrelaza los dedos de ambas manos.

—¿Qué le dije? —pregunta ella con el ceño fruncido de perplejidad.

Garelli apoya la barbilla en los nudillos y se inclina hacia delante, mirándola intensamente.

—Me sugirió que investigara a las víctimas de todos esos falsos robos en vez de al *signor* Steen. Y tenía toda la razón. La respuesta a por qué toda esa gente había cambiado de opinión y había declarado que el cuadro no había sido robado, cuando era evidente que sí lo había sido, tenía que ver con la procedencia de las obras.

El saqueo nazi, piensa Valentina. Como el cuadro perdido de Gertrude Kinder.

—Ya sé qué está pensando, *signorina* Rosselli —dice Garelli—. Sin embargo, cuando investigué la procedencia de las pinturas, no detecté ninguna relación con traficantes de arte nazi en ningún momento. Y debo admitir que eso me tenía desconcertado.

—Y si formaran parte del botín nazi, las obras habrían sido legalmente devueltas a sus propietarios —dice Valentina con arrogancia.

—Sí, es verdad —dice Garelli, volviendo a reclinarse—. Sin embargo, en tiempos de guerra, entre tanta pérdida de vidas y tanto sufrimiento, reina el caos. La gente puede llegar a confundir lo que está bien y lo que está mal. El paradero de unas pinturas, por muy valiosas que sean, pierde importancia cuando está en juego el destino de todo un país y sus habitantes.

Garelli calla un rato, esperando su reacción. Valentina arquea las cejas, perpleja. ¿Qué clase de acertijo le está planteando ese hombre?

—Como usted dice, las pinturas que constan como parte del botín de guerra nazi son buscadas y retornadas por vías legales, pero hubo muchos cuadros y demás obras de arte que se perdieron, que pasaron a través de la red, por así decirlo —dice Garelli, gesticulando dramáticamente con los brazos—. Algunos fueron recuperados por los soldados aliados cuando descubrieron el botín nazi oculto en minas y cuevas en las montañas; otros fueron descubiertos por otra gente y pasaron por muchas manos. Haría falta un detective de arte experto y persistente para encontrar el rastro de esos cuadros y recuperarlos. Haría falta un tipo de persona especial.

Como Theo, piensa Valentina. La primera palabra que utilizaría para definirlo sería «tenaz». No hay más que ver cómo ha persistido en su relación. Después de meses de jurarle que jamás podría enamorarse de él, sigue a su lado.

—Con frecuencia resulta imposible demostrar quién es el propietario legítimo de una obra —prosigue Garelli—. Y parece que «alguien» decidió tomar medidas extremas y robarlos.

Sus miradas se cruzan y Valentina sabe que Garelli se refiere a Theo. ¿Qué pasará cuando entre su novio en el Danieli? ¿Lo arrestará Garelli? ¿Saldrá Theo corriendo y el policía lo perseguirá? O peor aún, ¿sacará la pistola? Valentina intenta mantener la calma, remitiéndose a los hechos. A fin de cuentas, oficialmente no se ha cometido ningún delito.

—Pero hay algo que no acabo de entender —señala Valentina, desafiando a Garelli—. ¿Por qué las víctimas cambian de idea y dicen que al final no se ha cometido ningún robo?

—Por vergüenza, señorita Garelli. Solo se me ocurre que esa gente no conocía la auténtica procedencia de las obras que tenían en su casa. Tal vez no se habrían desprendido de ellas fácilmente, me refiero a que la mayoría de los cuadros valen una fortuna, pero una vez desaparecidas, tal vez el ladrón les persuadió para que no hicieran ruido.

—¿Persuadirles? ¿Cómo?

—Diciéndoles que tenía pruebas sobre quiénes eran los auténticos propietarios; que habrían de enfrentarse a una larga y humillante batalla legal. Me consta que dos de las supuestas víctimas fueron héroes de guerra aliados durante la Segunda Guerra Mundial. Vaya, imagine qué vergüenza para ellos, tener parte del botín nazi.

Es una teoría fascinante, y sin embargo Valentina sigue sin verlo claro. Tras un trago de su vino blanco, Garelli prosigue con su explicación.

—Estoy convencido de que lo que sucedió fue que «alguien» robó los cuadros, y una vez informada la víctima de que la obra era originalmente propiedad de un superviviente del Holocausto, por supuesto retiraba la denuncia de robo.

—Pero ¿cuál sería el motivo para el ladrón? —pregunta Valentina. ¿Tan filántropo era Theo? ¿Hasta el punto de arriesgar el pellejo para recuperar cuadros de ancianitas como Gertrude Kinder?

—Esa es la cuestión que se me escapa —dice Garelli, rascándose la cabeza—. Y por eso estoy aquí, con usted, esperando a la misma persona.

Durante un rato ninguno de los dos habla y se miran fijamente.

—No va a venir, aunque supongo que usted ya lo sabe —dice Valentina finalmente.

—Sí. —Garelli señala el maletín con la cabeza—. Aun así, ¿le importaría si le echo un vistazo a su maletín?

Valentina mira de reojo el maletín, vacío ya excepto por el álbum de fotografías eróticas.

—Claro, ¿por qué no? —accede, sonriendo para sí al imaginar la reacción de Garelli cuando vea las fotos.

Y ahora Valentina vuelve al hotel por las callejuelas de Venecia con el vestido de noche de seda de su bisabuela y las emociones hechas un tumulto. Está enfadada, decepcionada y herida, aunque al mismo tiempo se siente orgullosa de Theo por lo que ha hecho, confusa también, y un poco intimidada. Su Theo. Su novio intelectual y no muy práctico (apenas sabe colgar una estantería) es en secreto un detective de arte que vaga por el mundo en busca de obras saqueadas, «robándolas» y devolviéndolas a sus legítimos propietarios. Todavía no entiende por qué no trabaja conjuntamente con la policía, ni por qué Gertrude Kinder le ha dicho que quedaba todo perdonado. ¿Y de quién estaba tan asustada la anciana? No cree que sea de Garelli.

Valentina se ha divertido con el bochorno inicial del inspector ante el álbum de fotos eróticas, aunque en realidad ha sido el policía quien la ha dejado de piedra con algo que ha dicho al marcharse. Un comentario que ha soltado sin darle la menor importancia, casi como si fuera algo que a ella le pudieran decir todos los días. Sin embargo, es la primera vez en toda su vida que alguien le hace esta observación.

—Adiós, Valentina. Ha sido un placer. ¿Sabe? Su padre estaría orgulloso de usted.

Ya estaba saliendo del bar del hotel Danieli cuando se lo ha dicho. Valentina se ha levantado de golpe, balanceándose ligeramente por todo el vino tinto que ha bebido.

—¿Conoce a mi padre? —ha gritado a su espalda.

—Sí —ha respondido Garelli, sonriendo con aire de suficiencia—. Claro que lo conozco. —Y antes de que Valentina pudiera hacerle más preguntas, se ha largado.

Garelli conoce a su padrc. Pues claro que lo conoce. En las últimas dos horas ha tenido que absorber tanta información que siente la cabeza a punto de estallar. Esa última noticia sobre su padre ya es el colmo. Si antes había evitado al inspector, ahora querría interrogarlo sobre su padre. ¿Quién es? ¿Dónde está? ¿Cómo pudo olvidarse completamente de ella? Es una noche sin luna y el cielo está tan negro como su humor. Sigue sin tener noticias de Theo. Valentina necesita su compañía, necesita que se lleve el dolor de su corazón.

Las calles están desiertas. Venecia siempre es así por la noche. Los turistas se retiran a sus alojamientos y parece que la mayoría de los residentes de la ciudad sean fantasmas. Valentina pasea junto al canal, tratando de no perderse. Oye pasos detrás de ella, pero cuando se vuelve no ve a nadie. Las campanas de una iglesia tocan la medianoche y un gato negro se cruza en su camino. Esa noche tiene la suerte de cara, pues, aunque no lo parece. Sus pensamientos vuelven a Gertrude Kinder. No le ha contado qué le pasó a su marido, pero imagina que debió de morir en el Holocausto. Le resulta difícil pensar en lo ocurrido en aquella época. Le resulta inconcebible que el alma humana pueda albergar tanta maldad.

¿Qué fue lo que le dijo Leonardo acerca del sadomasoquismo? Que de hecho haciendo realidad esos instintos en el dormitorio, hay quien logra evitar comportamientos sádicos en la vida real. ¿Será eso cierto? ¿O es el sadomasoquismo una perversión que contribuye a la crueldad de unas personas con otras? Ella quiere creer a Leonardo. Ya hay suficientes cosas para sentirse culpable en este mundo para tener que incluir en ello el placer.

Nuevamente oye pisadas, y no obstante cuando se vuelve no ve a nadie detrás de ella. Aprieta el paso. Sí, Gertrude Kinder estaba muy asustada. Quería irse antes de que llegara «él». ¿Quién era «él»? No Garelli, de eso estaba segura. Ni tampoco

Theo, por supuesto. Piensa en el desconocido rubio del tren. Ha dicho que era rival de Theo. ¿Es a él a quien tanto temía Gertrude Kinder?

Valentina acelera al oír que los pasos se acercan más y más. Ya casi está de vuelta en Locanda La Corte. Cruza a la carrera el último puente y la plaza, y baja lanzada por la callejuela hasta entrar como un vendaval por la puerta del hotel, provocando la consternación del conserje.

Una vez a salvo en su habitación, apaga las luces, corre las cortinas y mira a la callejuela. Él está allí abajo, de pie con la espalda apoyada en la pared, su cigarrillo resplandeciendo en la oscuridad, sus ojos clavados en ella como los de un gato. Está esperándola.

Belle

Cuando Belle empuja la puerta principal de casa del señor Brzezinski y ella y Pina entran arrastrando los pies, muertas de miedo, la escena que contemplan es lo último que esperaban ver.

El vestíbulo está lleno de gente. Socios de su marido, las esposas de estos, el servicio, incluida Renate, con un trapo firmemente agarrado contra el pecho y pálida como la cera. Desconocidos, también, y policías. Todos la miran fijamente, callados de repente en medio de la conmoción. Y entre todos aquellos curiosos, mirándola como si fuera la atracción principal, ve una cara amiga. Su propio doctor. Él se abre paso rápidamente entre la multitud, con el rostro transido de preocupación.

—Mi querida *signora* Brzezinska —le dice—. Acompáñeme, por favor.

Belle coge a Pina de la mano instintivamente.

—¿Qué pasa? ¿Ha ocurrido algo? —pregunta con el corazón en un puño. «Oh, Santos, ¿qué has hecho?», piensa, porque sabe que toda aquella gente, la policía, el doctor, solo pueden significar una cosa. Alguien ha muerto.

—La criada puede quedarse aquí —dice el doctor amablemente—. Pero usted sígame, por favor.

—No, Pina tiene que venir conmigo —replica Belle, estrechando con fuerza la mano de Pina. No quiere perderla de vista. Por si acaso.

—De acuerdo.

Pina y Belle siguen al doctor escaleras arriba, con la mirada de toda aquella gente que la detesta clavada en su espalda. Se siente como si fuera ella la asesina. El dormitorio de Belle está tal como lo dejó por la mañana. El armario abierto de par en par, su ropa diseminada por el suelo, el joyero vacío. Y la puerta del balcón está abierta de par en par. El doctor la mira y Belle sabe que se ha dado cuenta de que ella había huido de casa.

—Creo que tendría que sentarse, *signora* Brzezinska —le dice dulcemente. Pero Belle no puede sentarse. Es toda desasosiego.

—Dígame —le exige—. ¿Qué ha pasado?

—Es su marido...

—¿Está muerto?

—Sí —dice sin añadir que lo siente ni darle el pésame. ¿Por qué iba a hacerlo? Él ha visto lo que le hacía su marido.

Pina suelta un pequeño grito; Belle da un paso atrás, conmocionada. Siente como si le faltara el aire. Por fin es libre. Y, sin embargo, ¿a qué precio?

—¿Cómo...? ¿Cómo...? —tartamudea, casi incapaz de hablar. Ay, si su amado Santos ha vuelto a Venecia y ha matado a su marido, ¿qué será de ella? Si lo arrestan y lo acusan de asesinato, si lo condenan a muerte, Belle preferiría morir también, y sin embargo ahora tiene que pensar en el bebé.

—Louise —dice el doctor, cogiéndole la mano—. Me temo que su marido se ha quitado la vida.

Pina ahoga un grito, llevándose las manos a la boca.

—¿Qué? —Louise se ha quedado sin habla. Es lo último que esperaba que dijera—. Pero Santos Devine... ¿Qué pasa con Santos?

El doctor parece perplejo.

—¿Quién?

Belle siente un alivio enorme. El señor Brzezinski se ha suicidado. No tiene nada que ver con Santos, y no obstante, ¿por qué iba a querer suicidarse su marido, un hombre tan decidido, todo un superviviente?

—No lo entiendo. ¿Por qué puede haber hecho tal cosa?

—Belle ya se ha calmado, tras saber que Santos está bien. Se sienta en la cama, se pone las manos en el regazo y levanta la mirada hacia el amable doctor, esperando que él hable.

—Louise, ha sucedido algo bastante dramático en el mundo.

—¿Eh?

—Sí... —El doctor hace una pausa, se lame los labios, dudando antes de proseguir—. Ha habido una gran caída en la bolsa americana. En pocas horas, acciones que ayer valían millones han perdido todo su valor.

Belle lo mira sin comprenderlo.

—¿Y eso qué tiene que ver con mi marido?

—Me temo que había invertido todo su dinero en acciones americanas.

—¿Eso hizo?

—Aparentemente fue víctima de un artista de la estafa llamado Frederick Harvey, quien lo persuadió para que invirtiera su fortuna en el mercado de valores norteamericano.

O sea que alguien había sabido aprovecharse de la avaricia de su marido, finalmente. No puede evitar los malos pensamientos, a pesar de que el hombre esté muerto.

—Es muy curioso —prosigue el doctor, mirando burlonamente a Belle—. Porque el tal Frederick Harvey solo timó a su marido. No lo intentó con ningún otro hombre de negocios en toda la ciudad. Y tampoco ganó personalmente ningún dinero con ello. Parece bastante raro.

«Santos.»

Belle sabe al momento lo que ha hecho su amante. Ha cumplido su promesa matando a su marido, pero con una gran astucia. Se coge las manos y trata de dejar caer la cabeza, procurando esconder sus auténticas emociones. Nota que Pina está sentada a su lado y que le coge las manos entre las suyas.

—Ya ha pasado todo —susurra la criada—. Estamos a salvo.

Belle vuelve a levantar la mirada hacia el doctor, con los ojos empañados por las lágrimas. Sabe que no son lágrimas de pena, sino de alivio. Tal como Santos le había dicho en su nota, su sufrimiento había terminado.

—Dígame, doctor, ¿cómo se ha matado mi marido?

Él esboza un gesto de duda.

—¿Está segura de querer los detalles?

—Sí —contesta—. Dígamelo, por favor.

El doctor se acerca a la puerta del balcón, coge el pomo y abre de par en par, como si quisiera indicar el camino por el que el señor Brzezinski decidió marcharse de este mundo.

—Se ha atado un ladrillo a la pierna y se ha tirado desde este balcón.

—No sabe nadar —susurra ella, mirando el cielo gris de Venecia.

—Ya —asiente el doctor.

La desgracia del señor Brzezinski se convierte en la comidilla de Venecia. En cuanto se conoce el alcance de su ruina financiera, nadie se cuestiona los motivos de su suicidio. Belle trata de encontrar en su corazón un rincón de compasión para él, pero le resulta imposible rezar siquiera una oración por su alma. Le encomienda esa tarea a Pina, quien a pesar de que el señor Brzezinski amenazó con violarla parece más capaz de perdonar que Belle.

¿Qué haría sin Pina? Ni una semana después de la muerte de su marido llegan los alguaciles, llevándose hasta la alfombra misma de debajo de sus pies. El servicio y todos sus supuestos amigos la abandonan, de forma que en la casa ya solo quedan ella y Pina. Por suerte Belle todavía tiene el apartamento y un poco de dinero del amable doctor para pagar el alquiler. Vende todas sus joyas, pero su marido jamás fue demasiado espléndido con sus regalos y el dinero no dura mucho. Si no fuera por Pina, pasarían hambre. Belle no deja de sugerir que debería retomar el trabajo de prostituta, aunque sorprendentemente ya no le resulta atractivo, pero su joven compañera no se lo permite, alegando que lo que debe hacer es concentrarse en cuidarse para preparar la llegada del bebé. Está segura de que ha de haber un modo más respetable de ganarse la vida, y mientras procura encontrarlo, convence con sus encantos a los tenderos de Ponte di Rialto para que le den la comida estropeada que no se pueda vender.

Son las fotos lo que sugiere a Pina una idea para resolver su futuro. Está reorganizando los armarios del minúsculo apartamento cuando encuentra un montón de fotografías de Venecia que Belle sacó con Santos.

—¿De dónde han salido? —le pregunta, abanicándose con las fotos en la mano.

Belle mira las instantáneas y siente un peso en su corazón. Oh, cuánto recuerda aquel día. La alegría de Santos remando por el canal, la excitación de sacar las fotografías y el placer al que sucumbió luego cuando Santos la llevó remando al centro de la laguna.

—Las hice yo —dice Belle, sin extenderse en más detalles.

—¿Tú? —pregunta Pina, sorprendida—. Pues vaya, son muy buenas. ¿Tienes una cámara?

Belle abre el cajón del diminuto armario junto a la cama y saca la cámara de fuelle.

—Me la dio Santos —explica, al tiempo que se la tiende.

Siempre que se menciona el nombre de Santos, Pina tensa los hombros formando una línea recta y su rostro adopta una expresión seria. Belle sabe que la joven considera que Santos la ha abandonado, dejándola embarazada y en la indigencia, aunque ella sabe que no es así. Santos volverá en cuanto pueda. Con la muerte del señor Brzezinski, ya nada puede interponerse entre ellos. Es verdad que le sorprende que esté tardando tanto, aunque tal vez es que todavía no le ha llegado la noticia. ¿Quién le dirá que ella ya es libre?

Belle trató de localizar a Lara, pero cuando volvió a casa de la artesana, en Cannaregio, la encontró abandonada. Una vecina le dijo que la cortesana pelirroja había desaparecido sin dejar ninguna información sobre su posible paradero. Por un segundo Belle sintió una punzada de celos. ¿Era posible que Lara supiera dónde estaba Santos? ¿Se habría ido para reunirse con él? Y no obstante, cuando revivía mentalmente el último y tierno encuentro con su amante, estaba segura en lo más profundo de su corazón de que Santos le pertenecía por completo. Solo había que tener paciencia. Tal vez esperaba a que se acallaran todos los rumores sobre Frederick Harvey, el estafador.

Pina abre la tapa de la cámara y la pequeña lente de fuelles surge de repente.

—Oye —le dice—, ¿por qué no intentamos ganar dinero haciendo fotografías?

Belle regresa al presente y a la necesidad que las acucia.

—¿No se necesita una cámara mejor para eso? ¿Un estudio? ¿Y focos?

Y sin embargo, por primera vez desde que la desahuciaron de casa de su marido, empieza a sentir un poco de esperanza. ¿Y si realmente pueden hacer algo con la cámara?

—Me refiero a sacar instantáneas de la gente que visita Venecia. Por toda la ciudad —dice Pina, con los ojos resplandecientes de inspiración—. Abordamos a los turistas, les sacamos fotos y una vez que las hayamos revelado, se las llevamos a sus hoteles un par de días después.

Belle se inclina hacia delante y coge la mano de Pina en la suya.

—Es una idea excelente, mi queridísima Pina, porque sería algo nuevo y distinto de los retratos formales que se hace la mayoría de la gente. Creo que podría ser un éxito.

Ha nacido el estudio fotográfico El Pajarillo, calle Bressana, Castello, Venecia. Así es como Pina y Belle se ganan la vida. Se convierten en personajes famosos de Venecia, y después de los retratos turísticos al uso, muchos de sus clientes les piden fotografiarse «con ellas». Las dos amigas se emperifollan para salir a rondar en busca de clientes, Belle ataviada con uno de sus elegantes vestidos de seda, con la melena tipo Louise Brooks y pieles, mientras que Pina prefiere ponerse un traje a rayas ajustado que Belle ha hecho confeccionar especialmente para ella.

Cada día, mientras Belle toma sus fotografías por las calles de Venecia, también busca a Santos. Esperando, rezando por volver a encontrarlo. Se obliga a ofrecer una sonrisa de bienvenida a sus clientes, aunque por dentro se aferra a su fe. ¿Cuándo volverá?

Valentina

Valentina no puede respirar. Tiene la boca amordazada y él le hunde la cabeza bajo el agua. Valentina patalea, pero el agua es espesa como la melaza y tira de ella hacia abajo. Siente que le flaquean las fuerzas. Él la saca del agua y Valentina abre las ventanas de la nariz tratando de absorber el máximo de aire posible. Sus ojos suplican clemencia, pero el desconocido rubio parece poseído. La mira impasible, con la mirada fría y una mueca en la boca. Vuelve a hundirle la cabeza en el agua, como quien trata de ahogar a un gatito. Valentina se agita, sacudiendo los brazos, tratando de impulsarse hacia arriba contra la presión de la mano del tipo rubio que la mantiene bajo el agua. El agua se filtra a través de la mordaza. Valentina nota su sabor: es el mar, que la arrastra hacia su lecho, y ella siente que su cuerpo se somete finalmente, que sus extremidades se relajan y que se hunde en las profundidades.

Valentina respira hondo, llevando el aire fresco a lo más profundo de sus pulmones.

—¿Valentina?

Ella se sienta en la cama de Locanda La Corte, con los ojos como platos. Está viva. Era un sueño, simplemente una pesadilla.

—¿Valentina?

Sin embargo la voz es real. Valentina escudriña la oscuridad de la habitación y distingue una silueta sentada en una silla junto a la ventana. Es la voz de su amante, está segura.

—¿Theo? —susurra.

La silueta se levanta y camina hacia ella, agachándose para encender la lámpara de la mesita de noche. Oh, gracias a Dios es él. Una ráfaga de alivio le sacude el corazón, aunque por otra parte no puede evitar una pizca de furia por el hecho de que su simple ausencia la haga sentir tan débil y sola.

—¿Dónde estabas? —murmura—. Me has dejado plantada en el hotel Danieli más de dos horas.

Theo se sienta en la cama junto a ella, le aparta el pelo de la frente y lo vuelve a alisar tiernamente.

—Lo siento, cariño —le dice—. No he podido evitarlo. Rondaba por allí el inspector aquel y no he querido toparme con él.

Valentina se incorpora cogiéndose a la cabecera de la cama, evitando el contacto físico, y lo mira severamente.

—Theo, tienes que contarme ahora mismo qué rayos está pasando. Ha venido una señora mayor y le he dado el cuadro de Metsu... Y luego ha llegado Garelli y me ha contado que formaba parte del botín de guerra nazi... Y luego... —Valentina vacila, recuperando la imagen de su pesadilla, el desconocido rubio tratando de ahogarla—. Hay un tipo horrible que no deja de seguirme y creo que quiere hacerme daño...

Para sorpresa de Valentina, en el rostro de Theo se dibuja una sonrisa.

—¿Te refieres a Glen? ¡Yo no lo consideraría una amenaza ni mucho menos! —exclama entre risas.

Valentina está indignada.

—No sé cómo se llama, pero es un tipo de lo más desagradable. Estaba en el tren cuando tú te has bajado, y ha intentado tirarme a las vías.

Theo frunce el ceño y la sonrisa se borra de su cara.

—¿Estás segura? Vaya, no es que Glen sea santo de mi devoción, y desde luego no apruebo alguno de sus métodos, pero no puedo creer que sea un asesino, Valentina.

Ella cruza los brazos.

—Pues lo único que yo sé es que ha intentado tirarme del tren —insiste, aunque pensándolo bien, tal vez sí que trataba de ayudarla a subir. Estaba tan asustada que no puede recordarlo claramente—. Bueno, en cualquier caso, la cuestión es que me ha seguido hasta aquí desde el Danieli, y estaba bajo mi ventana, mirándome desde la calle.

—Ya lo sé, y de hecho sigue allí —dice Theo tranquilamente.

—¿Qué? —Valentina se levanta de la cama de un salto, cruza corriendo la habitación y aparta la cortina para echar un vistazo.

—Esto... Valentina, a lo mejor convendría que te pusieras algo encima o Glen podría hacerse una idea equivocada.

Valentina vuelve a cerrar la cortina, coge el vestido de noche de seda de su bisabuela y se lo pone otra vez.

—Bonito vestido —observa Theo.

Ella no le hace caso, más preocupada por su acosador que por cualquier otro asunto. Vuelve a la ventana, abre la cortina ligeramente y ahí está el tipo rubio, Glen, todavía esperándola.

—¿Se puede saber qué está haciendo ahí? —le pregunta—. ¿Por qué me sigue?

Theo da unas palmaditas sobre la cama.

—Ven aquí —dice, suplicándole con sus ojazos azules.

Valentina no puede evitar sentirse atraída hacia él, a pesar del enfado, así que vuelve a sentarse en la cama, poniéndole mala cara.

—Creo que me debes una explicación.

—Vale, cielo, pero acércate a mí, ¿quieres?

Ella deje que la acerque a él y se apoya en su pecho, mientras él le rodea el hombro con el brazo y le estrecha la otra mano.

—Empezaremos por Glen, ¿vale? —comienza—. Imagino que Garelli ya te habrá puesto en antecedentes sobre mi trabajo.

Valentina bufa con sarcasmo, no puede evitarlo.

—Yo no diría que robar cuadros sea un trabajo.

Theo entrelaza sus dedos con los de ella.

—Vamos, anda —dice Theo—. ¿Todavía no me conoces?

—Sé que robas obras de arte procedentes del botín de guerra nazi y las devuelves a sus propietarios originales, pero no entiendo por qué no trabajas en colaboración con las autoridades.

—Porque se tarda demasiado —responde Theo sencillamente, suspirando—. Mira, te cuento por qué hago lo que hago en un segundo. Pero antes quiero hablarte de Glen.

—¿Quién es? —pregunta Valentina.

—¿Te asusta?

—Sí. —Ya basta de hacerse la dura. Que Theo sepa cuánto la altera la presencia de ese hombre.

Theo estrecha el brazo alrededor de Valentina.

—Lo siento, cariño. No creí que fuera a meterse contigo. Mañana hablaré con él, le diré que lo deje o de lo contrario...

¿Es posible que haya un deje de humor en su voz? Es incomprensible.

—¿Y no puedes decirle que se largue ahora mismo? —dice enojada—. Me refiero a que está justo ahí fuera.

Theo le estrecha la mano.

—No puedo hacerlo por la señora Kinder. Tengo que darle la oportunidad de irse de Venecia sin que Glen dé con ella y la importune. Es mejor que esté aquí, bajo la ventana de nuestro hotel.

Valentina se vuelve y lo mira inquisitivamente.

—Glen hace más o menos lo mismo que hago yo —explica Theo—. Busca pinturas perdidas o robadas durante la Segunda Guerra Mundial y las devuelve a sus propietarios. Sin embargo, al contrario que yo, Glen exige una importante suma de dinero por sus servicios. Y los propietarios originales de estos cuadros suelen ser frágiles ancianos a los que puede intimidar para que le paguen demasiado dinero.

O sea que por eso estaba tan asustada la señora Kinder.

—En un principio, Gertrude Kinder contrató a Glen para localizar su cuadro, y aceptó darle un millón de dólares por el trabajo.

Valentina ahoga un grito de asombro. No es extraño que el tipo sea tan persistente.

—Pero resultó que el Metsu era uno de «mis» cuadros. Así que lo cogí yo antes —dice Theo simplemente.

—Pero estás infringiendo la ley —exclama Valentina—. No puedes entrar por las buenas en casa de alguien y robarle algo, aunque antes perteneciera a otra persona.

—Yo siempre lo explico —dice, levantando sus manos entrelazadas y llevándoselas a los labios para besar la de Valentina—. Aunque un poco más tarde, por supuesto. Una vez cometí el error de pedirlo amablemente, y cuando volví para recoger el cuadro, se había trasladado a otra localidad por arte de magia. Entonces comprendí que la única vía era actuar furtivamente.

—Pero ¿por qué? No alcanzo a comprender por qué te arriesgas tanto, y para qué. Si estás devolviendo todos estos cuadros a sus legítimos propietarios sin recibir ni un céntimo a cambio, ¿por qué lo haces?

Theo baja la mano y separa sus dedos de los de Valentina, agarrándola con fuerza de la cintura como si temiera que pudiera salir corriendo.

—Por mi abuelo.

Valentina vuelve a girarse, tratando de mirarlo a los ojos.

—¿Tu abuelo? ¡Ni siquiera sabía que tuvieras un abuelo!

Theo acaricia sus cabellos, se inclina hacia ella y le da un beso en la frente, mirándola con tristeza.

—Bueno, tampoco es que te hayas interesado mucho por mi familia, pero si lo hubieras hecho, ahora tal vez sabrías que mis abuelos todavía viven en Amsterdam. Han vivido allí toda su vida.

—¿Son judíos? —susurra Valentina, avergonzada de repente de no saber ni siquiera eso de la familia de Theo.

—No, no son judíos —dice Theo estoicamente, haciendo una pausa—. Mi abuelo trabajaba para uno de los marchantes de arte más famosos de Europa en los años treinta. Él sí era judío. Se llamaba Albert Goldstein y tenía una colección impresionante de maestros holandeses y de arte rococó, así como también obras más modernas. Cuando empezó la guerra, antes de que Holanda fuera invadida por los nazis, varias familias judías decidieron marcharse y depositaron sus obras de arte en manos del señor Goldstein, confiando en poder volver algún día a recuperarlas. Pero, por supuesto, los alemanes invadieron el país y el señor Goldstein tuvo que huir. En esas circunstancias le confió la colección a mi abuelo, cuya misión era proteger todas aquellas obras de arte.

—¿Y qué pasó?

Theo suspira y Valentina puede sentir la melancolía que se adueña de él mientras le revela los secretos de su familia.

—La división de Hermann Göring persuadió a mi abuelo para que vendiera toda la colección por una suma ridícula de dinero, una ínfima parte de lo que valía. Él jamás se perdonó su debilidad. Sentía que había traicionado al señor Goldstein y a sus amigos judíos.

—Estoy segura de que no tuvo elección —dice ella, acariciándole suavemente el brazo. Theo baja la mirada y Valentina ve en sus ojos el tipo de persona que es, un hombre capaz de arriesgar la libertad por el honor de sus familiares.

—Por supuesto que no tuvo elección —dice él, con voz dura—. Sabía qué le pasaría a su familia si se negaba a vender, y aun así consideraba que había fallado a su patrón. Se ha pasado la mayor parte de su vida intentando localizar esas obras para devolverlas a sus legítimos propietarios. Mi padre le ayudó en esa tarea, pero ahora ya es mayor y yo he cogido el testigo, por así decirlo. Es un trabajo muy difícil, Valentina. No existe ninguna base de datos sobre obras de arte saqueadas en el mundo. Se puede tardar mucho tiempo en encontrar algo.

—Sigo sin comprender por qué no te limitas a acudir a la policía con la información pertinente para que se puedan devolver los cuadros legalmente.

Theo mueve la cabeza negativamente.

—Mi abuelo lo había intentado así. Pero, ¿sabes cuántos años pueden pasar antes de que se devuelva algo? Lo peor es cuando la obra forma parte de alguna colección estatal. Entonces ya puedes olvidarte, sobre todo si es en Rusia. Allanar una vivienda es una cosa, pero un museo de arte, ni hablar. Aun así, se pueden tardar años y años en recuperar obras de arte de colecciones privadas. —Theo estrecha a Valentina un poco más hacia sí—. Para mi abuelo era muy duro librar batalla tras batalla a nivel legal, y finalmente ganar, solo para descubrir que el propietario original del cuadro había muerto esperando. Y ahora, bueno, mi abuelo también se está muriendo... —Theo hace una pausa, su voz es ya apenas un murmullo.

—Nunca me lo habías contado.

Valentina se vuelve y levanta los ojos nuevamente hacia él. Theo la contempla y su mirada es tan penetrante que se ve obligada a esquivarla. No hace falta que diga nada, Valentina ya sabe qué está pensando. Nunca se lo había contado porque era muy consciente de que ella no quería saberlo.

—He querido terminar la obra de toda una vida, por así decirlo —prosigue—. Ya solo quedan unos pocos cuadros por devolver... Me sentí obligado a hacerlo. —Theo hace una pausa y vuelve a estrechar la mano de Valentina—. Perdona si no te lo había contado antes. Quería confiar en ti.

—¿Y por qué no confiabas? Sabes que sé guardar un secreto —le dice apasionadamente.

—Porque tenía que averiguar cuáles eran tus sentimientos, para poder confiar en ti..., y tú no dejabas de hablar de lo informal que era nuestra relación. Además, temía que salieras corriendo si sabías cómo me ganaba la vida realmente.

Valentina pone sus manos sobre las de Theo.

—Theo Steen, investigador de arte robado. Suena bien —declara Valentina, tratando de alegrar los ánimos.

—¿Y qué? ¿No estás asombrada?

—Pues claro que estoy asombrada —dice dándole una palmadita en el brazo—. No eres el hombre que creía que eras.

—¿Y eso es bueno o malo?

Valentina vuelve a alzar la vista hacia él, ladea la cabeza y le regala una media sonrisa.

—Todavía no estoy segura —dice poniéndole el dedo en la mejilla—. En cualquier caso, creo que por ahora ya sé bastante —dice, arrimándose a él—. Se acabó el tiempo de las palabras.

Valentina se aparta de los brazos de Theo y se levanta. Luego se inclina hacia él y lo besa en los labios, aspirando con deleite su familiar aroma. Qué placer volver a estar entre sus brazos.

—Cariño —dice Theo en voz baja—. ¿Te importa si nos ponemos a dormir?

—¿En serio? —pregunta ella, sorprendida.

—Estoy muy cansado; la verdad es que me siento agotado. Solo quiero tenerte en mis brazos y dormirme.

—Claro, amor mío. —La expresión de afecto se escapa de sus labios y Theo arquea una ceja mientras lentamente una sonrisa se dibuja en su rostro.

—¿«Amor mío»?

Valentina se ruboriza.

—Se me ha escapado.

—Si tú lo dices, amor mío —replica él arrastrando las palabras, aunque parece contento.

Valentina se quita el vestido y se desliza bajo las mantas. Theo se desviste, apaga la luz y se acuesta a su lado. Se quedan echados el uno al lado del otro, desnudos, sin que ninguno de los dos hable durante un rato. Valentina asimila todo lo que le ha dicho Theo. Parece algo sorprendente, casi fantástico, y sin embargo al mismo tiempo también bastante normal. Simplemente trata de ayudar a unos ancianos a recuperar lo que es suyo. Intenta ayudar a su abuelo a quedar en paz antes de morir.

—Ven aquí —susurra Theo en la oscuridad.

Ella se desliza por la cama y deja que la abrace. Están echados de costado y él la abraza desde detrás. Valentina nota los latidos del corazón de Theo en la espalda, su aliento en el cuello. Por fin están los dos juntos. Mañana hablarán de su relación. Valentina descubrirá por qué le regaló las fotografías eróticas, a qué se debía su presencia en el club con Leonardo y por qué estaba en el Cuarto Oscuro. Valentina cree saber por qué, pero necesita oírselo decir para estar segura. Aunque por ahora deja de preocuparse y sucumbe al placer de dormirse entre los brazos de su amante. Y finalmente sale del Cuarto Oscuro de su soledad, porque cree que por fin ha logrado entender qué es el amor.

Belle

Llama a su hija Maeve Maria Magda, para que sea conocida como Maria. Maeve por la reina irlandesa, y por el nombre del barco de Santos; Maria por la difunta madre de Pina; y Magda por su propia madre, perdonada ahora que está muerta.

Magda Dudek muere exactamente un mes antes de que nazca el bebé. La primera noticia que le llega a Belle es a través de una carta reenviada por los nuevos propietarios de su antigua casa. Está escrita en el papel oficial con membrete del Sanatorio de Poveglia, y en ella dice que lamentan informarla del fallecimiento de la señora Magda Dudek debido a un fallo cardíaco durante una intervención quirúrgica. No se precisa de qué era la operación, pero Belle sospecha que el doctor estaba realizando algún tipo de lobotomía horrible en un intento de devolverle la cordura a su madre. Por un instante siente remordimientos y se lleva las manos a su abultada barriga, sintiendo la vida que lleva dentro.

Una vez muerto el señor Brzezinski, ¿debería haber ido a rescatar a su madre? Era su intención. Y, no obstante, pasaban las semanas y ella estaba demasiado ocupada con su propia supervivencia y con el embarazo. Tal vez su madre no merecía ser rescatada. La había traicionado, dejando que la casaran con aquel bruto. Ella por fuerza debía de saber qué tipo de persona era el señor Brzezinski. Magda Dudek no supo proteger a su propia hija y Belle se jura que jamás se pondrá a sí misma por delante de Maria del mismo modo. Y sin embargo, a pesar de saber todo aquello, Belle no puede dejar de llorar a su madre, porque la quería, por supuesto.

Cuando Belle está a punto de dar a luz, oye la voz de su madre por última vez.

«Ludwika, Ludwika, ¿dónde está mi niña?»

Y en un instante de lucidez sabe que su madre se arrepentía de sus actos, tantísimo que tal vez fue aquello lo que la llevó a perder el juicio. Mientras empuja a su hija a este mundo, ruega a su madre que proteja a la recién nacida. Eso lo compensará todo. Y con el paso de los años, Belle tiene la sensación de que su madre es efectivamente el ángel de la guarda de Maria, porque su hija crece con la suerte de haber heredado los hermosos rasgos de Magda Dudek que tanto encandilaban a su marido... y al señor Brzezinski. De hecho es incluso más atractiva, porque también tiene los exóticos ojos azules de su padre.

Los años van pasando y Belle no abandona la esperanza de que Santos vuelva algún día. Se lo prometió. Imagina su regreso y su alegría al descubrir que tiene una hija, una niña tan dulce y tranquila, enamorada del mar y bailarina, como su padre. A la edad de cuatro años, se porta tan bien que acompaña a su madre y a la tía Pina en sus excursiones fotográficas, andando con paso ligero detrás de ellas como una pequeña hada en un diminuto disfraz de bailarina, o como un payasito vestido de arlequín con máscara de bufón. No tiene a su padre con ella, pero eso no importa, porque Venecia entera es la familia de Maria. Conoce a todos los gondoleros, artesanos y tenderos, que siempre andan protegiendo a la chiquilla de los ojos preciosos. Todo el mundo sabe quién es su auténtico padre, ya que Santos Devine es una leyenda en Venecia. Y, como Belle, la ciudad espera que vuelva.

Pero él no regresa jamás. Van pasando los años y Belle resiste. A pesar del consuelo que le ofrece Pina, ya que su amiga y antes criada está muy enamorada de ella, Belle se niega a entregarse a ella, ni siquiera un beso. No sería justo para Pina darle falsas esperanzas, ya que se reserva para Santos. A menudo se pone su anillo de oro en los dedos uno a uno, intentando calentar el frío metal con su esperanza, pero aun así sigue pareciendo el anillo de un muerto. Belle se esfuerza por conservar su fe en él, pero las grietas se multiplican en su corazón.

Faltan tres días para el octavo cumpleaños de Maria cuando la larga espera de Belle llega finalmente a su fin. Está muy congestionada por un fuerte resfriado y Pina insiste en que se quede en la cama mientras ella y Maria salen a ejercer su oficio. Su amiga y su hija salen con estrépito del apartamento, Pina vestida con el uniforme de marinero de Belle y Maria con una adaptación del traje de bailarina negro para su pequeña estatura.

Belle está lánguida. No consigue descansar y al mismo tiempo está demasiado enferma para levantarse de la cama. Mientras da vueltas en el lecho, oye el canto de un pájaro que entra por la ventana. Reconoce las notas aflautadas enseguida. Se sienta en la cama y ahí está su pajarillo. Belle no lo ha visto desde el día que Lara se lo llevó consigo, hace ya tantos años. Escucha su canto y es como si pudiera oír las palabras de su amante por debajo.

«Aquí estoy. Aquí estoy.»

El pájaro se aleja volando entre las nieblas etéreas de Venecia y en su lugar está Santos Devine. Belle le grita, de alegría, de miedo. Está exactamente igual que la última vez que lo vio. Su bravura, su poder, su pasión, perfectamente combinados. Santos avanza hacia ella cruzando la habitación sombría.

—¿Santos? ¿De verdad eres tú?

Su amante no habla, pero sigue acercándose. Belle se sienta en la cama y tiende sus brazos hacia él. Se abrazan, el corazón de Belle en carne viva tras el dolor de los años perdidos.

—Santos —susurra, inhalando su aroma. Jamás podría olvidar su dulce perfume—. ¿Dónde has estado?

Santos no contesta, sino que levanta la cara de Belle hacia él y la besa. Ella siente su amor en el beso, su ardiente poder.

—Te he estado esperando, amor mío —musita Belle—. Sabía que volverías a mí.

Él sigue en silencio, aunque la expresión de sus ojos ya dice todo lo que Belle necesita saber. Que la ama.

Santos besa cada centímetro de su cuerpo tanto tiempo intacto, despertándolo tras un largo sueño. Belle se aferra a él con piernas y brazos, lo estrecha con fuerza, sintiendo que sus extremidades se entrelazan hasta convertirlos en un hermoso y sublime corazón palpitante. Santos la penetra y Belle abre la boca para liberar toda la angustia de su larga espera. Se sostienen la mirada mientras se balancean juntos sobre la cama. Belle procura fijarse en cada detalle, memoriza cada rizo de su pelo, cada peca de su piel, cada arruga alrededor de los ojos, el divino hoyuelo de su barbilla. Esa es la montaña que Belle ha tenido que escalar, pero jamás se rindió, y ahora tiene su recompensa. Mentalmente compone un poema, como haría Veronica Franco: «Toda mi vida he vivido por este súmmum de felicidad, cuando el amor de mi vida me dice que me ama.»

Anotaré estas palabras, piensa Belle, para no olvidar jamás la eternidad de nuestro amor. Belle cierra los ojos y se pierde en la pasión.

Cuando Santos y ella llegan al clímax en perfecta y brillante armonía, Belle siente una lluvia de plumas sobre su cuerpo y el alma de Santos que se desliza de regreso a la tierra brumosa que ahora habita.

—¡No! —grita Belle—. ¡Amor mío, no me abandones otra vez!

Pero cuando abre los ojos, se encuentra sola de nuevo. Belle se abraza, añorando a Santos ahora que sabe con certeza dónde está. Ese puede ser el único motivo por el que nunca ha vuelto a buscarla. Y ahora Belle comprende que ya lo sabía desde hacía tiempo. Su amor se ha ido y quedan las plumas que giran con el viento como mariposas nocturnas, agonizando lentamente a medida que la luz se apaga en su corazón. Junto a ella en la almohada está el pájaro, con una gota de sangre en el pico. Belle comprende finalmente que su amante ha muerto. No sabe dónde ni cómo, pero Santos está muerto, porque así ha sido como ha vuelto finalmente a su lado y le ha hecho el amor como ella siempre había soñado.

Aquella noche, con Maria durmiendo a su lado, se desliza hacia el centro de la cama apretándose a su hija y descorre las mantas del otro lado para Pina. Le ha costado ocho años aceptar a la mujer que más la ama, pero finalmente la deja entrar.

Valentina

Valentina está sentada en la terraza del Caffe Florian viendo cómo las asquerosas palomas de Venecia se pelean por los restos de comida de los turistas en Piazza San Marco. Está sorbiendo un *capuccino*, dejando pasar lentamente el día y esperando a su amado. Por la mañana Theo se ha levantado temprano, antes de que ella se despertara, y le ha dejado una nota en la mesita de noche explicándole que ha salido a hablar con el tal Glen y que se reunirá con ella a mediodía en el Caffe Florian.

Theo insiste en que Glen no es peligroso, pero ella tiene un mal presentimiento. Valentina dobla la servilleta entre sus dedos. Espera que no haya ningún problema. A pesar de haber pasado la noche en brazos de Theo, sigue sintiéndose angustiada. Ahora que ya lo sabe todo sobre los robos de obras de arte, a plena luz del día no está segura de qué pensar de la cuestión. Si ella y Theo van a tener una relación formal, eso también formará parte de su vida. Le gustaría que Theo le hubiera hablado antes del tema. De hecho, en toda esa semana le ha negado cualquier tipo de comunicación o explicación sobre ningún tema. De momento ya la está dejando plantada esa mañana.

«Está tratando de poseerte. —Valentina vuelve a oír la advertencia de su madre—. Te está controlando al no hablar contigo.»

¿Estará en lo cierto su madre? Valentina se mordisquea el labio. ¿Espera Theo obtener algún tipo de poder sobre ella? ¿Para que esté débil y necesitada, dócil? Piensa en todo lo que ha ocurrido durante esa semana. El misterio de las fotografías eróticas, los escenarios de la Sala Atlántida, el Infierno de Terciopelo y el Cuarto Oscuro. Incluso estar allí en Venecia. En todos los casos ha renunciado al control de su propia vida. Y ahora la falta de comunicación de Theo la deja muda. Y no obstante, mientras está allí sentada al sol veneciano, tomándose su café, la incómoda espina de un recuerdo sale a la superficie.

Es una tarde lluviosa, en Milán; Theo y ella están sentados a la mesa de la cocina, con la comida intacta ante los dos. Ya hace una semana que Valentina ha perdido al bebé y sigue sin dirigirle la palabra a Theo.

—No me apartes con tu silencio. Dime cómo te sientes.

Pero ella no puede decírselo, porque no quiere que sepa la verdad: que deseaba ese bebé. No quiere que Theo la considere débil, o dependiente. Esa no es Valentina.

—¿Prefieres que no me vaya?

Theo le ha formulado esa pregunta más de una vez. En realidad, cada vez que se ha marchado después de la pérdida del bebé. Valentina lo había olvidado. ¿Y qué hizo ella? Aquel día se levantó de la silla y salió de la habitación.

—No me importa lo que hagas.

Eso fue lo que ella le dijo. Valentina deja caer la cabeza, la repentina iluminación de aquel recuerdo es demasiado para ella. Y se le ocurre algo más. ¿Es posible que haya herido a Theo? ¿Ha estado tan ocupada intentando proteger su propio corazón que ha olvidado que él también tiene sentimientos? Valentina se esfuerza por entenderlo. A veces le resulta difícil tener en cuenta los sentimientos de los hombres. Ella siempre ha sufrido lo contrario, la obsesión masculina por evitar el compromiso. Y sin embargo Theo es diferente. Él le ha pedido que sea su novia.

Se mete las manos en los profundos bolsillos del traje chaqueta y de uno de ellos saca una tarjeta. La mira sorprendida. Es de Mattia, su hermano. Debió de meterla ahí cuando recibió el paquete de ropa. Qué cosa tan rara. Y también le parece extraño no haberla encontrado antes.

Querida Valentina:

Mamá también me dio estos disfraces de nuestra bisabuela, Belle Louise Brzezinska. Son de finales de los años veinte y podrían ser bastante valiosos, aunque no creo que quieras venderlos, ¿verdad? Mamá tenía el presentimiento de que tal vez les encontrarías alguna utilidad. Espero que te gusten las fotografías. Debería habérselas dado todas a Theo cuando estuvo aquí, pero solo se llevó el libro con los negativos. Mamá me dijo que son fotos de la misma bisabuela. Me encantaría ver las copias de las ampliaciones cuando tengas la ocasión de hacerlas. Por favor, dale a Theo un abrazo de mi parte. Es un buen chico, Valentina.

Un beso,

Mattia.

Valentina vuelve a leer la tarjeta, incrédula. ¡Theo fue a visitar a su hermano a Estados Unidos y no se lo dijo! ¿Por qué demonios hizo eso?

¡Y los negativos! Por supuesto, ¿cómo no se había dado cuenta antes? Ha llevado puesta la respuesta a aquel misterio casi todos los días. La bufanda de encaje, el hilo de perlas, la gorra de marinero.

Lo tiene todo.

Valentina abre su maletín y saca el álbum negro. Vuelve a ojear las copias. Así que esa mujer es Belle Louise Brzezinska, su bisabuela. Y no cabe duda de que no es la versión de su bisabuela que siempre le habían contado: la esposa devota de un empresario veneciano, la madre viuda que vive encerrada en su casa de Castello. Esa es otra historia. Es la vida secreta de una mujer apasionada. Valentina examina la belleza erótica de los primeros planos que aparecen en el álbum. Se ve el ojo del artista en la composición de cada fotografía. El juego con las texturas del cuerpo de la modelo, la piel blanca y el cabello oscuro, y el asombroso efecto de sugestión que contiene cada imagen: un dedo sobre un labio, un ojo mirando al suelo, una espalda descubierta, el pecho desnudo y las perlas en la mano enguantada.

Y, por supuesto, la cautivadora fotografía de Belle mirando a la cámara, ocultando su identidad tras una máscara veneciana, con el brazo entre las piernas y la boca abierta seduciendo al fotógrafo.

«¿Sería el propietario del pendiente de oro?»

Valentina sabe instintivamente que el hombre que lleva el pendiente no puede ser el marido de su bisabuela, el aparentemente conservador y convencional señor Brzezinski. Hojea el álbum una y otra vez, hipnotizada por la pasión que revelan las imágenes. ¿Qué intenta decirle Theo? Como ella no le dejaba hablar, ¿ha encontrado una manera diferente de comunicarse?

¿Es consciente del consuelo que le proporciona el libro? Jamás había sentido un vínculo igual con nadie más de su familia. No llegó a conocer a sus abuelos, ni a su padre, claro. Su hermano siempre ha sido una presencia distante. Y su madre..., bueno, su madre fue una fuerza demasiado intensa en su juventud, por lo que Valentina tuvo que desterrarla emocionalmente. Pero Belle parece un alma gemela. Valentina se pregunta si existirá algo así como la memoria genética y si de alguna manera su bisabuela podrá volver a vivir su vida de pasión a través de ella. La idea la divierte y la lleva a hacer algo inusual. Se ríe. Es una carcajada breve, casi entre dientes, pero al fin y al cabo sigue siendo risa. O sea que eso es lo que ha hecho Theo por ella. Ha hecho que se dé cuenta de que no está sola.

—¡Valentina, te estás riendo, y a plena luz del día, además!

Ella levanta la mirada y allí, de pie ante ella, está Theo, sonriéndole afectuosamente. Estaba tan enfrascada en el libro que ni siquiera lo ha visto llegar al café. El sol le da en los ojos y tiene que entrecerrarlos para mirarlo, con el brillo de la basílica detrás de él. Theo Steen, su amante errante. Ahí está, alto, moreno y con la expresión afable que ella tanto ha echado de menos durante los últimos diez días. Valentina siente una ráfaga de emoción. Quiere lanzarse a sus brazos, decirle lo mucho que lo ha añorado. Y sin embargo no puede hacerlo. Ya mientras lo mira, con el corazón a punto de estallar dentro de ella, Valentina empieza a reaccionar como siempre, bajando las persianas y tratando de cerrarlas herméticamente. En vez de lanzarse a sus brazos, convierte su emoción en furia.

—Theo, ¿dónde estabas? Llegas casi una hora tarde —le espeta, abandonada ya la risa.

—Lo siento, cielo —le dice, mirándola como si le hubiera dado un bofetón, manteniendo la distancia. ¿Por qué no puede agacharse y abrazarla?—. Pero he tardado más de lo que preveía en hacer entrar en razón a Glen.

Valentina se calma un poco.

—¿Todo bien? ¿Nos va a dejar en paz?

Theo se sienta a la mesa, tan cerca de ella y al mismo tiempo tan lejos. Ella se muere de ganas de tocarlo. Mira su mano, con los dedos largos y elegantes, mientras él hace una seña a un camarero y pide un café para él y otro para ella.

—Eso espero.

Valentina no puede dejar de sentirse un poco alarmada.

—¿No crees que deberíamos denunciarlo a la policía? ¿A Garelli?

—¿Por qué? En realidad no ha hecho nada malo, y de hecho, si él decidiera colaborar con la policía, me perjudicaría más de lo que me beneficiaría.

Finalmente Theo coge la mano de Valentina y la estrecha.

—No te preocupes, mi amor. Todo irá bien.

¿Por qué se dice eso la gente, piensa Valentina enojada, cuando es imposible saberlo?

Valentina da unas palmaditas sobre el álbum de fotos negro que tiene en el regazo, decidiendo cambiar de tema.

—Bueno —dice—. ¿Vas a contarme de qué va todo esto?

La luz vuelve a los ojos de Theo mientras coge el álbum de su regazo y empieza a ojearlo.

—Los has ampliado todos —dice, encantado—. Dios mío, son divinas.

Theo se detiene en la imagen de la mesa de luz, la fantasía del Cuarto Oscuro de Valentina.

—Esto me resulta familiar —dice entre dientes, levantando la mirada furtivamente hacia ella.

—¿Me has estado observando todo el tiempo? —susurra.

—Por supuesto. ¿No se trataba de eso?

Ambos se miran fijamente, largamente, y Valentina siente que se le acelera el corazón.

—No sé realmente de qué iba todo esto —dice en voz baja—. ¿Por qué no me dijiste de dónde habías sacado el álbum de negativos cuando me lo diste? ¿Por qué no me dijiste que eran fotos de mi bisabuela y una reliquia familiar? Supuse que era robado, como los cuadros...

—Quería que lo descubrieras por ti misma, negativo a negativo. Pensé que sería divertido.

Ya vuelve con esa palabreja horrible, que a ella le recuerda a los tés de la clase alta inglesa.

—¿Divertido? —sisea, sintiendo un nuevo arrebato de ira—. Fuiste a visitar a mi hermano a Nueva York a mis espaldas. ¿Por qué? ¿Y por qué no me lo contaste?

—Sabía que si te decía que quería conocer a Mattia tú me lo habrías impedido —responde Theo con toda naturalidad.

Valentina se muerde el labio. Theo tiene razón. Le habría ordenado que se mantuviera lejos de su familia.

—Valentina —le dice dulcemente—. Has cambiado.

Ella levanta la vista hacia él, sin comprenderlo. ¿A qué se refiere?

—En cuanto me mudé a tu apartamento, fue como si te bloquearas. Eras contradictoria. En un momento dado querías hacer el amor y al poco rato te enfadabas conmigo sin motivo aparente.

—Pero tú también eres contradictorio —se defiende ella, sin querer reconocer que Theo tiene razón—. Con tu vida secreta de ladrón de arte, desapareciendo durante días sin decirme dónde estás y escabulléndote para ver a mi hermano.

—Eso es distinto. Yo siempre he sentido lo mismo por ti. —Theo hace una pausa—. Desde el principio, desde la noche que nos conocimos.

Valentina no puede evitar un bufido burlón.

—Eso es ridículo, Theo. ¿Cómo podías saber lo que sentías

la primera noche que nos acostamos juntos? No me conocías de nada. Ni siquiera hablamos.

Theo ladea la cabeza y sonríe, aunque con tristeza en los ojos.

—Tal vez tengas razón, Valentina, porque desde el momento en que me mudé a vivir contigo no has parado de recordarme que de ningún modo vas a poder jamás enamorarte de mí. —Theo hace una pausa y toma un sorbo de su *espresso*—. Iba a largarme después de volver de Cerdeña, pero luego tuviste el aborto y..., bueno, no podía irme.

El dolor que descubre en su mirada la enfurece. Theo no tiene ningún derecho a hacerla sentir tan culpable.

—No quería tu lástima —le espeta—. ¿Cómo te atreves a seguir conmigo solo por compasión?

—No, no, Valentina, no me entiendes. —Theo la mira a los ojos y su furia empieza a apagarse—. Yo solo quería encontrar la manera de que lo nuestro funcionase. Fueron tan maravillosas las primeras veces que nos vimos que quería devolver toda aquella vida a nuestra relación. Por eso fui a ver a Mattia. Quería saber más de ti.

—¿Y por qué no me lo preguntabas a mí?

—Porque tú nunca hablabas conmigo, al menos de nada importante.

Valentina baja la mirada hacia la mesa, hacia su taza de café vacía. Comienza a comprender los motivos de Theo, y sin embargo no está segura de cómo la hace sentir eso. Sigue enfadada con él por haberse metido en su vida, por ir a ver a Mattia, y no obstante él siempre ha estado intensamente enamorado de ella, ya desde la primera noche. ¿Es posible? ¿O es que se engaña a sí mismo?

—Pero ¿por qué te llevaste el álbum de Mattia? —le dice, eludiendo el tema.

—Él me lo ofreció. Dijo que podías ampliar los negativos en tu cuarto oscuro. Y cuando llegué aquí y miré los negativos en tu mesa de luz, se me ocurrió una idea. Pensé que sería una forma de llegar a ti, a tu estilo. Si podía llevarte en un viaje a través de las fotos, tal vez oirías mi mensaje. Pensé que resultaría más fácil que hacerte escuchar mis palabras.

—¿Y cuál es el mensaje? —le pregunta, asombrándose de las molestias que se ha tomado Theo por llegar a ella.

—¿Todavía no lo has descubierto?

Theo cruza su mirada con la de Valentina. Ella recuerda ahora cómo la habían llegado a intimidar aquellos glaciales ojos azules, pero ahora parecen tan puros y claros que su furia se disipa. De repente se avergüenza de sí misma..., de su falta de confianza, su falta de comunicación, su insistencia en apartarlo de ella...

—Es erotismo de los años veinte, por tanto supongo que demuestra que mi bisabuela era un espíritu bastante libre, ¿no?

Valentina observa el libro, todavía sobre el regazo de Theo, incapaz de seguir sosteniendo su mirada.

—Y resulta bastante increíble la conexión que siento con ella.

Theo le toma la mano y ella siente como si una corriente eléctrica atravesara su cuerpo, como si Theo hubiera encendido una luz en su corazón. Si no estuvieran en Piazza San Marco, en pleno día, se abalanzaría en ese mismo instante sobre él.

—Eso fue lo que pensé —dice—. Cuando miré los negativos ya me di cuenta de que eran muy eróticos. Recordé las fotos que sacaste aquí, en Venecia, y pensé que todo ello me ofrecía un medio para hablar contigo. Si eres capaz de ver la conexión entre tú misma y esta alucinante dama del pasado, tu propia antepasada, Valentina, tal vez podrás oír mi mensaje.

Por supuesto, aquellas fotos son más que simples imágenes del pasado. Son parte de su historia. Forman parte de su esencia.

—¿Y bien? —pregunta Theo de nuevo, y de pronto se inclina hacia ella y le sostiene el mentón en la palma de la mano, mirándola nuevamente a los ojos.

Me está obligando a mostrarle mi corazón, piensa Valentina, tratando desesperadamente de no perder el control.

—¿Qué te ha dicho el álbum? —le pregunta él, con voz grave y ronca.

Valentina aparta la cabeza, confusa y extrañamente nerviosa.

—¿Que es muy sexy?

Theo frunce el ceño. Valentina sabe que la respuesta es floja.

—¿Y ya está?

Valentina lo mira fijamente a los ojos. De repente se nota la boca seca y se lame los labios.

—¿Qué quieres que diga?

Theo parece un poco decepcionado. Se lleva las manos de Valentina a los labios y las besa. Ella siente una agitación y contempla con deseo los labios de su amante. Cómo le gustaría sentir esos labios por todo su cuerpo. Siente tal ansia dentro de ella, tal anhelo de su amante, que apenas puede contenerse.

—Theo —susurra—, volvamos a Locanda La Corte.

En cuanto la puerta de la habitación del hotel se cierra detrás de ellos se lanzan el uno en brazos del otro. Se abrazan, se besan profundamente, caminando todo el rato como una sola persona, lentamente, hacia la cama. Valentina tropieza de espaldas contra el borde de la cama y cae sobre ella. Se libra de la chaqueta mientras él le baja los pantalones. Luego ella le quita a toda prisa los tejanos y en pocos segundos se han despojado mutuamente de todas las prendas. Se detienen un instante, conectando nuevamente con el cuerpo desnudo del otro. Valentina acaricia la pequeña cicatriz que tiene en el pecho; Theo desliza los dedos sobre sus pezones duros y baja los labios para besarlos, haciendo una pausa para hablar.

—¿Me has echado de menos durante esta semana? —le pregunta con tanto sentimiento que la conmueve.

«Sí, sí, sí», corea Valentina mentalmente. Pero resiste la tentación de hacérselo saber.

—¿Por qué estuviste tanto tiempo fuera? —contraataca, con dificultad para ocultar el dolor de su voz.

—He estado aquí todo el tiempo, Valentina —dice con voz grave mientras ella lo mira intensamente.

Sí, claro que estaba. Pero los pensamientos de Valentina empiezan a disiparse a medida que su cuerpo toma el control. Quiere darle a Theo tanto placer que jamás quiera volver a abandonarla. Jamás ha sentido una unión física tan intensa con ningún otro hombre. Tiene la sensación de que nunca se hartará de él. Valentina empieza a deslizarse bajando por su cuerpo, besándole los brazos, el pecho y los pezones, acercándose lentamente a su pene. Se lo mete en la boca y se alegra muchísimo de volver a saborearlo. Theo la está tocando, pero le da la vuelta y Valentina ya sabe qué quiere hacer. Se pone tensa por un segundo. ¿Se lo permitirá? Ya dejó que Rosa y Celia la besaran ahí. ¿Por qué no un hombre? ¿Por qué no su amante, Theo?

—¿Puedo? —susurra Theo. Valentina se quita el pene de la boca y duda antes de contestar.

—Vale.

Valentina trata de concentrarse en adorar el pene de Theo, lamerlo, acariciarlo con la lengua, darle placer desde la base hasta la punta, y sin embargo al mismo tiempo siente que lentamente pierde el control. Theo mueve rápidamente la lengua dentro de ella, haciendo que se desvanezca la tensión de su pasión, hasta que ella siente que se transforma en un río de deseo que fluye hacia él. Está permitiendo que sus esencias se unan.

Y ahora Valentina imagina que no están en una cama cualquiera de un hotel de Venecia, sino en su lecho matrimonial. Están haciendo el amor como si fuera la primera vez, y el aroma de las rosas silvestres se mezcla con el olor penetrante de su excitación. Ese día Valentina es libre, porque desde el momento en que Theo ha dicho «sí», sus miedos han desaparecido y el nudo de su amor se ha apretado alrededor de su corazón. Valentina imagina un día resplandeciente en Venecia, con el sol entrando por la ventana abierta, dándole la mano, y un anillo de oro en su dedo, brillando con una promesa.

Alcanzan juntos el clímax, tan tiernos junto al cuerpo desnudo del otro como una suave lluvia en un día de verano. Valentina está asombrada de lo liberada que se siente. Nunca antes había experimentado nada igual. «Te quiero.» Las palabras suenan tan nítidamente en su cabeza que no está segura de si en realidad las ha pronunciado en voz alta. Pero su amante está callado, acariciándola, abrazándola, ajeno a su declaración muda.

Gradualmente desenredan sus cuerpos y vuelven a sentarse con la espalda apoyada en el cabezal de la cama. Theo le pasa el brazo por encima de los hombros. A Valentina le gustaría permanecer así para siempre, en la comodidad de la calma que se ha instalado entre ellos después de tanta pasión, escuchando los sonidos de Venecia: el repiqueteo de pasos en la calle y las voces de italianos y turistas mezclados, el chapoteo del canal y la ocasional lancha motora que pasa zumbando, un reloj que toca las dos y los fantasmas de amantes del pasado que susurran a través de los cristales de las ventanas. Pero Theo se mueve, agitando la superficie de su silencio.

—¿Has considerado mi pregunta, Valentina?

—¿Qué pregunta? —inquiere ella a la ligera, acariciando los hombros desnudos de Theo e inhalando su añorado aroma.

Theo baja el brazo de sus hombros y se vuelve hacia ella, mirándola muy seriamente.

—La que te hice hace diez días, cuando tuve que marcharme.

Valentina mueve la cabeza, intentando fingir que no se acuerda, como si aquello no fuera importante en ese momento.

—Quiero que seas mi novia —dice Theo, acariciando sus cabellos—. ¿Ya confías en mí? ¿Crees que puedes amarme?

Nuevamente oye en su corazón una voz débil: «Sí, sí, sí.» Una voz silenciada hace mucho tiempo, abandonada a su suerte siendo ella muy joven y enseguida olvidada. Valentina quiere dejarla hablar. Esa misma mañana había decidido confesarle su amor. Mientras yacían juntos, aquellas palabras cantaban a voz en grito dentro de su cuerpo. Y sin embargo ahora Valentina es incapaz de sacar esa voz más allá del nudo que tiene en la garganta. No puede abrir los labios y darle a Theo lo que quiere. Oírselo decir.

—Valentina —dice Theo, fulminándola con una mirada deslumbrante—, te quiero. Desde el momento en que te vi en el metro, te he amado...

Ella se reclina sobre las almohadas como si la hubiera golpeado, obligándolo a dejar caer la mano que le acariciaba los cabellos.

—No, eso es imposible. No digas eso —susurra con voz ronca Valentina, tratando de contener las lágrimas.

—Te quiero —repite él, atravesándola con la pasión de su mirada—. Ya sé que no crees que lo merezcas, pero es así. ¿No comprendes de qué va todo esto?

Ella niega con la cabeza, incapaz de hablar.

—La noche que te conocí me enamoré de ti porque eras un espíritu libre. Finalmente había conocido a alguien que no quería poseerme, ni controlarme. Tú me dejas volar, Valentina. Y te quiero por ello.

Valentina lo mira asombrada, empezando a entender.

—¿Recuerdas cómo era? ¿Cuando jugábamos el uno con el otro, citándonos en hoteles para hacer el amor? Era erótico, apasionante, encendía mi pasión.

—Claro —susurra ella con voz quebrada—. Pero eso no puede hacerse siempre. No es normal.

—¿Por qué no? ¿Quién te dice que dentro de quince años no podemos estar haciendo exactamente lo mismo? ¿Jugando a nuestro juego de amantes secretos?

Theo suspira.

—Yo me enamoré de aquella Valentina. Una mujer de espíritu libre pero tímida; liberada pero elegante; apasionada pero nunca ordinaria. No quería que cambiara jamás.

Ella lo mira inquisitivamente.

—Pero cambiaste, cielo. En cuanto me trasladé a vivir contigo, te cerraste en banda. Reprimiste a aquella chica. ¿Por qué?

Las palabras de Theo perforan el corazón de Valentina, que levanta la mirada hacia él con los ojos llenos de lágrimas no derramadas.

—No quiero convertirme en mi madre —afirma con voz quebrada.

—No sé a qué te refieres, aunque, ¿cómo voy a saberlo? —De pronto su voz suena más amarga—. Si nunca has querido contarme nada de ella. Todo lo que sé de tu madre es a raíz de una conversación que tuve con Mattia. —Su voz se dulcifica—. Ya me comentó que es una mujer difícil.

—Mucho —dice Valentina con severidad—. Creo que echó a mi padre. Estaba obsesionada con su libertad, con no sentirse atada jamás. Trataba fatal a sus amantes. —Valentina hace una pausa y respira hondo—. Te pedí que te mudaras a mi apartamento porque tenía miedo de acabar como ella.

—¿No porque quisieras vivir conmigo?

Valentina niega con la cabeza, apesadumbrada.

—No, entonces no. Pero ahora sí lo deseo. —Valentina se vuelve hacia él con la esperanza de transmitirle la autenticidad de su declaración.

—¿Qué ha cambiado?

—Esta semana. Antes de que te fueras, yo pensaba que tenía que reprimir a la persona que soy realmente para que lo nuestro funcionara. Y me estaba volviendo loca. En el fondo sabía que estaba siendo como mi madre, en realidad. Y me enojaba no poder ser yo misma.

Theo levanta la mano de Valentina y la sostiene sobre la suya.

—Eso era lo único que yo quería, que fueras tú misma. Pero tú te negabas a hablar conmigo, a decirme qué te pasaba.

Ella se vuelve para mirarlo y le planta un beso en el hombro.

—Lo siento. Te prometo que me esforzaré más.

Theo sonríe tristemente.

—Quiero que lo hagas sin esfuerzo. Quiero que entiendas que mi amor es incondicional. Ese es el significado del álbum erótico, Valentina. Esas fotos fueron sacadas por el amante de tu bisabuela, y ya ves cuánto adoraba ese hombre su espíritu libre. Quería demostrarte que tú eres como ella y que no hay ninguna vergüenza en ello.

—¿Por eso estabas en el club; por eso pasaron todas esas cosas allí?

—Sí. Leonardo es un viejo amigo mío. Le pedí que me ayudara.

Valentina arquea las cejas, incapaz de asimilar lo que le está diciendo.

—¿Y no te importó que folláramos? —le pregunta incrédula—. ¿O que me lo montara con esas dos mujeres, Rosa y Celia, o que fuera la sumisa de Leonardo? ¿No te importó lo que hice en el Cuarto Oscuro?

—No —responde Theo—. En realidad estuve allí la mayor parte del tiempo, observando. —Theo respira hondo—. Fue muy erótico, Valentina, ver cómo te abrías, ver realmente la pureza de tu corazón, tu espíritu liberado...

—Pero no solo hice cosas en el club de Leonardo —prosigue ella. Tiene que contárselo todo, que sepa lo mala que es—. Vino al apartamento y también estuvimos follando —le dice brutalmente.

—Sí, ya lo sé —responde Theo con calma—. Esa noche también estaba allí.

O sea que nunca entró ningún intruso en su apartamento: era él.

—Recuerda que yo me follé a Celia justo delante de ti —continúa él—. ¿Cómo te hizo sentir a ti eso?

Valentina rememora el día que Theo y ella estuvieron en la cama con Celia y Leonardo.

—Fue extraño —dice lentamente—. Pero en realidad me hizo sentir mucho más cerca de ti.

Theo sonríe con aire triunfal.

—Pues ya lo ves, Valentina, no hay normas estrictas. Tú eres un espíritu libre y yo te amo por eso. No quiero que cambies.

Valentina lo mira llena de admiración.

—Eres un hombre poco frecuente —le dice—. No puedo creerme que seas de verdad.

—Para que lo nuestro funcione —continúa él—, he de saber que confías en mí. Tenemos que ser totalmente sinceros el uno con el otro. Pero si no puedes...

Theo se aparta de Valentina y le da la espalda. Ella se queda mirando fijamente su nuca, sorprendida. ¿Qué tipo de hombre es este? ¿Es capaz de abrirle sin reservas su corazón? ¿De arriesgarlo todo?

Un silencio pesado y cargado se instala entre ellos. Valentina sabe que Theo espera que diga esas palabras. Y ella quiere pronunciarlas. Realmente lo desea, y sin embargo no puede hablar. Le duele abandonar su antigua manera de ser, que tanta seguridad le proporciona. Es feliz con la idea de hacer el amor con Theo el resto de su vida, pero no puede decirle que lo ama. Quiere seguir fuera del Cuarto Oscuro del amor, ya que para ella el amor es oscuro, y entraña la amenaza de acabar dañada, rechazada, humillada, expuesta y débil.

Valentina oye suspirar a Theo y siente el corazón en un puño. Ella le está haciendo daño, y aun así es incapaz de pronunciar las únicas palabras que pueden darle sosiego. Theo se levanta de la cama y Valentina mira su espalda desnuda mientras se acerca a la silla, coge los tejanos y se los pone.

—No puedo seguir así —dice él finalmente, volviéndose mientras se abrocha la camisa y buscando desesperadamente en el rostro de Valentina la respuesta que quiere.

—Pero Theo, podemos recuperar lo que teníamos antes de que te mudaras a vivir conmigo. Podemos volver a ser amantes secretos, ¿no?

—Para mí el sexo no es lo único que cuenta, Valentina —dice Theo, poniéndose la chaqueta.

—Por favor, vuelve a la cama —le dice con su tenue media sonrisa, tratando de aliviar la tensión. Si puede volver a hacer el amor con él y luego le dice que lo quiere...

—No —replica Theo enfáticamente—. Necesito algo más.

Theo se abrocha el cinturón bruscamente y Valentina cree que está enfadado. Por fin ha logrado sacarlo de sus casillas.

—¡En esto consistía toda esta semana, por el amor de Dios! —estalla él, exasperado—. Quería demostrarte que sé quién eres, que conozco todos tus miedos, todas tus fantasías. Quería que supieras que eres la chica más valiente que conozco y sin embargo te asusta precisamente lo que mayor alegría proporciona. El amor.

—Y mayor dolor —añade Valentina lúgubremente.

Theo la mira con tristeza. Camina hasta la cama y contornea su rostro con un dedo.

—Ya lo sé —asiente con aire de cansancio—. Es lo que dices siempre. Y aun así tenía la esperanza de que conmigo fuera diferente.

Theo aparta la mano y la magia de su tacto sigue dándole un cosquilleo. Se dirige a la puerta.

—Lo siento, Valentina, pero se ha acabado.

—Theo, vamos, espera... No seas tan drástico...

Pero sus palabras son inadecuadas.

—Se acabó.

Valentina sabe que debería correr tras él, decirle cuáles son sus auténticos sentimientos, y no obstante se deja llevar por la ira.

—Pues muy bien, vete. —Su voz suena anormalmente dura, tanto que se sorprende a sí misma.

Theo da media vuelta y la mira con tanta lástima que ella se revuelve sobre la cama, pero aun así no se echa atrás y le contesta con una mirada acalorada. ¿Qué le importa? Theo es igual que su madre, no hace más que plantearle exigencias. ¿Cómo se atreve? Sin embargo, en lo más profundo de su corazón, Valentina sabe que está haciendo el idiota, que debería detenerlo. Respira hondo y trata de calmarse. Cierra los ojos y se concentra. Se aferra a las palabras. Está tan cerca de decirlas... Puede decirlas. Puede.

—Theo... yo... —empieza, pero cuando abre los ojos, él ya se ha ido. La ha dejado a media frase.

Valentina se sienta en la cama, desconcertada. Seguro que va a volver, ¿no? Sin embargo transcurren los minutos y Theo no vuelve. Volverá. Por supuesto que volverá. No es más que otro estúpido juego.

Camina en círculos por la habitación, agarrándose las manos, sintiendo un hormigueo de angustia en el corazón. Coge el álbum negro y empieza a ojearlo nuevamente para distraerse. Recuerda la expresión de decepción de Theo cuando le ha preguntado qué pensaba ella del álbum.

Mira nuevamente las imágenes de Belle Louise Brzezinska, su lenguaje corporal y cómo se expresa para el fotógrafo anónimo, su amante. Se le ocurre que ha interpretado mal los gestos de su bisabuela. Sí, su cuerpo está cargado de deseo, pero ese anhelo no es solo de sexo. Es de amor. Y mientras pasa las páginas, Valentina cae en la cuenta de que aquello no es únicamente un álbum de fotografías eróticas, sino también un relato sobre el amor y cómo debería ser. Sobre cómo el hecho de dar y recibir placer sensual estrecha los lazos del amor, no los afloja. Por fin comprende lo que trata de decirle Theo. La forma más intensa de erotismo es el amor. Y él quiere que ella lo tenga todo.

Como siempre ha dicho Theo, no está tratando de atraparla, sino de liberarla.

—Te quiero.

Valentina susurra las palabras en la penumbra de la habitación de su hotel en Venecia. Pero ya es demasiado tarde. Theo no las ha oído y ella sabe que su amado se ha ido definitivamente. Ya le ha dado suficientes oportunidades. Lo ha perdido porque no puede decirle que lo quiere, y él no se conforma con menos. Tiene que dejarlo ir.

Valentina se pone la camisola de seda y el *culotte* y abre las persianas. Baja su mirada hacia el canal verde, tan turbio como sus emociones encontradas. Se siente fatal. Le gustaría echarse en el suelo embaldosado de la habitación y dejar que el mundo siga sin ella.

Vuelve a entrar en el dormitorio y coge de nuevo el álbum de fotos antiguas. Reza pidiendo consejo mientras va pasando las páginas y la pena le enturbia la visión, de modo que las imágenes se vuelven un borrón confuso de blanco y negro. Y en el lúgubre silencio de su aflicción, empieza a desgarrar la contracubierta. Quiere destrozar el álbum y todo lo que representa. Pero al romper el papel negro ve que hay algo escrito debajo, en una caligrafía débil a lápiz. Lo debió de escribir su bisabuela.

«Toda mi vida he vivido por este súmmum de felicidad, cuando el amor de mi vida me dice que me ama.»

Es como un puñetazo en el estómago que la devuelve de pronto a la realidad. Valentina contiene la respiración, se abraza ella misma de dolor. Theo es el amor de su vida. Ahora lo sabe. Se vuelve hacia el espejo y observa su reflejo. En sus ojos ve a otra mujer, y su poder le habla. La imagen parpadea un segundo, como la proyección de una linterna mágica. Valentina es Louise, y Louise es ella. ¿Qué haría su antepasada?

Ya lo sabe, por supuesto. No se rendiría. Haría volver a Theo.

Venecia proyecta su magia mientras Louise Brzezinska toma a Valentina de la mano y la hace girar.

«Despierta, Valentina, despierta.»

La hace girar cada vez más deprisa hasta que su dolor, su pena, su ira y su miedo salen volando de ella. Y vuelan lejos, cruzando la cerúlea laguna como si fueran pájaros.

Y así, la bisabuela de Valentina se la lleva del Cuarto Oscuro de su pasado hacia la esperanza. Y más allá de la esperanza, hacia el amor.

Agradecimientos

Gracias a Vicki Satlow por llevarme al mundo de Valentina y darme un voto de confianza tan enorme. Gracias a Marianne Gumm O'Connor por su fe, confianza y visión, y tanto a Vicki como a Marianne por su incansable dedicación y trabajo como agentes y mujeres inspiradoras.

Gracias a Antonio Crepas y su familia por confiarme a Valentina y honrarme con la oportunidad de dar vida al icónico personaje de Guido Crepax en las páginas de esta novela.

Gracias a mi editora Leah Woodburn, cuya inspiración ha traído a la vida este libro.

Gracias también a Veronique Norton, Lynsey Sutherland, Kim Hardie, Emily Kitchin y todo el equipo de Headline, en particular a Imogen Taylor. Gracias a Emma Herdman de Waterstones por su entusiasmo.

Gracias a la gente de Milán, que me hizo sentir tan bien acogida y me ayudó en mi búsqueda: Angela, Agata y Roberto, Giancarlo, Daniela y Giulio. Gracias a Carol y Michel por ayudarme con el polaco, a Monica por su apoyo y a Kate por sus valiosos comentarios, como siempre.

Gracias a mis amigos de Bergen, que me han soportado tan bien: Nina, Ila, Tracey, Hege, Anne, Synnove, Louise, Ane, Elisa y Charlotte.

Gracias a mi hermano Fintan y a su esposa Eimear, así como a todos mis amigos y familia en Irlanda, Inglaterra y por todo el mundo.

Y mi mayor agradecimiento es para mis queridos Barry, Corey y Helena, con todo mi amor.